La memoria

414

Santo Piazzese

La doppia vita di M. Laurent

Sellerio editore
Palermo

1998 © Sellerio editore via Siracusa 50 Palermo
2001 Settima edizione

Piazzese, Santo <1948>

La doppia vita di M. Laurent / Santo Piazzese. - 7. ed. - Palermo :
Sellerio, 2001.
(La memoria ; 414)
ISBN 88-389-1428-1
853.914 CDD-20

CIP - *Biblioteca centrale della Regione siciliana*

La doppia vita di M. Laurent

A Carolina,
ma a partire dall'11 maggio dell'anno 2010

I

«September song», anche se era ottobre

– Ti ci porto io – avevo detto a Spotorno – mi viene di passaggio.

E non mi veniva affatto di passaggio.

Sono le frasi dall'apparenza più innocua quelle che celano dentro di sé i più subdoli inneschi a orologeria.

Ma forse è meglio se prima di continuare con la storia del morto ammazzato, della ugro-finna, della vedovallegra, e tutto il resto, io racconti com'è che mi trovassi a casa del signor commissario. Perché la Verità è sempre rivoluzionaria, dicono. Anche quella meteorologica.

Il punto è che c'erano i lampi, c'erano i tuoni, c'era la pioggia e la grandine a tempesta contro i vetri, e puntuale come una nemesi temporalesca, c'era pure il solito buio targato Enel, che a Palermo si sa quando comincia...

Dunque, era una notte buia e tempestosa, che ci posso fare? Buia nera. E tempestosa senza rimedio. Ed io ero confuso.

Era una confusione esistenziale, da autunno vero, non uno di quei metaforici autunni della vita che ci affliggono per tutto l'anno dalle strofe dei più pervertiti cantautori post-marxisti-neoprévertiani. Si era in ottobre, e dall'avvento della Seconda Repubblica l'autunno mi riserva un ottobre confuso. Giorni in cui ti sembra di avere un Bronx dentro la testa, pensieri da trattare con cautela, attento a ogni svolta e agli angoli bui, prima di approdare al conforto di un daiquiri ghiacciato al punto giusto. Persino il mio privatissimo hi-fi mentale si era adeguato, perché dall'inizio di ottobre mi colpiva ogni tanto a tradimento trasmettendomi *September song*, nelle più svariate edizioni amatoriali. E la contraddizione è solo apparente: non era anche quello un indice di confusione?

Per questo mi trovavo in casa Spotorno. A che servono gli amici, se no? E non era nemmeno la prima volta, quel mese: le mie visite a casa di Vittorio, di norma rare come i papi polacchi, erano ormai numerose come i seminaristi di Cracovia.

Tradotto in termini operativi, e data la mancanza di luce, furono sei piani a piedi fino alla porta che – potete scommetterci – lui vorrebbe con un vetro smerigliato e con su scritto, a lettere un po' scrostate, «Philip Marlowe... Investigatore», che in localese suonerebbe «Dott. Vittorio Spotorno... Commissario», perché Vittorio, sbirro tecnologico e d'atmosfere, considera casa sua una specie di succursale dell'ufficio di Villa Bonanno, alla Mobile.

Era stata una vera cena a lume di candela, perché la luce andava e tornava con la frequenza del faro del molo nord, facendo venire le convulsioni ad Amalia, che aveva ormai perso le speranze di farmi sentire tutto di seguito il suo nuovo CD con i Concerti per chitarra e mandolino di Vivaldi, con Narciso Yepes solista. Avevamo finito di cenare già da un po', e Vittorio era partito con le solite manovre:

– Devi essere onesto almeno con te stesso. Il tempo non c'entra. È che ti tocca ricominciare il corso all'università, e ti scoccia da morire perché sei di un lavativo unico.

– Sai com'è, Vittò, con il vecchio ministro l'università era sull'orlo del baratro; per fortuna, con quello nuovo sta per fare un decisivo passo in avanti. E non vorrei interferire...

– Se almeno avessi fatto il militare, ora...

– Ora sarei ancora più rincoglionito di te. Vittò, non è che ti devi fare venire a tutti i costi la sindrome di Abele. Ricordi come gli è finita?

Di norma gli servono un paio di bicchierini di slivoviz, prima di partire a spiegarmi quello che dovrei fare della mia vita. Stavolta gli era bastato il primo. Un Alzheimer precoce, probabilmente. Anche se forse, una volta tanto, l'aveva azzeccata. Era la solita vecchia storia. Avevo il copione tutto scritto in testa. Il punto due dell'Ordine del giorno prevedeva l'argomento matrimonio. Il mio. Quello che non c'è. Stavolta però fui io a bruciarlo:

– Pensa che bello, Vittò, se anch'io mi fossi sposato a suo tempo, pensa a quante merendine domenicali sull'erba ci siamo perse, tutti insieme appassionatamente, come un'unica grande famiglia, con i nostri bambini berbero-normanni a formare un bel mucchio selvaggio con i nostri cani di pura razza ariana, e noi a organizzare scambi di coppia con le nostre consorti, emancipate dalla lettura di «Cosmopolitan». Ad Amalia non sarebbe parso vero. Te l'ha detto che mi sogna di notte?

– Incubi sono, Lorè, incubi.

Fu il telefono a salvare Vittorio dai miei sarcasmi, in costante, inevitabile ascesa, ogni volta che lui prende questi discorsi. Al primo squillo avevo automaticamente guardato l'orologio. Era quasi mezzanotte. Amalia sfogliava un numero di «Rakam», e non accennò minimamente a rispondere. A parte la stoccata sugli incubi, non aveva nemmeno alzato la testa durante lo scambio tra me e il suo legittimo. Neanche per lei era una novità.

A quell'ora il telefono voleva dire una cosa sola. Il signor commissario si alzò da tavola con una smorfia e si trascinò fino all'apparecchio:

– Spotorno.

Vittorio risponde sempre da sbirro anche da casa sua.

– Dove?... Si sa chi è?... No, non c'è bisogno, arrivo.

Amalia sollevò il mento con aria più accusativa che interrogativa, forse per bilanciare l'aria da perifrastica attiva della faccia del consorte.

– Hanno sparato a uno al Papireto – disse Vittorio. Non c'era bisogno di aggiungere altro. Si avviò verso l'attaccapanni dell'ingresso dove, prima di sedersi a tavola, aveva messo alla fonda giacca e cravatta. La cravatta era solo allentata, ancora con il nodo del mattino:

– Me lo sentivo nelle ossa.

Amalia sbuffò. Appena un po', da brava moglie di sbirro, ma sbuffò. Vittorio accennò a cercare le chiavi della macchina. E fu allora che si verificò l'accidente:

– Ti ci porto io – dissi – mi viene di passaggio.

Vittorio mi scrutò in viso per un paio di secondi. Immaginai che stesse per rinfacciarmi certe mie recenti, non condivise incursioni nei suoi territori di caccia.

– Se preferisci, rimango a casa tua a cercare di sedurre tua moglie, che per la cronaca mi ha fatto piedino sotto il tavolo per tutta la sera.

Non aspettai che rispondesse e tirai dritto verso la porta. Lui scrollò le spalle e mi seguì. Amalia ci venne dietro:

– Poi come torni? – Domanda retorica e voce lamentosa, in contraddizione con l'occhio belligerante.

– Si fa accompagnare da uno dei suoi scagnozzi – io replicai. Amalia contemplava i resti di un ennesimo week-end ridotto ad un cumulo di rovine fumanti. Era un sabato di fine ottobre che ormai sconfinava in una domenica che non prometteva niente di buono. Come il resto del millennio. Il Nuovo avanzava implacabile, senza fare prigionieri.

Intanto era tornata la luce, ma scendemmo lo stesso a piedi per non rischiare di restare intrappolati nell'ascensore. Vittorio mi precedette in silenzio per tutti e sei i piani, fino al portone. Casa Spotorno è in un piccolo condominio in fondo a viale Strasburgo, quasi al confine con lo ZEN, praticamente a casa del diavolo.

Non avevo sonno, né voglia di tornare alla base. Dopo la lunga traversata del west end, sulla direttrice Strasburgo-Restivo, svoltai in via Brigata Verona, infilai i soliti nodi scorsoi viari e sbucai in via Libertà. C'era lo stesso traffico denso e isterico che c'è in pieno giorno, anche perché avevamo beccato l'orario di uscita dai cinema. Senza contare che, da qualche settimana, l'Autorità aveva mantenuto la prima parte di un'annosa promessa di piste ciclabili. Nel senso che, intanto, ci avevano propinato le piste. Tipo Camel Trophy. Oltre a certi trinceroni da Grande Guerra che sezionavano la pelle e la carcassa della Vecchia Palermo, con un reticolo fitto e irragionevole. I grandi lavori per il metano-che-ci-dà-una-mano, in attesa di trasformarci in tanti Muzio Scevola.

Ai Quattro Canti voltai per corso Vittorio, verso la Cattedrale. Aveva smesso di piovere da quando eravamo usciti e, approfittando della tregua, tutta la popolazione della felicissima città di Palermo sembrava essersi riversata nel Cassaro Alto. Avevo dimenticato che il sabato sera scattava l'isola pedonale. Insinuai lo stesso la prua della mia Golf bianca, facendomi strada in mezzo alla calca, un centimetro alla volta, e rifiutandomi di suonare il clacson ogni cinque secondi, come avrebbe preteso Vittorio. Nessuno sembrava stupirsi. Vittorio imprecò:

– Avrei fatto meglio a chiedere una volante.

– Tanto il morto è morto, Vittò, e non ti scappa.

– Il tempismo è fondamentale per la buona riuscita delle indagini.

– Ma non farmi ridere! Quando mai avete acchiappato qualcuno, tempismo o non tempismo!

A piazza Bologni la folla era così fitta che ci toccò restare fermi per almeno un paio di minuti. Dall'alto del piedistallo, Carlo V sembrava più corrucciato del solito, con il braccio proteso in avanti e la mano a palmo in giù. Esistono, in città, due scuole di pensiero sul significato da attribuire alla posa. Secondo la scuola inflazionista, Carlo V dice che per campare a Palermo ci vuole una barca di soldi alta così. L'interpretazione storicista fa invece riferimento all'altezza raggiunta dalla spazzatura quando l'anticiclone delle Azzorre turbava gli umori del sindacato giallo della nettezza urbana. Per la verità, ci sarebbe anche un'interpretazione cambronniana. Ma varia in funzione delle prevalenze politiche del momento al Palazzo di Città.

Prima della Cattedrale Spotorno si risvegliò:

– Volta di qua.

Superata piazza Sett'Angeli mi fece segno di girare a sinistra, e poi giù per via Bonello, oltre la Loggia dell'Incoronazione. Come se i sensi unici mi avessero lasciata altra scelta. Avevano finito da poco i restauri della Loggia, che ora spiccava sullo sfondo come una cravatta celodurista su una grisaglia forzitalica, tutta ripulita e del colore ambrato e sonnacchioso di una pennichella in un tardo pomeriggio d'agosto. Meglio prima, con le vecchie pietre che emergevano dai rampicanti selvatici, che ora avevano completamente estirpato. O forse sono io che ho sviluppato un gusto decadente, da morte a Venezia, che fa tanto intellettuale démodé.

Ci infilammo nel dedalo di fronte al Mercato delle Pulci, di lato alla dépendance dell'Accademia di Belle Arti di palazzo Santa Rosalia. Il morto era poco oltre. Il posto pullulava di sbirri. Sembravano più di quelli che erano, ma era solo un effetto ottico dovuto agli spazi angusti che delimitavano il cosiddetto luogo del delitto. Nessun dubbio che fosse quello, il luogo del delitto: c'era un mare di sangue, molto più dei cinque litri e mezzo autorizzati dai sacri testi, per un corpo standard. E dire che il defunto non sembrava averne potuto contenere un gran che, di sangue in corpo. E in effetti era tutto un inganno, perché il morto era cascato, faccia in giù, nel bel mezzo di una pozzanghera d'acqua fangosa, che aveva diluito tutto. Non sempre il sangue non è acqua. Non aveva fatto altro che diluviare per tutto il santo giorno, fino a poco prima: sembrava piovere da sopra e da sotto. Speravo che fosse piovuto pure da mia sorella, in campagna, così mio cognato l'avrebbe finita una buona volta con il pianto greco sulla siccità che tra poco avrebbe trascinato tutta la famiglia a chiedere l'elemosina davanti all'Ecce Homo.

La luce dei fari delle macchine e delle fotoelettriche illuminava la scena, liberando ombre ameboidi, animate dai riflessi bluastri delle luci girevoli delle volanti. Nonostante i colori, l'insieme aveva qualcosa di fiammingo, come i quadri viventi di certi film di Greenaway. Accesi una Camel e mi misi a guardare lo spettacolo. Non ero il solo, c'erano i soliti perditempo, tenuti svogliatamente a bada dagli sbirri. Accanto a Vittorio si era piazzato un tizio giovane e implume, la cui faccia mi era vagamente nota dai giornali. Mentre stavo a chiedermi chi fosse, qualcuno lo chiamò ad alta voce. De Vecchi. Il dottor Loris De Vecchi, l'ultimo acquisto della Procura. Visto dal vero, gli si accentuava l'aria da maniaco sessuale in libertà vigilata che mi era parso di notare sulle foto dei giornali, con un occhio a Cristo e uno a San Giovanni. Nella fattispecie, Cristo era personificato dall'amico sbirro. Con l'altro occhio, provvidenzialmente strabico, il magistrato era intento a scandagliare il torace di Michelle, generoso e pur riservato. Riservato in tutti i sensi, mi auguravo. Il più importante dei quali era il sottoscritto.

Sono in grado di raccontare tutto questo perché avevo ignorato l'invito di Vittorio a lasciarlo lì e a filarmela a casa. E non per attrazione morbosa: i morti mi fanno sempre impressione, e tendo a schivarli, soprattutto quando c'è la fondata possibilità che siano sfigurati, smembrati, o malridotti in genere. Per non parlare degli impiccati con la lingua di fuori.

Se mi ero fermato, era solo perché in mezzo agli sbirri, ai fotografi, e agli infiltrati affetti da necrofilia da week-end, avevo colto il lampo all'henné di una chioma familiare. Tutto sommato, ci avevo sperato di incontrare Michelle, quando mi ero offerto di accompagnare Vittorio. Era una questione di probabilità. Non è che ce ne siano così tanti, di medici legali, nella capitale del crimine. Le feci un cenno da lontano per farle capire che avrei aspettato la fine della recita, e continuai ad osservare la scena.

Dalla cintola in giù, il morto stava sul marciapiede. Il resto finiva dentro la pozzanghera, lungo il bordo della via. La strada terminava contro una casa vecchia e in cattive condizioni, con un balconcino con la base di marmo e la ringhiera in ferro battuto, che percorreva la facciata per tutta la lunghezza. Da un angolo del balcone, sotto una tettoia di onduline verde, un pelargonio scandens bianco, arrogante e ipervitaminizzato, contemplava dall'alto in basso le casupole cadenti accerchiate da ortiche alte quasi un metro, con fusti spessi come cavi da ormeggio.

Su richiesta di Michelle girarono il corpo e lo posarono sulla schiena. Per quello che se ne poteva capire, da uno in quelle condizioni, dimostrava una cinquantina d'anni, una taglia 48, ed era vestito con giacca e cravatta di passabile eleganza, fradice di pioggia. Per mia fortuna non si vedevano ferite in testa. Niente pezzi di cervello in libera uscita. Invece, dovevano averlo beccato al torace, a giudicare dalla chiazza rossa che si era espansa sul davanti della camicia. Michelle si avvicinò, lo scrutò da tutti i lati. Notai una certa cautela da parte dei presenti. Con tutto quel sangue in circolazione e con le isterie sul virus dell'HIV, non si poteva mai sapere. Michelle sembrava più disinvolta degli altri, ma era solo un'apparenza dovuta alla lunga pratica con i morti ammazzati. A parte i guanti e il camicione bianco, calzava un paio di stivaloni di gomma sovradimensionati, che le arrivavano sopra il ginocchio. Nonostante la costringessero a una camminata innaturale, non riuscivano a cancellare l'idea di levitazione che dà sempre la sua andatura. Si chinò sul morto e gli aprì un po' di più la giacca. Cercò di scostare la cravatta, ma non ci riuscì perché era fissata alla camicia con uno di quei fermacravatte che finiscono con una patacca. Michelle sfilò la spilla e sollevò la cravatta, che era larga, del tipo a lenzuolo. Sotto, apparvero gli orli bruciacchiati del foro di ingresso della pallottola, ben visibili sulla camicia, nonostante il sangue, anche dalla mia postazione. Non c'era bisogno dell'esperto per capire che il colpo era stato sparato da una distanza di pochissimi centimetri.

Vittorio si avvicinò con il magistrato, e tutti e tre confabularono per un paio di minuti. Nel frattempo qualcun altro si occupava di fare piazza pulita. Portarono via il morto, dopo averlo fotografato da ogni lato, lasciando solo pochi geroglifici che avevano tracciato qua e là con il gesso dopo che aveva smesso di piovere. Dopo un po' Michelle scosse le spalle, salutò gli altri e si allontanò, dirigendosi verso il retro di un furgone. Si liberò del camice, dei guanti e degli stivali e riemerse in jeans, felpa e scarpe basse. Si avvicinò:

– Lorenzo. Che ci fai qua?

– Ho accompagnato Vittorio.

– Mi offri la pizza?

Non la strafulminai solo perché cominciavo ad abituarmi agli aspetti più cinici della sua professione di medico dei morti ammazzati. Io, al suo posto, dopo avere sguazzato in quel modo nel sangue, mi sarei sentito sigillare il piloro per un bel pezzo, pure se fossi stato reduce da una settimana di dieta-punti. E la pizza, poi, con tutto quel pomodoro rosseggiante in primo piano!

– Di pizza, neanche a parlarne. Se proprio ci tieni a mangiare, il menù lo scelgo io. E pure il posto.

Ne ricavai una delle sue leggendarie risate di gola, che sembra attingere direttamente dalle aree precognitive del subconscio, almeno quando la precognizione riguarda il sottoscritto. La presi per un gomito e la pilotai verso la macchina. Vittorio mi fissava da lontano. Gli feci ampi cenni di saluto col braccio e un ghigno a trentadue denti. Lui affondò la testa tra le spalle e si voltò. Non è mai stato un buon incassatore, fuori dal suo lavoro. Quello che gli riusciva difficile da incassare, nella circostanza, era la conferma di una linea diretta tra me e Michelle. Chi sa se l'aveva capito, come stavano esattamente le cose. Che il suo personale compare d'anello avesse probabile commercio con una donna ufficialmente sposata, sebbene in attesa di divorzio, non era faccenda da poco. Tanto più se il compare d'anello era il sottoscritto, oggetto consapevole della giustificata venerazione dei due sconsiderati discendenti del signor commissario. La bacchettonaggine di Spotorno la sopporto meglio nei mesi freddi. In ogni caso, non lo avrebbe di certo saputo da me, come stavano le cose. Anche perché non lo sapevo bene nemmeno io.

Michelle mantenne una blanda conversazione, mentre mi avventuravo per i vicoli del Capo, a quell'ora quasi del tutto accessibili, almeno per una Golf. Sbucai in piazza Verdi e parcheggiai di fronte alla scalinata del Massimo. Ci infiltrammo a piedi tra la folla di via Bara. Niente di più adatto alla circostanza. Canticchiavo *Quindici uomini sulla cassa del morto e una bottiglia di rhum*.

Nel ristorantino di via Bara c'era un solo tavolo libero. Dopo gli aperitivi della casa portarono antipasti per due. Nonostante tutto, mi sorpresi ad allungare le zampe verso i crostini caldi con l'acciuga fusa, il pecorino grattato, e due o tre gocce di succo d'arancia. Un colpo a tradimento dello chef che, oltretutto, è pure un giornalista. E ciò non fa che confermare la vecchia connessione giornalismo-gastronomia di cui mi ero accorto la prima volta che avevo messo piede a Londra. Lì usano avvolgere fish and chips in carta di giornale rigorosamente tory, perché non c'è niente di meglio dei giornali conservatori per mantenere al giusto grado di rigidità i filetti di stoccafisso. Soprattutto se contengono articoli sulla mucca pazza o sul post-thatcherismo al sangue.

Michelle ordinò per sé i ravioloni ripieni di carne e frutta. Avrei anche potuto sentirmi male. Chiesi una vodka.

– Chi era il morto?

– Un tale Ghini. Umberto Ghini.

– Non è un cognome locale...

– Non sembra. Gli hanno perforato il cuore. Un colpo solo, di piccolo calibro, a bruciapelo. Una ventidue, probabilmente.

– Donne, allora.

– Non è detto. Sembrava ben messo; e in quel quartiere...

– Una rapina?

– Non credo. Il portafogli non l'hanno toccato. E gli hanno lasciato pure il fermacravatte d'oro e l'orologio.

– Non mi sembra cosa di mafia...

– Chi lo sa... Non sarebbe la prima volta che...

– Già. Che mestiere faceva?

– Non si sa ancora. Quando ce ne siamo andati non era ancora arrivato niente dalla Centrale. Il nome e l'indirizzo li hanno presi dalla patente.

– Allora lo leggeremo domani sui giornali. Per quello che ce ne può fregare...

Pausa di silenzio. Mi venne in mente l'ultima volta che avevo fatto la stessa osservazione perentoria. Ma nemmeno stavolta provai alcun brivido premonitore.

– Quando parti? – riattaccò dopo un po'.

– Tra una settimana. Parto domenica. Il congresso comincia lunedì.

Il Congresso di Vienna. Suona bene, sa di vissuto. Anche se non era che un congresso delle società europee di biochimica. Però, tutto sommato, qualche punto di contatto con quello del milleottocento e rotti c'era. Nel nostro caso si trattava di trovare nuovi equilibri tra le mafie biochimiche d'Europa e di ricontrattarne le zone d'influenza. Succede sempre più spesso, da quando le biotecnologie si sono convertite da scienza pura a business impuro. Io, per la verità, nella circostanza, mi sarei limitato a fare l'osservatore per conto del dipartimento. Era una richiesta speciale del Peruzzi, che è finalmente riuscito a farsi eleggere direttore, e che da un po' di tempo ostenta grande considerazione – solo in parte ricambiata – per il sottoscritto. Il Peruzzi è a caccia di nuovi spazi per il dipartimento, e di possibili alleanze internazionali. In questo tipo di cose me la cavo bene. E poi Vienna è sempre stata nel mio cuore di mezzo. Ci devono essere un paio di neuroni mitteleuropei clandestini, annidati tra le mie viscere magrebine. Mi venne voglia di fischiettare la colonna sonora de *Il terzo uomo*.

– Perché non vieni anche tu? – sparai invece.

– E come faccio?

Lo sapevo bene che non poteva. E poi, non è che fosse chiaro che taglio dare a quel nostro nuovo giro di valzer esistenziale, dopo così tanto tempo dalla conclusione del primo. Eravamo ancora alla fase di studio. Bastava poco per mandare di nuovo tutto all'aria. E forse non avevamo ancora appeso definitivamente al chiodo i nostri anni inquieti. Ci concentrammo, lei sui ravioloni, io sulla vodka. Pensavamo la stessa cosa?

Fuori, il fresco portato dalla pioggia si era dileguato, e l'aria si era intiepidita di nuovo, preannunciando una lentissima discesa verso l'inverno.

Di fronte al Museo Archeologico e alla chiesa dell'Olivella i pub erano così pieni che traboccavano sulla piazza. Davanti al Fuso Orario un esercito di ventenni tentava di risalire la corrente di un rock acido per conquistare un posto in piedi all'interno del locale. Difficile farsi strada. Deviammo verso via Spinuzza. Nonostante fosse l'una passata via Roma era ancora più intasata di macchine che a mezzogiorno. Eravamo quasi alla vigilia di Ognissanti, e i giocattolari avevano piazzato in anticipo le bancarelle della Fiera dei Morti, che montano ogni anno tra via Cavour e l'Olivella. C'era in giro un sacco di gente che dava un'occhiata o comprava già i regali per i bambini. Ci incanalammo nel flusso ascendente e ammirammo debitamente i banconi dei torronari. Ce n'era uno gigantesco, che arrivava quasi al terzo piano delle case, con tutti i pezzi di gelato di campagna allineati sugli scaffali. Michelle disse che sembrava un'allegoria. Non le chiesi di che, per paura della risposta.

Prima di tornare alla macchina ci fermammo a prendere un caffè nel megabar che avevano aperto in via Volturno, di lato al Teatro Massimo. Il teatro, invece, era ancora chiuso, sempre più chiuso, rigorosamente chiuso.* Closed, locked, fermé, geschlossen, zu, cerrado, sbarrato, allapazzato, come la segreta, ultrasorvegliata, incontaminata, metaforica – e, pertanto, inespugnabile – cintura di castità della nostra decana del dipartimento.

– Chi sa che aspettano a darlo in gestione al signor McDonald's.

– Riaprirebbe in dieci minuti.

– Il più grande hamburghificio del mondo.

– Meglio affidarlo a uno dei nostri meusari.

– Al titolare della focacceria Basile. Niente di più adatto. Anzi, mi sembra quasi obbligato, dato il cognome.

– E del Politeama che ne facciamo?

– La bomboniera più grande del mondo. La diamo in gestione a quel bulgaro impacchettatore, quel tale Christo. Che la riempia di confetti e la infiocchetti nel tulle.

L'accompagnai a casa. Ci arrivammo quasi subito, perché abita dalle parti del Tribunale, in un quadrivani che appartiene a suo padre. Vi si è trasferita quando si è decisa a mollare gli ormeggi al suo legittimo, il non compianto – speravo – professore Benito de Blasi Bosco, il più cospicuo pallone gonfiato che mai sia finito sul Guinness dei primati, intesi nell'accezione scimmiesca.

Michelle non mi invitò a salire e io non glielo chiesi. Mi aveva già detto che il giorno dopo, anche se era domenica, avrebbe dovuto alzarsi presto per lavoro. Il presto di Michelle è quasi l'alba. Bacio sulla guancia e via.

Tornai a casa per corso Alberto Amedeo. In corso Vittorio, appena superato il Palazzo Arcivescovile, mi venne la tentazione di girare di nuovo per via Bonello e dare un'occhiata al posto del morto ammazzato. Invece tirai dritto fino a casa.

---

* Lo era quando è stato scritto questo capitolo.

Michelle mi richiamò un paio di giorni dopo, al dipartimento:

– Lorenzo? Se non mi faccio viva io...

Era ingiusta e lo sapeva.

– Allora, che si fa?

– Ci vediamo stasera?

Detesto queste conversazioni in cui si risponde alle domande con altre domande. Anche se sono io a farle. Ma tant'è... Ci accordammo che sarei passato da casa sua dopo il lavoro.

Intanto, avevo troppe cose da fare. Il nuovo anno accademico (notare le minuscole autolesionistiche, prego) cominciava fra pochi giorni, e avrei dovuto darmi da fare per inventare qualcosa di nuovo per il corso. Ma tutte le mie aree corticali ufficialmente preposte languivano. Per la verità avevo la sensazione di essere io a languire in quasi tutti i sensi. Avrei dovuto tentare qualcosa di drastico, una grande svolta esistenziale, come per esempio cambiarmi la scriminatura ai capelli. Un bel problema se non avete i capelli lisci. Gli studenti poi non sono più quelli di una volta. Puoi raccontargli spiritosaggini che farebbero resuscitare i fratelli Marx e il vecchio Engels, e loro restano lì, impassibili come stoccafissi, a prendere appunti come se stessi dettando la lista della spesa. Che ne è del caro buon vecchio servilismo pre-sessantottino?

Quando fu l'ora giusta, partii sparato verso la casa di Michelle.

– Non sono ancora pronta – fa al citofono – perché non sali?

Mi accolse in sottoveste. Sa che le dona. Le portatrici di sottovesti e noi meteoropatici terminali, duri e puri, rappresentiamo l'estrema frontiera, l'unica risorsa, l'ultima speranza, in un mondo sempre più dominato dagli informatici e dai celoduristi. La visione di Michelle in sottoveste mi evoca spesso immagini di carovane nel deserto d'Arabia, e suoni morbidi e rallentati, come un assolo di Chet Baker in un jazz club invernale, fumoso, sotterraneo, e notturno.

E se in attesa della grande svolta esistenziale avessi cominciato con il dare una svolta al pomeriggio? Michelle non faceva che passarmi e ripassarmi davanti senza motivo apparente, se non quello di produrre fruscii serici e debolissime scie di Amazone, che percepivo solo perché ho un odorato finissimo (lungo piano sequenza: la cinepresa segue le evoluzioni di Michelle per tutto l'appartamento; in sottofondo, un pianoforte suona *Moon river*; l'esecutore potrebbe essere chiunque, tranne Oscar Peterson ed Errol Garner. Dissolvenza finale sul fuoco che divampa nel camino, come da manuale del piccolo sceneggiatore. Il che è parecchio problematico, data l'assenza di camini a casa di Michelle. E se fosse un termosifone, a diventare incandescente? Consigli per gli acquisti).

Era tardi quando uscimmo da casa sua.

Un quarto d'ora dopo, seduti a un tavolo dei Grilli, eravamo intenti ad ascoltare un silenzio non impegnativo, il silenzio consapevole di chi non ha bisogno di fare conversazione a tutti i costi.

Fu lei a interromperlo per prima. A un tratto, mentre masticava un pezzo di pesce spada affumicato, le venne in mente qualcosa e fece un gesto brusco con una mano. Ingoiò tutto rapidamente e per poco non si strozzava:

– Ah, l'avevo quasi dimenticato. Sai quel tizio dell'altra sera?

– Chi, lo sparato? Com'è che si chiamava?

– Ghini. Umberto Ghini. Mio padre lo conosceva.

– Vah...

– Ma sì, faceva l'antiquario. E sai una cosa? Aveva una bottega a Vienna, una bottega di un certo livello, dice mio padre. Ghini's si chiama. La bottega di Vienna. Ghini's. Volevo dirtelo, dato che vai lì...

– E allora?

– Allora niente. Te lo comunicavo così per dire. Vista la coincidenza...

– Ah, ho capito.

Fine dell'incidente. O dovrei dire inizio?

II

La ugro-finna

E ora naturalmente stavo lì, semisdraiato sul letto triste di una stanza d'albergo passabilmente opprimente, con una finestra che si apriva su un cielo passabilmente opprimente e con un umore – il mio – passabilmente oppresso. Il tempo – ça va sans dire – era passabilmente schifoso. Come il congresso, fino a quel momento. Con l'aggravante che era già il quarto giorno e non ne potevo più. Ed è per questo che avevo l'elenco telefonico di Vienna posato di taglio sulla pancia e aperto sulla lettera G. Che, caso mai non ci foste arrivati da soli, è l'iniziale di Ghini's. E avrei fatto ancora in tempo a restarne fuori se costui, invece di farsi trovare lì, in bella vista, sulla colonna di sinistra, si fosse accontentato di una solitaria apparizione sulle pagine gialle. Che non avevo sottomano. E che non mi sarei mai sognato di andare a cercare. Come non avrei cercato l'elenco del telefono se non l'avessi comodamente trovato a mia disposizione sulla console, sotto la solita Bibbia multilingue. E se io non fossi così sensibile ai pasticci tra le aree cicloniche e anticicloniche. Perché, altrimenti, sarei stato a spassarmela dauntaun. Certo non appresso alle cariatidi che in quel momento si preparavano a salpare in pullman per Grinzing, per la cena sociale del congresso. Come se non ne avessero già avuto abbastanza di bevute di vino (si fa per dire) del Wienerwald, con il fatale armamentario di cori, ondeggiamen-

28

ti, serpentoni umani, e di britannica, desolante latitanza di ogni tentativo di approccio intersessuale.

E sembrava pure che una specie di maledizione incombesse su tutta la faccenda. Altrimenti, perché diamine questo Ghini's avrebbe dovuto trovare una provocatoria collocazione sulla Mariahilfer, che per me non ha segreti, e non invece in una qualche oscura Gasse della terra di nessuno che si estende tra il Prater e il Donau Kanal?

Prendere nota dell'indirizzo e decidere di andare a dare un'occhiata da vicino fu questione di attimi. Una sbirciatina all'orologio bastò a farmi escludere il blitz immediato. Si era fatto tardi e avrei rischiato di trovare tutto chiuso. Rimandai al giorno dopo. Tanto ero sicuro che lo stato di brutale paranoia che mi aveva spinto alla consultazione della guida sarebbe perdurato fino ad allora.

Chiusi l'elenco con uno scatto secco ed allungai la mano verso il libro della Duras che mi ero portato dietro. Impiegai una mezz'ora per leggere la ventina di pagine che mancavano alla fine. Era *Il dolore*. La scrittura della Duras sembra incisa con le unghie sulle pietre del Mekong, e il segno è poi riempito di lacrime e sangue, dice Michelle. Niente a che spartire con certi libri che sembrano giaculatorie delle dame della San Vincenzo, dico io.

Mi stiracchiai e accesi la TV. Cartoni animati, danze in costume tirolese, e una tavola rotonda sull'agricoltura biologica. Spensi e tentai con la radio. Pescai in sequenza un incomprensibile pistolotto in austriaco stretto, un programma di canzoni folcloristiche, e una serie di arrangiamenti alla Ray Conniff. Quasi un'istigazione al suicidio. Chi sa che cosa avrei finito con l'ascoltare se fossi stato a casa. Qualcosa che mi assecondasse l'umore, come gli ultimi quartetti per archi di Ludwig van, o al limite, quelli di Bartok. Mio nipote il piccolo una volta ha annunciato alla famiglia che

i quartetti per archi di Bartok Bela sono in naturale conti-
guità con gli ultimi di Ludwig van. Glielo ha detto la mae-
stra della scuola materna. L'hanno cacciata immediatamente
e l'hanno sostituita con una Cobas montessoriana, ignorando
le proteste di mio cognato che invece avrebbe voluto lapi-
darla sul posto, all'uso islamico. Armando ostenta una grande diffidenza verso la cultura. Il suo motto ufficiale è: Se
incroci qualcuno con un libro sottobraccio spara per primo.
Ma in fondo lo dice solo per tenere a bada mia sorella.

In alternativa avrei potuto scegliere qualcosa che l'umore, invece, riuscisse a farmelo cambiare. Una musica allo-
patica come le serenate di Wolfgang Amadeus. O una omeopatica, come il *Manfred* di Schumann/Byron, recitato da Car-
melo Bene; o anche qualcosa di più impegnativo, come un
paio di tanghi di Astor Piazzolla cantati da Adriana Varela
o da Amelita Baltar. Probabilmente alla fine avrei optato per la terza via, la via facile, facendo scivolare sul piatto qualcosa di vinilico, qualcosa tipo *West end blues*, nel-
l'edizione di Clarence Williams e Katherine Henderson.

Fuori, il cielo aveva preso una luminosità innaturale. Vidi passare una nuvola bianca che aveva il profilo di Sigmund
Freud, braccata da nuvoloni neri, con fauci spalancate su
dentature lacaniane. Sono proiezioni del subconscio, dite?
Lo direi anch'io se non avessi già vissuto di persona un sacco di luoghi comuni culturali. Come la volta che ero stato
in Bretagna, e nell'istante preciso in cui il treno superava
il cartello che indicava la città di Brest, aveva cominciato
a piovere, e non aveva più smesso per un paio di giorni, anche se era luglio. Una coincidenza? E allora, come si spiega che la prima donna incontrata, appena fuori dalla stazione,
si chiamava Barbara? Era scritto nero su bianco sulla licenza
attaccata all'interno del suo taxi: Kowalsky Barbara, nata
nel '32 a Varsavia, di una bruttezza così struggente da ri-

sultare poetica. Con quel cognome avrebbe dovuto guidare una Mustang bianca, non una Renault bordò. Ricordo perfettamente ogni particolare, dopo tanti anni, perché c'ero quasi rimasto secco. Tre mesi prima era morto Prévert:

Rappelletuà Barbarà
sdilluviava senza tregua quel giorno su Brest
e tu guidavi il taxi
e la tua faccia era notevolmente polacca
sotto la pioggia...

Improvvisamente, presi coscienza del vociare crescente dei congressisti che saliva dal piazzale davanti all'albergo. Con uno dei fulminei cambiamenti d'idea che mi concedevo da qualche tempo, decisi di unirmi al gruppo. Mi detti una sistemata approssimativa, e mentre scendevo a piedi per le scale, mi esaminai con distacco nel grande specchio sulla parete di fronte. Una volta mi hanno detto che quando la luce mi colpisce in un certo modo, sembro quasi bello. Da allora, non faccio che cercarla, questa luce. Ci sarà pure da qualche parte, e prima o poi la troverò.

Giù mi unii al gruppo anglofono. Sul pullman c'era pure un'italiana secca secca, con i capelli stopposi e l'aria depressa di un vescovo luterano in preda a un attacco di colite; me ne tenni alla larga e mi piazzai accanto a una grassona di Liverpool.

Alle sei spaccate, con puntualità nevrotica, i pullman misero la prua verso il Wienerwald. Seguì il solito giro per i soliti Heurige, con il solito contorno didascalico delle guide indigene. Da ciò che disse una di queste, la grassona di Liverpool dedusse che la giovane signora Thatcher e il vecchio Ludwig van avevano dormito insieme in una certa casa. Che per questo era diventata monumento nazionale. Ne fu tanto colpita che subito lo scrisse in una cartolina per il marito.

A tavola tenni le posizioni accanto alla grassona, che era la migliore del mazzo. Dopo un paio d'ore ero persino euforico, e avevo avuto occasione di sfoggiare due volte il vocabolo schmock, che avevo imparato da poco.

Prima di mezzanotte eravamo già in albergo. Salii in camera e formai il numero di Michelle. Lasciai squillare finché non cadde la linea. La cosa mi introdusse in uno stato di irrequietezza maledettamente piccolo borghese. Scesi di nuovo e camminai per un po' lungo il Kai e per la Rotenturmstrasse, fino a Santo Stefano. C'era un freddo cane. Inesorabile come il nocciolo duro di una caramella ghiacciomenta. Due ubriachi intabarrati come cosacchi nella Steppa della Fame suonavano a turno la tromba con la stessa bottiglia di birra. Sacher aveva già chiuso bottega, saccheggiata da torme di feticisti vetero-morettiani a caccia di souvenir. La Kärntnerstrasse era semideserta. Al tempo della mia prima visita era un inferno di macchine. Allora era una strada normale, non ancora un'isola pedonale ridotta al rango di una qualsiasi trappola per turisti. Il Graben invece era tornato alle origini. L'ultima volta l'avevo trovato sventrato per i lavori della U-Bahn, trenta metri più in basso, e mi era parso di avere sprecato un viaggio.

A furia di girovagare mi ritrovai vicino all'università. Da quelle parti doveva esserci anche l'Orient hotel, un alberguccio semiequivoco dove anni prima avevo dormito per una notte. Lo cercai inutilmente per un paio di stradine. Invece trovai la palazzina che un tempo ospitava un self-service popolare frequentato da studenti e da pensionati in cattive acque.

Quella volta ero in giro in macchina con Michelle, e c'eravamo finiti per caso. Avevamo scelto braciole di maiale studiate apposta – così ci assicurava un cartello trilingue – per il fabbisogno calorico di uno studente universitario medio, con accompagnamento standard di Kartoffelsalat, ed eravamo capitati a tavola accanto a una vecchia, dignitosa signora, vestita in modo dimesso. Avevamo appena cominciato a sezionare le braciole, quando la tizia aveva cominciato a scuotere la testa in direzione dei nostri piatti: non andava proprio – ci aveva detto in inglese – per lo stesso prezzo avremmo avuto diritto a qualcosa di molto più abbondante, come per esempio quello che lei aveva sul vassoio: il classico carico alimentare che la zia Carolina avrebbe battezzato 'mmarrapanza: enormi knödel di pane, pochi pezzetti di carne annegati in un sugo denso e scuro, e una montagna di patate e carote che dovevano essere state bollite al tempo del Congresso di Vienna. Mi ero sentito stringere il cuore e surgelare il piloro.

La vecchia dama era un'insegnante di inglese in pensione, e quando capì che eravamo italiani ci disse che era stata una volta in Italia, a Grado, ai tempi della presa di Porta Pia, o giù di lì. Parlava un inglese antico e diligente, ed era rimasta imbarazzata perché non sapeva il significato del vocabolo pollution, che avevo pronunciato parlando dell'Adriatico dei nostri giorni, o forse l'imbarazzo era dovuto al fatto che ne aveva equivocato il significato.

Ci eravamo offerti di accompagnarla in macchina fino a casa, e lei ci aveva invitato a salire, e stava in un monolocale con retropuzza di cavoli marci, o di crauti andati a male, che poi è la stessa cosa, e ci aveva preparato il tè, ed era una casa veramente povera, pulita, ma povera all'osso, e avevo avuto la tentazione di fare scivolare di nascosto da qualche parte tutti i miei scellini in contanti, e se fossi stato il giovane Holden Caulfield forse glieli avrei anche lasciati, e invece, alla fine, avevo deciso di non farne niente, anche perché aveva riesumato una teiera e certe minuscole tazzine da tè, di antica porcellana finissima, con le iniziali Z. v. S. stampigliate sopra, che sembravano molto meno reticenti della dama. Magari aveva anche lei la dignità fragile. Mi deprimeva troppo l'idea di un'umiliazione postuma. Se è vero quello che diceva Longanesi, che non c'è comunista che sedendo accanto a un duca non provi brividi di piacere, cosa mai potranno provare gli ex comunisti, quando le ex duchesse offrono loro il tè?

Ora il self-service non c'era più, e la vecchia insegna era stata sostituita dalle luci al neon verdi e rosa del night-club Tropicana. In ogni città mitteleuropea che si rispetti c'è un night-club Tropicana. Di solito, sono i luoghi più tristi dell'universo, come aveva intuito il vecchio Lévi-Strauss, prima di passare alla produzione in grande stile di jeans. Dall'interno filtrava un motivo di danza del ventre, ma con un arrangiamento alla Henry Mancini suonato da un'orchestrina zoppa. L'insieme offendeva l'udito, la vista, la via, la vita. Dopo il Grande Freddo degli anni Ottanta, dopo la Grande Glaciazione Paranoide degli anni Novanta, il Terzo Millennio sarà forse l'era della Grande Imbalsamazione Collettiva?

Un gatto mi passò tra le gambe e si incamminò felinamente verso il portone di una vecchia casa. Se ci fossero state un po' di macerie in più e un'insegna in meno mi sarei quasi aspettato di vedere il ghigno di Orson Welles bucare l'oscurità del portone.

Mi guardai bene dall'entrare. E siccome mi ero pure stufato di girovagare, con il codazzo tradimentoso di rimembranze assortite, tornai in albergo.

Richiamai Michelle. Stavolta rispose al primo squillo:

– Ti ho svegliata? – Subdolo come un vecchio cobra.

– No, sono appena rientrata, ero a cena fuori con mio padre. Non ci vedevamo da un pezzo. Mi ha chiesto tue notizie. Quando torni?

Glielo dissi. Parlammo per un po' del più e del meno, poi la salutai.

Michelle è molto attaccata a suo padre. Mi sentivo borghesemente sollevato. Nonostante i patti non dichiarati di reciproca libertà di movimento, l'idea che lei possa andare in giro con chi le pare mi attiva spasmi di una gelosia un po' démodé. E credo che per lei sia lo stesso. Sarei deluso se non lo fosse.

La mattina dopo approfittai del coffee break per filarmela all'inglese dalla sala del congresso. Avevo combinato uno scambio di seminari biotecnologici con un professore di Manchester che parlava un inglese inopinatamente comprensibile. Aveva una faccia da licantropo umanitario, un licantropo democratico, non lottizzato e un po' dandy, con un sentore di soluzione Schoumm che gli aleggiava intorno. La faccia che ti aspetteresti da qualcuno con un nome tipo Pinketts. Invece si chiamava incredibilmente John Brown.

Mi avviai a piedi verso la Mariahilfer. La bottega si trovava nella parte bassa, abbastanza vicino al Ring, compressa tra un Konditorei e un Delikatessen. Passai lentamente davanti all'ingresso, poi tornai indietro e mi misi a studiare la vetrina. Io non ne capisco un accidente di paccottiglia e robavecchia. L'unica anticaglia che riconosco a colpo sicuro è la nostra decana del dipartimento. A occhio e croce, mi sembrarono le solite stupide cose che si vedono dovunque nel settore. Per quanto mi riguardava, la vetrina avrebbe anche potuto essere stracolma di lapsus freudiani.

Il nome Ghini's era discretamente inciso sopra una piccola insegna a bandiera, di ferro battuto, e ripetuto in corsivo inglese dorato sul battente della bussola di cristallo. Legno vecchio a perdita d'occhio. Nella vetrina individuai, in mezzo al ciarpame, una bella pietra di giada, di un verde luminoso, quasi trasparente, grande come una noce. Michelle va pazza per questo genere di cose. Ottima scusa per entrare. Quando spinsi la porta si sentì tintinnare una campanella. Dentro, c'era una donna intenta a cambiare di posto a una coppia di lampade i cui paralumi avevano lo stesso colore epatico che prendono le facce di certi vecchi austriaci, se qualcuno pronuncia il vocabolo Anschluss. La tizia si voltò verso di me e mi fece un accenno di sorriso. Io cominciai subito a guardarmi intorno e lei continuò a trafficare.

Il locale non era male. Ben messo, come aveva detto il padre di Michelle. Non aveva affatto l'aria polverosa, né sentore di muffa, né rodio di tarli, come mi aspetto sempre in posti del genere. Mentre cercavo di decidere il da farsi, si sentì un ronzio sommesso e intermittente. La donna sollevò il ricevitore di un telefono seminascosto e cominciò a parlare a bassa voce. Cercai di origliare, ma mi arrivavano soltanto sussurri in una lingua che non sembrava tedesco. I sussurri si trasformarono rapidamente in sibili quasi rabbiosi. Infine disse *gavno*, e mise giù stizzita. Conoscevo quel vocabolo. Era russo.

Non avevo più scuse per stare a cincischiare. Tossicchiai sommessamente:

– Schuldigen.

– Sì, prego – rispose lei, a tappo. Rimasi a guardarla con un sopracciglio alzato. È una delle cose che mi riescono meglio.

– Dica pure – mi incoraggiò. Aveva una bella voce calda.

– Meno male che lei parla l'italiano, perché Schuldigen è l'unica cosa che so dire in tedesco.

Rovesciò la testa all'indietro e lasciò partire una risata troppo insistita per essere del tutto genuina:

– E se le avessi risposto in tedesco?

– Avrei biascicato qualcosa tipo Telefunken, e sarei uscito.

Ovviamente c'ero rimasto secco. Non per la risata, ma
perché mi aveva spiazzato in quel modo. Però non avrei dovuto stupirmi. Mi capita sistematicamente, all'estero. E
non sempre è l'accento a tradirmi. Certe volte gli basta solo un'occhiata per catalogarmi. Dicono che ho l'aria così italiana, per come sono vestito, perché sono così distinto, per
gli accessori, e cavolate simili. Io allora attacco con la solita tiritera sul mio essere siciliano, tanto per vedere come la
prendono. E undici volte su dieci, tirano fuori la storia della piovra, con obbligato e futile contorno di lupare tecno-
logiche. Io a questo punto mi metto a sparare balle sempre
più grosse per vedere chi si stufa per primo.

Le poche battute scambiate e la visione ravvicinata della donna bastarono a farmi capire che lei non era affatto il
tipo scialbo che mi era parso da lontano. Sul momento, la
collocai a metà strada fra i trenta e i quaranta. Aveva capelli nerissimi, con un taglio Vergottini, e occhi profondi.
Piacente, tutto sommato. Indossava una giacca di velluto verde, stretta in vita, su un gonnellone di flanella a elaborati
disegni astratti con colori che andavano dal verde al marrone caldo. Sembrava più alta di quel che era, forse anche
per via degli stivali. Un tipo energico. Forse, pericoloso. A
occhio e croce, l'avrei immaginata accanto a uno Scott
Fitzgerald.

– Lei di dov'è? – riprese, quando finì di ridere.

– Sono di Palermo.

– Ah! – Si mordicchiò il labbro inferiore con gli incisivi.
Durò solo per un attimo, però mi trasmise un'impressione

di sorpresa e di contenuto allarme. Annaspai alla disperata ricerca di qualcosa da dire.

– Sa che qui c'è la dalmatica che Re Ruggero II indossava quando fu incoronato nella Cattedrale di Palermo? – sgranai alla fine, tutto d'un fiato.

Non c'entrava un tubo, ma l'avevo sentito dire da poco, e non mi venne niente di meglio da spremere.

– Qui dove? – annaspò anche lei.

– Qui a Vienna, nella Weltliche Schatzkammer della Hofburg.

– No, non lo sapevo. È importante?

– Ma almeno lo sa che cosa è la dalmatica?

– Io no, e lei?

– Figurarsi. Certo che lo so.

Il padre di tutti i bluff. A casa dovevo assolutamente ricordarmi di cercare, una volta per tutte, che diamine fosse quella benedetta dalmatica.

– Lei è a Vienna per turismo?

– No, sono qui per il congresso.

– Il Congresso di Vienna?

– Le sembro così vecchio?

– Ma no, intendevo per motivi di studio sul Congresso di Vienna.

– Peggio che mai. Le sembro il tipo?

– Via, non volevo offenderla. Le offro qualcosa di tipico: le andrebbe un Einspänner?

– Nero come il peccato?

– E caldo come l'inferno. Ma lei come lo sa?

– L'ho letto sulla guida; 'ste cose le trovi solo lì. Di tutte le stupidaggini...

– D'accordo, d'accordo, ma lo vuole o no?

– Sì, ma offro io.

– Voi italiani siete tutti uguali, credete sempre che...

– Le ripeto che io sono siciliano. Siamo nordafricani, noi.

– Il solito ritornello. Lo conosco. I tremila anni di civiltà, i Fenici, i Greci, i Romani...

– ... e gli Arabi, e i Normanni, e gli Angioini, e gli Aragonesi...

– ... e Garibaldi!

– Touché! Ma lei queste cose come le sa?

– Ho studiato dalle monache.

– Non sarà, invece, che lei è la signora Ghini's?

– Ghini semmai...

Mentre lo diceva ci fu appena un guizzo, un rapido ammiccare dei suoi occhi colore Einspänner, e anche la bocca si induriva a formare una piega estemporanea e vibrante. Per un paio di secondi mostrò quella che doveva essere la sua vera età: quarantadue, quarantatré. Recuperò subito:

– Comunque, non sono la signora Ghini. Sono solo la direttrice del Ghini's. Mi chiamo Zebensky, Elena Zebensky. Sono di origine ungherese.

– Mitico. Ho sempre sognato di incontrare una ungherese.

– Eccomi qua.

Raccolse una specie di mantello che si drappeggiò sulle spalle e ci avviammo verso la porta. Prima di chiudere, voltò verso l'esterno il cartellino con la scritta Geschlossen. Prese a camminare giù per la Mariahilfer, ignorò la Konditorei e mi guidò verso il vicino caffè annidato in una delle traverse.

– Qui è più tranquillo.

Ci sistemammo a un tavolino d'angolo e una cameriera anziana con grembiulino bianco e cuffietta venne subito con il blocchetto per le ordinazioni.

– A colazione prendo solo un'insalata. Devo badare al peso.

– Questa non riesce a darmela a bere. Piuttosto mi dica: lei quante altre lingue conosce? Pare che voi slavi...

– Noi siamo ugro-finni – specificò trionfante per la pariglia resa. – Comunque, conosco solo cinque lingue: ungherese, italiano, tedesco, francese e inglese. E anche un po' di russo. Sa, ormai coi turisti...

– In russo io so dire: Allacciate le cinture di sicurezza.

– Interessante. Chi glielo ha insegnato?

– Una hostess dell'Aeroflot, a bordo di un Tupolev, durante una caduta libera sui Balcani. Saprei anche comandare un reparto dell'Armata Rossa in battaglia, purché il nemico fosse tedesco. So dire: Fuoco ordina il colonnello.

– Molto utile. Fondamentale.

– Nina Potapova, *Grammatica Russa*, lezione sei. La studiava mia sorella. Io per la verità conosco solo dieci vocaboli, di russo. Dodici se ci mettiamo pure glasnost e perestròjka. E anche l'italiano l'ha imparato coi turisti?

– No. Quello l'ho imparato in Italia, un po' a Milano, un po' a Palermo.

– Ma no! Ecco perché è così informata. Posso chiederle cosa l'ha portata in Sicilia?

– Il Ghini's, ovviamente. Ce ne sono altri due, oltre a questo di Vienna; uno è a Milano, l'altro a Palermo.

– Mai sentito.

– Niente di strano. Quello di Palermo è conosciuto come Kamulùt. Lei c'è sicuramente passato davanti tante volte; si trova in una delle strade a valle di via Libertà, tra piazza Croci e il Politeama. Il proprietario però è sempre Ghini, che vive a Palermo.

La cosa non mi stupì. Le nostre cronache sono piene di strani inghippi, di bizzarre alchimie, di storie che si intersecano, di legami incrociati e insospettati. Ciò che invece mi colpì nell'ugro-finna, fu l'uso disinvolto del nome Ghini, pronunciato senza battere ciglio. Come se la notizia dell'ammazzatina non fosse ancora arrivata sulle rive del Danubio. Evento quanto mai improbabile, dopo tanto tempo, e dati i rapporti molto stretti che dovevano necessariamente esistere tra la ugro-finna e il multiplo Ghini.

– Ma lei era entrato solo per tentare un abbordaggio?

In effetti, assorbito dalla bizzarria della situazione, mi ero completamente dimenticato della pietra. Glielo dissi. Lei tirò fuori la sua anima commerciale e si spertícò in apprezzamenti per il mio buon gusto, con la solita aria fasulla degli stacanovisti da bancone di vendita.

Finiti gli Einspänner, la sua insalata e la mia Apfeltorte, ci riavviammo verso la bottega. Lei andò difilato alla vetrina, prese la pietra, la incartò per benino e mi estorse un'esorbitante quantità di scellini. Io non battei ciglio perché tendo ad avere le mani bucate, e le porsi la carta dell'American Express, mia unica concessione al post-feticismo.

Mi piace fare regali a chi mi piace. Mi venne in mente che di lì a poco sarebbe stato il compleanno di mio nipote Angelo. Chiesi alla ugro-finna se avesse qualcosa di adatto. Si concentrò per qualche istante, poi aprì un cassetto e ne tirò fuori una scatolina di legno.

– È un carillon, l'ultimo che mi è rimasto. Se siamo fortunati suonerà una ninna nanna di Mozart.

Fummo sfortunati. Appena sollevò il coperchio, il marchingegno si mise in moto e picchettò le prime note dell'inno delle SS. All'interno del coperchio era incisa a fuoco una piccola svastica.

– Non mi sembra molto adatto…

– Già.

Ricominciò a pensare. Ricordai di colpo un mio desiderio struggente di quando li avevo compiuti io, gli anni di

Angelo. Le cose che il mio specialissimo subcosciente riesce a tirare fuori dopo decenni di oblio...

– Avete soldatini di piombo? – le chiesi, reprimendo il panico che mi proponesse quelli appartenuti a Ceccopeppe, a Radetzky, o al vecchio Adolf H.

Lei annuì, sparì sul retro, e tornò dopo un paio di minuti con una grossa scatola di cartone. Cominciò a disporre i soldatini sul tavolo.

Mentre li studiavo si sentì tintinnare la campanella, e un giovane bellimbusto sui venticinque anni si fece avanti a passi lunghi. Somigliava al Donald Sutherland del film *Novecento*, con in più l'aria di una recluta smaniosa di obbedire a ordini crudeli. Sottobraccio portava un pacchetto piatto, avvolto in carta di giornale, grande il doppio di un elenco telefonico. La ugro-finna lo fulminò sul posto. Lo fece perché credeva che io fossi perduto nella contemplazione dei soldatini. Però me ne accorsi lo stesso. Il giovane Sutherland piroettò e cominciò a passare in rassegna la paccottiglia esposta. Si annusava pure da lontano che non gliene poteva importare meno.

Chiesi il prezzo di due soldatini con la divisa napoleonica:

– Omaggio di Ghini's.

Accennai un gesto di protesta.

– Vuol dire che la prossima volta che vengo a Palermo lei mi invita a cena. E poi mi accompagnerà a fare un giro della città notturna. Sa che la invidio? Per la città e per il clima. Lei ci vive tutto l'anno.

– Perché non si trasferisce? L'unico modo decente di sopravvivere a Palermo è da stranieri: restano in piedi tutti gli alibi.

Mi porse un biglietto da visita con il suo nome e il telefono del Ghini's di Vienna, tracciati nel solito corsivo inglese. Io, che biglietti da visita non ne ho avuti mai, le dettai il mio numero di casa e quello del dipartimento. Aveva una stretta di mano del tipo caldo e avvolgente.

– Verrebbe a cena con me, stasera? – buttai lì. Classico approccio da intellettuale catanese in trasferta.

– Qui no, a Palermo sì.

Riaffiorava un barlume di diffidenza. Forse le sue antenne femminili avevano captato l'involontaria forzatura nel mio invito. Il fatto è che ho tendenze vergognosamente monogame per essere un siciliano. Roba da far fremere tutti i dongiovanninsicilia nelle loro tombe e tutti i Brancati sugli scaffali della mia libreria.

Appena fuori mi misi a passeggiare lentamente, fingendo di guardare le vetrine. Non passarono nemmeno dieci minuti che il giovane Sutherland uscì. Non aveva più il pacchetto. In compenso, si assestò con la mano un colpetto affettuoso sul torace, nel punto dove si presume viva di solito il portafogli della gente. Aria di Vienna a parte, non c'era bisogno di essere grandi esperti del vecchio Sigmund per capire che si era appena conclusa una transazione. Non del tutto pulita, probabilmente.

La mattina dopo non ci pensavo già più. L'episodio mi aveva lasciato solo una traccia di blanda curiosità, appena un rumore di fondo. Non erano fatti miei e non avevo nessun motivo per cercare di saperne di più. Tutto sommato, se mi ero avventurato in quella bottega, lo avevo fatto solo per la noia e per lo stato di abbrutimento in cui mi aveva sprofondato il congresso.

Il sabato pomeriggio pioveva, il cielo era cupo, Vienna tetra, ed io disperatamente mediterraneo. Non avevo nessuna voglia di stare in giro per la città, da solo. Invece di andare a caccia dell'autobus per l'aeroporto, decisi di farmi l'omaggio di una corsa in taxi. Forse, la pensata che mi venne durante il tragitto può dare un'idea più precisa del mio umore:

– Mi scusi – sparai in italiano al tassista – mi saprebbe dire per caso dove vanno le anitre quando lo stagno del Burggarten gela?

– Was? – replicò il brav'uomo.

– Lasci perdere, amico.

Mi ritrovai all'aeroporto con molto anticipo sull'orario della partenza. Fuori si sentiva un suono lontano di banda, che ricordava un po' la *Marcia di Radetzky*. Non mi piacciono le bande. Specie nell'Europa continentale. Quando predominano gli ottoni, poi, mi danno i brividi, e associo sempre il suono a nomi tipo Bruno, a cognomi tipo Krupp, e al film *Cabaret*. Il massimo dell'ovvietà, chi lo nega?

Passai il check in, superai i controlli, e feci una puntata al duty free. Gli ex paradisi dei neo epicurei. Comperai un bottiglione di Amazone per Michelle.

Mi spostai verso l'edicola per dare un'occhiata alle prime pagine dei giornali italiani. Per tutto il tempo del congresso ero rimasto felicemente a secco di notizie dai patrii lidi. Non avevo perso niente. Per quanto ero in grado di ricordare, i giornali avrebbero anche potuto essere quelli della settimana prima. Un quotidiano altoatesino riportava la descrizione di un serial killer che aveva già fatto fuori quattro persone. Il catenaccio insinuava che avrebbe anche potuto trattarsi di un extracomunitario: alto, biondo, occhi azzurri, carnagione chiara. Il tipico identikit di un congolese figlio di senegalesi, nipote di nigeriani.

Ero incerto se aspettare i rifornimenti cartacei di bordo o provvedere subito. Non avevo più niente da leggere, avendo esaurito in anticipo le mie scorte da viaggio. Cercai di trovare libri in italiano, ma avevano solo un saggio sul socialismo reale, la cui enunciazione in epigrafe sembrava asserire che quello che c'era di veramente tragico nel socialismo reale, è che era reale, e una monografia sulle fideiussioni. Un'occasione unica per cercare finalmente di capire che diamine fosse una fideiussione, vocabolo che mi ha sempre evocato i titoli di improbabili cronache, tipo: Tre escursionisti di Curno dispersi nel corso di una tragica fideiussione in Bassa Baviera. Invece acquistai un paio di quotidiani e mi misi a sfogliarli, dopo essermi piazzato a un tavolino, con una bionda alla spina davanti.

Finalmente chiamarono il volo. Benché avessi un biglietto di classe turistica mi avevano sistemato nella business perché nella turistica non c'era più posto. L'unica differenza tra un lato e l'altro della tendina di divisione erano le facce dei passeggeri, molto più delinquenziali, da cartello di Medellin, nella business.

Ero capitato accanto a un grassone che cacciò subito il naso dentro il mio giornale. Lo fece con discrezione, ma aveva il naso lungo, e una di quelle facce che sembrano fatte apposta per stimolare la diuresi.

Se c'è una cosa che mi scuote i nervi è avere qualcuno che sbircia nel mio giornale. E dire che aveva in mano una copia intonsa del «Corriere del Ticino». Voltai appena la faccia verso di lui e lo guardai con intenzione. Non se ne dette per inteso e sorrise come se niente fosse. Eccone un altro, pensai. Ormai sono dappertutto. Però avevo equivocato. Infatti era solo un tipo gioviale. I peggiori. Da quegli altri, almeno, ti puoi difendere.

Avevo il giornale aperto su un articolo che parlava di mafia. Era quello che lui cercava di leggere: uno dei soliti pastoni socio-politico-folkloristici cui gli inviati speciali ricorrono per coprire i buchi neri in cronaca, quando vanno in carenza da ammazzatine eccellenti. Certi inviati speciali calano al sud con gli elmetti col chiodo, quelli che gli Stati Maggiori prussiani adottarono quando presero visione degli studi di Beniamino Franklin sui parafulmini (verrà da qui l'espressione Fulmine di guerra, con la sua logica estensione, Scemo di guerra?).

– Lei è siciliano? – sparò.

Perbacco. Diventavano precisi come cecchini. Magari era merito mio.

– Sì, e lei?

– Sono di Lugano.

Avrei dovuto limitarmi ad assentire, senza fare domande a mia volta. Ma c'era qualcosa, nel tizio, che mi era vagamente familiare; mi ricordava qualcuno. Si voltò per un attimo verso il finestrino, mostrandomi la nuca: la stessa zucca semipelata dell'ex legittimo di Michelle, l'imperatore dei cucchiai d'oro. Si voltò di nuovo verso di me:

– È stato a Vienna per turismo?

Accennai sobriamente al congresso.

– Oh, quasi un collega, allora.

Mi rivelò che anche lui era stato a Vienna per un congresso, e da lì andava direttamente a Roma, per una tavola rotonda sul tema: L'ascesa della libido in Occidente, dopo la caduta del Muro di Berlino. O giù di lì.

– Sono psicanalista.

– Ovviamente junghiano...

– Ovviamente.

Improvvisamente fui folgorato dalla consapevolezza che, tutto sommato, gli psicanalisti e i ginecologi finiscono entrambi con l'esplorare le stesse cose, anche se da punti di vista diversi. Ed ecco spiegata l'aria di famiglia tra lo svizzerone e il pallone gonfiato di Palermo.

– Che ne pensa del signor Bossi e della secessione della Padania?

– Noi, in Sicilia, abbiamo lo stesso problema coi catanesi.

– Vogliono anche loro la secessione?

– Al contrario. Non se ne vogliono andare. Il signor Bossi ha tutta la mia solidarietà. Prima o poi toccherà a noi palermitani doc andare a fare merenda oltre la sponda est dell'Oreto.

– Che sarebbe?

– Il nostro fiume sacro.

– Uh. E a parte questo, come va giù da voi, in Sicilia?

Se c'è un'altra cosa che mi fa fremere tutte le vibrisse psichiche, è l'espressione giù-da-voi o laggiù, riferito alla patria odio-amata.

– In che senso?

– In quel senso lì – indicò con il mento l'articolo sulla mafia.

– Vede, noi siciliani siamo extremophiles, estremofili: così gli anglosassoni hanno battezzato gli organismi capaci di sopravvivere nelle condizioni ambientali più estreme. Talvolta ce le creiamo, le condizioni estreme. A suo tempo, abbiamo inventato la mafia solo per poter dire che non esiste.

– Ma, secondo lei, Palermo è ancora la capitale mondiale del crimine?

– Si decide ogni quattro anni: dipende da chi è il sindaco.

– Non capisco.

– Nelle città siciliane, di solito, il sindaco neoeletto eredita la mafia dall'amministrazione precedente, e la dichiara estinta alla fine del proprio mandato. E così via. È il tipico andamento che gli scienziati definiscono sinusoidale. È un meccanismo che stiamo studiando, per poterlo comprendere bene prima di esportare il know how verso i paesi che ne facessero richiesta.

– Scusi la domanda, ma lei di che tendenze politiche è?

– Io sono un meteoropatico puro.

– Uh! Non sarà, invece, uno di quei colletti bianchi che...

– Dei peggiori. Da generazioni, in famiglia, ci tramandiamo la mafia di padre in figlio.

Per un lungo momento sembrò indeciso se cambiare posto o scoppiare a ridere. Alla fine optò per la seconda soluzione:

– Quasi riusciva a darmela a bere.

Nel frattempo la hostess austriaca ci aveva piazzato davanti i vassoi con la cena. Avevano modellato la plastilina fino a farle assumere la forma di una fetta di lingua salmistrata, messa poi a macerare nel ducotone. E se era toccato questo a noi fessi della business, chi sa cos'avevano ammannito ai fessi della classe turistica. Mi limitai a ingoiare le cipolline e i cetriolini sottaceto di contorno e chiesi alla ragazza di portarmi un whisky. Lo svizzerone aveva dato fondo a tutto. Interpretando correttamente i suoi sguardi famelici, gli passai senza tante cerimonie il mio vassoio quasi intonso. Apprezzò sobriamente il gesto. L'amico era parecchio atipico, per essere un ticinese. Poi ordinò un cognac. Ne chiesi uno anch'io.

– Scherzi a parte, mi interesserebbe davvero la sua opinione sulle vicende di mafia. Lei è un intellettuale. Sa, un conto è leggerle sui giornali... Quello che più mi incuriosisce, professionalmente, ed anche come semplice cittadino del mondo, è questa storia dei pentiti.

– Una sicura risorsa per il futuro. Quando la mafia sarà stata definitivamente estirpata, bisognerà crearne una finta. Per i turisti. Sa, come i villaggi finto West degli States, con tanto di finta sfida dell'O.k. Corral. Senza i pentiti sarebbe impossibile. Ci vuole gente del mestiere. Bisognerà assumerli in massa come consulenti o, al limite, come addestratori. Per creare il clima giusto; con tanto di coppole nere, gessati, e lupare di plastica made in Corea. Già adesso, tour operator senza scrupoli e filoleghisti organizzano pullman di giapponesi, cui fanno attraversare Corleone no stop, e indicano col dito i pensionati in piazza, mentre la voce dello speaker sussurra con un misto di orgoglio e di trepidazione: On your right you can see the mafiosi. E tutti sparano foto ad alzo zero, tenendosi chini. Intanto, anche la mafia sta avendo una sua evoluzione, acquisisce una mentalità ecologica, cura l'immagine: ora, per commettere gli attentati incendiari, il racket usa solo benzine scrupolosamente senza piombo e delle migliori marche. E ai boss non sembra vero di potere finalmente chiudere il cerchio: riuscire a far soldi pure con l'antimafia.

– Da lei non riesco a ottenere una sola risposta seria. Ha letto il saggio di Freud sull'umorismo?

– Io sì. E lei ha letto quello di Pirandello?

– Touché.

– E poi, lei non è junghiano?

– E che vuol dire?

– Se non lo sa lei...

– Con la fantasia che si ritrova e con quella faccia lei dovrebbe provare a scrivere romanzi polizieschi. Ha la facies dello scrittore seriale di gialli.

– Neanche a parlarne. Chi scrive libri mi ispira già di per sé una incoercibile diffidenza. Lo scrittore seriale di gialli, poi, è qualcosa di speciale, è il lato Mr Hyde di una dissociazione schizoide la cui personalità buona, il lato Dr Jekyll, si identifica con il serial killer – mi perdoni l'allitterazione – *di serie*. E spesso un potenziale serial killer degenera al punto da trasformarsi in uno scrittore seriale di gialli. Ha mai guardato bene una foto di Vázquez Montalbán di trequarti? Per cercare di confondere le acque ha persino scritto una finta storia dello strangolatore di Boston, che tenta subliminalmente di far passare per propria autobiografia.

– Sa cosa diceva un mio quasi-compatriota? Che il romanzo giallo è l'unico mezzo per divulgare idee ragionevoli.

– Balle! Fino a quando non inventeranno il giallo non-euclideo, l'unico modo per divulgare idee ragionevoli è falsificarle. E comunque, io ho poco da divulgare. Per fortuna le mie idee sono tutte irragionevoli; con l'aggravante che sono pure numerose. E poi, se proprio vogliamo citare un suo compatriota, che ne direbbe di Dürrenmatt? Non fu lui a scrivere che in un paese ordinato come la Svizzera ciascuno ha il dovere di creare piccole oasi private di disordine? Portando il ragionamento alle estreme conseguenze, se ne dovrebbe dedurre che nei paesi disordinati come il mio, l'unica speranza è il caos, l'Ordine Supremo che chiude il cerchio.

– Lei non rinuncerebbe a una battuta di spirito nemmeno sul letto di morte.

– Lo spero bene. Soprattutto se non è il mio.

È più forte di me. I sicuri, gli entusiasti, gli schierati, quelli che hanno sempre le idee chiare su tutto, scatenano il mio istinto di contraddizione. Così mi tocca fare il filo-palestinese con i filo-israeliani, il mangiapreti con quelli di CL e viceversa. Mi ci diverto da morire.

Lo svizzerone, all'apparenza, non sembrava entrare nella categoria che mi fa scattare i relè. Però avvertivo una sfumatura di sufficienza subepidermica, di cui forse nemmeno lui si rendeva conto. E una volontà entomologica di fondo troppo simile alla mia, per riuscire a sopportarla del tutto. Comunque, non era peggio di tanti altri.

– Anche lei avrà i suoi problemi – insinuai.

Mi guardò da dietro le palpebre semichiuse. Poi sospirò:

– Lei è sposato?

– No, sono un single trascendentale.

– Beato lei.

– Non me ne vuole parlare? Certe volte aiuta. E poi sarebbe gratis.

– Anche quello è un problema: i soldi.

Sospirò ancora. Infilò la mano dentro la giacca, tirò fuori una fotografia e me la porse. Una bionda sui venti, che sembrava uscita dal mese di gennaio di un calendario Pirelli d'annata, o da un paginone centrale di «Playboy», ma un po' più vestita.

– Notevole. È sua figlia?

– La mia assistente.

– Verrò da lei se avrò bisogno di uno psicanalista. Però non vedo...

– Sa quanto mi costa in gioielli, pellicce e soggiorni sulla Costa Azzurra, tenere il naso della mia attuale moglie lontano dalla nuvola di profumo che lei sicuramente sentirà emanare persino da questa foto, e che per la cronaca pago pure io? E gli alimenti per la mia ex moglie?

– Sempre a causa della signorina in oggetto?

– No, la mia vecchia assistente.

– Quanto vecchia?

– Beh, sorvoliamo.

– Non mi dispiacerebbe avere i suoi problemi. Perché non prova con la psicanalisi? Giusto a Roma conosco uno che...

– Lasci perdere. Pensa che dopo trent'anni di onorata professione io possa ancora credere che gli psicanalisti e i consulenti fiscali abbiano una qualche funzione nel creato?

Continuammo con le amenità assortite fino a Fiumicino. Mi raccontò una sfilza di perfide barzellette sui belgi; le conoscevo già quasi tutte, però a carico degli svizzeri. Prima dello sbarco mi consegnò solennemente il suo biglietto da visita. Si chiamava Gaspare Badalamenti. Un nome tipicamente svizzero.

Io scrissi in bella grafia nome e numero di telefono falsi su un pezzo di carta vero, che pescai nella tasca della giacca, e glielo consegnai con altrettanta solennità. Il suo biglietto era tutto scritto in massello di gotico stagionato. Mi sarebbe piaciuto inumarlo dentro uno sportello di cassa continua dell'Unione di Banche Svizzere, se ne avessi avuto uno sottomano. Invece mi riproposi di bruciarlo carvalhoscamente la notte di Capodanno, dovunque mi fossi trovato. Però fu lui a bruciarmi, perché appena superò, a velocità manageriale, il controllo passaporti, mentre credeva che io non guardassi, appallottolò le mie false generalità e le cestinò in un posacenere.

A Punta Raisi trovai a sorpresa una Michelle languida ed effusiva. Era arrivata con il pullman, e indossava una nuova pelliccia di pelo sintetico, da filo-animalista, appena giustificata dalla bava di tramontana che raffreddava l'aria della notte.

– Sai quanti sacchetti di plastica hanno dovuto massacrare per fabbricarti quella pelliccia?

– No. Ti sei divertito?

– Come un pazzo. E tu?

– Sempre in casa a guardare la televisione, a parte la serata con mio padre. E a parte il lavoro.

– Brava femmina siciliana.

– Cosa hai visto di bello, a Vienna?

– Io ne ho visto cose, che voi umani non potreste immaginarvi. Navi da combattimento in fiamme al largo dei bastioni di Orione. E ho visto i raggi B balenare nel buio, vicino alle porte di Tannhäuser. E tutti questi momenti andranno perduti nel tempo, come lacrime nella pioggia.

– Hai rivisto *Blade runner*.

– In edizione originale, con sottotitoli in tirolese.

Quando ci infilammo in macchina erano le dieci passate e morivo di fame. Il mio ultimo pasto, a parte le cipolline di bordo, era stato il bratwurst alla senape, consumato in piedi prima di imbarcarmi sul taxi per l'aeroporto. Proposi una cena fuori. Lei rilanciò invitandomi a casa sua. La mia incondizionata adesione non fu certo frutto delle suggestioni gastronomiche da lei evocate. Michelle, in teoria, cucina divinamente. Però le scoccia da morire, e il piatto più frequente alla sua tavola è «Scelta di formaggi». Nei suoi inviti a cena c'è sempre la certezza che mi darò da fare io, visto che in cucina non me la cavo tanto male. Nell'occasione preparai i miei famosi rigatoni al cantalupo, i cui ingredienti rinvenni misteriosamente predisposti sul piano della cucina.

Dopo cena le consegnai il bottiglione di colonia e il pacchetto con la pietra. Era un po' brilla perché si era scolata la sua metà del Don Pietro rosso che aveva stappato prima di cena. Aprì il flacone e dopo averlo annusato mi spruzzò i capelli di Amazone. Poi se ne passò un po' sui polsi e disfece il pacchetto.

– Ah! Bellissima, grazie.

– Non hai notato niente? – Le indicai la carta che aveva avvolto la pietra.

– Ah, quindi ci sei stato da Ghini's, alla fine...

– Mi sembra evidente.

– E...

– Voi femmine siete sempre troppo curiose.

– Perché tu, invece, che ci sei persino andato...

– Che c'entra? Io volevo farti un regalo. E dato che ero lì...

– Ipocrita.

– Ma sei stata tu a dirmi che...

– La donna è mobile, cocco.

– Qui ce ne sono stati sviluppi, nella storia del morto ammazzato?

– Niente di importante. L'autopsia e il resto l'hanno affidato ad altri. Io ho già troppo lavoro·arretrato.

Poco alla volta mi estorse la cronaca della mia visita alla

bottega, e fui molto attento ad apparire sfumato, neutrale ed elusivo, nel descriverle la ugro-finna. Spedì ugualmente i suoi pseudopodi mentali ad infiltrarsi tra i miei pensieri. Li sentivo insinuarsi e sondare per bene dappertutto. Ma non trovò niente di sospetto. C'era poco da trovare. Solo peccati di pensiero. Peccatucci veniali.

Restammo insieme per tutto il week-end. La domenica sera decidemmo un blitz al caffè arabo attaccato alla moschea di via Celso, dove c'era uno spettacolo di danza del ventre. Ci beccammo quasi un'intossicazione da tabacco, perché ci eravamo fatti tentare da un paio di narghilè, e non eravamo più abituati a tutto quel fumo. Avevo scoperto il posto durante lo sciopero dei tabaccai, quando tutta Palermo si era buttata alla ricerca di fonti alternative di veleno.

La danzatrice era un'algerina, una Shéhérazade trentenne, bruna, flessuosa, e con certi occhi da ultima tentazione di Cristo. Tra lei e la musica, non avrei potuto trovare niente di meglio per eliminare gli ultimi freddi mitteleuropei dalle mie ossa.

Dicono che le migliori danzatrici del ventre siano le egiziane. Se tanto mi dà tanto...

III

Il 21/31 andava da Torrelunga all'Acquasanta

Il lunedì successivo mi ritrovai a prendere il caffè da solo a casa di Michelle. I suoi orari sono meno elastici dei miei, ed era dovuta scappare di galoppo. Il che non migliorava il mio lunedì. Nemmeno la domenicale sconfitta casalinga del Palermo lo migliorava. Per fortuna anche il Catania le aveva buscate nere e sode. Mal de muchos, consuelo de tontos. Da un po' di tempo mi ritrovo appiccicati all'anima affioramenti sospetti di un campanilismo bieco. Armando, il legittimo di mia sorella, direbbe che non c'è da aspettarsi altro, da un ex sessantottino. Ma lui ha lontane origini catanesi.

Uscii presto anch'io e passai da casa mia. C'era ancora. Sembrava tutto in ordine, a parte la sincope che aveva colpito l'orologio della cucina. E a parte la cassetta della posta, imbottita come non mai di bollette: luce, telefono, gas e acqua, tutte in un colpo solo. I Quattro Cavalieri dell'Apocalisse, le chiama un mio ex barbiere keynesiano. Un record. Sia come bollette che come barbiere.

Abito al quarto e ultimo piano di una palazzina stretta e lunga, non-di-arenaria, in pieno centro storico: croce e delizia dei residenti. Soprattutto croce, visto che la palazzina mi appartiene per intero. Gli altri tre appartamenti li ho dati in affitto come studi professionali. La casa – vecchia ma non antica – per ora sfolgora di luce propria, sia perché l'ho fatta ripulire, sia per demerito dei dintorni: un'alterna distesa di rovine e di antichi splendori a vari stadi di sfacelo. Di giorno il posto sembra una via di mezzo tra Indianapolis e la casbah di Tunisi. Infatti, mi era toccato affidare la macchina a un nuovo posteggiatore che era sorto dal nulla. Di trovare un posto regolamentare a meno di un paio di chilometri da casa, neanche a parlarne, a quell'ora. Qualcosa però comincia a cambiare. Ora, chi abbandona la macchina in terza fila bloccando la vostra in seconda, lascia talvolta sul cruscotto un biglietto con il numero del cellulare. Un piccolo segno di civiltà.

Di notte, invece, fino a poco tempo fa era il deserto. Ora c'è vita: circoli, ristorantini alternativi, e soprattutto pub, la moda del momento. Sorgono come funghi da un giorno all'altro. E sono sempre strapieni. Sarà poi vero che non ci sono più soldi in circolazione, nell'ex capitale del crimine?

Il terrazzo, nel retroprospetto, dà su vicolo Valvidrera. Anche lì sembrava tutto in ordine. Sulla parete nord fiammeggiava la vite americana. Tempo quindici giorni e avrei avuto cataste di foglie da raccogliere. I gelsomini continuavano a fiorire, come pure il limone mesaruolo.

Mi fermai a casa solo per il tempo di dare una rapida occhiata in giro; poi filai di corsa al dipartimento. Parcheggiai sotto la targa con la scritta via Charlie Marx, un tempo scarlatta, e ormai sbiadita per i troppi anni di intemperie. Una scritta storica, tracciata a spruzzo da nota mano sessantottina, a coprire l'originale via Medina-Sidonia, che poi sarebbe il nome ufficiale della strada, incisa da ignoto scalpellino. È solo questione di tempo: ancora qualche anno e, salvo revival, il duca di Medina-Sidonia riaffiorerà interamente a prendersi la sua rivincita. Ed ecco un altro accostamento tra un duca e i comunisti, che avrebbe fatto ghignare Longanesi.

Una ventina di passi ed ero davanti a un'altra targa, stavolta di ottone, su cui campeggia ben altra scritta: Dipartimento di Biochimica applicata. Io lavoro qui. Almeno dovrei. Secondo alcuni fini umoristi, sarebbe più giusto dire che ci dormo. Altri coniugano meno sottilmente il verbo imperversare: sono gli invidiosi. La verità, come raramente accade, è a mezza strada.

Decisi di scrivere, finché avevo la mente fresca, la relazione sul congresso, da presentare al Consiglio di dipartimento. Mi prese un'oretta di pianoforte sulla tastiera del computer. Poi la portai su, al settimo piano, in segreteria.

Mentre fingevo di fare la corte alla segretaria Santuzza, arrivò il Peruzzi, il direttore. Tutti lo chiamiamo il Peruzzi, all'uso nordico, perché quando telefona a qualcuno dice sempre: Sono il Peruzzi. È un tipo grigio e insipido, originario della Val Brembana, con una fonazione lenta che ti dà sempre l'angoscia che, se lo interrompi, tutte le parole che vengono appresso finiranno con l'ammassarglisi contro la laringe, facendola scoppiare come un palloncino di chewing-gum. Sospetto che la parlata lenta sia funzionale alla velocità di formulazione del pensiero. Nessuno glielo ha mai confidato, ma proprio per questo suo grigiore è stato eletto alla carica suprema. Non che sia stupido. Al contrario, ha un'intelligenza lenta, ma tenace. Ogni tanto però sembra sfolgorargli intorno un'aura di trattenuta idiozia che inganna molti.

– Ciao, La Marca.

Non mi sono ancora abituato a sentirmi chiamare per cognome da qualcuno con cui non ho confidenza. Con gli amici è diverso. Sarà perché non ho fatto il militare. Non gli chiesi se ci fossero novità al dipartimento, perché avrebbe sicuramente impiegato gli anni che mancavano alla pensione solo per spiegarmi come mai avesse cambiato marca di caffè decaffeinato. Invece gli rifilai un breve resoconto del congresso, che accolse con freddo entusiasmo (ogni tanto ricasco nell'abuso degli ossimori, dai quali sto cercando di disintossicarmi).

Rimasi ancora per un po' a parlare del più e del meno col Peruzzi, che era partito con un elaborato pistolotto contro Bossi, a uso e consumo della nostra segretaria, che è una simpatizzante del Fronte per la Sicilia indipendente e del Movimento Neoborbonico. Non la incantò. Santuzza sa fiutare le persone alla prima sniffata, e non somiglia a certi leccacapiedi che, a furia di leccare, hanno i baffi che gli puzzano in continuazione di lucido da scarpe.

Li abbandonai a se stessi e me la filai di nuovo nella mia stanza al terzo piano. Ci trovai Francesca e Alessandra, le mie due non-educande che seguo per il dottorato:

– Quante viennesi ti sei fatte, capo?

– È stato, l'autunno del nostro scontento, fatto inverno siberiano dal brutale gelo di Vienna.

– Vuoi dire che sei andato in bianco, come al solito.

– Come siete raffinate!

– Abbiamo fatto le scuole tecniche, noi, capo.

– Con noi queste stronzate intellettuali non attaccano.

– Perché, invece di chiamarmi sempre capo, non provate a chiamarmi O capitano, mio capitano? Almeno qualche volta, in pubblico...

– E a noi che ce ne viene?

– Che ci hai portato da Vienna?

– È qualcosa per noi quello che hai nella tasca dei calzoni o sei solo contento di vederci?

– Vecchia battuta di Mae West. Complimenti.

Tolsi dalla tasca il pacchetto con due boccette di colonia che avevo comperato apposta per loro al duty free e glielo allungai con una smorfia:

– L'ha creata messer Giovanni Maria Farina, verso la metà del Settecento, al numero 4711 di una lunga strada di Colonia, la Glockengasse. Per questo si chiama 4711. È scritto sulla bottiglia. Immagino che la vostra generazione non l'abbia mai sentita nominare.

– Sei un genio, capo. Vuoi insinuare che puzziamo? Comunque, grazie.

– Non sempre la genialità è un caso di idiozia. Comunque, prego. Qui cosa c'è di nuovo? È successo qualcosa durante la mia assenza?

– Abbiamo letto un libro.

– Ma va!

– Sì. È un giallo scritto da uno stravagante che infligge battute tipo: La scelta di un disco è come uno strip-tease dell'anima.

– L'avrà trovato nei baci Perugina. E a parte questo?

– Non ti sei perso niente, capo.

– A parte la decana, che si è beccata una forma quasi fatale di orticaria.

– Per poco non se la coglieva.

– Sempre per via delle fragole?

Anni prima aveva rischiato di strippare per un'indigestione di fragole. Quella, almeno, era la versione ufficiale. In realtà, le era venuto uno shock anafilattico dopo avere assistito a una conferenza sulla rivoluzione sessuale dei giovani americani, tenuta da un ex agente della CIA pentito. In seguito mi era capitato di citare in sua presenza Wilhelm Reich, a titolo sperimentale, e le era venuto un accesso di tosse convulsa. Per non parlare della volta che le vestali dello starvation army, le nostre vergini anoressiche che hanno un transfert erogeno ogni volta che sfiorano i sensori di un gas-cromatografo, avevano deciso di commemorare un anniversario del Sessantotto bruciando simbolicamente i reggiseni davanti ai cancelli del dipartimento. Solo che ormai si erano convertite a certe sciccherie di pizzo stile Claudia

Schiffer, pagate a sangue di papà, e allora avevano fatto un blitz verso gli economici reggiseni delle bancarelle di Ballarò. La decana, poi, aveva pregato a lungo.

Stavolta però le fragole non c'entravano. E nemmeno i reggiseni:

– Dice che le è apparso padre Pio.

– L'ha avvistato tra le chiome di quelle due Washingtonie.

– E ha cominciato a gridare al miracolo.

– Per poco non ci restava secca.

– Dice il Peruzzi che si era messa a strillare parole senza senso. Sembrava che la stessero spennando.

– Capo, la verità è che, se esiste la metempsicosi, la decana prima o poi si ritroverà reincarnata in qualche pelosissima lingua morta precolombiana.

– E voi due in un paio di avvisi di garanzia.

Per arginare quel bifido fiume in piena, mi alzai dalla sedia, mi avvicinai alla finestra che dà sui Giardini e guardai verso le due Washingtonie:

– Mi sa che una volta tanto avete ragione voi. Deve avere avuto una ricaduta di arteriosclerosi. Padre Pio non c'entra: era solo il profilo di Henry Kissinger. Da qui si vede chiaramente.

– Non ti ha fatto bene partire, capo. Che ti hanno fatto mangiare a Vienna?

– E chi è Henry Kissinger?

– Dovremmo parlare con quella tua donna segreta che fa il medico legale.

– Volete prenotarvi per l'autopsia? Non sarebbe un'idea malvagia.

Però qualcosa di vero tra tutte quelle balle doveva pur esserci. Quelle due sono le antenne più sensibili di tutto il dipartimento.

– È qui, la decana?

– No, capo, è ancora ricoverata a casa sua.

Per quanto le affinità fossero scarse e il gap generazionale incolmabile, tutto sommato, anche la decana faceva parte della mia vita:

– Che ne direste se andassimo a farle visita insieme?

– Perbacco, capo, questa sì che è un'idea.

– Stavi pulendo il cervello e ti è partito un colpo?

Decidemmo di andarci verso la fine del pomeriggio, dopo avere fatto il punto della situazione-lavoro. Francesca chiamò la decana, che accettò volentieri di riceverci. Almeno, così riferì la fanciulla.

Saltai il pranzo. Era il minimo, dopo una settimana a Kartoffelsalat, Sachertorte, Bratwurst, Apfelstrudel mit Schlagobers e affini.

Anche la decana vive nel centro storico, al secondo piano di un vecchio palazzo fatiscente, con qualche traccia di sangue blu visibile ad occhi esperti. Un palazzo che sembra abitato solo da donne disabitate: zitelle ritiratesi dall'insegnamento per raggiunti limiti di età, vedove di ufficiali di carriera, sorelle di vecchi monsignori (o sorelle di ufficiali e vedove di monsignori?). È dissimulato tra case basse e semidiroccate, in una delle stradine comprese tra piazza Rivoluzione e la chiesa di San Francesco d'Assisi, alle spalle di via Alessandro Paternostro, antenato di una stirpe di corrispondenti televisivi (un corrispondente solo, d'accordo, ma sembrano molti di più).

Ci arrivammo che era già buio, ma la zona era illuminata dai nuovi lampioni collocati in tutto il mandamento Tribunali, che fanno virare sul giallastro il colore originario delle pietre. Una delle ragazze portava i fiori che io avevo provveduto a pagare. Avevamo quasi litigato perché loro avrebbero preteso di comprare un bel fascio di crisantemi, e secondo me la cosa si prestava a interpretazioni equivoche.

– Sono belli, i crisantemi, capo. E poi se non glieli portiamo ora che è il loro momento...

– Così la facciamo strippare sul serio. Siamo troppo vicini ai Morti e...

– Appunto, capo...

– Non se ne parla nemmeno. Troppo allusivo.

Avevo pilotato la scelta verso un mazzo di gerbere bianche, illeggiadrite dagli ultimi steli di settembrine viola disponibili sul mercato di Palermo, a dire del fioraio. Il colore viola era stata l'unica, blanda concessione alle pretese mortifere delle fanciulle.

Ero già stato una volta a casa della decana, quando le era morta la sorella maggiore, preside in pensione, con la quale divideva il grande appartamento. Dietro il pesante portone massiccio, un immenso atrio scuro, lunghe rampe di scale all'antica, con gli scalini bassi, di marmo rosso ormai corroso, e le incrostazioni di salnitro sulle pareti; e il vecchio impianto di illuminazione, con le lampadine impolverate che si accendevano al tocco di interruttori a bottone; e il ticchettio troppo sonoro del timer, che ti lasciava al buio quando eri ancora a metà della seconda rampa.

L'appartamento era come ci si aspettava, date le premesse: soffitti alti, antiquate carte da parati, luci fioche, a stento liberate da applique a forma di rami fioriti, e lampadari multibraccio, figli di un liberty minore, con le lampadine in parte fulminate. La botta finale la dava l'arredamento: mobili pesanti, di noce scuro, che sembravano essere stati concepiti più come monumenti funebri che come oggetti di uso corrente: ti lasciavano il sospetto che se ti arrischiavi a sollevare il coperchio di una cassapanca ti poteva capitare di trovarci dentro la mummia del barboncino di Tutankhamon, con in bocca il precursore cartaceo del codice di Hammurabi o un manoscritto della signora Tamaro (pardon, Madame, è solo invidia!). Un salotto di Nonna Speranza, più grande, più vecchio, più polveroso, più lugubre.

Di nuovo, stavolta, notai subito un videocitofono moderno che, non appena premetti il tasto con il marchio di fabbrica della decana, mi proiettò negli occhi un fascio di luce bianca, accecante, da terzo grado. Si sentì quasi subito uno scatto che ci aprì il portone, su cardini non più cigolanti. L'atrio era esattamente come ricordavo; l'impianto di illuminazione era sopravvissuto a quella rottura di scatole delle direttive comunitarie, ormai dilaganti a tutti i livelli, se è vero che persino il cervello del Peruzzi è garantito a norma CEI, a dire di Francesca e Alessandra.

La seconda sorpresa fu la decana. Pensavo che l'avremmo trovata a letto, paludata in un vestaglione di raso colore pastello, assistita da una delle sue tirapiedi della San Vincenzo, che avrebbe aperto la porta dopo averci inquisito con lunghe, sospettose occhiate dallo spioncino, precedute dal ticchettio di tacchi alti sul pavimento di antichi mattoni traballanti. Invece ci aspettava in persona sul pianerottolo, vestita di tutto punto, come se fosse stata pronta a uscire per una delle sue virtuose scorribande teologali. Vicino al dipartimento c'è un centro di accoglienza per derelitte, che si avvale anche della sofisticata consulenza di un po' di dame dell'ex buona società. Francesca e Alessandra, un paio di mesi fa, si erano decise a dare una ripulita al proprio look metallaro, per timore che la decana potesse equivocare sul loro vero status, e ordinare alla sua combriccola di sottoporle a un ciclo di alimentazione forzata, dopo averle rivestite di panni sterilizzati e soprattutto più consoni all'idea di Virtù.

Appena ci avvistò, dischiuse la dentiera sfavillante in un Che piacere! che mi parve inopinatamente genuino. Doveva essersi rotte per bene le scatole, nei giorni precedenti. Aveva nuovi capelli di un bianco violaceo che appariva quasi naturale, e una pettinatura alla Levi Montalcini che pareva il fantasma del vecchio taglio stile Marie Curie. Si era pure fatto togliere il grosso neo peloso, un vero neo-imperialista che le dominava il mento, e sembrava avere in circolo ormoni freschi, ormoni ritemprati dai primi freddi stagionali.

Dentro ci fu la terza sorpresa. Quella definitiva. Una soluzione finale. La Rivoluzione.

Sparite le foto di padre Pio con le lampadine mignon accese davanti, nelle candele di plastica. Spariti i vecchi mobili, spariti i vecchi mattoni, sparita la vecchia tappezzeria polverosa, spariti i vecchi lampadari. Dell'arredamento pre-rivoluzionario sembrava sopravvivere solo un gigantesco mobile radio-fono-bar, marca La voce del padrone, con le quattro manopole di avorio, l'occhio magico verde, e gli sportelli laterali che dovevano aprirsi sulle bottiglie di rosolio e sulle centinaia di specchietti che mandavano barbagli grazie alle luci che si accendevano automaticamente; e il coperchio che ad alzarlo svelava il giradischi e i due vani per gli antiquati 78 giri. Sapevo tutto perché la zia Carolina ne aveva uno uguale. Altro residuo del passato erano alcune cornici appese alle pareti, che inquadravano solo pezzi di muro. Le cornici senza niente dentro sembrano aspettare fotografie di futuri defunti. Mi fanno sempre pensare a bare vuote in attesa di carico. Mi inquietano. La decana dovette intuire quello che mi passava per la testa:

– Non ti preoccupare, non sono per te.

Sono incredibili, certe femmine, a qualunque età. Trovo stupefacente la capacità che hanno, di leggerti fino in fondo all'anima. O magari sanno leggere solo me.

– Che cosa è successo, professoressa? – indicai la Rivoluzione con un largo gesto rotatorio della mano.

– Quello che vedi, Lorenzo. Casa nuova. *Vita* nuova.

Anche lei fece un ampio gesto rotatorio con le braccia, a includere tutta la Rivoluzione: divani moderni, di stoffe sobriamente vivaci. Mobili funzionali. Tavolinetti bassi e lampade a stelo. Parquet di legno chiaro. Tappeti persiani, o quel che erano, ma di manifattura recente. Carte da parati di un delicato colore avorio caldo, appena incise da un sottile reticolo arborescente, tono su tono:

– Sono pure lavabili: basta con la polvere e con la muffa.

– E padre Pio? – azzardò Francesca.

Invece di risponderle, la decana si voltò verso di me:

– Ma tu credi veramente a tutto quello che ti raccontano queste due vipere linguacciute?

– Per principio, mai a niente.

– E invece stavolta qualcosa di vero c'è. Ma non restate in piedi, accomodatevi.

Ci sospinse verso i divani del grande soggiorno. Erano duri ma comodi, fatti apposta per sederi che avevano bisogno di essere sostenuti. Di lato, un nuovo televisore Blaupunkt col videoregistratore e un certo numero di videocassette delle Paoline ben allineate sullo scaffale in basso. La decana si calò cautamente e non senza scricchiolii su una poltroncina di fronte a noi:

– Che ne dici, Lorenzo, il governo non dovrebbe darlo pure a noi universitari il contributo per la rottamazione, come per le vecchie auto? Un tanto per i ricercatori immatricolati da più di vent'anni, un tanto per gli associati con più di quindici, e un tanto per gli ordinari con più di dieci anni di anzianità. Largo ai giovani, che oltretutto costano meno!

Con quella luce, la sua faccia sembrava il campo di tutte le battaglie combattute e perse dagli eserciti di estetisti assoldati alla bisogna. Indubbiamente, il passaggio all'attuale arredamento aveva cambiato anche il suo status: da anziano ad antico.

– Che cosa vi offro? – incalzò, quando ebbe trovato un assetto compatibile con lo stato del suo scheletro, non tanto dissimulato.

– Non si disturbi. Non ci fermiamo molto.

– Non se ne parla nemmeno. Vi faccio provare un limoncello che produco personalmente con i limoni che crescono nel giardino della parrocchia. Però non mi fate alzare: voi, ragazze, aprite il mobile bar, lì, quello con la radio: a destra ci sono le bottiglie, a sinistra i bicchieri. Ma sì, ne prendo un goccio pure io. Anche se... Bah, al diavolo i medici! Com'è andata a Vienna, Lorenzo?

La informai brevemente. Intanto, le ragazze avevano riempito fino all'orlo certi bicchierini da rosolio a forma di tulipano, con il liquido giallastro e poco promettente di una bottiglia di cristallo col tappo smerigliato. Sapeva di sciroppo per la tosse misto a soluzione Schoumm, con retrogusto di succo di palude. La decana scolò la sua dose senza colpo ferire. Le ragazze le riempirono di nuovo furtivamente il bicchiere. Nel frattempo ci davano dentro anche loro. Io centellinavo il mio.

– Allora perché non ci racconta di padre Pio – insinuò Alessandra.

– Sì, sì: l'ha detto lei che... – Francesca tentò la via scivolosa dell'adulazione. La decana attaccò il secondo bicchiere.

– Basta! La verità è che ho fatto un sogno. È stato un sogno bello forte, in Technicolor. Insomma, mi è apparso davvero padre Pio. È stato come se fosse ai piedi del letto, e io, in sogno, sognavo di dormire, ma in realtà dormivo veramente. Per farla breve, padre Pio mi appare, e sembrava bello lungo, più lungo di come è nelle fotografie, con la barba bianca e tutto luminoso; pareva illuminato dall'interno, come certe statuine miracolose della Madonna di Fatima, che al buio sembrano fosforescenti, e se le tieni troppo vicine per molto tempo ti fanno venire un tumore. Allora, mi appare e mi fa: Virginia, sono successe troppe cose tinte in via Medina-Sidonia, troppe ammazzatine: bisogna purificare, bisogna cambiare tutto. E io poi mi sveglio tutta sudata, e penso a quello che mi ha detto, ci penso a lungo, e cerco di capire. E mentre ci penso, capita qui un mio nipote, uno sbarbatello che fa l'architetto e lavora per un antiquario, Peppuccio si chiama; beh, a rigori non sarebbe un nipote in senso stretto, perché è figlio di una nipote della mia povera mamma, però mi chiama zia da sempre; arriva fresco come una rosa e mi dice: Zia Virginia, quest'appartamento – scusate l'espressione, ma è di Peppuccio – è un vero cesso. Dovresti cambiare tutto. Ma proprio tutto. In che senso, Peppuccio, gli dico io, e ricomincio a sudare, ma stavolta è un sudore freddo che mi trapana la carena fino al cuore, come una pleurite. Nel senso che dovresti liberarti di tutto questo vecchiume, ribatte lui, e passare a qualcosa di più moderno, di più funzionale. E aprire un po' più spesso 'ste finestre, ché non siamo al polo nord!

– E lei gli ha scavallato un manrovescio, lo ha sbattuto fuori, e ha cambiato il testamento.

– Al contrario. Era un segno del cielo. Virginia, mi sono detta, hanno ragione loro: che ne hai avuto finora, della vita?

Bevve ancora un sorso. Le ragazze la guardavano con gli occhi sgranati. Anch'io per lo shock buttai giù quello che restava nel bicchiere. Altro giro di soluzione Schoumm al succo di palude per tutti.

– Hai fatto del bene, d'accordo, mi sono detta. Tanta carità! Ma non è scritto Amerai il prossimo tuo *più* di te stesso. È scritto *come* te stesso. E tu, cara Virginia, ne hai da recuperare! Guardati intorno: vivi in una specie di cimitero di guerra, un sacrario, più che una casa. È una vita che non fai un bel viaggio di piacere. Dell'università, poi, non ne parliamo: lasciamo in pace i morti, lì dove sono messi, pure quelli ammazzati come sappiamo, *come sai specialmente tu, Lorenzo*; ma i vivi? mi dicevo. Sul lavoro sei sempre andata a cercarti giudiziosamente le persone più noiose, e hai aspettato tutti questi anni prima di riconoscerti il diritto di dire: Ora basta! ora che stai per andare fuori ruolo.

Pausa-Schoumm. Il liquido nella bottiglia diminuiva, inesorabile. Guardavo la decana nelle palle degli occhi, aspettandomi di vederle affiorare da un momento all'altro, al centro delle pupille, la linea orizzontale di galleggiamento, come se si stesse piano piano riempiendo di limoncello.

– Ce n'è ancora, non preoccupatevi. Anzi, poi ve ne do una bottiglia ciascuno, così ve la portate a casa.

– Continui, professoressa.

– Il più è detto. Ci ho messo una vita a capire, e dieci secondi a decidere. Guardatevi intorno. Ho tenuto solo pochi ricordi della mia povera sorella: il mobile bar con la radio, a cui teneva tanto; negli ultimi anni prima di morire, poverina, passava pomeriggi interi ad ascoltare i messaggi radio delle navi, sulle onde corte. La sua camera non l'ho toccata. È ancora tutto come l'ha lasciato lei. E anche nella mia stanza da letto ho lasciato qualcosa; la toletta della bisnonna con lo specchio orientabile, lo specchio psiche, si chiamava ai miei tempi, e la testiera del letto. Tutto il resto: via!

– E dei vecchi mobili che ne ha fatto?

– All'inizio volevo dare tutto in beneficenza: agli extracomunitari, ai poveri della parrocchia. Ma poi ho capito che non gli facevo un piacere: erano cose pesanti, scomode, buone solo per i parvenu. E poi, Peppuccio, l'architetto, che è pure vicino all'Opus Dei, mi ha fatto vedere una specie di preventivo della diciamocosì *trasformazione*. Cifre che ti avrebbero fatto raddrizzare i capelli in testa, Lorenzo. È stato lui a suggerirmi che potevo vendere tutto in blocco e coprire una parte delle spese. Non avevo idea che valessero tanto, quelle cose vecchie. Lui, Peppuccio, si è occupato di tutto, compresa la trattativa e il trasporto. Ve l'ho detto che fa il consulente per una bottega di antiquariato, no? Fra l'altro è un posto bello comodo perché è vicino a quella specie di residenza universitaria dell'Opus Dei, in via Daita. È andata bene anche a lui che lavora a percentuale, e questo era il primo lavoro importante che gli capitava, dopo la laurea. Ero contenta, anche se una parte dei soldi è finita a quelli dell'Opus Dei, che non mi fanno tanta simpatia...

Ancora una pausa-Schoumm. Su di lei, sembrava avere l'effetto dell'acqua fresca. Le due fanciulle erano sempre più su di giri. Io ero perfettamente sobrio perché mi ero tenuto giudiziosamente indietro.

– ... sapete, Peppuccio una volta mi ha raccontato una battuta che circola tra quelli dell'Opus Dei; dice: Opus Dei qui tollis pecuniam mundi, dona nobis partem. Carina, no? Sono loro stessi a inventarle. Così come i carabinieri inventano le barzellette sui carabinieri e i gesuiti quelle sui gesuiti: la sapete quella del padre domenicano in contemplazione del presepe? Sta lì, davanti alla grotta col bambinello, e, rapito in estasi, esclama: il bue e l'asinello: la Compagnia di Gesù. Bene, me l'ha raccontata proprio un gesuita.

– Lei la sa quella della pietrafendola e della vecchietta finita in una retata della buoncostume? – saltò su Alessandra, che aveva equivocato in senso porno la battuta in latino della decana. Le mollai una pedata furtiva e un'occhiata-laser. Per fortuna la decana, che è pure un po' sorda, non aveva raccolto:

– E non è finita! Ora mi voglio godere questi pochi anni che mi rimangono. Voglio viaggiare, finché la salute mi accompagna. Voglio visitare tutti i santuari del mondo. Andare a Lourdes, a Fatima, a Medjugorie. Voglio visitare il santuario di Santiago de Campostela, voglio tornare in Terrasanta, voglio rivedere Gerusalemme trasfigurata d'oro, al tramonto, dal Monte degli Ulivi. Anche se... Sapete cosa diceva un frate che conoscevo da bambina, e che era stato a lungo in Terrasanta? Diceva che se Dio avesse visto la Sicilia, prima della Palestina, avrebbe scelto noi siciliani come popolo eletto.

– L'abbiamo scampata bella!

– Non essere blasfemo, Lorenzo. E non è tutto! Comprerò un computer; voglio guardare bene dentro questa nuova cosa da pazzi, com'è che si chiama? Ah, Internet...

– ...

– ... e alle prossime elezioni voterò Rifondazione. Sapete, l'alleanza tra il Papa e Fidel Castro è l'unica speranza che rimane a questo brutto mondo.

– Brava, professoressa. Il compagno Bertinotti è l'unico politico che sappia pronunciare il vocabolo introiettare spogliandolo dei doppi sensi osceni di quando lo pronuncia Bossi – disse Francesca.

A momenti la cara vecchietta non cadeva secca davanti a noi. Recuperò subito, dimostrando che la Rivoluzione non poggiava sulle sabbie mobili:

– E per cominciare, stasera siete tutti miei ospiti, e non voglio sentire storie di impegni pregressi.

Dove sarebbe andata a finire quell'escalation? Le ragazze battevano le mani, con incoscienza assoluta:

– Dai, capo, la professoressa è troppo simpatica. Cuciniamo noi.

Frasi che galleggiavano da un pezzo sopra una superficie etilica.

– Non c'è nemmeno bisogno di cucinare. Abbiamo fatto trenta, facciamo trentuno: stasera mi voglio togliere uno sfizio. Vi piacciono le focacce con la mèusa? Sono anni che muoio dalla voglia. Se lo sapesse il mio cardiologo... sapete, ho il colesterolo... Ma uno spinno non esaudito è molto peggio di uno sfrazzo una tantum: fa venire gli orzaioli! Così ammazziamo pure tutto questo limoncello che mi avete fatto bere: credevate che non me sarei accorta? Facciamo così, ora chiamo Peppuccio, ma no mio nipote, un altro, è un picciottello che sta qua vicino e mi sbriga qualche cosa ogni tanto. Lo mando a San Francesco, sono due passi, a comprare il pane con la mèusa. Vi piace, no, quella di San Francesco? È un po' più unta della mèusa di Basile, quello della stazione, però mi piace di più. Secondo me, ci mettono la cocaina. Una volta l'ho provata, sai, la cocaina. Sotto controllo medico, però. Per motivi di ricerca, tanti anni fa, in America.

– Non si direbbe che è passato tutto questo tempo dal suo ultimo pane con la mèusa... – dissi. E nemmeno dall'ultima dose di cocaina, non dissi.

Non raccolse, ma le brillavano gli occhi: occhi sempre più liquidi; il limoncello doveva avere superato la tacca del sovrappieno:

– È buono anche quello di Giannettino, perché il formaggio è speciale; e quello di Basile di via Bara. Il migliore, però, è quello sul curvone della Cala, vicino al Nautico, con il limone spremuto sopra.

Lo disse come se fosse stata un'epigrafe sulla pietra tombale dei non-mangiatori di mèusa.

Poi si alzò, barcollando appena appena, e sparì in direzione della cucina. Sentii che formava un numero di telefono usando un antiquato apparecchio a disco: evidentemente la Rivoluzione aveva qualche limite. Parlottò con qualcuno, mise giù e ci raggiunse:

– Fatto. Sarà qui tra poco. Da bere ce n'è. Don Bracito mi manda il vino e l'olio dalla campagna, al Parco: olio extravergine e vino di casa, forte come si usava una volta. Quello dell'ultima vendemmia non dev'essere ancora pronto, però io bevo poco, – (!) – ho ancora quello dell'anno scorso.

Era una vita che non sentivo nominare il Parco. Chissà se le ragazze sapevano che era il vecchio nome del paese di Altofonte, sulle montagne a sud, poco sopra Palermo.

Non passarono venti minuti che arrivarono le focacce con la mèusa, portate dal Peppuccio numero due, nel vassoio di cartone avvolto nella carta oleata rosa. La decana ne aveva ordinate due a testa, nelle varianti schietta e maritata. Il pane sembrava appena sfornato. Il che era una fortuna: non c'era il rischio che al primo morso la dentiera della decana restasse conficcata nella pagnotta. Senza contare che il pane raffermo ammazza la mèusa. Come pure quello troppo morbido, con poca crosta. Per le panelle, invece, la filosofia è un po' diversa. Ma quello è un altro libro.

Il misfatto fu consumato sui divani del soggiorno, perché non era un pasto da tavola imbandita. Però la decana tirò fuori certi tovaglioli di lino bianco, tutti ricamati, che ci piazzammo sulle ginocchia. Il massimo della sciccheria: cibo da muratori e lini pregiati:

– Ricamati dalla mia povera mamma; facevano parte del mio corredo.

Ancora una bottiglia di cristallo, stavolta con dentro il vino della casa: quindici, spietati gradi, di autentica spremuta d'uva, serviti nei bicchieri a calice del servizio, tutta roba prerivoluzionaria.

Sparì ogni cosa, solidi e liquidi, nel giro di dieci minuti. La decana e le ragazze si appoggiarono all'indietro con un sospiro di soddisfazione. Io no, perché sono contegnoso e ho una dignità eccessivamente fragile.

– Mi sento meglio – disse la decana. Visto l'andazzo, non

mi sarei stupito se avesse acceso un sigaro. Invece modulò un lieve rutto e sparò:

– E ora che si fa?

Le ragazze ed io ci guardammo negli occhi. Ma le uniche pupille preoccupate dovevano essere le mie. Sapevo quanto potevano essere pericolose, quelle due; figurarsi in simbiosi con la nuova edizione dell'adorabile anziana. La quale rincarò subito la dose:

– Stasera vóglio fare cose turche.

Avvertii un paio di brividi, mentre le due giovani sciagurate battevano le mani:

– Portiamo la professoressa da Robinson, capo.

– Sono troppo vecchio, *io*, per Robinson.

– Cos'è Robinson? – indagò la decana.

– Un posto dove si beve, frequentato da bulli e pupe all'ultima moda.

– Bello! Ci voglio andare.

Quando sarebbe finita, quella serata? E, quel che era peggio: come? Ricordai improvvisamente certe dicerie di parecchi anni prima, sulle presunte simpatie della decana per le ninfette all'acqua e sapone (ma dove sono finite?) che si presentavano per l'internato. I brividi si consolidarono. Che sapevo di eros senile? Le due sciagurate non erano certo all'acqua e sapone; e di sicuro sapevano difendersi, e soprattutto attaccare. Ma questo non facilitava le cose. La decana mi era sempre apparsa come una di quelle persone che pretendono di essere sempre dalla parte giusta della vita. Ma non mi era mai balenato il sospetto che, alla vita, fosse così attaccata, con le unghie e con la dentiera, e con la stessa lucida follia di certi suicidi.

Scendemmo. Sul muro di fronte al portone una mano anonima aveva tracciato il familiare insulto-imperativo panormita, che una seconda mano pietosa, ma non per questo meno anonima, aveva convertito nell'innocua sigla 800A. Una mano opus-deica, probabilmente; una mano rispettosa delle presunte sensibilità della decana. E un classico della letteratura murale indigena. Non mi sarei stupito se il Peppuccio numero due fosse stato l'autore della scritta, e il Peppuccio numero uno il correttore di bozze. O viceversa. Tutto intorno ormai c'era solo la notte; e nemmeno i nuovi lampioni riuscivano a renderla meno notte.

Eravamo arrivati a casa della decana con la mia Golf. Le due sciagurate presero posto dietro, miss Virginia sedette accanto a me. Aveva trafficato tanto con la cintura di sicurezza, che per un istante avevo pensato che si volesse allacciare anche la mia. Vedi la fiducia.

Tagliai per via Alloro e poi per piazza Croce dei Vespri, fino a sbucare in via Cantavespri, davanti al teatro di Santa Cecilia, da decenni chiuso e in attesa di restauri. Avevo fatto un giro vizioso, perché mi ero distratto. Non mi restava che imboccare di nuovo via Aragona, dalla Fieravecchia, e poi via Paternostro. Beh, non è che mi fossi proprio distratto, però il giro era vizioso in senso proprio, perché passare di notte su quelle vecchie balàte è una vera libidine.

Voltai su per il Cassaro e tagliai subito per via Pannieri. Di giorno sarebbe stato impossibile. Il panificio Fraterrigo, le cui brioche con panna sono state recensite dal «New York Times», era ancora aperto. Panna montata sulla mèusa? Fossi stato solo non avrei esitato; ma l'idea di dovere accompagnare d'urgenza la decana verso la complicazione di una lavanda gastrica, mi indusse a premere l'acceleratore. Continuai in direzione di piazza Caracciolo e poi per la discesa dei Maccheronai, fino a San Domenico. Nonostante la stagione, le balàte della Vucciria erano asciutte come non mai. Secondo i cantori locali sarebbero sempre umide, per via dell'acqua che cola dai banconi del pesce fresco. Per colpa dei nuovi ipermercati, ora è già molto se restano bagnate fino a mezzogiorno. Ma questo vale anche per il Capo, per Ballarò, per il Borgo, per i Lattarini. I vecchi mercati storici muoiono un po' di più ogni giorno. E anche le panelle, i cazzilli, il cicirello, la mèusa, la frittola, 'u mussu, le stigliole, 'a quarumi, e tutto il resto, fra non molto li troveremo solo nei menù dei ristoranti top class o sui banconi dei surgelati, importati dalla Corea. I rascatura nemmeno lì: se ne è già perso anche il ricordo.

Sbucai sotto la colonna dell'Immacolata e svoltai in via Roma. La decana ritrovò la parola:

– Hai sentito, Lorenzo, che vogliono rimettere i tram? Prima hanno smontato tutto: ricordi i binari dietro al Politeama e in via Cavour? Devono essere ancora lì, sotto l'asfalto; tu i tram di sicuro non li hai conosciuti, ma i binari li hanno lasciati in vista fino agli anni Sessanta. I filobus però te li ricorderai. Quelli sono durati di più. Io in estate andavo a fare i bagni alla tonnara di Vergine Maria, con la mia povera sorella e con le amiche. Prendevamo sempre il filobus qui, in via Roma. Il 21/31 andava da Torrelunga all'Acquasanta, girava intorno alla piazzetta con le palme, sul porticciolo, e tornava indietro. Noi scendevamo lì, e poi facevamo un bel pezzo di strada a piedi, sotto il pico del sole. Eravamo giovani.

Era un soliloquio, e come tale non richiedeva interferenze. La vecchia Virginia scandagliava i ricordi, come un rosario di grani di lupara. Quando aveva attaccato la solfa sui tram, il mio hi-fi mentale aveva piazzato il pick-up su *Take the A train*, nella classica versione ellingtoniana. Le ragazze erano in una fase di stato stazionario. Speravo che la cosa non nascondesse un progetto, una strategia, che non stessero solo ricaricando gli accumulatori.

Se Woody Allen crede che sia impossibile trovare un idraulico a Manhattan il sabato pomeriggio, provi un po' a cercare un posto per la macchina, nelle vicinanze di Robinson, anche di lunedì. È già molto riuscire a percorrere in meno di dieci minuti i cinquanta metri di via Petrarca compresi tra via Ariosto e via Rapisardi, stipati di macchine in quarta fila e di bevitori in cinquantesima. Al secondo giro di pista mi rassegnai all'idea di abbandonare la macchina nelle incerte mani di un posteggiatore clandestino, che la mollò al centro dell'incrocio di piazzetta Boccaccio. O impari a vivere anche di questo, nella metropoli, o muori.

Le due sciagurate facevano da rompighiaccio, fendendo la calca per la decana; io chiudevo la cordata. Fu una lenta marcia di avvicinamento verso la porta del locale; i pochi tavolini all'esterno, addossati contro il muro, non lasciavano speranza. Lo stesso quelli dentro al pub. Mi sentivo troppi occhi puntati addosso. Specie quelli di un quintetto appoggiato al bancone del bar, con certe facce da lanciatori di sassi dai cavalcavia. Anche noi dovevamo fare un'impressione niente male, come quartetto: un tizio distinto, con un look vagamente esistenzialista, un po' démodé, in jeans di velluto a coste e maglione nero; due giovani teppiste col chiodo regolamentare (beh, un chiodino, più che altro); e una vegliarda in tailleur colore malva, da boutique Saint Vincent (la San Vincenzo insomma) e la camicetta col fiocco. Un quartetto che diffondeva intorno un forte aroma di limoncello misto a soluzione Schoumm e succo di palude.

Gli occhi della decana mandavano lampi.

Avrei voluto prendere distanze anche metafisiche da quel contesto spazio-temporale. La lenta marcia di avvicinamento continuò verso il banco di mescita. Francesca mi colpì col gomito al diaframma:

– Guarda, capo – mi sussurrò all'orecchio. Seguii la direzione del suo sguardo. A un tavolino verso il fondo, in mezzo al fumo, mi parve di riconoscere la faccia del Peruzzi. Si era spogliato dell'abituale giacca color topo e della cravatta, a favore di una camicia di flanella a scacchi, sotto un gilè rosso senza maniche: c'era caldo, nel locale. Seduta di fronte a lui, stazionava una ninfetta che da quella distanza non mostrava molto più di dodici anni e di un paio di calze autoreggenti, seguite da dieci centimetri di nuda carne e da cinque centimetri di minigonna (o era una cintura?).

– Chiamiamo la buoncostume o il telefono azzurro? – sibilò Alessandra.

– Vivi e lascia vivere, ragazza – sussurrai io.

Lo scambio di frasi avvenne di proposito a voce bassa, per non fare sentire niente alla decana. Nel frattempo il Peruzzi ci aveva avvistato a sua volta. Vide il sottoscritto, poi le due ragazze, e si illuminò. Adocchiò anche la vegliarda, e si spense di colpo. Con uno sguardo rotatorio, accompagnato da un gesto troppo meridionale per un valbrembate, ci fece capire che abbandonava la piazza a nostro favore. Francesca e Alessandra si staccarono da noi e avanzarono verso il tavolino, mentre io distraevo la decana. Quando le ragazze furono a tiro il Peruzzi e la sua ninfetta salparono le ancore. Appena sparirono pilotai la decana verso la zona, ormai disinfestata.

– Ma non era il Peruzzi, quello che è uscito con quella ragazzina nuda? – sparò serafica la vecchia Virginia.

– L'apparenza inganna, professoressa – disse Francesca.

– Aveva il sedere stagionato – rincarò Alessandra.

– E quel look è fuori moda da almeno tre anni.

– Magari era la figlia – azzardai io.

– Capo, lo sai benissimo che il Peruzzi ha solo figli maschi. E per giunta stanno a Milano.

Ci calammo tutti sulle sedie:

– Cosa prendiamo?

– Quand'ero in America ricordo che bevevo sempre gin tonic – disse la decana. All'epoca del proibizionismo? stavo per chiederle. Una volta tanto, per fortuna, il cervello fu più veloce della lingua. Le due fanciulle presero un paio di Corona con il sale e con la fetta di limone regolamentare, incorporata nel collo della bottiglia. Molto dernier cri. Io meditai a lungo. Avevo bisogno di qualcosa che riuscisse a riequilibrare quell'ultimo, sofferto pezzo di millennio. Ordinai un Laphroaig liscio.

Mentre aspettavamo i beveraggi la decana saettò lo sguardo intorno:

– Quanta bella gioventù! Ah, ragazzi, se avessi vent'anni di meno...

– Se *io* avessi vent'anni di meno, professoressa... – forse mi sparerei, conclusi mentalmente.

– Ma perché mi chiami sempre professoressa? Sapete, ragazze, anni fa, dopo la laurea, gli avevo proposto di darmi del tu. Parlo della sua laurea, ovviamente. Gliel'ho ripetuto pure quando ha vinto la borsa di studio, ma non c'è stato verso. È troppo all'antica. Anche ora, guardatelo, sta seduto come se avesse ingoiato un bastone di scopa. Rilassati, Lorenzo, goditi la vita.

– Se mi rilasso, queste due chi le tiene a bada?

In realtà, dato l'andazzo, era dalla direzione della vecchia Virginia che mi aspettavo la parte più eversiva della serata, che era già irreversibilmente notte.

Arrivarono i beveraggi. Assaggiò il suo gin tonic, fece una smorfia, e ne mandò giù una metà abbondante senza staccare le labbra dal bicchiere.

– Ah, ci voleva, avevo sete – addentò la fetta di limone e sputò la scorza, ripulita per bene, dentro il portacenere. Doveva avere una dentiera di buona marca.

Stavolta decisi di non farmi lasciare indietro. Bicchieri vuoti, bottiglie vuote, secondo giro. Cominciavo ad avvertire un cauto benessere e un lieve languore. Accesi una Camel. Era la prima della giornata, perché ormai ero riuscito a disintossicarmi del tutto, ed ero sicuro di poterle tenere sotto controllo a tempo indeterminato (le sigarette, ma non ancora gli ossimori, vizio più antico, più emancipato, e ben più difficile da estirpare).

– Il Peruzzi comunque non è male – riattaccò la vecchia Virginia, cui la prima botta di gin tonic aveva riacceso lo scilinguagnolo. – Ha solo questa mania dell'È-tutto-sbagliato-è-tutto-da-rifare, tipico di chi arriva per la prima volta a una nuova carica. Ora vorrebbe azzerare tutto e ricominciare da capo con l'impostazione della didattica. Dice che abbiamo una mentalità troppo merista, e che l'avvenire è degli olisti. Come si spiega, gli ho chiesto io all'ultimo consiglio di dipartimento, come si spiega che tutti i grandi scienziati meristi sono diventati mediocri scienziati olisti, il giorno dopo la vincita del Nobel? Sarà solo un sintomo di decadenza senile? No, è perché non ne vogliono più sapere di pedalare per la scienza vera, quella che fa scoprire le cose. E a questo punto, apriti cielo! Gli ecologisti mi sono calati sul collo, che pareva mi volessero scannare. Allora, sapete cosa ha combinato il vostro capo qui presente? Alza la mano, chiede la parola, e serio serio propone di dirimere la faccenda facendo combattere tre olisti contro tre meristi, all'alba, a piazza Scaffa, sul ponte Ammiraglio.

– Forte, capo. E che è successo?

– È successo che il Peruzzi ha preso in considerazione la proposta come se fosse una cosa seria, ci ha pensato su per duemila anni, al solito suo, senza smettere mai quel suo lento su e giù con la testa, e poi ha detto che secondo lui non era legale. O ha un gran senso dell'umorismo o non conosce Lorenzo. Figuratevi che persino mio nipote Peppuccio, l'architetto, quando gliel'ho raccontato...

Lasciai che quel lungo monologo etilico scivolasse sulla superficie della coscienza, senza il beneficio dell'attenzione. La lubrificazione alcolica aveva superato il punto di non ritorno, e le parole sembravano uscire dalla bocca della decana come logorate dal troppo uso. Soprattutto le congiunzioni. Il che, a pensarci bene, aveva una sua suggestione allegorica, perché i due vocaboli – decana e congiunzione – messi nella stessa frase, evocano l'ossimoro di fatto, l'ossimoro-archetipo, l'ossimoro definitivo.

Affrontai un lungo sorso di Laphroaig e indugiai a rigirarmelo sulla lingua prima di mandarlo giù. Sentire nominare ancora il non-nipote architetto Peppuccio mi aveva acceso una fiammella tra le meningi. Non c'era una connessione tra quello che aveva detto la decana qualche ora prima e qualcosa che avevo sentito dalla ugro-finna, la settimana precedente, a Vienna? Divagai svogliatamente col pensiero, con la speranza che si mettesse a fuoco da sola, la connessione, se c'era...

Ah, ecco: la ugro-finna aveva parlato della bottega panormita di Ghini, collocandola in qualche punto tra il Politeama, piazza Croci e il Borgo. Com'è che si chiamava? Un nome strano, che non riuscivo a ricordare. Anche la decana aveva accennato a una bottega di antiquariato, dove il nonnipote Peppuccio faceva il consulente. Non aveva specificato dov'era, né come si chiamava, ma aveva detto che era vicino alla residenza dell'Opus Dei di via Daita. Le zone coincidevano, ma lì ci sono un sacco di botteghe del genere.

La decana bevve un altro sorso, ed io approfittai della pausa:

– Com'è che si chiama il posto dove lavora suo nipote?

– Kamulùt. Si chiama Kamulùt.

Tatatatàn! (Cfr. il vecchio Ludwig van).

– Sapete che significa? – continuò la decana, rivolta alle due femmine: – Viene da càmula, che in siciliano vuol dire tarlo. Tarlato si dice camulutu. Da cui Kamulùt: non è spiritoso, per una bottega di antiquariato? Di fronte c'è un ristorantino con un nome ancora più strano, un nome tipo L'unghia incarnata di Ofelia, o L'epistassi di Messalina; qualcosa del genere, insomma.

– Non sarà per caso Il giardino incantato di Alice?

– Bravo! Lo conosci anche tu?

– Sì, ma non mi sognerei mai di mettere piede in un posto con un nome simile. Ma il proprietario del Kamulùt non è morto? – azzardai.

– Sì, Ghini; lo conoscevi? L'hanno ammazzato verso la fine di ottobre. Non so, ora, come finirà a mio nipote Peppuccio, per il lavoro.

Non feci commenti e lasciai che la nozione girasse per un po' in tondo e poi si archiviasse da sé dove voleva, in un'area di parcheggio, in attesa di nuovi dati. Ero troppo demotivato per cercarle una collocazione acconcia.

Però, vista la coincidenza, mi veniva quasi voglia di credere in Padre Pio.

La decana continuò a parlare del nipote che, a quanto sembrava, era in procinto di fidanzarsi ufficialmente con una ragazza russa che lavorava a Palermo, in un'agenzia di viaggi specializzata nella gestione dei nuovi flussi turistici tra la madre Russia e la Sicilia, in fase di grande espansione:

– Una brava ragazza, bella, bionda, e con gli occhi azzurri. L'unica cosa che non va è che è di religione ortodossa. Sono stata una volta a casa sua, con Peppuccio; erano venuti pure i genitori della ragazza, che vivono ancora in Russia; brava gente, però bevono troppo! Avevano portato da casa loro certi bottiglioni di vodka da due litri e mezzo, con un marchingegno montato al posto del tappo, una specie di stantuffo: tu lo premevi, e dal beccuccio usciva il liquore; con un solo colpo di stantuffo riempivano un bicchiere alto così. E poi, verso la fine della serata – ma già avevano svuotato non so quante bottiglie, e non eravamo più di venti persone – hanno combinato un macello! Hanno preso i bicchieri e li hanno sbattuti sul pavimento, rompendoli in mille pezzi: dicono che è un'usanza russa. Ho detto a Peppuccio che se vuole la festa di fidanzamento la può fare a casa mia. E se vi fa piacere potete venire anche voi.

– Che bello, professoressa – strillò Francesca.

– Peccato per il parquet, però – disse Alessandra; – con tutti quei vetri rotti...

– Che vetri? – inquisì la decana.

– Quelli del suo servizio – ribadì Alessandra; – sa, li fracassano anche a casa degli altri, i bicchieri: è la tradizione. Io ci sono stata, in Russia.

– Beh, vedremo – impallidì la vecchia Virginia. La sua pettinatura cominciava a cedere su orecchie ormai stanche, e le palpebre le calavano sempre più spesso sugli occhi, e sempre più a lungo. Sarebbe stata dura, se si fosse addormentata sul posto. Proposi di andare via. Si rianimò per quel tanto che bastava a pretendere di pagare il conto. Tentai di interferire, ma non ci fu verso:

– Ci tengo moltissimo. Siete miei ospiti. E poi sono la più vecchia.

A mia memoria, era la prima volta che in età adulta permettevo a una donna di pagare il conto in mia presenza.

Fuori, sdoganai la macchina con una certa laboriosità. Nel tragitto di ritorno nessuno aprì bocca. La decana ormai sembrava una natura morta. Ai saluti non la finiva più di ringraziarci per la serata simpaticissima, per come eravamo stati graziosi, spiritosi, accomodanti, e chi sa che altro. Le ragazze l'accompagnarono su e tornarono subito indietro.

– Non dite una parola – ringhiai, senza guardarle in faccia. Non se ne dettero per inteso:

– È forte la decana, capo.

– Non è come pensavamo noi.

E nemmeno come pensavo io. Che squallore, però. Nessuno è più quello che dovrebbe essere. Fa rabbia la pervicacia con cui le persone si rifiutano di occupare il giusto ruolo che noi abbiamo costruito apposta per loro. Uno passa la vita a decidere come devono essere i propri conoscenti, o almeno a farsi un'idea precisa di come sono, per poi scoprire che non è vero niente. Che ci si è solo illusi. Che le cose stavano in un altro modo. È come la caduta degli dei. Come sorprendere la nonna mentre mette l'arsenico nella vostra marmellata preferita. Come trovare un verme di plastica in un'autentica mela biologica. Come scoprire che Bossi, Boso e Borghezio sono di Sferracavallo.

Non ero l'unico a pensarla così, evidentemente:

– Era bello, capo, quando era tutto chiaro. I cattivi stavano da una parte e noialtri buoni dall'altra.

– Tu però, capo, ci hai deluso. Hai lasciato che ci chiamasse vipere linguacciute, senza fiatare.

– In altri tempi l'avresti demolita con un paio di quelle tue battutacce a effetto ritardato.

– Sì, ti sei rammollito, capo, hai perso la tua bella aggressività.

– Sarà colpa dell'abbassamento del tasso di testosterone che colpisce tutti voi maschietti dai diciott'anni in poi...

– E che vi fa perdere i capelli e la libido.

– Noi maschi sopperiamo alla quantità con la qualità.

– Parli dei capelli, naturalmente...

– State ben attente a non provocarmi, voi due teppiste, se non volete finire come le due ninfette di *Arancia meccanica*...

– È una promessa o una minaccia?

– *Parla a come badi*, capo!

– Te ne approfitti ché conosci i film.

– Che si fa ora, capo? La notte è giovane...

– Siete sbronze fatte. Si va a nanna.

La vera fine di una giornata è la scelta del libro che ti aiuti ad attraversare la notte. Non è cosa da prendere sottogamba. Richiede meditazione.

Normalmente, quando sono depresso e voglio tirarmi su, leggo qualcosa come Zazie, che non riuscì mai a salire sul métro; o il Tristram Shandy; o Huck Finn. O un'infinità di altre cose. Se invece voglio deprimermi, leggo Bukowski; o Woolrich; o Céline, che però rischia di assestarmi una depressione definitiva e senza remissione. Leggo pure Soriano, che ti carica di malinconia più di un tango, anche perché sai che è morto prima che tu potessi incontrarlo, e che ti regala una bella depressione intelligente e meditativa, romantica e positiva, affidabile e costruttiva. E soprattutto ti libera un sonno nient'affatto cinico.

Ogni tanto si ha la necessità di sentirsi depressi. È uno degli sbocchi dei labirinti evolutivi dell'IO. La depressione è l'anticamera della Verità.

Soriano mi tenne su per quasi mezz'ora.

That's all, folk.

E non è poco.

IV

La vedovallegra

Passarono pochi secondi e scopersi che era di nuovo
venerdì. Un venerdì di mezzo autunno è un giorno come un
altro per avviare le periodiche manutenzioni esistenziali. Ma
ci vuole la compagnia giusta.

Per tutta la settimana, con Michelle, ci eravamo limitati a
lunghe conversazioni telefoniche. Era strapiena di lavoro, stan-
chissima, e si era pure beccata il raffreddore. Quand'era
bambina suo padre le aveva insegnato che, secondo i detta-
mi della medicina francese, se non viene curato, il raffreddore dura una settimana; se invece viene curato bene dura
sette giorni. E lei si adegua, perché suo padre, anche se non
è medico, è pur sempre un ex francese.

La chiamai all'inizio del pomeriggio, al suo reparto, con
una proposta a rischio:

– Che ne diresti di andare in campagna, da Maruzza?

Pausa di silenzio. Un silenzio con qualche linea di feb-
bre.

– Sei sicuro di quello che fai?

– Preferisci partire stasera o domani mattina?

– Quand'è così, meglio stasera. Anche se mi toccherà fare i salti mortali la settimana prossima, per recuperare.

– Intanto potresti fare qualcosa per il tuo raffreddore; dovresti mangiare frutta ricca di vitamina C, come per esempio il daiquiri.

Chiusi con Michelle e chiamai subito mia sorella, al corral. Il corral è un vecchio baglio che Maruzza e Armando hanno comperato qualche anno fa, e che hanno restaurato fino a renderlo abitabile persino negli inverni più fangosi. Lo chiamo corral in onore dei trascorsi cinefili di Maruzza, quando le era toccato abbonarsi al cineforum di Casa Professa per potere finalmente vedere a schermo pieno *Sfida infernale*. Per giorni, poi, le era rimasta attaccata alle corde vocali la ballata *My darling Clementine*, che infliggeva a tutti, insieme al racconto della scena di Henry Fonda che, rigido e legnoso come un bastone di scopa, balla con la maestrina di Tombstone. Allora Maruzza frequentava l'Antorcha e La Base, e non perdeva nemmeno un fotogramma delle retrospettive di Dreyer e Lang, o delle rassegne sul cinema nŏvo brasileiro, film di Pereira dos Santos e di Glauber Rocha: sottotitoli approssimativi, dialetto del Nordeste, e l'estetica della fame.

Per noi cinefili (ma anche per i cinofili) Palermo è una croce e delizia ancora oggi. Soprattutto una croce. La nostra è una città sdilliniata: tradotto nella lingua che abbiamo in comune vorrebbe dire pazzotica. Prendete per esempio un film come *Un cuore in inverno*, che non è nemmeno da cineclub, piazzatelo in uno qualunque dei locali del tradizionale circuito commerciale, e terrà al massimo per un fine settimana. Trasferitelo allora in un cinema come l'Aurora, che è a Tommaso Natale, dove perse le scarpe Gesù Cristo, però è alternativo, e riempirà la sala ogni sera per almeno un paio di mesi. Molte facce saranno le stesse dei tempi dell'Antorcha e de La Base, vecchie facce, soprattutto trotzkiste o ex trotzkiste, sopravvissute a tutte le commemorazioni, con qualche ruga addomesticata in più e qualche eskimo selvaggio in meno. Spesso c'è pure la mia, anche se non ho mai posseduto l'eskimo, né la fase trotzkista. È una varietà cinefila di snobismo che non so se esista altrove.

Per arrivare al baglio, se non c'è traffico, ci vuole un'ora di macchina. È sulle pre-Madonie, ad altezza collinare, a non più di cinque o sei chilometri, in linea d'aria, dal mare.

Prima di mettersi a fare l'agricoltore mio cognato era un funzionario di grado medio-alto dell'amministrazione regionale. Un giorno aveva fulmineamente intuito che se è falso che la funzione sviluppi l'organo, come sosteneva il mio quasi omonimo Lamarck, è altrettanto innegabile che la non-funzione sviluppi l'organico di molti uffici regionali. Situazione che, dato il carattere di Armando, alla lunga rischiava di provocargli una dozzina di allergie inguaribili. Così, approfittando di uno di quegli scivoli periodici che ai tempi delle vacche grasse consentivano a un dodicenne di andare in pensione con il massimo dello stipendio e con una esagerata liquidazione, aveva deciso di compiere il grande salto con la correità di mia sorella.

Maruzza rispose al primo squillo. Probabilmente l'avevo beccata in uno dei suoi rari momenti di quiete, quando sta sdraiata sul sofà, accanto al telefono, a leggere qualcuno dei suoi micidiali libri di autrici post-femministe:

– Tutto bene, al corral?

– Per ora sì. Armando è appresso alla semina e i ragazzi sono al doposcuola. Io stavo leggendo.

– Cosa?

– L'*Epistolario* di Santa Teresa d'Avila.

Appunto. Pausa di silenzio. Cercai di modulare il meglio dalla mia voce, come se avessi voluto dettare a Maruzza solo la ricetta della pasta con le sarde:

– Verrei stasera con Michelle...

– Bene. Vi aspettiamo per cena.

Ci salutammo rapidamente. Maruzza non aveva fatto una piega. Il che era piuttosto sospetto.

Fuori c'era una luce dorata. Le giornate si accorciavano rapidamente e il sole, ormai basso dietro le fronde delle Washingtonie, creava contorni sfumati, quasi fosforescenti, che simulavano, ora la sagoma di padre Pio, ora il profilo di Henry Kissinger.

Rimasi ancora per un paio d'ore al dipartimento. Le due ragazze se l'erano battuta verso certi misteriosi appuntamenti, sui quali mi ero rifiutato di indagare, suscitando la loro muta indignazione. Poi passai velocemente da casa per attrezzarmi per il baglio, e andai a prendere Michelle.

Scese in jeans bianchi di cotone pesante, maglione blu marina, giacca a vento gialla, e con una sacca sportiva in mano. Posò la borsa sul sedile posteriore, si tolse la giacca a vento e gliela lanciò sopra. Si era messa una collana di pietre dure che conoscevo bene. Quella collana, una volta, al Biondo, aveva rischiato di fare venire un colpo al vecchio Kirkpatrick, il clavicembalista cieco. Era una collana di grosse sfere di quarzo, il cui filo si era improvvisamente spezzato nell'istante preciso in cui il vecchio Kirkpatrick si accingeva a rimettere le dita sulla tastiera, dopo il pianissimo di una sonata di Scarlatti. E siccome eravamo in un palco, le pietre avevano fatto un fracasso della madonna rimbalzando sul pavimento di legno, e sembrava un attacco a raffiche di Kalashnikov, e tutti si erano presi una strizza dell'accidente, specie il vecchio Kirkpatrick, che non poteva vedere, e soprattutto Michelle, che avrebbe voluto scomparire.

– Ho fatto rinforzare il filo – disse subito, quando colse la mia occhiata rievocativa. Era nervosa, nonostante la battuta. Me ne accorsi da come guardava fuori, un po' a destra un po' a sinistra, come se cercasse qualcosa. Che si fosse pentita di avere accettato il mio invito? Quella non era la sua prima visita al corral. Durante la nostra Fase Uno, lei lo frequentava più o meno come me. O meglio, con me. Sapevo bene che lei e Maruzza avevano continuato a vedersi anche dopo. Ma sempre a Palermo. Erano anni che non metteva piede al baglio.

– Che ti succede? – tentai cauto. Non rispose subito, sembrava voler raccogliere le idee:

– Niente. Sono un po' in apprensione per mio padre.

– Problemi di salute?

– Forse. Anzi no, non credo.

Pausa di silenzio che non tentai di forzare.

– Da qualche giorno è diventato troppo attento, troppo calmo, ed anche troppo premuroso. Però se gli rivolgi la parola sono più le volte che non ti risponde... come se stesse pensando a chi sa che cosa.

– Sarà una botta di andropausa.

Lo dissi senza malignità. Lei smise di parlarne. Il nervosismo le si attenuava man mano che ci avvicinavamo al baglio. È normale. Capita a tutti quelli che ci sono già stati. È il fascino del corral. Lo subisco persino io, che sono un perfetto animale metropolitano. È come tornare a Tara.

Quando arrivammo ci fu quasi una sceneggiata tipo *E la barca tornò sola*. A mia sorella, appena ci vide insieme, si velarono gli occhi e per poco non si mise a piangere. Mio cognato invece è uno che l'acqua-lo-bagna-il-vento-l'asciuga. Può anche apparire come il classico tipo cui metti in mano la sua mafalda con le panelle, e lo tieni tranquillo finché non avrà fatto tabula rasa fino all'ultima briciola, in attesa della mafalda successiva. Ma l'apparenza inganna. E comunque è sempre meglio che avere per cognato un avvocato civilista bilingue, come un tale che conosco.

Les enfants ci guardavano con un'espressione da Gavroche sulle barricate. Sono stato io a battezzarli così, in onore dei trascorsi di insegnante di francese di mia sorella. Anche lei si era messa in pensione anticipata poco dopo il suo legittimo. Da allora ha sempre cercato di non perdere troppo i contatti con la civiltà: si procura in continuazione libri in francese, e deve avere un filo diretto con qualcuno alle edizioni Fleuve Noir di Parigi, o da Gallimard, o da Hachette. È un fatto che, al baglio, monsieur Pennac circolava già da un pezzo, prima di essere tradotto in italiano. Da qua il nome Malaussène, affibbiato al cane espiatorio di casa, che subisce senza fiatare gli sbalzi di umore di les enfants. Mio cognato avrebbe voluto dargli un nome più romantico, tipo Trentuno-e-quarantasette, ma mia sorella aveva puntato i piedi.

Proprio da Malaussène era arrivato il colpo a sorpresa. Appena avvistò Michelle si lanciò in una danza selvaggia, ululando come tutta una muta di cani da slitta. Poi le si avvicinò e piombò a terra sulla schiena, con le zampe all'aria, in attesa di sviluppi. Una cosa alla Argo e Ulisse, in cui però la dignità era andata a farsi friggere. Peccato che in teoria la dottoressa Laurent avrebbe dovuto essergli del tutto sconosciuta perché Malaussène, il fedele amico dell'uomo, ma non della donna, il buon Malaussène, era nato dopo l'ultima visita di Michelle al baglio. L'ultima con me, almeno. Mi voltai a guardare Maruzza; poi Michelle. Cercai di caricare accusa e sospetto nel mio sguardo. Ma entrambe contemplavano il cielo con l'aria di chi ha appena scoperto una nuova stella doppia, poco oltre la nebulosa di Andromeda. Inutile scomodare Armando, se non volevo accendere una faida domestica. E i ragazzi stavano attraversando una fase irriducibilmente omertosa, che alimentava le ambivalenze del genitore maschio, combattuto tra un vecchio sentimento di orgoglio siculo e un senso recente di frustrazione etica.

Le due femmine alla fine riconquistarono la terra ferma, mi chiesero una delle mie Camel a testa e si fermarono fuori al gelo, a parlottare e a fumare. Curiosamente, avevano assunto entrambe la stessa posa: Marlene Dietrich che in *Shanghai Express* fuma nel buio, con lo sguardo perduto verso l'alto. Un fotogramma che è un tatuaggio nella memoria.

Nel frattempo ero entrato in casa insieme ai ragazzi e ad Armando. Sullo scaffale della libreria del soggiorno, ad altezza d'occhio, accanto ai romanzi pre-menopausici di Maruzza, erano allineati in bella evidenza tutti i libri della Cornwell. L'ultima volta non c'erano. Omaggio a Michelle o provocazione per il sottoscritto?

C'erano pure due nuove gatte in giro per il baglio; me lo comunicò subito Angelo, il nipote intermedio:

– Si chiamano Kay e Scarpetta, come la dottoressa che studia i morti in quei libri; ce l'ha detto mamma.

Kay Scarpetta. La medichessa scannacadaveri dei romanzi della Cornwell. Les enfants dovevano avere così battezzato le gatte su istigazione della loro brava mammina. L'impressione generale era che la visita di Michelle fosse stata, non solo prevista, ma addirittura preparata.

– E abbiamo pure un asino nuovo, si chiama Pignatavecchia. Bilàsi ormai era completamente rincretinito. Sparava calci all'impazzata da tutte le parti, senza criterio. Papà l'ha dato via. Dice che pure agli asini viene la crisi della mezza età. Neanche Pignatavecchia, però, mi sembra tanto intelligente.

Bilàsi era l'asino che mio cognato si era procurato due anni prima per i figli degli agroturisti. Ha pure i cavalli. Alcuni però trovano l'asino più tranquillizzante. L'agriturismo è una preziosa risorsa, per i bilanci del baglio.

Seduto a un lato del tavolo, Peppino, il nipote più grande, leggeva un libro per ragazzi che a giudicare dal titolo parlava di un gatto che si era mangiata una gabbianella. O qualcosa di simile.

Entrarono anche Maruzza e Michelle. Angelo si era tutto rannicchiato sul sofà, avvolto su se stesso, con gli occhi chiusi e le braccia intorno alle ginocchia, come se stesse morendo di freddo.

– Cosa fai? – gli chiese Maruzza.

– Je m'èconomise – rispose, aprendo solo un occhio e richiudendolo subito. Lo disse per fare colpo su Michelle. Mia sorella pretende di insegnare loro il francese e per aumentare l'efficienza didattica tenta inutilmente di coinvolgere Armando, che invece si ostina a parlare refrattariamente in siciliano. Il che ha le sue conseguenze sull'eloquio dei due figli minori: ne risulta un lessico famigliare ricco di commistioni e di suggestioni. Ma non è solo merito di Armando. Parecchia roba la importano dalla scuola. Pietro, il nipote piccolo, ci elargì la sua prima perla della serata:

– Angelo vuole parlare in francese e si impidoglia!

– Zitto tu, ché se parli troppo ti entra in bocca il virus dell'adidas – replicò fulmineo l'altro.

– A scuola ci hanno detto che in Africa, per colpa dell'adidas, i bambini hanno il più alto attasso di mortalità del mondo.

Sarà questo ciò che chiamano metalinguaggio? Peppino li ignorava con aria di ingualcibile superiorità. Ma tutti e tre ormai facevano spudoratamente le fusa davanti a Michelle.

Venne l'ora di cena. Armando aveva preparato la brace fuori, e arrostì una ruota di salsiccia larga quanto quella di un carretto, accompagnata da cipolle e patate cotte sotto la cenere. A parte i ragazzi, che il giorno dopo avevano scuola, nessuno andò a dormire prima delle due. Mio cognato imprecava contro gli uomini della semina che adducendo – secondo lui – scuse improbabili, avrebbero saltato a piedi pari il sabato e la domenica. Vecchi, ripetuti discorsi, testimoni di remote, insopprimibili dialettiche da Accademia georgofila.

Quando fu il momento, Michelle ed io ci alzammo per andare a dormire. Si alzò anche mia sorella, con una seconda dose di umidità negli occhi, e abbracciò e baciò Michelle su entrambe le guance. Avrebbe preteso di abbracciare anche me, ma mi defilai con buona grazia.

Dopo avere completato i restauri del corpo centrale del baglio, mio cognato è partito all'attacco degli annessi e connessi, tra cui l'ovile. Ne ha ricavato una specie di dépendance comodissima, con tre stanze da letto, la più grande delle quali mi è stata permanentemente attribuita. È qui che sto, quando vengo al baglio.

– Tuo nipote Peppino cresce – disse Michelle, mentre aprivo la porta esterna; – non faceva che sbirciarmi il petto, quando credeva che io non guardassi.

– Ragazzo di buon gusto. Mi toccherà suonargliele. E il cane come ti guardava?

Dalla sua risposta dipendeva la potenziale litigata: con lei, ed eventualmente con mia sorella. La risposta fu solo una risata. Una risata libera e senza sottintesi. Mi bastava. Anch'io so leggere le persone, ogni tanto. Niente colpi a tradimento, da parte della cara sorella. Né da Michelle. Erano cose loro.

Era spuntata una di quelle giornate struggenti, che ti fanno sospettare che qualcuno ci abbia passato sopra una mano di vernice trasparente, la vernice che i pittori spennellano sulle tele per spremere anche l'anima dai colori.

C'è una specie di proda rocciosa, davanti al baglio, proprio di fronte al mare, circondata da una piccola coorte di ulivi saraceni centenari, con i tronchi così spessi da poterci scavare dentro tutta la stanza da letto di Penelope, ragnatele comprese. Mia sorella lo considera come una sorta di pensatoio privato, soprattutto estivo. Ma è in inverno che dà il massimo. Se ti affacci da quello spuntone di roccia e guardi dritto davanti a te, hai il senso dell'Universo in espansione. E sai che, se la terra non fosse rotonda, potresti misurare tutta la Sardegna con una sola occhiata; e la Corsica dietro; e tutto il maledetto Arco Alpino con un solo sguardo; e ancora oltre, fino a contare i buchi dei tarli sulle corna delle renne di Capo Nord. È come innestare i polmoni di riserva. Ti fa respirare Marlboro lands.

Ecco, era una di *quelle* giornate. Da un certo punto di vista, era come una dicotomia temporale, nelle due accezioni inglesi: uno splendido tempo da lupi. Splendido nel senso di weather, da lupi nel senso di times. Un ossimoro improprio, a volere essere pedanti.

Anche il cane espiatorio Malaussène sembra cogliere a modo suo questa dicotomia. Quando capitano giornate così, chi sa leggere il linguaggio del corpo dei cani intravede subito dentro gli occhi di Malaussène il rimpianto di non essere nato lupo.

Avevamo fatto colazione tardi. Persino mia sorella ci aveva dormito sopra più del solito, perché una volta tanto era stato Armando ad accompagnare i figli a scuola, in paese, una decina di chilometri di trazzere oltre il baglio. Michelle era rilassata. Ce ne andammo in giro per funghi, ma gli unici che lei avrebbe voluto raccogliere erano le Amanita phalloides. Niente male per un medico legale. Quando rincasammo i ragazzi erano già tornati da scuola:

– Abbiamo avuto la supplente – disse Angelo; – era così corta che le scarpe dovevano puzzarle di brillantina.

– Scemo, le femmine usano la lacca – disse Peppino. Anche Pietro aveva la sua da raccontare:

– Da noi hanno preso un pizzico-patico, che faceva atti oscemi in luogo pubblico, con gli occhi sgrillati di fuori.

Maruzza sviò il discorso tirando fuori il meglio della sua strategia educativa:

– Ora si va a tavola e poi andate subito a fare i compiti o niente TV.

– Uno-nove-sei-nove-sei – compitò Pietro, fissando mia sorella negli occhi.

– Zitto o ti cucio la bocca a punto smock – lo fulminò Maruzza.

– Cos'è 'sta novità? – io chiesi.

– Il numero del telefono azzurro. Glielo hanno insegnato le maestre. Se lo viene a sapere Armando li fa nuovi. E poi va a dare fuoco alla scuola.

Michelle cercava di trattenere risa convulse.

Mia sorella e il suo legittimo seguono culti differenti, per le strategie educative. Maruzza, se sgarrano a parlare, scaglia inutili minacce come quella di prima; Armando invece tenta le vie di fatto, con uguale insuccesso, perché i suoi figli sono tutti e tre di riflessi pronti e più veloci di lui, e quando riesce ad averli a tiro, di solito gli è già sbollita l'ira.

Insomma, fu un week-end tranquillo. La domenica mattina avevo dato i soldatini di piombo ad Angelo. Ero sicuro che gli sarebbero piaciuti, e infatti gli piacquero. I nipoti, oltre ai soliti giochini informatici, ne praticano altri dei quali si è quasi perso il ricordo, nelle nostre metropoli. È soprattutto merito di Armando, che nonostante le apparenze coltiva attraverso i figli la propria nostalgia, come se fosse uno dei suoi preziosissimi allevamenti di zucchine centenarie. Così ogni tanto, al baglio, soprattutto quando ci sono i compagnucci del vicinato, capita di assistere a furibonde sessioni di buèla, uno-monta-la-luna, acchian'o-patri-cu-ttutt'i-so-figghi, l'apparecchio. Praticano anche la pitruliata, che invece hanno imparato da soli, lontano dagli occhi di mio cognato, che se lo sapesse ci resterebbe secco seduta stante, perché c'è un limite anche alle nemesi.

Quella mattina, per esempio, mi avevano fatto allargare il cuore. Avevano in mano delle meravigliose fionde fatte in casa con il fil di ferro e gli elastici ritagliati da vecchie camere d'aria di bicicletta, così simili a quelle che usavo io alla loro età. Tiravano ai passeri, con allegra strafottenza, senza beccarli. Forse di proposito, perché quando miravano alle lampadine le frantumavano quasi sempre al primo colpo. Il che alimentava le proiezioni machiste di Armando e le preoccupazioni di Maruzza, la cui vera vocazione, date le continue riparazioni a carico di vari arti d'infante, diventa sempre più spesso quella di correttrice di bozzi.

Arrivammo a Palermo la domenica notte. Accompagnai Michelle e filai a casa. Mi chiamò la sera dopo:

– Hai da fare? – Voce insolitamente tesa, lievemente roca, tono di urgenza.

– Mai per lei, madame. Che ti è successo?

– Niente di grave, spero. Puoi venire da me? Non mi va di parlarne al telefono.

Arrivai da lei in meno di venti minuti. Mi aspettava sul pianerottolo. Era agitata. Chiuse la porta e vi si appoggiò contro. Gesto che mi era familiare, in lei; glielo avevo visto fare in un'altra occasione. Un segnale d'allarme.

– Mio padre ha ricevuto un avviso di garanzia. Il giudice lo ha convocato per interrogarlo.

– Ma perché?

– Ti ricordi di quel tale che hanno ammazzato?

– Chi, Ghini? Ma che c'entra?

– Non ne ho idea. So solo che mio padre lo conosceva.

– E lui cosa dice?

96

– A me niente. Io l'ho saputo da un collega. Sai che circuito hanno queste notizie, da noi... Pare che mi abbiano tolto il caso proprio perché c'è coinvolto mio padre. Addirittura, l'hanno affidato a persone di fuori, di Catania, credo.

– Che altro sai?

– Quasi niente. Come ti ho detto, mio padre conosceva il morto. Non so altro.

– Ne hai parlato con lui?

– Sì, per telefono. È stato elusivo e ha minimizzato. Mi è sembrato pure imbarazzato. E non capisco perché.

– Proverei a parlarne con Spotorno.

– Può essere un'idea.

Agguantai subito il telefono e chiamai Vittorio a casa sua.

– Spotorno –. Mi verrà una sincope, il giorno in cui Vittorio dirà semplicemente Pronto, rispondendo da casa.

– Sono io, Vittò. Ti disturbo?

– E da quand'è che ti fai di questi scrupoli? – Voce guardinga, più grave del solito, nonostante la battuta. Pareva quasi che fosse rimasto in agguato sul telefono, in attesa dello squillo.

– Forse immagini perché ti ho chiamato...

– Sì –. Pausa. Due silenzi a confronto: un silenzio elusivo e uno lungimirante. Pure chi non ha niente da nascondere ormai ha imparato a parlare in intercettese, in questa città.

– Cosa puoi dirmi?

– Ne dobbiamo parlare per telefono? Perché non passi? Comunque, non c'è molto da dire –. Vittorio metteva le mani avanti.

– Hai capito tutto – dissi a Michelle, – faccio un salto da Vittorio, poi torno qua. Tu è meglio se non ci vieni.

– Certo. Non sarebbe diplomatico.

Michelle mi aveva contagiato con il suo nervosismo. Il traffico di viale Strasburgo mi esasperava più del normale. La traversata mi prese una buona mezz'ora. Fu Amalia ad aprirmi:

– Hai mangiato?

– No, ma mi aspettano per cena. Cosa perdo?

– Pasta coi broccoli alla Palina, sarde allinguate fritte, insalata di sanguinelle, scalogno e finocchi.

Nonostante la tensione, mi si risvegliò una peristalsi spregiudicata:

– Mi accontento di un aperitivo. Un daiquiri lo sai preparare?

– Cosa ci vuole?

– Bacardi, limone, sciroppo di zucchero di canna.

– C'è solo lo zucchero.

– Allora fai tu. Dov'è il signor commissario?

– Nello studio. È al telefono con Montalbano, un suo collega che fa il commissario in un avamposto sulla costa sud. Una gran brava persona, però sta con una che non fa per lui. Forse se la tiene perché lei vive al nord. Con Vittorio, finge che parlano di lavoro, ma secondo me Montalbano gli passa solo ricette di cucina. Anzi, più che le ricette, gli passa solo i titoli, e ogni tanto Vittorio tenta l'esecuzione, e finisce che gli viene l'intossico. L'ultima volta gli è durato tre giorni: erano alici con cipolle e aceto.

Entrai nello studio. Vittorio mi fece un cenno con la mano e chiuse frettolosamente la telefonata, mormorando dentro il microfono: Va-bene-Salvuccio-ci-sentiamo-quando-torno. Sul tavolo davanti a sé, aveva un rapportone dall'aria commissariale che sembrava un percorso di guerra, tutto intasato com'era di correzioni con la biro rossa. Mi sedetti sulla poltroncina di fronte a lui.

– Lorè, che si dice?

– La solita vita. Allora...

Vittorio mi guardò a lungo. Poi raccolse le dita a cuspide e con fluido movimento labiale lanciò d'un fiato la sua bomba:

– Quel signore che ti interessa era l'amante della moglie di Ghini Umberto, il morto che sai.

Ineludibile, come la scritta Fesso chi legge, sul muro di fronte casa vostra. La peristalsi perse di colpo tutta la sua spregiudicatezza, le ghiandole salivari dichiararono uno sciopero selvaggio, il vecchio muscolo intratoracico mancò un paio di battute. Nel frattempo era entrata Amalia con due bicchieri di Cinzano bianco con accompagnamento di salatini. Posò il vassoio sul tavolo, mi passò uno dei bicchieri, buttò giù una buona metà dall'altro, e piazzò il residuo davanti al suo legittimo.

E bravo monsieur Laurent! Sfido, che era stato elusivo e imbarazzato con Michelle. Come si fa a dire certe cose a una giovane figlia innocente?

Vittorio mi studiava. Bevvi un sorso di Cinzano. Mi ripresi abbastanza in fretta perché la mia replica non risultasse fuori tempo massimo:

– E allora? Che vuol dire? Da quand'è che è proibito avere un'amante? Siete diventati tutti bacchettoni, tra la questura e il Palazzo di Giustizia?

– Non è avere un'amante che è proibito...

– Vuoi insinuare che all'alba del terzo millennio, come dicono tutti quei fessi della tivvù, il padre di Michelle ha ammazzato per... Ma chi ci crede più ormai a queste...

– Calma, nessuno sta insinuando niente.

– Calma un accidente! Gli avete mandato un ordine di comparizione.

– Ora non esagerare. Il magistrato, il dottor De Vecchi, vuole solo ascoltarlo; ascolterà tutti quelli che, per un motivo o per un altro, avevano avuto a che fare con la vittima. È la prassi per tutti gli eventi criminosi.

– Quando rispolveri il burocratese non mi convinci.

– Non mi lasci molte possibilità.

– E quando sei così calmo mi convinci ancora meno, per- ché è segno che nascondi qualcosa... E poi chi ve l'ha rac- contata questa storia della relazione?

– Abbiamo le nostre fonti.

– Annegatevici, dentro le vostre fonti!

– Ma perché ti scaldi tanto? Noi facciamo solo il nostro lavoro. Indaghiamo in tutte le direzioni.

– Mi scaldo perché lo so bene come ragionate voialtri sbir- ri. A voi basta solo che una storia sia verosimile. Prendete il primo poveraccio che passa...

– Non mi pare che il padre della dottoressa Laurent sia un poveraccio qualunque.

– Questo non significa niente. Sai bene che...

– Io non so niente, Lorè. Tra parentesi, non gli abbiamo nemmeno fatto il tampon-kit. Credi che non ci avremmo pen- sato, se...

– E allora perché la convocazione?

– Ma te l'ho detto! Questa è routine. E poi, dipende so- lo dal magistrato. Noi non c'entriamo.

– Sicuro che non c'è nient'altro?

Vittorio tacque e cominciò a tamburellare con le dita sul piano della scrivania. Poi sospirò:

– Non mi mettere in imbarazzo, Lorè. Lo sai che non avrei dovuto dirti niente: sono tempi che fanno spavento; non do- vresti nemmeno essere qua. E comunque, puoi riferire alla dot- toressa Laurent che non ha nessun motivo per preoccuparsi.

Per la verità, nonostante il tono rissoso non ero molto preoccupato nemmeno io. La discussione con Vittorio ave- va seguito i nostri schemi canonici. Normale amministrazione; litighiamo spesso. Sono rimasugli di vecchi scontri, scorie di antiche polemiche, soprattutto di natura ideologica.

– Perché non mi racconti qualcos'altro, su questa storia? – gli chiesi pacatamente, dopo una pausa di silenzio.

– Di che genere?

– Mah, cose del tipo: chi era il morto, quando gli hanno sparato, chi vi ha avvertito...

– Chi era il morto lo sai. Riguardo all'ora del delitto le cose sono un po' più complicate. Il corpo è stato trovato da una volante, più o meno dieci minuti prima che mi avvisassero; sai quando, perché c'eri pure tu. Direi intorno a mezzanotte meno venti. La morte del Ghini, comunque, risaliva ad almeno una o due ore prima. L'hanno dedotto dall'autopsia ed è stato confermato da una circostanza venuta a galla dopo qualche giorno.

– Cioè?

– Un fesso di carabiniere di guardia a una caserma che c'è da quelle parti ha sentito lo sparo, uno solo, ma non ci aveva badato. Dalla caserma al luogo del delitto c'è una certa distanza. Gli era sembrato un rumore di marmitta. Poi si era ricordato di avere sentito una macchina che partiva sgommando, subito dopo lo sparo. Ma aveva collegato i fatti solo dopo avere letto sul giornale la notizia dell'ammazzatina.

– E vi ha avvisato...

– Un accidente! L'ha detto al suo superiore.

– E a voi chi l'ha detto?

– Abbiamo i nostri informatori...

– ... e i carabinieri hanno i loro in questura.

– Probabile. Quello che conta è che, secondo il carabiniere, lo sparo si è sentito verso le dieci, dieci e mezza. Mezz'ora più, mezz'ora meno, coincide con il referto dell'anatomo-patologo.

– Quindi il morto è rimasto lì per due ore e, a parte il carabiniere, nessuno ha visto né sentito niente.

– Esatto. Tieni conto che dopo le sei di sera in quella strada non c'è più nessuno. Le case sono quasi tutte casupole semidiroccate e disabitate. Di giorno funzionano alcune officine, un gommista, un elettrauto, un lattoniere... Di solito chiudono bottega alle sei. E poi, a parte ogni discorso di pseudosociologia, ricordati che quel giorno diluviava, c'era un temporale della madonna, e la gente era tappata in casa. Per di più nella strada non c'è uno straccio di illuminazione pubblica. Senza contare che la luce andava e veniva.

– Già. Ma se la situazione è questa, che ci faceva Ghini in quel posto e a quell'ora?

– Non lo sappiamo. Forse non lo sapremo mai. Possiamo solo abbozzare ipotesi. Secondo me la cosa più probabile è che ci fosse andato in macchina con qualcuno che conosceva, per un ragionamento. Poi la discussione è degenerata ed è partito il colpo di pistola. Può anche darsi che il delitto non sia stato premeditato.

– Se è così, perché portarsi dietro una pistola?

– Di gente che va in giro armata ce n'è più di quel che credi. E non tutti sono dei malacarne. Per quello che ne sappiamo, la pistola poteva anche appartenere al Ghini. E l'assassino se l'è portata via perché preso dal panico, per confondere le acque, o perché gli serviva. Ghini in effetti ne aveva una, una ventidue, regolarmente denunciata. Il calibro, grosso modo, coincide con quello della pistola usata per il delitto. Non possiamo saperlo con assoluta certezza perché la pallottola ha attraversato il corpo da parte a parte, e non l'abbiamo trovata. La vedova sostiene che il marito aveva l'abitudine di esercitarsi ogni tanto, di sabato o di domenica, con la pistola, in campagna, in un posto isolato che la famiglia possiede ai margini del bosco della Ficuzza. Lei dice che c'è andato pure quel giorno, nell'intervallo del pranzo, come conferma l'esito del guanto di paraffina.

– E il bossolo l'avete trovato?

– No. E questo conferma l'ipotesi che l'abbiano ucciso in macchina.

– E la pistola di Ghini?

– Non abbiamo trovato nemmeno quella. La vedova dice che di solito la teneva alla bottega. L'abbiamo cercata anche lì, inutilmente.

– Chi sono gli altri indiziati, a parte il padre di Michelle?

– Che non è indiziato...

– Vittò, la sostanza non cambia. Date le circostanze, suppongo che la moglie del morto la stiate passando ai raggi X.

– Sai bene che non posso né confermare né smentire.

– Non c'è bisogno. Chi altri?

– Come ti ho detto, indaghiamo in tutte le direzioni. Soprattutto nell'ambiente di lavoro del morto. Non ti posso dire altro. Ho già parlato troppo.

Non so perché, non dissi niente a Vittorio della mia visita al Ghini's di Vienna, né dell'incontro con l'ugro-finna. Per discrezione e per pudore non gli chiesi nemmeno dettagli sulla story tra il padre di Michelle e la moglie di Ghini. Da un certo punto di vista sono un po' fuori tempo.

Non mi veniva in mente nient'altro da chiedergli. Vittorio si alzò per accompagnarmi. Amalia era seduta in soggiorno e leggeva *Le età di Lulù*.

– Ma tu non gliele controlli le letture, a tua moglie? – dissi a Vittorio.

Amalia mise insieme un sorriso agrodolce.

Per tornare a casa di Michelle avevo assunto una guida lenta e meditativa. Il traffico mi dava una mano: viale Strasburgo era ancora più intasato di prima e non cercai scappatoie laterali come avrei fatto normalmente. Volevo prendere tempo per decidere in che modo comunicare le novità a Michelle.

Venne ad aprirmi con una copia di *Moby Dick* in mano. Che fosse un attacco di nostalgia per l'abbandonato consorte pallone gonfiato? Ascoltava in sottofondo la *Leonora n. 3*, dal *Fidelio*. Esorcizzava un complesso di colpa o mi inviava un sottile messaggio? Intanto non si era degnata nemmeno di aprire una lattina di acciughe. E ricominciavo ad avvertire un languore che non avrei potuto tenere a bada per molto.

– Usciamo? – proposi, eludendo le sue mute, ovvie domande. A parte la fame, avevo bisogno ancora di un po' di tempo per metabolizzare le informazioni di Vittorio e riproporle a Michelle nella forma più delicata. Lei annuì, andò a restaurarsi, e fu subito pronta.

– Allora? – chiese, non appena avviai il motore.

– Tuo padre aveva uno sgamo con la moglie dello sparato.

Non c'è che dire, sono un fine diplomatico. Michelle non fu da meno e mi lasciò secco con una risata che le uscì dai precordi. Per lo shock, a momenti non investivo un cassonetto nomade dell'AMIA.

– Dev'essere la bionda – esalò dopo che finì di sghignazzare.

– Che bionda? Che fa, lo sapevi?

– Figurarsi! Con tutte le *zie* che giravano per casa dopo la morte di mia madre, il genitore crede ancora che io...

– Al tempo. Cos'è questa storia della bionda?

– Bionda fasulla, ma fascinosa. Come piacciono a voi maschi.

– A parte che io preferisco le brune, parliamo di *questa* bionda.

– Non ne so molto.

– In questa storia nessuno sa molto di niente. O non vuole dire niente.

– Perché te la prendi con me? Questa tizia, ammesso che sia lei, l'ho vista solo due volte.

– Che tipo è?

– Te l'ho detto. Falsa bionda, sulla quarantina, tutta firmata. Una stangona rapace, per quello che può valere un'impressione superficiale e da femmina.

– Non te l'ha presentata?

– No. Credo che non volesse far capire alla tizia che io ero sua figlia, ma quella lo ha capito lo stesso.

– Sai come si chiama?

– No. Davanti a me mio padre l'ha sempre chiamata madame.

– E perché la metti in relazione con la moglie del morto?

– Direi per la coincidenza dei tempi, anche se non ne posso essere sicura. Comunque, la prima volta che li ho visti insieme ho sentito che lei chiamava mio padre César e gli dava del tu. E me la sono squagliata con discrezione.

– Figlia comprensiva...

– C'è poco da sfottere. Che altro hai saputo dal tuo amico Vittorio?

– Quasi niente. Però mi ha chiesto di riferirti che non è il caso che ti preoccupi per tuo padre. Loro indagano in tutte le direzioni...

– Allora siamo a posto!

Nel frattempo eravamo arrivati all'Acanto blu. Riprendemmo il discorso solo davanti a due bicchieri di Cerasuolo di Vittoria, in attesa degli ortaggi fritti nella pastella di ceci:

– Cosa ne sai del referto dell'anatomo-patologo? L'hai letto?

– Qualcosa so, ma non l'ho avuto in mano: come ti ho detto mi hanno tolto il caso. Il colpo è stato sparato a bruciapelo, da destra verso sinistra, con un angolo di quasi quarantacinque gradi, forse con una ventidue. Il proiettile ha perforato il cuore, il polmone, ed è uscito all'altezza della scapola sinistra, dopo avere attraversato il torace in diagonale. È stato un caso che non abbia toccato le costole e lo sterno. Ghini è morto quasi subito.

– E quasi certamente lui e lo sparatore si conoscevano.

– Sì. Come lo sai? Te l'ha detto Spotorno?

– No, è stata una mia deduzione. Quella famosa notte io sono arrivato un momento prima che tu cominciassi la ricognizione sul cadavere; appena hai sollevato la cravatta del defunto, sotto è apparso il foro di ingresso della pallottola, con gli orli bruciacchiati. Chi ha sparato, nella foga del gesto, ha scostato con la canna della pistola la cravatta, che dopo lo sparo è tornata a posto, perché fissata con una spilla. Il morto aveva i vestiti quasi in perfetto ordine. Quindi non c'è stata colluttazione. Probabilmente la pistola è sbucata fuori all'improvviso. Ghini non si aspettava che gli sparassero. Se poi la pistola era davvero la sua, e a dire di Spotorno è un'ipotesi concreta, la conoscenza tra lui e il suo assassino è addirittura scontata. Forse il tizio è riuscito a farsi dare la pistola con una scusa, e poi gli ha sparato. Non so se sia andata esattamente così, però l'ho raccontata da dio.

– Complimenti.

– Tutto qui?

– Ti monti già abbastanza da solo, non mi pare il caso d'incoraggiarti.

– A parte la conoscenza biblica con la signora, tuo padre che rapporti aveva con il Ghini maschio?

– Non ne ho idea. Tutto quello che mi ha detto prima del tuo viaggio a Vienna è che lo conosceva. Immagino che fossero i normali rapporti professionali che si stabiliscono nell'ambiente degli antiquari.

– Tuo padre ce l'ha una pistola?

– Certo che no!

– Come fai ad esserne così sicura?

– Perché lo conosco. Sempre mio padre è...

Michelle scivola nel sicilianese più facilmente che nel francese. Restammo zitti per un po'. Pensavo alle reticenze di Vittorio e cercavo di immaginare che cosa potessero coprire.

– Allora, non ci resta che aspettare gli eventi – disse Michelle.

– E sperare che tuo padre abbia un alibi per quella sera. Non si sa mai.

Le si restrinsero i fori pupillari.

Era l'una quando la lasciai a casa. Poi riavviai i motori e partii verso casa mia. Il mio pilota automatico però prese un itinerario tutto suo, e a un certo punto, senza sapere come, mi ritrovai al Papireto. Decisi di stare al gioco e imboccai una dietro l'altra le viuzze giuste, fino al punto dell'agguato.

La strada si chiamava via Riccardo il Nero, era lunga una cinquantina di metri e non portava da nessuna parte. Ovviamente continuava a non esserci traccia di illuminazione pubblica. In compenso c'era luna piena e il cielo era completamente libero dalle nuvole. Sotto la luce della luna le vecchie macerie di Palermo, residue dei bombardamenti angloamericani della seconda guerra mondiale, esprimono qualcosa di molto prossimo all'Assoluto Poetico Primordiale. I vari progetti di risanamento del centro storico dell'ultimo mezzo secolo pretenderebbero di aggiustare ogni cosa. Uno degli ultimi prevedeva addirittura di creare una bella spianata radendo al suolo le palme e i platani secolari di piazza della Vittoria, la più bella di Palermo. Per meglio espugnare Palazzo dei Normanni in caso di golpe, sospettavo. O per facilitare lo spionaggio sbirresco, dato che palazzo Sclafani, sede della questura, è proprio di fronte al Palazzo del Parlamento.

Salvate le palme a furor di popolo, è venuta fuori l'idea di allagare il Papireto, per ripristinare le antiche paludi. Sappiamo tutti che non sarà mai fatto, anche perché non saprebbero dove prendere l'acqua.

Il centro storico, io, lo lascerei così com'è: una miscela ormai naturale di bellezza e tristezza. E poi basterà aspettare ancora qualche anno, e anche le macerie delle case abbandonate assurgeranno al rango di nobili rovine, pronte per la cosmesi: è la plasticità delle nostre rovine la vera risorsa della città del futuro. Anzi, bisognerebbe estenderle. Mi vengono i brividi solo a pensare alle meraviglie che potrebbero venire fuori da viale Strasburgo, dopo un paio di passaggi di B52, intesi come bombardieri, non come vitamine.

Ciò che apparve in via Riccardo il Nero non fu solo merito della luna, ma anche dei fari della Golf. Nel fare manovra per invertire il senso di marcia, illuminai il punto in cui avevano trovato il cadavere di Ghini, poco oltre l'imboccatura della strada. C'erano ancora, molto sbiaditi, i segni tracciati dalla Scientifica con il gesso. C'era anche qualcos'altro. Sentii un brivido andare su e giù per la spina dorsale.

I fari avevano illuminato una pozza piena di sangue, come la sera dell'agguato. Il mio primo impulso fu di battermela. Invece lasciai i fari accesi, tolsi le chiavi dal cruscotto e scesi dalla macchina. Mi accostai alla pozza e guardai il sangue da vicino. Sembrava fresco. Emanava un odore acuto che mi era familiare. C'era un rivolo sottilissimo che scendeva ad alimentare la pozza. Veniva da un terrapieno orlato di ortiche, parallelo alla strada. Tornai alla macchina, frugai nel portaoggetti finché trovai la torcia elettrica, e mi arrampicai facilmente su per il terrapieno. Il liquido usciva da un ex bidone di nafta privo di coperchio e con un tappo in basso, non proprio a tenuta. Mi avvicinai al bidone e annusai: lo stesso odore del sangue nella pozza. E lo stesso colore. Almeno alla luce artificiale. Dal balconcino della casa che chiudeva la strada, il pelargonio bianco dominava la scena, più arrogante che mai, anche se aveva le foglie un po' più mosce della prima volta.

Tornai alla macchina, misi in moto e partii sparato. A casa, afferrai subito il telefono e formai il numero di Michelle:

– Ricordi tutto quel sangue, la sera dell'ammazzatina?

– No, che sangue?

– Quello nella pozza, accanto al cadavere.

– Ma quale sangue? Era antiruggine.

– Ah, lo sapevi?

– E certo. Sono il medico legale, io, ricordi?

– Che fai, sfotti? Io l'ho scoperto ora.

– E come?

Le raccontai il mio blitz quasi subliminale. Lei sghignazzò a lungo, con molta grazia. E non ditemi che è impossibile.

– Ora capisco perché quella sera eri così stravolto. Il carrozziere di via Riccardo il Nero usa il bidone per liberarsi delle latte vuote di vernice. Poi ci piove dentro, e succede quello che hai visto. Gli sbirri l'avevano capito subito. Se ci passi di giorno te ne accorgi pure da lontano.

Ero un po' piccato:

– Questo cambia le cose – enunciai a mia volta.

– In che senso?

– Se quello non era sangue, chi ci dice che il tizio è stato ammazzato proprio là?

– Nessuno, infatti. Però il tuo amico Spotorno ti ha parlato di uno sparo, sentito più o meno all'ora della morte.

– D'accordo. Se la storia dello sparo è vera, questo restringe la ricerca alla zona del ritrovamento, ma non la limita necessariamente a quella strada. Basta percorrere cento metri e ci si trova in un quartiere abitato...

– Tu come la vedi?

– Considerata la pioggia, il buio, il vento e il temporale, dubito che la sparatina sia avvenuta all'aperto. Secondo me gli hanno sparato in macchina, magari in tutt'altra zona. E poi lo hanno scaricato in quella strada buia. E può anche darsi che la prima impressione del carabiniere sia stata giusta e che quello che gli era sembrato uno sparo fosse effettivamente un rumore di marmitta.

– Non è un po' eccessiva, come coincidenza?

– Chi sa... Vittorio dice che non sono riusciti a trovare il bossolo, nelle vicinanze del cadavere.

– E questo andrebbe d'accordo con le tue ipotesi, ammesso che lo sparatore non l'abbia raccolto e non se lo sia portato dietro per complicarci la vita.

– Poi, c'è un'altra cosa: tu dici che il colpo è stato sparato da destra verso sinistra. Questo vuol dire che se il delitto è stato compiuto in macchina, Ghini era seduto al posto di guida e il suo assassino sul sedile accanto. Il che rende molto probabile che la macchina fosse quella di Ghini...

– ... oppure, qualcuno gli aveva chiesto di guidare la propria macchina.

– Pensi a una donna, ovviamente...

– Ovviamente. Spotorno avrà fatto passare al setaccio le macchine di casa Ghini. Se il colpo è stato sparato dentro una delle loro macchine, ci deve essere il buco nello schienale, o da qualche parte sul lato sinistro dell'abitacolo. Senza contare le tracce di sangue e di polvere da sparo.

– Forse è meglio se ci dormiamo sopra. Tanto, se anche gli sbirri e il magistrato si convincono subito che tuo padre non c'entra, non ci pensiamo più e tanti saluti.

Nonostante la conversazione con Michelle, avevo ancora i nervi in fibrillazione. Mi piazzai davanti alla libreria, facendo scorrere l'occhio sui titoli. Stavolta toccò a *Il nostro agente all'Avana*. Lo leggo un paio di volte l'anno, e ormai lo conosco quasi parola per parola. La prevedibilità aiuta a scaricare tensione. Ogni tanto però il meccanismo si inceppa. Di solito so perché. Stavolta invece avevo la sensazione di essere inseguito da un ragionamento sfuggente (riecco l'ossimoro malefico), da un discorso interrotto. Ripercorsi mentalmente tutto quello che avevo fatto, pensato, detto e sentito, tra le due telefonate: quella di Michelle, e quella a Michelle. Ma non servì a molto. Lessi per una mezz'ora, prima di spegnere la luce.

Sognai sterminate distese di pelargoni rosso sangue.

Un paio di giorni dopo chiamai Vittorio dal dipartimento.

– Professore, a che devo l'onore?

– Novità sul fronte Ghini?

Lungo silenzio dell'amico sbirro. E poi:

– No – cautissimo.

– Che notizie mi dai del padre di Michelle, lo avete tirato fuori dalla faccenda?

Altro silenzio. Un silenzio titubante.

– Vuol dire no?

– Sai che non ha un alibi, per quella sera?

– E che significa? Nemmeno io ho un alibi per quella sera. Quando sono arrivato a casa tua, il tizio forse era già defunto da un pezzo.

– Che razza di discorso... Tu col morto non ci avevi intrighi; né con la vedova. Nemmeno li conoscevi. Che io sappia, almeno.

– E la vedova ce l'ha un alibi?

– Sì. Ma non vuol dire che non possa entrarci anche lei. Potrebbe essere uno di quei triangoli...

111

– Ma quale triangolo, Vittò. E poi, quando mai tu ne hai capito qualcosa di geometria?

– Guarda che non è il caso di scherzarci sopra.

– Che altro c'è?

– Te lo dico solo perché lo verresti a sapere in ogni caso. Laurent, il giorno del delitto, aveva litigato con la vittima.

– Te l'ha detto lui?

– No, se ne sono accorti i commessi. È successo nella bottega del morto.

– Al Kamulùt?

– La conosci?

– Solo di nome.

Sarebbe stato quello il momento giusto per infilarci il mio contatto viennese con la ugro-finna. Non lo infilai.

– Qual è stato il motivo del litigio?

– Su questo i commessi non hanno saputo dire molto. Loro erano rimasti giù, e gli altri due si erano chiusi nell'ufficio privato di Ghini, che è al piano superiore. Difficile distinguere le parole, anche per colpa del traffico.

– E il padre di Michelle cosa dice?

– A noi, niente. Il suo atteggiamento nei nostri confronti lo definirei reticente. Date le circostanze, perché non ci provi tu a fargli un discorsetto da uomo a uomo?

– Quali circostanze?

– Beh, il tuo... mi hai capito... con la Laurent...

– E poi magari lo riferisco a voialtri sbirri...

– Se sei veramente convinto che lui non c'entri...

– Perché tu, invece, sei convinto del contrario...

– Non dico questo. Però ci sono degli elementi oggettivi che inducono a un certo...

– Sospetto?

– Eh.

– Ve lo potete levare dalla testa.

– La tua collaborazione o il nostro sospetto?

– Tutt'e due.

– Perché dai per scontato che non è stato lui?

– Perché è il padre di Michelle.

Non fece una piega. Vittorio avrà pure tutti i difetti del mestiere, però certe cose le capisce al volo.

Se voi mi dite che un tale ha commesso le più nefande schifezze, e io vi rispondo che non è possibile, e voi mi chiedete: Perché?, è probabile che mi sentiate replicare: Perché è amico mio. E non sono il solo a pensarla così. Dipende dai codici che ci siamo dati nel corso dell'adolescenza. Ecco su quali basi ideologiche poggiava la mia certezza d'innocenza nei confronti del genitore della stimatissima dottoressa Laurent: le basi di molte mafie, chi lo nega? Ma pure le basi che, nei soggetti giusti, producono meravigliose personalità solari, come per esempio il sottoscritto o la stimatissima.

– E poi, se avesse veramente voluto farlo fuori non avrebbe mai usato una pistola. Al massimo lo avrebbe convinto a fumare uno di quei suoi sigari mefitici, o magari lo avrebbe fatto mordere da uno dei suoi tarli avvelenati...

– Tu non molli mai, vero? Non rinunceresti a una delle tue stupide battute nemmeno sul letto di morte.

– Sei la seconda persona che me lo dice nel giro di pochi giorni. Il che dimostra la falsità dell'assunto. Era uno psicanalista junghiano e ticinese, con un umorismo degenerato e compatto, e con un nome siciliano. Potreste formare un club. Comunque, grazie delle informazioni, Vittò. Ti saluto.

Misi giù senza dargli il tempo di replicare. Duro e inesorabile come il rimorso di un vescovo luterano in un film di Bergman.

Chiamai Michelle al reparto. Concordammo che sarei passato da casa sua prima di cena.

La conversazione con Vittorio mi aveva rinfocolato una certa curiosità per l'universo-Ghini. È un tratto maigrettiano che ho in comune con l'amico sbirro. Solo che per lui fa parte del mestiere. È un fatto che, quando capito in una casa sconosciuta, sento il richiamo imperioso degli scaffali con i libri, con i dischi, con i video. E nove volte su dieci, mi basta un'occhiata per farmi un'idea sul legittimo titolare. Però non ci azzecco quasi mai. Sarebbe diverso se potessi ispezionare i frigoriferi e le dispense. Quelli non mentono mai.

Sbirciai l'orologio: le cinque scarse; c'era un po' di tempo da impiegare. Raccolsi le energie necessarie e mi congedai dalle due ragazze. Ero incerto se prendere o no la Golf. Ero stufo del traffico cittadino. E poi, trovare un posto nella zona bassa di via Libertà, nel pomeriggio di un giorno feriale, è più improbabile della riuscita di un progetto di pianificazione economica regionale. Optai per la camminata a piedi.

Risalii via Medina-Sidonia e poi via degli Orefici. C'era un po' di freddo ed avvertii qualche brivido perché ero in giacca e polo di cotone. Sarebbe stata l'ora di tirare fuori l'impermeabile leggero, ancora imbalsamato nella canfora, dalla primavera precedente. Passare davanti alla focacceria San Francesco mi riportò alla memoria la serata con la decana, insieme a un improvviso desiderio di mèusa. Tirai diritto: non ero certo una femminuccia incinta. Risalii per corso Vittorio e poi per via Maqueda. Sostai a guardare le cravatte di Pustorino e mi dissanguai per comprarne una di quelle un po' strettine. Non sono mai riuscito a capire come accidenti facciano i soldi ad evaporare così rapidamente, se è vero che non hanno odore.

In via Ruggiero Settimo entrai da Flaccovio, e con un titanico atto di volontà mi limitai a soli tre libri, tra cui *Bellezza e tristezza*, di Kawabata, per Michelle. Lei ha un feeling del tipo lascia-e-piglia per i giapponesi. In via Libertà ci fu la sosta da Ellepi, dove pescai *Big Time* di Tom Waits. Io ho un feeling del tipo piglia-e-piglia per Tom Waits.

Ero passato milioni di volte davanti al Kamulùt, senza mai badare né al nome della bottega, né a quello che c'era dentro. Mi lascia proprio freddo l'antiquariato. La bottega occupava parte del pianoterra e dell'ammezzato di una palazzina anni Venti, sobria, dignitosa, e ripulita da poco, in via del Droghiere, a metà strada tra il Borgo Vecchio e il Politeama. La vetrina non era particolarmente grande. In compenso traboccava di pezzi, soprattutto roba di piccole dimensioni, e – presumo – di più facile smercio: candelieri vecchi di legno dorato, lampade simil-liberty, servizi da tè o da caffè d'argento ammuffito, specchi con le cornici dorate e tardo-baroccheggianti, garantite con tarlo-doc, forse per giustificare il nome della bottega.

Mi fermai a studiare la situazione per almeno cinque minuti. Avrei potuto citare a occhi chiusi il contenuto di quella vetrina. Come Kim nella prova del vassoio. Non mi restava che entrare. Dentro c'erano un paio di commessi sui trentacinque e un gran roteare metaforico di pollici. A parte loro, non si vedeva un cane. Tempi grami per gli antiquari. Magari si rifacevano il sabato. Uno dei due commessi dismise per l'occasione l'aria annoiata e fece tre passi verso di me. Dispiegava un'eleganza che trovavo un po' eccessiva: giacca blu, calzoni antracite, camicia bianca a righine azzurre, e una cravatta sobria, con minuscoli stemmini dorati, sulla quale non avevo niente da ridire. Di diverso, l'altro, aveva solo gli stemmini sulla cravatta, non per questo meno sobria. Così levigati e bellocci, sembravano predisposti per la pubblicità di un profilattico ritardante.

– Prego? – flautò alla mia volta l'elegantone numero uno.

– Devo fare un regalo, vorrei dare un'occhiata – improvvisai sul momento.

– Certamente. Ha già qualche idea?

In commercialese, di solito, questo si traduce in: Quanto vuole spendere? Decisi di fare l'indiano:

– No, non ho nessuna idea. È per il compleanno di una vecchia zia.

– Una bottiglia liberty di cristallo, forse?

– Forse. Però vorrei guardare un po' in giro, prima – tagliai corto, sperando che mi lasciasse in pace. Volevo sniffare l'aria del posto, senza tante interferenze. Cominciai con uno sguardo circolare. All'interno, la bottega sembrava molto più spaziosa di quanto apparisse da fuori, perché si sviluppava soprattutto in lunghezza, verso il retro. Al centro, c'era una scala di legno che portava al piano di sopra. I mobili non erano affastellati come gli oggetti della vetrina: l'arredamento dava, piuttosto, l'impressione che ci si trovasse in una grande casa dell'alta borghesia di fine secolo: quello scorso, of course. Per quel poco che ne capivo, erano tutti pezzi «di classe». L'elegantone intervenne solo una volta per sussurrarmi con sussiego che una certa sedia che avevo guardato troppo a lungo «era un Ducrot». Esaurito il giro mi avventurai da solo su per le scale.

Se il pianoterra conteneva soprattutto mobili, il piano superiore era quasi completamente dedicato agli oggetti d'arredamento: lampade, soprammobili, vasi e paccottiglia varia. Ci furono soltanto due oggetti che mi piacquero veramente. Il primo era un bastone da passeggio che finiva con una testa di drago d'avorio, che somigliava alla mostruosità a sei zampe dell'Agip. Il secondo, un lungo bocchino d'avorio tutto cesellato con immagini da Kamasutra. Made in Taiwan, probabilmente.

116

– È un lavoro di inizio secolo. Viene dalla Cina del nord.

Come gli amanti della Duras, pensai, dopo aver finito di sobbalzare, perché non mi ero accorto che l'elegantone numero uno era salito silenziosamente. Forse mi aveva giudicato un tipo da tenere d'occhio.

– Di là cosa c'è? – chiesi, indicando una porta chiusa.

– Niente. È solo lo studio del titolare.

– E lui non c'è?

– No.

Chiesi il prezzo del bocchino, e quello sparò una cifra che mi lasciò del tutto indifferente, perché non avevo nessuna intenzione di comprarlo. Altrimenti sarei svenuto. Liberai una smorfia di rincrescimento:

– Peccato per la zia.

In quel momento si sentì il rumore della porta esterna che si apriva, e quasi subito una voce maschile declamò un buonasera un tantino troppo strascicato per non suonare intimo.

La voce che rispose era sbrigativa e femminile. La prima voce apparteneva, con tutta evidenza, all'elegantone numero due. Il numero uno entrò in agitazione, mormorò un mi scusi, e sparì verso il pianterreno.

Cercai di guardare giù, ma non si vedeva niente. Sentivo un mormorio indistinto. Ora o mai più. Mi avvicinai alla porta dello studio e provai ad abbassare la maniglia. La porta non era chiusa e si aprì silenziosamente. La stanza era buia, ma la luce che penetrava dal vano della porta era sufficiente a fare intravedere uno studio né grande né piccolo, arredato spartanamente con un tavolo stile fratino, una cassapanca di noce, e qualche sedia col fondo in paglia di Vienna. Sulle pareti, qualche vecchia stampa con i soliti velieri inglesi sotto vetro. Niente carte in vista.

Sulla scrivania, era posato un grosso borsello di cuoio, da uomo, del tipo che andava di moda qualche anno prima. Mi guardai alle spalle: nessuno in vista. Come se qualcun altro l'avesse deciso per me, avanzai con naturalezza fino al tavolo, allungai la mano verso il borsello e lo aprii. Un pacchetto di Marlboro dure, un mazzo di chiavi, una chiave singola da macchina, un passaporto. Un caricatore pieno di proiettili.

Mi ripresi subito, dopo un primo momento di paralisi. Feci scorrere piano il cassetto del tavolo. Una pistola.

Non toccai né la pistola né il caricatore, richiusi il cassetto e mi avvicinai alla porta. Ancora nessuno in vista. Mi riaccostai al tavolo e stavolta mi dedicai al passaporto. La foto a pagina due, una foto non da macchinetta fai-da-te, ma da fotostudio artistico, era quella dell'elegantone numero uno. Si chiamava Rosario Milazzo, aveva trentaquattro anni, occhi verdi, ed era alto uno virgola ottantaquattro centimetri. Scorsi velocemente le altre pagine del passaporto. C'erano quattro visti che risalivano ad alcuni mesi prima. Visti russi, con il timbro dell'aeroporto Sheremetievo di Mosca. Tra i visti di ingresso e quelli di uscita c'era un intervallo di una settimana. Tra la prima e la seconda coppia di visti erano passati tre mesi.

Rimisi il passaporto esattamente dove l'avevo preso, uscii richiudendo piano la porta e scesi al pianterreno, per non sfidare troppo la sorte.

L'operazione spionistica non era durata più di una ventina di secondi: rapida, silenziosa, ed efficace come il morso di un cobra imperiale.

La voce femminile che avevo sentito prima apparteneva a una finta bionda con un look finto casual e un tono finto mondano. Mi fece un sorriso finto. Chi sa se almeno i denti erano veramente i suoi. Tentai una sommaria valutazione da primo sguardo: tacchi esclusi, saranno stati almeno centosettantacinque centimetri di vedovallegra. E Michelle aveva visto bene: madama Ghini ostentava un'aria rapace. E per niente vedovile, a parte gli occhiali scuri. Chi sa che ci aveva visto di speciale, il padre di Michelle.

– Chi sta pensando per il signore? – inquisì con tono padronale, la vedovallegra. Il signore ero io.

L'elegantone numero uno balbettò qualcosa; l'elegantone numero due inalberò un sorrisetto antipatico all'indirizzo del numero uno. Non doveva correre molto buon sangue tra i due. Che la dama fosse l'oggetto di brame non proprio occulte?

A una seconda occhiata, rividi in parte la mia impressione iniziale. Non era tanto male, la vedovallegra. Si era tolta gli occhiali scuri, mettendo a nudo iridi grigioperla perfettamente intonate con il colore dei suoi stivali di camoscio. Era sulla quarantina, ma non saprei specificare se dal lato destro o dal sinistro. Prese debitamente nota del mio esame e decise che si trattava di apprezzamento. Il grigioperla liberò qualche sfolgorio in più:

– Ha trovato qualcosa di suo interesse? – indagò, con una voce morbida, da radio notturna, ben diversa da quella di prima.

– Ho visto tante cose belle – mentii – ma fuori portata.

– Il signore si era interessato a un bocchino d'avorio – interloquì l'elegantone numero uno; – cercava un oggetto da regalare...

– ... a una vecchia zia – terminai.

– Ah, quello cinese. Complimenti per il suo buon gusto.

Quasi le identiche parole della ugro-finna, quando aveva lodato la mia scelta della pietra di giada. Era un linguaggio iniziatico di tutti gli antiquari, a uso e consumo del sottoscritto, o era solo il marchio Ghini?

Per rappresaglia, decisi di andarci giù pesante anch'io:

– Grazie. Qui ho visto solo cose di buon gusto – dichiarai con un certo sforzo, facendomi quasi schifo. – D'altra

parte sono venuto qui per questo, su consiglio del signor César Laurent.

L'ultima aggiunta era stata frutto di un impulso estem-
poraneo. La finta bionda restò impassibile. A parte un ac-
centuarsi dello sfolgorio grigioperla. L'elegantone numero
uno modellò una leggera smorfia a uso e consumo del numero due. Il quale invece serrò le mascelle.

– Conosce il signor Laurent? – chiese la vedovallegra, dopo qualche secondo.

– Abbiamo una figlia in comune – dichiarai, prima di ren-
dermi conto di ciò che dicevo. I tre si limitarono a guardarmi
con una certa aria di perplessità.

– Voglio dire che è il padre di una mia amica – rimediai.

– Aha. Allora le spetta un trattamento speciale. Milazzo, quanto verrebbe 'sto bocchino?

Milazzo glielo disse.

– Al dottore possiamo fare il quindici – decise la dama.
Bello sforzo. Chi sa, poi, in base a quale criterio mi aveva
promosso a dottore, da semplice signore. Forse in gioventù
aveva studiato da posteggiatrice. Magari davanti alle Ancelle
di via Marchese Ugo, a giudicare dall'accento.

– Non ci siamo ancora. Per la verità cercavo qualcosa di
appena più che simbolico.

– Guardi, allora: abbiamo delle bellissime spille antiche,
a prezzi molto abbordabili.

Aprì un cassetto, ne tirò fuori un vassoio di legno pieno
di paccottiglia e me lo piazzò sotto il naso. Non c'è che dire, aveva il mestiere nel sangue.

Alla fine mi toccò prendere una di quelle maledette spille. Per fortuna, di lì a poco sarebbe stato il compleanno di
mia sorella. Ne scelsi una d'argento, vagamente liberty.
Me la incartò personalmente la dama, mentre io cercavo di
stabilire se ero preda di un déjà vu vero o fittizio.

– Mi saluti tanto il signor César – si raccomandò mentre mi porgeva il pacchetto. Pronunciò il nome in maniera impeccabile. Frutto delle lezioni private del signor César, presumibilmente. I due elegantoni volsero gli occhi al cielo (il numero uno) e al pavimento (il numero due).

Uscendo mi sentivo come i famosi pifferi che erano andati per suonare, eccetera eccetera.

Fuori, cercai un telefono per chiamare Vittorio. Il signor commissario era ancora in ufficio:

– A che gioco giocate voialtri sbirri? – lo aggredii subito. È imbarazzante, come mi vengano fuori frasi fatte, quando divento aggressivo. Al mio attacco, Vittorio contrappose un silenzio attendista.

– Perché non mi hai detto niente della pistola del Kamulùt? – aggiunsi.

– E che ne sai tu, della pistola del Kamulùt?

– Lo sa tutta Palermo – bluffai. Funzionò. Oppure Vittorio aveva deciso di non infierire:

– Premesso che *a te* non devo dire proprio *niente*, quella pistola non c'entra affatto con il caso. Ci hai preso per dilettanti? Abbiamo fatto i nostri bravi controlli: non ha mai sparato un colpo, è regolarmente denunciata e accompagnata da porto d'armi. Senza contare che è una sette e sessantacinque, un calibro incompatibile con il tipo di ferita di Ghini. Che c'è di strano se al Kamulùt, dopo quello che è successo, vogliono sentirsi le spalle coperte? Sono pieni di oggetti di valore, anche gioielli antichi, e certe sere si ritrovano in cassa un sacco di soldi in contanti. Pure Ghini teneva una pistola alla bottega: quella che è sparita. E questo è un motivo di preoccupazione in più sia per la vedova che per i commessi. Se proprio lo vuoi sapere, la sette e sessantacinque appartiene a uno di loro.

E così ero sistemato. Bofonchiai qualcosa di confuso e riattaccai. Non ho mai capito un accidente di pistole. Né di armi in genere. Guardai l'orologio. Si era fatta quasi l'ora di andare a casa di Michelle. Prima mi iniettai una dose di caffeina all'Extrabar.

Saltai al volo su un autobus. Per fortuna ho preso l'abitudine di andare in giro con un blocchetto di biglietti. È stata mia sorella a convincermi. Tempo fa aveva tentato di farsi vendere un biglietto dallo sbirro in borghese che stava dentro un gabbiotto blindato, sotto la casa di un vip, perché l'aveva scambiato per uno dei chioschetti dell'Amat, cui in effetti somigliava, e le era piombato addosso tutto l'antiterrorismo, l'antimafia, il Corpo dei Vigili Urbani, quello dei Metronotte, le guardie forestali, e chi sa che altro, le avevano puntato contro i mitragliatori, e per poco non la fucilavano sul posto. Dopo che le era passato il divertimento iniziale Maruzza aveva fatto un putiferio, ma alla fine aveva avuto quasi un mezzo shock. Se l'avesse saputo Armando avrebbe fatto una strage.

L'autobus era semivuoto. Sull'obliteratrice (sulla macchina timbra-biglietti, vah!) qualcuno aveva scritto in bella grafia, con un pennarello: Meno male che hanno aumentato il prezzo del biglietto, perché prima risparmiavamo solo milleduecento lire, ora ne risparmiamo millecinquecento. E poi dicono che noi siciliani non abbiamo il senso dell'umorismo. In piedi, vicino al posto dell'autista, una donnetta sulla sessantina carica di sacchetti per la spesa stracolmi di derrate orto-alimentari, arringava un paio di giovani madri di famiglia:

– ... l'aggente getta troppo robba buona nella netturbe, il coverno se ne accorge perché c'ha le spie dentro la nettezza urbana, e poi ci cresce le tasse, perché ci pare che siamo troppo ricchi. Io non butto mai niente. A casa mia, se ne vogliono, pane duro... i miei figli... mio marito...

Avrebbero dovuto darle una cattedra universitaria.

La fermata più vicina era a un centinaio di metri dall'appartamento di Michelle. Arrivai in anticipo ma provai lo stesso a suonare. Era già in casa e mi invitò a salire. La trovai al telefono, che parlava con suo padre. Si voltò verso di me:

– Mio padre ci invita a cena da lui.

Mi andava, l'idea di finire la giornata a casa del padre di Michelle. È un vecchio istrione che riesce a mettermi di buon umore anche quando non ne ho bisogno. Mentre la fanciulla si restaurava io insinuai nei suoi marchingegni hi-fi un nastro con una selezione di brani di Tom Waits che avevo registrato e fornito alla casa. Lei non possiede molti dischi. Almeno, non molti rispetto a me, che ne ho un paio di migliaia. Il primo brano era *Blind Love*: lo struggimento oscuro della voce di Tom Waits, che istillava le solite, piccole trasfusioni di vita, e gli spasmi di luce blues della chitarra di Keith Richards: cosa chiedere di più a una canzonetta? Michelle però, nel settore, preferisce Springsteen. Dice che è l'equivalente vocale di De Niro, e che tutti e due migliorano invecchiando.

Ispezionai il reparto beveraggi. C'era l'occorrente per arrangiare un paio di Negroni. Ne portai uno alla stimatissima e girellai un po' per l'appartamento. C'è un arredamento misto, a casa di Michelle: antico-solido e moderno-funzionale. Alcuni pezzi sono di chiara origine paterna. Il tutto dà una certa impressione di provvisorietà, perché Michelle ha dovuto approntare di corsa l'essenziale, dopo che aveva deciso di mollare gli ormeggi al pallone gonfiato. I libri erano disposti sugli scaffali senza alcun criterio apparente. Dopo il trasloco li aveva tirati fuori dagli scatoloni e posati come capitava, in attesa di tempi migliori. È vero che non c'è niente di più definitivo del provvisorio. E non è detto che sia un male.

C'erano alcuni testi professionali, in inglese, sulle tecniche di sbudellamento dei morti ammazzati, con annessi e connessi, e qualche saggio sulla professione medica: robe di bioetica, aborto, eutanasia-sì-o-no, e così pervertendo. Il tipo di cose che uno si porta appresso nei ritiri spirituali, durante la Quaresima. Volumi che non rischiavano certo di finire nel camino di Pepe Carvalho, massima aspirazione di ogni libro che si rispetti. Poi c'erano i libri-libri, quelli normali: molto Mishima e Tanizaki, tutti i romanzi di tutti i Roth, tutti i Kundera, pochi italiani, una copia del *Ching Peng Mei*.

– Hai un sacco di doppioni – mi scappò detto. Una volta di più le parole erano state più veloci del buon senso.

– Che doppioni?

– No, volevo dire che hai molti libri che ho pure io.

Lei non disse niente. Ma l'ovvio significato del mio commento, di là dalle parole, non poteva sfuggirle. Anche lei, a suo tempo, aveva pasticciato niente male con il vecchio Sigmund.

– Questo però non ce l'hai – le porsi il Kawabata che avevo comperato apposta per lei e che avevo provvisoriamente posato sulla console dell'ingresso.

– Molto verinais, grazie.

– È sempre un piacere, madame. Sono senza macchina, dobbiamo andare con la tua.

– Allora devo prendere spazzolino e dentifricio?

Voleva dire che al ritorno, data l'ora tarda, avrei cercato di convincerla a restare a casa mia, dopo avermi accompagnato. Però era solo una battuta: lei aveva già spazzolino e dentifricio a casa mia. Non soltanto metaforici. Voleva semplicemente lasciarmi secco, e ci riuscì. Forse sono la persona più prevedibile dei Quattro Mandamenti. Almeno per lei. Comunque non battei ciglio.

La Y10 bianca era parcheggiata con le ruote sul marciapiede, appena svoltato l'angolo sotto casa. Michelle si mise al volante e partì a razzo. Al semaforo tra via Cavour e
via Roma pescò la coda finale di un giallo spinto. Si sentì
un fischio acuto, e quasi contemporaneamente, una vigilessa
in divisa si materializzò dal nulla. Era quasi surreale: doveva
esser l'unico vigile di Palermo in servizio a quell'ora; e l'u-
nico nella storia quasi trimillenaria della metropoli. Si avvicinò, gelida come una lama di coltello nella tormenta:

– Eschiusemuà, sono franscese, sa, io non... – tentò Michelle, con convinzione. Il giochino le era già riuscito qualche volta in passato, con i vigili, ma sempre con i maschi
della specie.

– Perché, in Francia passate col rosso? – infierì impietosamente l'altra.

– Comunque era rosso da poco – ribadì Michelle, arren-
dendosi all'accento locale.

– Patente e libretto – intimò la vigilessa, con la faccia ri-
gida di una che sia impegnata a masticare controvoglia un
limone particolarmente aspro.

Furono cinquantamila sode e senza remissione. Michelle le pagò sull'unghia. Poi imprecò a lungo.

V

La notte che Chet Baker suonò al Brass

Monsieur Laurent abita a Mondello, in un villino un po'
defilato rispetto all'area-vip di Valdesi, un villino anni Trenta, acquattato in una delle stradine più isolate, tra Partan-
na e il paese, nella zona dei tigli, il nostro Unter den Lin-
den meridionale e periferico – periferia d'Europa – che in
giugno spara nel cielo sopra Palermo un effluvio da fabbrica di profumi. Se ti capita di passarci in macchina hai la sensazione di entrare in una galleria del vento, in un vortice
di essenza di tiglio che ti si infiltra fin sotto la pelle, e ti
sembra di respirare persino con i capelli. L'unico profumo
che riesce a stargli alla pari è quello della zagara di arancio,
durante la fioritura delle Washington navel a Ribera, lungo la Sciacca-Agrigento. Roba da maschera antigas, da guerra chimica, da revival delle case chiuse.

Il villino e il muretto esterno di recinzione sono costrui-
ti con una pietra d'arenaria che ha ormai perduto l'originale
colore dorato, il che non dispiace a monsieur Laurent, che
coltiva l'anonimato con alterno successo. Da marzo a dicem-
bre il prospetto è quasi completamente nascosto da un gli-
cine che prima o poi butterà giù ogni cosa. Gliel'ho detto
più di una volta, ricavandone sempre la stessa risposta:

– Quando succederà io sarò già morto.

– E agli eredi non ci pensa? – replico io, invariabilmen-
te. Al che lui scoppia a ridere e subito si capisce dove la dot-

toressa Laurent abbia trovato la sua leggendaria risata, che la fa istantaneamente individuare, da chi la conosce, nei cinema in cui proiettano film da risata.

Non appena Michelle spense i motori si sentì lo scatto della chiusura del cancello esterno: suo padre ci aveva avvistati. Ci accolse sulla soglia. Scambio di bacio sulla guancia padre-figlia, pacca sulla spalla per il sottoscritto:

– Buonasera, m'siè.

Per quanto esortato più volte a darci un taglio con i formalismi, con lui non sono mai riuscito a passare al tu. Il compromesso più vicino è questo m'siè che gli dedico con tono appena canzonatorio. M'siè e basta. Non monsieur Laurent né monsieur César, che farebbe tanto film nouvelle vague. E poi, lui ha il look giusto per un m'siè e basta, con quel po' di pancia che deborda oltre la cintura: la mia doppia vita, la chiama; dice che è più romantica del doppio mento e che se la coltiva amorevolmente per fare colpo sulle belle signore giovani alla ricerca della figura paterna. Basta guardarlo una volta, per capire che le numerose e apprezzate qualità estetiche della sua discendenza sono di derivazione materna. Però basta sentirlo parlare una volta, per capire da chi Michelle abbia ereditato il suo tempestoso fascino siculo-marsigliese. E dato che Michelle ha una vaga somiglianza con Fanny Ardant, come può monsieur Laurent non ricordare vagamente Philippe Noiret, anche se lui preferirebbe di gran lunga somigliare allo Jean Gabin di *Grisbi*?

Vista da fuori casa Laurent sembra fatta apposta per un antiquario. Dentro è tutta un'altra cosa. L'arredamento è in prevalenza moderno, con pochi pezzi di antiquariato sparsi qua e là, caldo, comodo, senza fronzoli, e dà un'impressione di grandi spazi: si intuisce l'assenza dell'architetto di grido. Nel grande soggiorno era accesa un'unica lampada a stelo, comandata da un reostato regolato a mezza forza, che diffondeva luci, e soprattutto ombre, cremose e tranquillizzanti, quasi un effetto-Nutella. Da un vecchio vinile tutto rigato Brel prometteva alla sua donna perle di pioggia raccolte in un paese dove non piove mai. Monsieur Laurent ha tutta una collezione di LP francofoni. Dopo averci fatto entrare ci invitò a seguirlo nello studio:

– Scusatemi ma devo chiudere una ricerca. Questione di dieci minuti.

Sapevo cosa ci aspettava nello studio. Aveva comperato un megacomputer superaccessoriato, e quando eravamo arrivati lo avevamo costretto a emergere dalle sue latomie informatiche via Internet.

– Stava navigando in rete, m'siè? Se persino lei c'è cascato mi toccherà blindarmi. Dovrò piazzare i sacchetti di sabbia alle finestre di casa mia. Se vuole posso metterla in contatto con la nostra decana del dipartimento. Ci pensa alla libidine di insultarsi da una casa all'altra, via Internet, al costo di una telefonata urbana a tempo? Comunque non potrà competere a lungo con gli informatici puri: hanno hard disk durissimi, e questi sono tempi da lupi.

– Da lupi erano i *miei*, tempi, gli anni ruggenti. Questi sono tempi da pecore, da iene, da avvoltoi. Anni che belano, o al massimo miagolano. Persino i tuoi baroni universitari, ormai sono diventati baroni da TAR. Tu piuttosto dovresti cambiare mentalità, buttare nel cesso questo tuo snobismo fin de siècle. Impara ad accettare il nuovo. Un tale di cui non ricordo il nome, uno che stava dalle parti degli infedeli, se non sbaglio, diceva che bisognerebbe sempre aggredire la vita come se si dovesse morire domani e progettare come se si dovesse vivere in eterno.

– Una vita fatta solo di ultimi giorni... Troppo faticoso, m'siè.

– I tuoi amati arabi non la pensavano come te. Altrimenti non avrebbero piantato carrubi.

– Non mi piacciono le carrube. Non sono un maledetto ronzino. E le caramelle alla carruba, al massimo, vanno bene come proiettili da mortaio. O per quei debosciati che bombardano le macchine dai cavalcavia dell'Autosole. E poi, cosa c'entra Internet con i carrubi?

– Con i carrubi magari niente. Con altre nobili essenze lignee, sì.

Sapevo cosa voleva dire. Internet era la logica estensione della sua attività di imbalsamatore di tarli. I suoi tarli sono più antichi della camminata a piedi, tarli amorosamente allevati dalle più vacue teste coronate d'Europa, tarli abituati a vivere nel lusso dei legni più pregiati, legni stagionati come non si usa più. Tarli nobili, insomma, tarli Luigi tredici, quattordici, quindici, fino a un massimo di diciotto, dato che, come diceva il vecchio Prévert, quella gente non sapeva contare nemmeno fino a venti.

Monsieur Laurent è un antiquario atipico. Almeno per le nostre latitudini. Non ha una vera e propria bottega, perché è raro che venda direttamente agli acquirenti finali. Il suo lavoro consiste nel trovare pezzi rari, su richiesta di committenti che di solito sono altri antiquari. Li cerca a tappeto, ovunque in Europa, e prima o poi finisce con il trovare quello che gli serve. E i suoi clienti non sono solo i locali: spazia per tutta l'Italia, ed è ben conosciuto anche dai più prestigiosi antiquari europei. Nella casa di Mondello usa un salone del piano superiore per i pezzi in lista d'attesa che occasionalmente acquista in proprio, per poi rivenderli dopo averli magari restaurati di persona. E fa sempre in modo che questo salone abbia l'aspetto di un elegante locale di rappresentanza. È l'unica parte «da antiquario» della casa. Ora ha deciso di saltare il fosso informatico e di esplorare anche Internet come fonte, o come veicolo, di informazioni per il suo lavoro.

Sembra poco credibile che traffici di tale natura possano verificarsi a Palermo, sud del sud d'Europa? Beh, ogni tanto l'ex capitale del crimine sa sorprendere persino i nativi cinici e disincantati come il sottoscritto. Come la volta che ho scoperto l'esistenza di uno stravagante che invece di fabbricare Kalashnikov costruisce clavicembali. Ne fa un paio l'anno, personalmente, pezzo per pezzo, compreso il taglio delle piume d'oca che pizzicano le corde. E non li vende solo ai parvenu che li usano come basi d'appoggio per il vaso con i gerani, ma persino ai musicisti. Chi l'avrebbe mai sospettato, in una città come la nostra?

Monsieur Laurent non la finiva più di picchettare tra mouse e tastiera, cercando di cavare il massimo da quella sorta di glasnost informatica della quale continuo testardamente a diffidare:

– Non avete idea della quantità di pazzi che ci sono in giro su Internet. Sarà merito della legge centottanta. Io non ho mai capito se chiudendo i manicomi hanno abolito il concetto di inconscio collettivo, o se invece l'hanno soltanto reso ufficiale.

Come volle padre Zeus, alla fine quella benedetta ricerca ebbe termine. Monsieur Laurent chiuse tutte le finestre virtuali, aspettò che il computer autorizzasse per iscritto la propria temporanea estinzione, e quando l'ottenne spense ogni cosa. C'è qualcosa di simbolico e di definitivo nel fatto che siano proprio quelle maledette macchine ad autorizzarti a staccare la spina. Come se conoscessero le Leggi della Robotica di Asimov. E non so se considerare la cosa inquietante o rassicurante. Di sicuro, mi rifila una fiducia sospetta per il futuro.

La tavola era già imbandita per la cena. Il padre di Michelle ha una specie di perpetua che pensa a tutto, e che al momento opportuno se la batte, lasciando il campo libero fino al giorno dopo. Quella sera c'era arrosto di vitello con le patate e insalata di cardella cruda, un ex piatto da morti di fame, divenuto ormai una vera, introvabile raffinatezza da patiti dello slow food, soprattutto se la cardella è accompagnata da fettine di mele verdi, tipo Granny Smith, come quella sera.

Il padrone di casa tenne banco per tutta la cena, al solito suo. Quello che mi lascia sempre un po' secco è sentire padre e figlia che conversano tra loro in italiano, se non addirittura in siciliano, nonostante l'ingombro di tutti quei nomi e cognome francesi.

Dopo cena c'è il rituale del sigaro. Anni fa, il padre di Michelle ha dovuto smettere di colpo di fumare i suoi tre pacchetti quotidiani di Gitanes, per ordine di un cardiologo al quale è riuscito ad estorcere la prescrizione di un unico sigaro al giorno, pena il passaggio alla concorrenza. Di questi tempi, di solito, il sigaro è un Montecristo lungo quanto uno di quei malefici filoni di pane che vivono sotto le ascelle dei parigini. Lo fa durare tre ore. La cena per lui è solo un pretesto, una scusa, un preludio al Montecristo. Sarebbe meno tossico tornare alle Gitanes, secondo me. Ma ognuno è libero di scegliersi il veleno che preferisce.

Anche quella sera, dopo la frutta, ci alzammo tutti e tre da tavola, diretti verso il grande soggiorno con portafinestra sul giardino. Strada facendo il padre di Michelle fece tappa nella sezione Bacco & Tabacchi, e ne riemerse brandendo il Montecristo in una mano e una bottiglia di Armagnac nell'altra. Versò l'Armagnac per tutti e tre e impiegò un paio di secoli per incendiare la punta del sigaro. La solita sceneggiata. Nemmeno avesse dovuto appiccare il fuoco alla tizia di Orléans. Io nel frattempo avevo acceso e quasi finito una Camel. Michelle sfilò una sigaretta dal mio pacchetto, aspettò che gliela accendessi e assaggiò l'Armagnac. Poi prese il bicchiere e fece un'uscita alla Lauren Bacall dichiarando, Camel tra le labbra:

– Io vado a mettere i piatti in lavastoviglie.

Testuale! E da infarto. Era la prima volta che le vedevo fare qualcosa del genere. Non è che Michelle sia la personificazione delle virtù domestiche. Suo padre le lanciò uno sguardo sardonico, poi si voltò verso di me scuotendo la testa:

– Pensi che mia figlia ha voluto lasciarci soli? – insinuò quando la fanciulla era ormai fuori tiro.

– Mi pare chiaro, m'siè.

– E perché? – continuò con falso candore.

– Se non lo sa lei, m'siè... – ribattei con un candore di ritorno più falso del suo.

– Forse vuole che tenti di spremermi su quella storia...

– Che storia, m'siè?

– Non fare come un baccalà di anglosassone, con me – ruggì.

Scoppiai a ridere:

– C'è qualcosa da spremerle su quella storia? Cos'è, ha rubato le caramelle al moccioso del magistrato?

– Prima dimmi cosa ne sai tu. Che ti ha detto Michelle?

– Che siete tutti e due preoccupati, ciascuno per conto proprio. E che è un caso da cherchez la femme. Quest'ultima informazione, per la verità, l'ho avuta dal mio amico Vittorio Spotorno, che lei ha conosciuto.

– E che ne sa mia figlia?

– Tutto. E, a proposito, ho sfruttato il suo nome oggi pomeriggio, al Kamulùt.

– Perché?

– Per farmi fare lo sconto dalla signora Ghini.

– Cosa m'imbrogli?

Gli raccontai ogni cosa. Della mia visita del pomeriggio, dei miei colloqui con Spotorno, delle mie ispezioni al luogo del delitto.

– Così – commentai alla fine – di più omertoso di un siciliano c'è solo un marsigliese di Sicilia...

– Eleonora che ti ha detto? – ribatté lui, ignorando la frecciata.

– E chi è Eleonora?

– La signora Eleonora Ghini Cottone.

– Ah. Allora è vero.

– Che cosa?

– Quello che risulta al dottore Spotorno sulla liaison tra lei e la signora. L'ha fatto fuori lei, il signor Ghini Umberto, m'siè? O l'ha ammazzato la signora Ghini Cottone? O magari tutti e due? Forse è stata una faccenda tipo *Il postino suona sempre due volte*...

– Non scherzare, Lorenzo.

– Come mai tutta questa reticenza con gli sbirri?

– Eleonora è riuscita a organizzarsi un alibi, non so come né con chi. Però, all'ora del delitto eravamo insieme, qui a casa. Sei l'unico a saperlo, oltre me e lei.

– Ah. E che c'è di tanto scandaloso da doverlo nascondere? Senza contare che ormai a quel poveraccio sottoterra non gliene può fregare di meno. E poi gli sbirri già lo sanno che tra voi due...

– Bravo. E poi chi glielo spiega ai tuoi sbirri che non siamo stati noi due insieme a sparare ad Umberto? Rifletti: la cosa più sospetta, date le circostanze, è che io ed Eleonora ci forniamo un alibi a vicenda. Un alibi che nessuno può confermare.

– Se lo ricorda il caso Bebawi? Falso per falso, non sarebbe stato meglio imbastire qualcosa del genere? Almeno

133

ci divertivamo di più... Ora, così come stanno le cose, lei e la signora vi ci trovate dentro lo stesso, come sospetti.

– Ma senza i particolari piccanti. È naturale che anche Eleonora preferisca evitare... Tutto sommato è madre di figli. Finché non me lo chiede lei, e finché i sospetti continueranno a lasciare il tempo che trovano... E poi, di questi tempi, l'avviso di garanzia è rimasto l'unico status symbol cui valga la pena aspirare.

Già. Ci avrei scommesso che alla fine sarebbe saltata fuori la sua anima da gentiluomo-tempi-andati. Ma dovevo riconoscere una certa dose di buon senso nel suo ragionamento. Però avevo notato come un lampo di freddezza tutte le volte che aveva nominato Eleonora. Non mi sognavo nemmeno di chiederne la ragione. Sono un tipo discreto. Che me lo dicesse lui, se ne aveva voglia. A occhio e croce, mi sembrava che non ne avesse. Forse avrebbe solo potuto parlarne male. Il che non rientrava nei suoi codici. Lo capivo. Continuai con una domanda più neutra:

– Come la vede, lei, la cosa?

– Secondo me c'è da scavare nell'ambiente di lavoro.

– Che tipo era questo Ghini?

– Mirava alto. Con la tendenza a fare il passo più lungo della gamba.

– Si era indebitato?

– Forse.

– Con le banche?

– Non solo.

– Ho capito. Magari ha chiesto aiuto anche a lei...

– In un certo senso.

– Cioè?

– Voleva che entrassi in società con lui.

– E lei che gli aveva risposto?

– A lui niente. Direttamente, lui, non mi ha mai chiesto niente.

– Ah – cominciavo a capire: – La signora...

Inarcò le labbra in una smorfia internazionale e non replicò.

– Così, tra moglie e marito hanno tentato di metterla in mezzo come una foglia di lattuga in un sandwich.

Lo schema era ovvio. Come pure lo schiaffo al suo amor proprio. Gran bella coppia, i signori Ghini.

– Non pensare male per forza.

– Penso male se penso che il defunto ha mandato in avanscoperta la signora? Non dico che avesse premeditato tutto; magari, all'inizio le istruzioni erano solo di essere gentile con lei; poi la faccenda gli è scappata di mano e la signora ha giocato la partita in proprio. Forse andava solo in cerca della famosa figura paterna. Lei lo sa meglio di me come sono andate le cose.

– Comunque, con Ghini non eravamo esattamente amici.

Nel suo codice, voleva solo dire che per lui le mogli dei non-amici non sono sacre come quelle degli amici. Al padre di Michelle non dispiace indossare la corazza da prode cavaliere senza macchia e senza paura. Sempre meglio di Lancillotto, che cavaliere senza macchia e senza paura lo era davvero, il che non gli aveva impedito di imbastire uno sgamo clamoroso con la legittima del suo re, al quale lo legavano obblighi ben più gravosi di una semplice amicizia.

Michelle entrò in quel momento:

– Di chi non eri amico?

– Di Ghini.

– Per questo avevi litigato con lui il giorno che gli hanno sparato?

La sua condizione di figlia le permetteva di essere più diretta e disinvolta di me.

– Come lo sai? – inquisì il genitore.

– Me l'ha detto lui – spifferò Michelle, indicandomi.

– E io l'ho saputo da Spotorno – completai. Poi tacqui, in attesa di commenti. Non ce ne furono.

– Ti aveva accusato di averlo cornificato? – riprese impietosamente Michelle. Il genitore abbozzò. Oserei dire che ostentasse una punta di compiacimento, miscelata con l'inevitabile imbarazzo.

– Ce ne hai messo di tempo a infilare i piatti in lavastoviglie... – replicò. Un tentativo di cambiare discorso. Michelle abboccò:

– C'era una tale confusione! Ho fatto un po' di ordine.

Da registrare su nastro e farglielo risentire due volte al giorno. Ci fu un silenzio prolungato. Fu il padre di Michelle a romperlo per primo:

– Come è andata a Vienna?

Non gli svelai quale gran rottura di scatole era stato il congresso. Avrei solo rafforzato i suoi pregiudizi. Lui considera una stravaganza il mio lavoro al dipartimento, e fa di tutto per convincermi a passare a qualcosa di più – come dire? – utilitaristico. Per la verità i commenti peggiori li riserva al lavoro della figlia. Per non parlare dell'ex matrimonio della medesima. Dovreste vedere l'aria di soddisfazione che inalbera quando pronuncia le parole: il mio ex genero, calcando voluttuosamente l'ex. Che non è niente rispetto a quella che inalbero io, quando le ascolto.

Gli raccontai invece della mia spedizione al Ghini's.

– Lo sapevo che ci saresti andato – affermò, sicuro.

Quando arrivai alla strana visita del giovane bellimbusto gli si restrinsero i fori pupillari, come succede sempre a Michelle un istante prima di fare scopa col sette d'oro. Annuì quasi impercettibilmente. Come se gli avessi confermato qualcosa che già sospettava:

– Vuoi sapere cosa c'era in quel pacchetto? C'era un'autentica icona antica. Arrivano a Bratislava dalla Russia, poi le contrabbandano fino a Vienna e da lì le smistano per l'Europa. È un giro molto grosso.

Dette un colpo sul bracciolo della poltrona con la mano, eruttò un paio di ettari cubici di fumo e tacque. Mi venne in mente la conversazione in russo che avevo origliato, ma non compreso, tra la ugro-finna e un ignoto interlocutore, al Ghini's. E il passaporto di Milazzo, con i visti russi:

– Ghini c'era dentro?

– Garantito.

– E la donna?

– L'ungherese? Anche lei. Al cento per cento.

– Spotorno e il giudice lo sanno?

– Non credo. Non da me, almeno. E ti pregherei di non farne parola nemmeno tu.

– Perché non dice tutto agli sbirri?

– Ma da dove vieni? Si è sentito mai un siciliano che parla così? Senza contare che dovrei spiegargli come l'ho saputo, ai tuoi amici sbirri.

– E come l'ha saputo?

– Da Eleonora. E poi questa storia non c'entra niente, con l'assassinio.

– Da che cosa lo deduce?

– Dal mio istinto e dalla mia conoscenza del settore. Ti sembra che uno possa piovere tranquillamente a Palermo dall'Austria o dalla Russia per venire ad ammazzare un tizio a colpi di ventidue? No, credimi: il delitto Ghini nasce qua, nel sottobosco che...

– E l'ungherese, allora? – lo interruppi.

– L'ungherese, caro Lorenzo, era l'ultima persona che potesse desiderare la morte di Umberto Ghini: lo aveva finanziato senza risparmio e senza carte scritte. Tutto quello che hai visto al Ghini's di Vienna era praticamente suo.

In un certo senso era la socia occulta di Umberto. Morto lui, non può accampare nessuna pretesa: ufficialmente eredita tutto la famiglia Ghini; cioè Eleonora e i due figli.

– Com'è possibile che...

Invece di rispondermi a voce elaborò uno di quegli sguardi meridionali e complessi, e un gesto con le mani a palmo in su, che sono l'equivalente di un discorso compiuto.

– Non me lo dica...

– Vedi, Lorenzo, dentro la vita di ciascuno di noi, anche tra i più geniali di noi, ci sono come dei buchi neri, delle aree di idiozia che sfuggono al controllo, e ci rendono incapaci di pensieri razionali intorno a certe zone buie delle nostre esistenze. La personale area di idiozia di Ghini, che genio non è mai stato, erano le donne. Umberto, nonostante le apparenze, aveva le sue attrattive. Per un certo genere di donne, almeno; sai, quelle con l'istinto materno... Conosci il tipo... Un maniaco-depresso dagli umori altalenanti. E negli ultimi tempi, prima che gli sparassero, era molto più depresso del solito. Quasi disperato. Era come se di colpo gli fossero apparse sulla faccia le stratificazioni di tutte le rovine sentimentali, e non solo sentimentali, della sua vita.

– Come siamo profondi, m'siè!

– Anche se era di origini nordiche, Umberto somigliava a certi intellettuali meridionali dalle solitudini frequentatissime, esuli volontari nei salotti bene della Padania, dove coltivano il dolore con la stessa spietatezza con cui le vecchie zitelle inglesi disinfestano i loro rosai polyantha. Nessuno sa coltivare il dolore come loro. E quando riescono a fargli assumere la consistenza di una noce di cocco bella pesante, lo scaraventano con mira infallibile sulla nuca di noi residenti, possibilmente per via catodica.

– Ghini non sarà stato amico suo, ma non si può dire che lei non lo conoscesse più che bene...

– La storia con l'ungherese durava da anni, da quando l'aveva assunta come direttrice del Ghini's di Milano. Poi, una volta che l'attività si era consolidata, aveva deciso il grande passo, e tre anni fa si era lanciato ad aprire bottega anche a Vienna. Una rovina. Anche per la donna, che ci aveva messo dentro tutto quello che possedeva.

– Già allora si erano gettati sulle icone di contrabbando?

– Questo non lo so. Forse avevano cominciato da poco, per cercare di recuperare terreno.

– C'entrano le icone con la sua litigata con Ghini, il giorno che l'hanno ammazzato?

– Anche.

– Volevano coinvolgere anche lei?

Fece cenno di sì con la testa, una sola volta.

– Umberto non ci stava più col cervello. A parte i guai finanziari, sua moglie non ne voleva sapere di concedergli il divorzio.

– Allora faceva sul serio con l'ungherese...

– Direi di sì. Eleonora sapeva tutto da anni. Sai come sono certe donne... finché si tratta di chiudere un occhio, o magari tutti e due, sulle distrazioni del marito... senza contare che anche lei ha i suoi bravi traffici...

– ... e lei lo sa bene, m'siè.

– Come dici tu. Un conto però è sapere e tollerare, un altro è abdicare e concedere via libera, con i figli già al liceo e la menopausa in agguato.

– Ma, mi dica, tutti quei soldi da dare a Ghini l'ungherese da dove li tirava fuori? Immagino che fosse stata una profuga, a suo tempo...

– È una storia lunga. La sua famiglia fuggì a Vienna nel cinquantasei. Allora lei era appena una bambina, stava ancora in braccio alla mamma. Ha studiato a Vienna, e quando finì le scuole superiori cominciò subito a lavorare come interprete. Era più o meno l'epoca in cui voialtri cominciavate a gridare i vostri slogan contro la borghesia cittadina.

– Personalmente non ho mai avuto niente contro la borghesia cittadina. L'unica cosa che si può ragionevolmente imputarle è di non esistere. Ma torniamo alla sua ungherese. Dunque, faceva l'interprete...

– Sì. Forse un'interprete speciale, con libertà di interpretazione, di quelle che le agenzie mandano alle riunioni d'affari internazionali anche come accompagnatrici. In una di queste occasioni conobbe un modesto industriale del varesotto, già un po' passato di cottura. Aveva una fabbrichetta per la riproduzione dei mobili in stile. Una brava persona, davvero. Per farla breve, convolarono.

– Ma 'sta storia è vera o l'hai trovata su «Novella 2000»? – interloquì Michelle.

– Altroché se è vera... Il tizio ebbe un infarto dopo un paio d'anni e la ragazza si ritrovò a Milano, con una dignitosa posizione patrimoniale. Poi incrociò Umberto Ghini. Il resto lo conoscete.

– E tutto questo, tu, come l'hai saputo?

– Un po' qua, un po' là. Io viaggio, figlia mia. Il lavoro...
È vero, lui viaggia. Mi venne una folgorazione:

– La conosce anche lei, l'ungherese, vero?
Alzò le spalle con fare modesto e non disse niente.

– Non è che in una di quelle famose riunioni d'affari internazionali con interpreti disinibite a caccia della figura paterna... – insinuò Michelle.

– Troppe domande, figlia mia. Ma se proprio lo vuoi sapere, fui io a presentare ad Umberto Ghini la signora Elena Zebensky, vedova Pedretti. Lui cercava una direttrice multilingue e di bella presenza per la bottega di Milano. Io gli proposi la Zebensky...

– ... e lui ti portò via la donna. O magari tu la volevi so-

lo scaricare, come si usa tra voi maschi – finì irriguardosa-
mente Michelle.

– Non fu così, ma la cosa è irrilevante.

– Come mai la tizia cercava lavoro? Dicevi che aveva ereditato...

– Le rendite non durano molto. E poi Elena non è il tipo che si rassegni a vivere di rendita. Chiedi a Lorenzo, che
l'ha incontrata due volte, chiedigli se a lui ha fatto l'impressione di una che...

– Sì, sì, è una dura – confermai rapidamente, crollando
la testa. – Per quel poco che l'ho vista... – aggiunsi, improvvisamente consapevole del bagliore inquisitivo apparso nelle pupille nere di Michelle.

– Perché hai detto che Lorenzo l'ha vista due volte? A
me ne risulta una sola...

Anche a me ne risultava una sola. Che il vecchio filibustiere stesse cercando di deviare su di me i potenziali fulmini della serata?

– Già, perché due volte? – anch'io investigai.

– Non ricordi? La notte che Chet Baker suonò al Brass...

Certo che ricordavo. Chet aveva suonato la notte che aveva dentro, come se fosse stata un prolungamento della sua
tromba. Aveva cercato di soffiarla via, quasi fosse restio a
liberarsene, con un respiro dolce, di note rarefatte, che
sembravano levitare su una superficie nevosa.

Avete mai sentito il suono notturno di una tromba, in
mezzo alla neve? Io sì, in una città nordica gelida e invernale, che ho quasi dimenticato, con un metro di neve ai bor-
di delle strade. L'avevo sentito per caso, mentre passavo
accanto alle finestre di una caserma. È un suono di una qualità speciale, un suono che sembra non calare mai verso terra, destinato a girare e rigirare per sempre nell'aria sopra

di voi. Così aveva suonato Chet. Era un suono da neve. Ma poiché c'era caldo, quella notte, nello scantinato di via Duca della Verdura, il suono della tromba, ma anche la sua voce, sembravano esplorare le dune di un deserto di polvere di pomice, uno Zabriskie Point sotterraneo, metropolitano e notturno.

– Ah, era la ugro-finna!
– Sì, e tu hai fatto finta di non vedermi.
– Fu discrezione, m'siè.
– Ma di che parlate, voi due? – interloquì Michelle.

Era stato durante l'intervallo. Mi ero avvicinato al banco del bar, improvvisato in un angolo del locale, e avevo chiesto un gin tonic, nonostante fosse – jazzisticamente parlando – il whisky time. Dopo un po' mi ero accorto che Chet era appoggiato all'estremità meno illuminata del banco, e aveva in mano un bicchiere di plastica pieno di un liquido trasparente, forse acqua minerale, e mi sarebbe piaciuto offrirgli qualcosa da bere, e attaccare discorso, e chiedergli di suonare un certo brano. Però non ne avevo fatto niente perché non avrei saputo cosa dire, e perché Chet dava l'impressione che sarebbe finito in mille pezzi se qualcuno gli avesse soltanto rivolto la parola, tutto raggomitolato in se stesso come sembrava. Era come se non avesse dentro alcun umore, nel senso di mood, che stesse solo contando i secondi sul quadrante dell'orologio, quello generale, interno, definitivo, non quello del polso, e infatti era morto non molto tempo dopo. Ci vogliono spalle poderose per sopportare il peso di tutte le parole mai pronunciate. Soprattutto quando si ha una scimmia appollaiata da sempre sulla spalla.

Così mi ero offerto un secondo gin tonic e avevo fatto dietrofront per tornare al mio posto. E allora mi ero accorto che in fondo alla sala, seminascosto dietro a una colonna, c'era il padre di Michelle che guardava verso di me, con a lato una donna che aveva sulla testa qualcosa di biondo che avrebbe anche potuto essere una parrucca. Ed è vero che avevo finto di non vederlo.

Quasi subito si erano affievolite le luci e Chet aveva riattaccato con *Sad walk*, che era esattamente quello che avrei voluto chiedergli di suonare, se solo mi fossi risolto a rivolgergli la parola. I faretti debolmente colorati accentuavano i canyon che l'eroina gli aveva scavato sulle guance, come erosioni di un deserto senza quiete, esasperando il contrasto tra la faccia e le due voci: la sua e quella della tromba.

Un'ora dopo, all'uscita, mentre salivamo all'aperto lungo la rampa di scale che immetteva sul marciapiede, mi ero casualmente ritrovato dietro a monsieur Laurent e alla donna, cui offriva il braccio destro. E lei si era voltata di colpo, come se si fosse sentita osservata, e mi aveva piantato in viso due occhi color Einspänner, che poi a Vienna non avevo riconosciuto perché non sono mai stato un grande fisionomista e, soprattutto, perché erano passati tutti quegli anni. La manovra non doveva essere sfuggita al padre di Michelle, che aveva ricambiato la mia discrezione e non si era voltato.

Riesumai l'episodio, raccontandolo sobriamente a beneficio di Michelle.

– Ah, quindi la tua ungherese era di casa pure a Palermo – commentò pensosa. – Quante coincidenze, però!

– Non ti stupire, figlia mia. Le nostre vicende, quelle siciliane intendo, se mi permettete di riconoscerle anche come mie, sono aggrovigliate come una matassa di spaghetti scotti: ti illudi di seguire un singolo filo, e ti ritrovi avviluppato da una specie di labirinto. Pensa a quel figlio d'Albione, discendente di quei selvaggi che si sentivano superiori persino a noi francesi, quell'Orazio Nelson che riuscì a diventare duca di Bronte: che c'entrava, lui, con un paese che si trova sulle pendici dell'Etna, a tremila chilometri dalle bianche scogliere di Dover? Pensa a quel tale Prundty che, in onore di Nelson, cambiò il cognome in Brontë, diventando così padre delle famose sorelle. Chi scommetterebbe su un rapporto tra l'Etna e *Cime tempestose*? Forse solo i pecorai dell'ex ducea, che ora è nota più che altro per i pistacchi. E a volere essere ad ogni costo più allegorici che materialisti, esistono cime più tempestose di quelle di un vulcano attivo per trecentosessantacinque giorni l'anno?

Da restarci secchi tutti e due, Michelle ed io, se non avessimo già assistito altre volte a sparate schizoidi di quella sorta. Il Montecristo era già un sintomo della fase revanscista nella curva comportamentale – quasi sempre una sigmoide – di monsieur Laurent. Se avesse optato per un Romeo y Julieta, avremmo istantaneamente dedotto la fase anglofila. Perché il Montecristo sta ad Alexandre Dumas come il Romeo y Julieta sta al vecchio Shakespeare. Fissazioni non proprio senili, perché risalgono a un sacco di tempo fa e, soprattutto, perché il padre di Michelle non ha niente di senile.

Seguì un'altra pausa di silenzio. Mi versai ancora un po' di Armagnac e accesi un'altra Camel. Fuori il cielo si era incupito, nuvoloni neri coprivano a intervalli una luna tardiva, e aveva preso a lampeggiare: lampi rapidi, ravvicinati, come i flash dei fotografi nella notte degli Oscar.

Non mi stupiva che il padre di Michelle fosse così informato. È pieno di relazioni di ogni genere e – Internet o non Internet – viaggia effettivamente molto per lavoro.

– Ha già incontrato Spotorno? – gli chiesi infine.

– Sì. Una brava persona.

– Ma non si faccia illusioni: è un mastino.

– Non ho bisogno di farmi nessuna illusione perché non ho niente da nascondere.

– Meglio così. Come è andata con lui?

Raccolse per qualche istante le idee, perché aveva bisogno di fare una sintesi delle impressioni, spesso contraddittorie, che Vittorio riesce a trasmettere a un buon osservatore, al primo incontro. Il signor commissario è fornito di una personalità un po' più complessa di quella che appare all'impronta. Rappresenta una buona approssimazione dell'effetto-iceberg: ciò che appare in superficie è solo un decimo di quello che si nasconde sott'acqua. Ma forse questo vale per tutti. Ci vuole ben più che un secondo sguardo – e uno sguardo non banale – per decifrare l'universo nascosto dietro l'aspetto di uno sbirro standard, quasi da film di Petri. Altrimenti, come potrebbe essere amico mio? E siccome la personalità di monsieur Laurent non è da meno, ero curioso di sapere se si era trattato di un incontro o di uno scontro.

Non rifletté a lungo:

– Mi ha lasciato l'impressione che se gli avessi confessato di essere io l'autore del delitto, mi avrebbe abbracciato. E poi, magari, avrebbe fatto carte false per mettere tutto a tacere.

Ci avrei scommesso. Era tipico di Spotorno. Dà sempre il massimo quando ha la certezza di disporre di un pubblico vergine e all'altezza. Avrei quasi potuto mimarla, quella scena, come se l'avessi vista con i miei occhi.

– Quando l'ha ricevuta Spotorno era sussiegoso e sulle sue, vero?

– Sì, all'inizio era persino brusco, acquattato dietro la scrivania. Poi si è sciolto un po', e ha continuato a sciogliersi fino ai saluti. Mi ha persino accompagnato giù, e ha insistito per offrirmi l'aperitivo. Ma non al bar della questura, figurati che mi ha trascinato fino a quel caffè che hanno ristrutturato accanto alla Cattedrale, nell'edificio del Vittorio Emanuele. Ed è stato lì che si è scatenato nella sarabanda finale.

– Le avrà parlato male di quelli delle squadre investigative, e lei sarà stato insinuante e psicanalitico...

– Sì, come lo sai? Ah, tutto sommato sei il suo compare... Io gli ho solo dato un'imbeccata involontaria, e lui ha cominciato a sparare a zero contro quei lavativi, sono parole sue, che passano la vita davanti allo schermo dei computer invece di dare la caccia ai criminali. Allora io gli ho fatto qualche domanda sul pm, sai chi, quello con gli occhi storti che mi ha mandato l'avviso di garanzia, De Vecchi. L'ho stuzzicato un po' perché ho capito che non gli fa molta simpatia; e sai cosa mi ha detto? Che quello è uno che riesce a esprimere idee idiote anche quando sta zitto! Testuale.

– Eh, Spotorno è così. Si vede che lei gli ha fatto colpo.

– Poi il discorso è girato un po', e si è messo a parlare dei pentiti. Secondo lui rischiano di distruggere le capacità investigative della polizia, dei carabinieri, e della magistratura inquirente, perché tutti ormai si sono abituati a farsi scodellare quello che gli pare su un piatto d'argento, e non hanno più bisogno di sfacchinare come si faceva prima. Dice che quelli che non hanno almeno una ventina di tacche sulla coscienza non vengono nemmeno presi in considerazione. A un certo punto si è fatto pure un bello sfogo. Vuole liberarsi dei suoi nemici?, mi ha chiesto. Li uccida pure senza timore, uno per uno, in modo efferato: gli passi sopra con la macchina, li incapretti, li squarti, li bruci vivi, li strozzi con le sue mani e dissolva i loro corpi negli acidi. Più sono, meglio è. Ma l'ultimo, il peggiore, il suo nemico numero uno, quello che odia di più, non lo tocchi, quello. Lo lasci vivo. Si penta, invece, e lo denunci come suo complice. Infierisca su di lui senza pietà. Sarà nelle sue mani. Sarà finito. Lei invece riceverà uno stipendio, sarà protetto, potrà cominciare una nuova vita. Perché, se la punizione è commisurata al delitto, anche la ricompensa dovrà esserlo, in caso di pentimento. Pensi: se Beccaria fosse vissuto ai giorni nostri, a parte che sarebbe un sociologo catodico di grido con un posto fisso al Maurizio Costanzo Show, oggi scriverebbe *Dei delitti, dei premi*. Per non parlare di Dostojevskij: se l'immagina il suo *Delitto e ricompensa*? Creda a me, il delitto paga. E paga bene.

– A tanto, Spotorno non si era mai azzardato nemmeno con me. Cosa avevate bevuto?

– Bah, qualcosa come un Cinzano o un Campari, ma uno solo.

– Vittorio non regge l'alcol.

– Ma questo è niente. Il meglio deve ancora venire. È stato al momento dei saluti: detto tra lei e me, mi ha sussurrato, la mafia non si estinguerà mai. E sa perché? Perché la fine della mafia sarebbe anche la fine dell'antimafia. Rifletta: le pare che se lo possano permettere *tutti*? Però, finché ci saranno delitti passionali, delitti puri, delitti senza mafia, ci sarà speranza di redenzione per questa nostra terra. Il delitto puro è indice di normalità sociale.

– E lei?

– Io terrei d'occhio i bilanci dell'Amat, gli ho risposto. Se tutti quelli che praticano l'antimafia da fiaccolata pagassero il biglietto, l'Amat non perderebbe settanta miliardi. È da lì che comincia l'antimafia, è quello il vero indice di normalità sociale.

– Via, m'siè, non reciti pure lei la parte dell'anglosassone bacchettone...

– È proprio questo il punto, Lorenzo. Ci stiamo trasformando in una società di bacchettoni che vorrebbe insegnarci a vincere senza avere ragione. Specialmente nella mia Francia. Dove sono i cretini di una volta? Intendo i cretini-cretini, quelli che sarebbero disposti ad ammazzarti pur di non farti suicidare, quelli che ti basta sfiorare una sola volta con lo sguardo, per farti esclamare: Ecco un vero cretino di talento! Quel mio conterraneo l'aveva intuito già cinquant'anni fa. Sai di chi parlo, quel tale francese che sta nel cuore di mezzo di mia figlia, quello che in quaranta pagine scarse ci ha fatto capire com'è che dal ventre molle di uno stesso popolo possano venire fuori Mozart e il dottor Mengele, Visconti e i Vanzina, la Piaf e un certo ristoratore di rue Bonaparte: ed è perché sono la stessa persona. E non facciamoci illusioni: questo vale a ogni latitudine. Com'è che si faceva chiamare? Ah, sì, Vercors!

Anche quello di monsieur Laurent era un discorso già sentito. Guardai l'orologio. Era mezzanotte passata e c'era ancora mezzo Montecristo da demolire. Michelle sbadigliò e azzardò un ruttino sexy. Decidemmo di togliere il disturbo. Il genitore sembrava sollevato e anche un po' divertito dell'attitudine disinvolta della figlia nel trattare la materia scabrosa dei suoi presunti amorazzi. Ci raccomandò di farci vedere più spesso.

Il cielo, fuori, prometteva sfracelli. Arrivammo a casa mia appena in tempo, prima che si mettesse a diluviare. In ascensore, mi ritrovai a balbettare mentalmente qualche verso in latino, che non sospettavo di ricordare:

Suave, mari magno turbantibus aequora ventis,
e terra magnum alterius spectare laborem.

Chi diamine l'aveva detto, scritto, o trasmesso per E-mail?

VI

Il pelargonio bianco

Prima dell'alba sognai di essere tornato al liceo. Colpa di quell'affioramento notturno di latino. In sogno avevo l'età di adesso, e subivo un'interrogazione da parte del mio professore di lettere. Anzi, un interrogatorio. Perché invece di esibire i tratti paciosi del buon professore Cuzzupè, costui sfoggiava la faccia particolarmente incarognita del dottor Loris De Vecchi, sostituto procuratore. Aveva davanti a sé, sulla cattedra, un modellino in scala del tribunale, fatto con i gusci delle conchiglie, con una scritta che si allungava per tutto il frontone, ottenuta con un mosaico di piccoli frammenti di ostrica. La scritta diceva: Error communis facit jus. Come dire che è l'errore di molti a diventare Legge. Molto comodo avere un subcosciente istruttivo, se solo ti permettesse di scegliere l'argomento, la sera prima, quando ti metti a letto.

Il pm puntava il mouse di un computer verso la scritta e pretendeva che gliela ripetessi con la metrica giusta, come se fosse stato il verso di uno di quei mefitici carmi dei bei tempi andati. Altrimenti mi avrebbe spedito un avviso di garanzia, minacciò. E siccome anche ai bei tempi andati del Cannizzaro io e la metrica latina navigavamo su rotte divergenti, finì che per riuscire a liberarmene fui costretto a svegliarmi. Quello che c'è di buono nei bei tempi andati, è che sono andati. Anche se a volte ritornano.

Fuori si era scatenata una tempesta d'acqua e grandine, sparata da una tramontana a raffiche secche e rabbiose. Non è solo in estate che subiamo una natura eccessiva. Michelle dormiva tutta raggomitolata su se stessa, avvolta in un camicione di flanella bianca. Mi alzai, spalancai gli scuri e accesi le luci sul terrazzo. Era uno sfacelo di vasi rotti e di piante in libera uscita. Non ci potevo fare niente. Capita un paio di volte l'anno. E poi bisogna ricominciare tutto daccapo. È una specie di passaporto per una sorta di immortalità provvisoria.

Rimasi per un pezzo in piedi, a guardare fuori, mentre una luminescenza gelida e biancastra emergeva dietro le cupole e i tetti, sostituendosi inesorabilmente alla luce color cannella delle applique del terrazzo.

Continuai a guardare finché non fui in grado di distinguere le creste bianche delle onde del golfo, che spiccavano sul temporaneo colore ardesia del Tirreno meridionale. Ad ogni ondata che si frangeva contro il molo di Sant'Erasmo, colonne di spuma densa si alzavano con una regolarità ipnotica di là dal tetto dell'istituto di Padre Messina, visibili persino da quella distanza, come se fossero state emesse dallo sfiatatoio di un gigantesco capodoglio arenato sottocosta. Gli spruzzi da tramontana sono l'unica parte del mare segreto di Palermo che risulti visibile – illusoria presenza – da quasi tutti i piani alti dei quattro mandamenti.

Mi ricacciai a letto. Michelle si allungò tutta come una biscia al sole. Non si svegliò nemmeno quando fuori cominciò a tuonare. Ci volle il bla-bla della radiosveglia, per farla riemergere, quando fu il tempo giusto. Si preparò in fretta e uscì a precipizio, mentre io cercavo di dare una sistemata al terrazzo, approfittando di una pausa nella buriana. Era quello, il matrimonio?

Michelle rimase da me per tutto il resto della settimana.

Il sabato mattina, per certi imperscrutabili motivi che mi rifiutai di scrutare, mi comunicò che non sarebbe andata al lavoro. Decisi anch'io di non andare al dipartimento.

Dopo la bufera di metà settimana, condita persino da una spolverata di neve effimera sui monti intorno all'ex Conca d'oro, il tempo si era riconvertito al bello stabile. Un'unica nuvola, bianca e compatta, inquietava il cratere di monte Cuccio, che visto da casa mia assomiglia al monte della Paramount cui qualcuno abbia asportato la cima a morsi. Il tempo ideale per un giro a piedi e per una dose di richiamo di abbronzatura.

Dopo il caffè Michelle propose un blitz mattutino al mercato delle pulci. È raro che qualcuno riesca a trascinarmici, non ho lo spirito giusto per un mercato delle pulci, mi lascia freddo: effetto, o causa scatenante dell'impulso a starnutire che mi prende ogni volta che ci metto piede? Ogni tanto, poi, si incontrano certe facce paranoidi da frequentatori assidui, che mi danno da pensare. Come quelle di tutti i maniaci collezionisti. Stavolta però accettai senza discutere la proposta di Michelle. Un altro colpo di mano del mio subcosciente. Beh, un mezzo colpo, perché l'altro mezzo, dato il seguito, fu una scelta deliberata. Ci andammo in macchina.

Verso mezzogiorno non avevamo ancora trovato nemmeno un Van Gogh autentico tra le varie croste firmate Vincent. Per la delusione, decidemmo di tornare indietro. Infilammo via Matteo Bonello, e poi, invece di tirare diritto per via del Noviziato, verso Porta Guccia, dove avevamo lasciato la macchina, voltai a destra per i vicoli. Michelle non fiatò.

Non ero mai stato in via Riccardo il Nero, di giorno. Con la luce del sole perdeva un po' del suo squallore notturno. Sembrava uno di quei posti dove non accade mai niente, perché le cose che vi potrebbero accadere sarebbero troppo inverosimili per accadere veramente. Ma dopotutto, il reale non è che un caso particolare. Così, almeno, sosteneva monsieur Valéry, a dire di mia sorella. E in effetti, più pensavo a quel delitto, meno mi sembrava reale che ciò che era accaduto, fosse accaduto in quella via.

La casa che chiudeva la strada dalla parte opposta non era male. Una palazzina prefascista, bifamiliare, con un piccolo portone ad una sola anta che doveva aprirsi su un mini-ballatoio e sulle scale che portavano al piano superiore. Il pianterreno sembrava disabitato, a giudicare dalle finestre sbarrate da grate di ferro semiarrugginite. Il pelargonio, sul balcone, era quasi secco. La tettoia di onduline verde che sporgeva dal tetto aveva tenuto lontana la pioggia. E il vento aveva fatto il resto.

Le casupole con le officine, ai lati della strada, avevano le saracinesche abbassate, tranne una specie di box con la scritta Elettrauto, spennellata direttamente sull'intonaco sopra la porta, con una vernice bordò. Semisdraiato al sole, sopra un vecchio sedile d'auto sfondato, un padrone obeso, che avrebbe fatto la felicità dei partecipanti a un congresso non carnale di lombrosiani, sorvegliava il giovane di bottega intento a scartavetrare le candele di una 127 rossa che aveva la pancia aperta e tutte le frattaglie sparpagliate in giro. Il boss distolse lo sguardo giusto per il tempo di assaporare il passaggio di Michelle. L'avrei fatto anch'io, al suo posto. La sciagurata, quando transitammo accanto alla pozza di simil-sangue, emise una specie di singulto sincopato e si coprì la bocca con la mano. Non poté fare lo stesso con gli occhi. Michelle ha occhi da chador.

– Hai il singhiozzo? Se vuoi te lo faccio passare io.

– Non ti pare di essere troppo permaloso?

– Sono come sono, beibi. Prendere o lasciare.

Compimmo una perfetta circumnavigazione della strada. Alla seconda vasca l'elettrauto-capo risquadrò Michelle dalla testa ai piedi. Nonostante non ci fosse caldo indossava un paio di calzoncini unti e una maglietta di cotone troppo corta, che gli risaliva sul ventre a botticella, mettendo a nudo un ombelico postmoderno, contornato dall'elastico dei boxer.

Aveva uno sguardo indolente e sfacciato, che usò senza parsimonia per passare Michelle in rassegna. Gli avrei affondato volentieri una coltellata nelle trippe, presidiate da una così spregiudicata architettura ombelicale. Latrò qualcosa all'indirizzo del garzone, con una parlata stretta che sembrava scorticare le parole, mettendo a nudo lo zoccolo duro di una lingua fortunosamente preservata, e liberando un fall out di vocali aspre e dittonghi stirati allo spasimo.

La perlustrazione non ci aveva offerto niente di nuovo. Almeno all'apparenza. In compenso una peristalsi subdola aveva improvvisamente mollato un primo, imperioso colpo a tradimento. Conoscevo i sintomi. Di là a un quarto d'ora avrei rischiato di svenire. Ho un metabolismo intemperante, e spesso intempestivo, al quale non mi sono ancora abituato, nonostante lo subisca da una vita. Interrogata, Michelle ammise che anche lei cominciava ad avere fame.

Se fossimo stati ai margini della Vucciria non avrei avuto esitazioni: una puntatina al bancone di uno dei polipari di piazza Caracciolo sarebbe stata sufficiente a garantirmi autonomia fino all'ora di pranzo. Anche se devo ammettere che da quando la televisione ha consegnato la piovra all'iconografia mafiosa e all'immaginario collettivo, tutte le volte che mi fermo alla Vucciria per mangiare il polpo bollito, non posso fare a meno di sentirgli uno strano sapore, come di celluloide, e mi aspetto sempre di ritrovarmi un microchip sotto i denti. E dire che non credo nell'immaginario collettivo. Sarà che nemmeno i polpi sono più quelli di un tempo. O più probabilmente anch'essi ormai vengono sintetizzati in Corea.

Il punto è che non eravamo ai margini della Vucciria, ma ai confini del Capo, i cui polipari mi sono per consuetudine ignoti. Scartate le alternative meno ovvie, restava l'opzione-panelle. Attraversammo il Capo, in pieno orario di mercato, scendendo per la via Beati Paoli, in direzione di Porta Carini. Il panellaro più vicino apparteneva alla scuola che usa il finocchio ingranato (che da noi non è una checca piena di soldi). Michelle detesta il finocchio ingranato. Per solidarietà le proposi di anticipare il pranzo e mi limitai a tamponare la situazione con una mezza dozzina di panelle. Continuammo a piedi verso l'Olivella, fino a La Traviata, che nonostante il nome è un ristorante arabo alla moda. Qui per ora si mangiano i migliori brick della città. Con il Cafè Opera e con il Rigoletto, è uno dei tre locali con un nome propiziatorio sorti nelle vicinanze del Teatro Massimo, negli ultimi anni. Forse a titolo scaramantico.

Per me *La Traviata* è quasi un luogo comune della memoria. Non solo perché è la prima opera che ho visto al Massimo.

– Ti ho mai raccontato la storia della traviata e della zia Carolina? – chiesi a Michelle, che studiava il menù.

– No, cos'è?

– Sai quella casa che mia zia Carolina dava in affitto in estate...

– ... dalle parti dello Sperone, quando il mare secondo te era ancora pulito.

– Precisamente. E pulito lo era davvero.

Avevo una decina d'anni, allora: un promettentissimo moccioso con un pessimo carattere che la zia Carolina avrebbe preteso di domare.

– Una volta mi hai raccontato che anche tua zia, in estate, si trasferiva da quelle parti.

– Sì, però nella casa accanto, più grande e più bella. Vi ho passato estati selvagge.

– E la traviata?

– Era una traviata autentica. Così poi ha finito col chiamarla la zia, le rare volte che accettava di parlare dell'episodio. Le aveva affittato la casa, senza rendersi conto che si trattava di un'autentica professionista. Una signora non più giovanissima, distinta, che aveva pure un figlio della mia età. Pasquale, si chiamava. Giocavamo insieme lui, Maruzza ed io. Era un ragazzino saggio, spiritoso, e straordinariamente equilibrato.

– E come fu che tua zia si accorse della cosa?

– Sai, la signora, all'inizio, era molto discreta. Si era presentata come «vedova», accompagnata da un «cognato» più giovane di lei, con una faccia da macrò piccolo borghese. Voleva affittare la casa per tutto l'anno e si era offerta di pagare sei mensilità anticipate. Dopo un po' era cominciato il movimento in grande stile. La signora sembrava avere una sua particolare attrattiva per le guardie di finanza della vicina caserma. Forse per lungimiranza professionale.

– E tua zia?

– La zia, quando il gioco si era fatto evidente, aveva dovuto abbozzare, in attesa di una buona scusa per disdire il contratto. Credo che si fosse fatta consigliare dal parroco. Il clou ci fu la sera che trasmisero *La Traviata* alla televisione.

A Michelle brillavano gli occhi più del solito. Inghiottì un altro boccone del cùscus di pesce che nel frattempo avevamo ordinato, e lo stabilizzò con un sorso di Regaleali bianco.

– Alla traviata sarebbe piaciuto vedere *La Traviata*. Non so se per orgoglio professionale, per un senso di appartenenza, o per un soprassalto di autoironia. Solo che non possedeva il televisore. Così, prendendo il discorso alla lontana, con il dovuto garbo e con prudenza consolidata, decise di chiedere ospitalità alla zia Carolina.

– La quale svenne.

– Quasi. Però, dopo un primo comprensibile sbandamento, resse la botta e disse di sì. Anzi fu molto più che un semplice sì, dato che spinse il senso dell'ospitalità al punto da offrire rosolio e pasticcini negli intervalli. La signora poi arrivò con calcolato anticipo, vestita come se avesse dovuto andare a una matinée del Massimo, il che fece debito colpo sulla zia Carolina. Così furono in due a piangere per la morte di Violetta, mentre noi tre delinquenti minorili non facevamo che sghignazzare come iene.

– Bello! Mi sarebbe piaciuto conoscerla, tua zia Carolina.

– Avrebbe cercato di convincerti a fare la suora. E se ci fosse riuscita, la prospettiva di diventare il tuo cappellano sarebbe stato l'unico motivo che avrebbe potuto convincere me a prendere in considerazione le sue spinte verso la carriera ecclesiastica. La zia diceva sempre che la Chiesa ha bisogno di intelligenze brillanti e spregiudicate: il sottoscritto, in parole povere.

– E soprattutto modeste. Avresti fatto bene a darle retta.

– Ma tu avresti mancato la tua grande occasione.

– Amico, tra noi due sei tu quello che ha azzeccato il terno secco, quando mi hai conosciuto.

Per andare a recuperare la macchina di Michelle prendemmo l'autobus. A casa, versai nei bicchieri due dosi per adulti di Laphroaig. Michelle piazzò sul giradischi gli *Stormy blues* di Billie Holiday. Poi cominciò a girellare tra gli scaffali della libreria. Si fermò a scrutare quelli più in alto, cercando di sbirciare i titoli dei libri, mentre Billie Holiday attaccava un pezzo di blues che sapeva di Louisiana, di gin scadente, di fumo di sigarette.

– Come mai hai *Gli scritti* di Lacan in italiano e in francese?

– Sono di mia sorella. Una volta ho provato a dargli una

scorsa: sembrano ingorghi stradali nell'ora di punta. Secondo me sarebbero l'ideale per commettere un bel delitto d'impeto, un delitto acculturato, anche se la copertina è troppo morbida, sia nei volumi dell'Einaudi che nel libro della Seuil. Ci vorrebbe una di quelle rilegature all'antica, belle pesanti, con gli angoli di metallo e il dorso rigido. Forse risulterebbero più letali a bruciarli in un camino, con la canna fumaria opportunamente occlusa, tecnica in realtà più adatta ad un suicidio, piuttosto che ad un omicidio premeditato. Puoi scegliere tra l'essere intossicato dalla semplice lettura, l'essere avvelenato dai miasmi sviluppati da tutti quei vocaboli in fiamme, o morire strangolato dai famosi periodi lacaniani, stretti intorno alla gola in forma di spire di fumo. Hai notato che Lacan è uno degli autori non bruciati nel camino di Pepe Carvalho?

– E come mai li hai tu?

– Armando ha dato l'aut aut a Maruzza: o via Lacan o via lui. Si rifiuta di dormire sotto lo stesso tetto.

– Balle!

– Senza scherzi. Avevano attaccato uno dei loro soliti, pretestuosi litigi a sfondo vagamente esistenziale. Mia sorella aveva bisogno di sfogarsi, e Lacan era solo una scusa. Sai com'è Maruzza: coltiva ancora l'illusione che i libri possano cambiare il mondo. Armando le aveva detto che gli unici libri capaci di cambiare il mondo sono i manuali. E che prima o poi qualcuno avrebbe provveduto a scriverne uno definitivo, tipo: Come costruire una bomba termonucleare nella vostra cucina con i fondi del caffè e un cucchiaino di sale. E che, quello sì, avrebbe rivoltato il mondo come un calzino. A parte tutto, mio cognato ha il terrore che se i figli leggono troppi libri gli crescano finocchi, nell'accezione non ortofrutticola del termine. Tu diresti: un po' flessuosi. L'ha ripetuto una volta di troppo, Maruzza ha risposto per le rime, ed è cominciata l'escalation. Io allora, invece di battermela con discrezione come al solito, ho afferrato i libri e me li sono portati via sbattendo la porta. Ed eccoli là.

– Tua sorella ha ragione. Se non altro, per solidarietà femminile.

Fuori, sul terrazzo, un gatto si era improvvisamente materializzato dal nulla. Arrivano da sud-est, dai tetti vicini. Somigliava al gatto di Audrey Hepburn in *Colazione da Tiffany*. Michelle uscì ad accarezzarlo e lo battezzò istantaneamente Malacunnutta, come un gatto della sua infanzia di francese dell'Arenella.

Rientrò, accese la TV, e pescò la coda di un film già visto: Altman che conficcava un altro paletto di legno nel cuore gelido dell'America d'oggi. Quando il film finì, cominciò a passare in rassegna i miei nastri. Adocchiò *Un uomo tranquillo*, lo tirò fuori dal mucchio, e lo soppesò in mano, prima di infilarlo nel videoregistratore:

– John Ford ha fatto di tutto per costruire un passato agli americani e per fare apparire l'America più grande di quella che è.

– Sì, ma tende ad attribuirne il merito agli irlandesi. Lui sì che è stato grande. Soprattutto quando De Mille voleva incastrare Mankiewicz davanti all'associazione registi, accusandolo di essere un rosso, durante il maccartismo. E lui, prima fa sfogare De Mille, poi si alza col suo berretuccio da baseball calcato in testa, e si presenta: Mi chiamo John Ford e faccio film western. Come se il papa si alzasse davanti al sinodo dei vescovi, e dicesse: Mi chiamo Karol Woytjla e faccio il papa. Parla poco, quanto basta per scorticare vivo De Mille, salvare Mankiewicz dalla morte civile, e spedire tutti a casa. Secondo me pensava a quell'episodio, anni dopo, quando girò la scena in cui John Wayne convince Jimmy Stewart ad accettare la candidatura a senatore, ne *L'uomo che uccise Liberty Valance*.

Intanto era partito il nastro. Ci iniettammo la storia di John Wayne e di Maureen O'Hara-la-rossa, nella verde Irlanda, mentre Michelle-la-bruna-all'henné annuiva convinta.

La domenica mattina c'è il rito dei giornali, che sono più numerosi del solito, anche se poi magari finisce che non li leggo. Il rito prevede una lenta marcia di avvicinamento verso l'edicola volante dei Quattro Canti. Il seguito dipende dalla stagione e dal tempo che fa. Di solito, se non piove e non c'è troppo freddo, vado a caccia di un tavolino all'aperto in uno dei bar del centro. Un paio di caffè bastano appena per una prima scorsa ai titoli. L'approfondimento e la politica estera esigono l'aperitivo. Salto la politica interna e aspetto che le pagine culturali mi facciano come al solito scatenare l'appetito, anche perché nel frattempo si è fatta l'ora di pranzo.

In alternativa c'è il blitz a Mondello. Il periodo tra novembre e la primavera è quello che preferisco, a Mondello, perché le capanne non ingombrano più la spiaggia, i vialetti laterali sono deserti, e fino all'inizio di febbraio i platani non perdono le foglie, che assumono quella particolare sfumatura dorata del giallo che ricorda la Manhattan autunnale fotografata da Woody Allen.

Lasciai che fosse Michelle a decidere, e lei optò per il centro. Era una bella giornata, il sole era forte, e non c'era nemmeno un tavolino libero in nessuno dei bar di via Principe di Belmonte. Continuammo a piedi per via Libertà, con la regolamentare andatura da rambla, giustificata da un metabolismo domenicale attendista, verso l'alternativa area pedonale di via Mazzini. Trovammo un tavolino al sole e ordinammo i caffè. Dopo un po' Michelle si stufò di leggere e partì in esplorazione delle bancarelle dei libri sui marciapiedi di via Libertà, mentre io continuavo volenterosamente con i giornali. Tornò dopo mezz'ora con un Baudelaire e un Prévert stampati su carta riciclata:

– Non ti sei ancora stufato dei giornali?

– Anche troppo. La vera tragedia dei giornali di fine millennio è che non sanno più offrire argomenti capaci di demolire le nostre certezze.

– Non ricomincerai con la politica – sbuffò.

– Anche alzarsi dal letto al mattino è politica.

– Alzarsi dal letto è rivoluzionario. L'ha detto Mao Tsetung. E se non l'ha detto l'ha pensato.

Si tuffò nei libri. Io accesi una Camel e tirai qualche boccata, mentre osservavo il passaggio di un gruppo di turisti di nazionalità incerta, che avanzavano con la caratteristica formazione a delta, con il capostormo autorevolmente piazzato in pole position. Erano quasi tutti anziani, con facce da ex pendolari tra due città entrambe tristi, e l'aria di chi è abituato a dissimulare vite dentro le quali non succede mai niente. Come le nostre, più o meno.

Michelle alzò gli occhi dai libri, si impadronì della mia sigaretta e mentre tirava le boccate finali esaminò anche lei i turisti e ne fu debitamente controesaminata, con evidente disequilibrio a loro vantaggio. Visto il gap generazionale, la cosa faceva quasi eros & – si dice così? – thanatos. Tanto per propinare qualcosa di molto culturale e, soprattutto, originale.

Decidemmo di togliere il disturbo. Ci alzammo, e invece di tornare indietro verso via Libertà, allungai qualche passo giù per via Mazzini, in direzione del Borgo Vecchio. Michelle mi venne dietro senza fare domande.

Potrei giurare che fu una specie di colpo di stato autonomo delle mie gambe se dopo le debite svolte, all'apparenza casuali, ci ritrovammo strategicamente piantati davanti alle vetrine del Kamulùt. Quando si dice l'attrazione dell'orrido. Michelle cominciò a studiare tutto con diligenza; io mi limitai a un'occhiata superficiale, perché mi era già bastata la prima volta. Poi attraversai la strada, attratto dalle merci indecifrabili delle vetrine oscurate della bottega di fronte.

Via del Droghiere è una strada abbastanza larga, fiancheggiata da palazzine anni Venti-Trenta, non particolarmente pregevoli ma dignitose, e da palazzine più moderne, del secondo dopoguerra, non particolarmente spregevoli, ma neppure dignitose.

Da vicino, le merci indecifrabili si rivelarono essere dei semplici pezzi idraulici, quadri elettrici e grossi commutatori che, visti di trequarti, ricordavano – in meglio – le silhouette di un paio di anime morte del dipartimento. La vetrina accanto apparteneva al Giardino incantato di Alice, il ristorantino conosciuto persino dalla decana. Abbandonai i commutatori dal volto umano, mi spostai di qualche passo e cominciai a leggere distrattamente il menù. A occhio e croce, sembrava il tipico menù da lavanda gastrica, un menù franco-biafriano i cui ingredienti dovevano essere il risultato di una partita a testa-o-croce tra lo chef e i lavapiatti.

Fu mentre indugiavo pigramente a chiedermi che diamine fossero le Delizie di Armando, e se c'entrassero con il legittimo di mia sorella, e quale fosse l'antidoto, che padre Zeus scagliò la folgore. Beh, non proprio una folgore, ma un improvviso raggio di sole che resistette e si consolidò perché l'astro in questione aveva fatto capolino da dietro il tetto della palazzina, e persisteva nella sua avanzata quotidiana verso ovest. Il primo barbaglio aveva fatto balenare qualcosa di bianco nella vetrina: il sole aveva illuminato un piccolo settore del giardino pensile all'ultimo piano della palazzina del Kamulùt, e ne aveva proiettato i riflessi sulla vetrina di Alice.

Rimasi per un momento paralizzato, contemplando il riflesso. Poi mi voltai lentamente e guardai verso l'alto, a bocca aperta e con la mandibola allentata, mentre il vecchio sistema atrio-ventricolare ci dava dentro con l'acceleratore.

Era un bel terrazzo, curato e pieno di verde, frequentato dalle migliori famiglie botaniche. Solo che dentro quell'universo verde c'era pure una piccola costellazione bianca. E che mi possa venire un accidente se non era un pelargonio scandens che pareva il fratello di latte di quell'altro della casa di via Riccardo il Nero. Con la differenza che questo sembrava in perfette condizioni psicofisiche.

Michelle mi raggiunse:

– Che ti succede?

– Non noti niente?

– Dove?

– Là, all'ultimo piano, sul terrazzo.

– Piante. E allora?

– Il vaso grande con i fiori bianchi.

– Lo vedo. Che ha di speciale?

– È un pelargonio scandens. La varietà bianca non è molto comune, a Palermo. Non ti ricorda niente?

– Perché non la finisci di giocare agli indovinelli e non racconti subito tutto a mammina?

– Ce n'era uno uguale al primo piano della casa in fondo a via Riccardo il Nero. Non ci avevi badato?

– Non è uguale. Quello era tutto secco.

– Ora. Ma il giorno che fu ammazzato Ghini era pieno di fiori e ipervitaminizzato come questo qua.

– Una coincidenza.

– Tu dici? Ora vediamo.

L'afferrai per un gomito e la pilotai sul marciapiede opposto, verso il Kamulùt. La saracinesca era del tipo a finestrelle, per consentire al popolo panormita l'esplorazione del vecchiume esposto in vetrina, anche quando la bottega era chiusa. Per quello che mi riguardava avrebbero potuto tranquillamente oscurarla senza rimpianti. Individuai la piastra con il citofono, di fianco alla vetrina. C'era un solo bottone sotto la targhetta con la scritta Kamulùt. Sul lato di via del Droghiere non c'era traccia di altri ingressi, a parte le saracinesche di un paio di botteghe. L'accesso alle abitazioni private dei piani superiori doveva trovarsi su uno degli altri lati della palazzina.

Svoltammo l'angolo, giù per la perpendicolare. Una ventina di metri più in basso trovammo un portone chiuso, di legno massiccio, a due ante, con grossi pòmoli di ottone. Di lato, un citofono con una doppia fila di pulsanti. Studiai i nomi sulle targhette: Cinà, Zagra, Mezzasalma, Di Stefano, Russo, Cottone-Ghini...

Una bella soddisfazione. Michelle annuì a lungo, mentre le si restringevano i fori pupillari:

– Quindi, i Ghini abitano qua, sopra la bottega.

– Ne dubiti ancora?

– Questo cambia tutto.

– Tutto forse no, ma se le due piante di pelargonio hanno la stessa origine può cambiare molto. Secondo te, perché qualche giorno dopo il delitto la pianta di via Riccardo il Nero ha cominciato a deperire e ora è quasi secca e questa qui invece sembra perfetta?

– Vuoi dire che prima c'era qualcuno che la curava e che ora non può farlo più. Ghini, forse?

– Forse. Ma non solo.

– Sua moglie, allora.

– Anche. Però, tra i Ghini e quella casa, potrebbe anche esserci un collegamento indiretto.

– Che vuoi dire?

– Tuo padre l'altra sera si è lasciato sfuggire che lui non era l'unica, diciamocosì, distrazione della signora...

– Un altro uomo, allora.

– O un'altra donna nella vita di Ghini.

– E ora?

– Ora propongo due cose: primo, domani io torno in via Riccardo il Nero quando le officine sono aperte. Ho una mezza idea... Secondo, tu chiedi a tuo padre se ci può invitare a cena da lui domani sera...

– Perché?

– ... e gli chiedi di invitare anche la Ghini-Cottone. Però è indispensabile che passiamo noi a prenderla, dopo la chiusura del Kamulùt.

– Giusto. Se vogliamo spremerla sul pelargonio non dobbiamo farle capire che sappiamo dove abita solo perché siamo venuti a spiare tra i pulsanti del citofono di casa sua.

– Esatto. Ufficialmente noi sapremo dove abita solo perché tuo padre ci avrà dato l'indirizzo quando ci ha chiesto di darle un passaggio.

– Secondo te non se la sgama?

– Se tuo padre saprà recitare la sua parte, no. Hai un'idea migliore?

– No. Ma non ci voglio pensare.

Arrivati a casa, Michelle chiamò subito suo padre e gli estorse l'invito a cena per la sera dopo. Quando lei gli chiese di invitare anche la vedovallegra per poco non gli venne un colpo. Rifiutò. Michelle insistette, e quasi litigarono. Fu un bel braccio di ferro padre-figlia. Vinse la figlia, ma questo non era mai stato in dubbio. Michelle gli aveva spiegato tutto per sommi capi. Lui non ne sapeva niente di pelargoni. Né della casa di via Riccardo il Nero. Almeno, così disse alla figlia.

Mi toccò fare un certo sforzo, per convincermi che era un lunedì. Mi ero persino svegliato prima della radiosveglia,

164

stranamente in forma e pieno di buoni propositi. Scendemmo prestissimo, subito dopo la prima dose di caffeina. Michelle voleva passare da casa prima di andare al lavoro. Mentre facevo il caffè, lei aveva chiamato suo padre. Monsieur Laurent le disse che tutto era filato liscio, con la vedovallegra: aveva accettato sia l'invito che l'offerta di farsi accompagnare da noi.

Arrivai al dipartimento presto come non mi capitava da un pezzo, e passai buona parte della mattinata a strapazzare le mie due non-educande, che avevano scolpito sulla faccia il progetto di battere la fiacca, come unico obbiettivo della giornata.

Scesi poco prima dell'una, annunciando che sarei tornato di lì a poco, tanto per tenerle sul chi vive. Mi avviai in macchina verso via Riccardo il Nero. Il traffico non era ancora al suo massimo, e arrivai troppo presto per i miei programmi. Fermai la Golf all'imboccatura della via e allungai un'occhiata tattica verso l'officina dell'elettrauto. Individuai quasi subito la sagoma collinare del boss, sulla soglia della bottega. Guardava verso l'interno, controllando probabilmente il lavoro del sottoposto.

Aspettai per un quarto d'ora, senza muovermi da lì, a motore spento. All'una e mezza spaccate lo vidi avviarsi verso una Fiat Fiorino tutta scassata, parcheggiata di lato all'officina. Salì a bordo, mise in moto, e sterzò in direzione dell'uscita di via Riccardo il Nero. Era quello che aspettavo. Misi anch'io in moto e ingranai la retromarcia fino a liberare completamente la strada. Mentre lui passava, mi chinai come se stessi cercando qualcosa sul pavimento della macchina.

La mia era solo psicologia applicata. Da buon conoscitore dei privilegi che discendono da certi rapporti di forza metropolitani, avevo puntato sul fatto che, all'ora di pranzo, il boss se la sarebbe filata a casa per consumare con tutta calma la sua dose eccessiva di carboidrati, abbandonando la piazzaforte nelle mani dell'apprendista stregone. E una volta tanto l'avevo azzeccata. Pensavo che il ragazzo sarebbe stato più malleabile del principale, che mi era sembrato un osso duro.

Avrei anche potuto scegliere una qualunque delle altre officine che si aprivano su via Riccardo il Nero, ma l'elettrauto mi era parso più promettente perché era l'unico che avessimo trovato aperto il sabato precedente, quando c'eravamo passati con Michelle, e se lo era stato anche il sabato dell'omicidio Ghini, questo aumentava le probabilità che avessero notato qualcosa in più, rispetto agli altri. Senza contare che avevo davvero bisogno di farmi dare un'occhiata alle candele.

Infilai via Riccardo il Nero e fermai la prua della Golf davanti all'officina. Il ragazzo aveva sospeso il lavoro e si era seduto sul sedile di una Panda che aveva le viscere allo scoperto. Da un contenitore di plastica che teneva sulle ginocchia era intento a pescare i maccheroni al sugo stratificati sotto una copertura di polpette. Avrà avuto sedici, diciassette anni, e l'aria giudiziosa di chi sa già come va il mondo: quello locale, almeno.

– Desidera? – fiondò appena mi ebbe avvistato. Vocali trascinate al limite della capacità polmonare, alla palermitana.

– Buon appetito. Ho bisogno di una controllata alle candele. Con calma. Appena finisci di mangiare.

– A favorire.

Accelerò la frequenza delle forchettate. Lanciai un'occhiata verso la casa: l'ex pelargonio era ormai irreversibilmente secco. Camminai pigramente fino al portoncino, con le mani dietro la schiena, come se avessi voluto fare passare il tempo residuo del pasto. Niente citofono, ma solo un campanello con una targhetta senza nome. E un vecchio batacchio di ferro semiarrugginito, a forma di pigna. Studiai il prospetto. Le finestre e la porta del balcone erano protette dalle tradizionali persiane di legno, scrostate e di un colore ormai sbiadito, che all'origine doveva essere stato verde. Nessun segno di vita di là dagli scuri, accuratamente serrati.

Tornai all'officina. Il ragazzo aveva finito pure le polpette, e ora raccoglieva il sugo residuo dal fondo del recipiente, con un pezzo di pane che poi inghiottì con voluttà. Quell'ultimo boccone di pane aveva l'aria di essere l'unico, provvisorio sopravvissuto di uno di quei pezzi di artiglieria da forno che noi locali chiamiamo pistoloni. Un pasto di tutto riposo. Scese dalla macchina, finì di scolarsi una mezza birra tiepida, agguantò una chiave per le candele, e si voltò verso di me:

– Signor lei, aprisse il cofano.

Svitò con calma le candele, mentre io lo studiavo con noncuranza. Apparteneva alla razza dei futuri uomini forti e silenziosi. Esaminò attentamente i reperti:

– Quanti chilometri hanno fatto queste candele?

– Tutti. Non le ho cambiate mai.

– Qui c'è arrivato per miracolo. Si devono cambiare.

– Cambiamole.

– Deve aspettare il principale. Io non ci posso andare a comprare le candele: l'officina non la posso lasciare sola.

– E quando torna il principale?

– Tra menz'ora.

– Aspettiamo allora.

Oltre che un precursore del genere forte e silenzioso, era anche un tipo attivo: mentre io continuavo a studiarlo lui raschiò via l'ossido dalle calotte; poi svitò i tappi della batteria e senza stupirsi di trovare gli elementi quasi a secco, vi svuotò dentro una bottiglia di acqua distillata. Avrebbe fatto strada, il ragazzo.

– Senti una cosa – gli dissi con fare finto distratto – quella casa là in fondo, è vuota?

Non alzò subito gli occhi e continuò a trafficare. Poi guardò verso la casa, senza rispondere.

– Cerco uno studio da affittare da queste parti.

– Lei è dottore?

– In un certo senso.

– Che dottore è?

– Di quelli che non fanno mai danno.

– Non può essere. Comunque è arrivato il principale. Ce lo domandasse a lui.

Un'occhiata alla faccia del principale in arrivo fu sufficiente a confermare che sarebbe stato inutile continuare con lui la conversazione: si era appicciata l'aria ostile di chi sospetta che gli si voglia appioppare un'assicurazione sulla vita. E doveva avere mangiato male. Bucatini alla carrettiera, probabilmente; o babbaluci in umido: odorava come uno stambecco reduce da una prolungata terapia antivampiro, e se mai si fosse sognato di sorridere, sarebbe stato un sorriso ortofrutticolo, perché gli era rimasta una fogliolina di prezzemolo appicciata tra gli incisivi. Ci provai lo stesso:

– Stavo chiedendo al ragazzo se per caso quella casa là in fondo si affitta...

– Perché, ci vede impicciato il siloca?

– No, però spesso...

– Noi non sappiamo niente.

– Ma è abitata?

Non mi degnò di una risposta. Invece, prese in pugno il comando delle operazioni, spedì il ragazzo a comperare i ricambi e sparì dentro l'officina. Ne riemerse quando arrivarono le candele nuove. Le avvitò personalmente, sistemò le calotte e avviò il motore. Poi scese, chiuse il cofano e calcolò mentalmente il conto. Insolitamente moderato. Mi dette persino la ricevuta fiscale, senza aspettare che gliela chiedessi. Avrei anche potuto adottarlo come elettrauto di fiducia, se solo non fosse così strafottente nelle mie relazioni con i motori.

Prima di salire in macchina allungai qualche carta da mille al ragazzo. Poi abbassai il vetro e tentai un ultimo colpo:

– Almeno lo sa di chi è quella casa?

Ma mi aveva già voltato le spalle, allontanandosi verso l'officina. Sospirai e mi rassegnai ad andarmene.

Mi fermai davanti al panellaro che tiene banco quasi di fronte all'Accademia di Belle Arti, vicino a un grande bar. Masticavo già la seconda metà del mio panino quando arrivò un motorino tutto scassato e zigzagante, con a bordo il ragazzo. Giocando d'anticipo, entrai al bar prima di lui e ordinai un caffè. Come immaginavo ne ordinò uno anche lui, da portare via per il principale.

– Lo vuoi il caffè? – gli chiesi. Fece un cenno titubante con la testa, ma io segnalai al barista di spremere un'altra tazza.

Uscimmo insieme. Saltò sul motorino, tenendo in una mano la tazza termica con il coperchio avvitato sopra, e mise in moto. Io gli stavo accanto.

– Quella casa – bisbigliò all'improvviso – è di una vecchia che sta al corso Tucher. Ma non ci dicesse al principale che ce l'ho detto io, se no...

Non aggiunse altro e partì contromano. Il corso Tucher non è altro che il nome popolare del corso Tuköry, dizione, quest'ultima, preferita dai più distinti tra i miei concittadini. Peccato che la pronuncia che si avvicina di più a quella giusta sia la prima, perché Tuköry era ungherese. E mi lascia secco l'idea che la tradizione orale riesca ancora a prevalere dopo quasi un secolo e mezzo. Il vecchio Tuköry, che allora era giovane, aveva tirato gli ultimi proprio qui a

Palermo, dove era calato al seguito di Garibaldi. Sarebbe contento, credo, di questa cosa.

Quante vecchie c'erano, al corso Tucher?

Guidai piano verso piazza Politeama e svoltai in via Ruggiero Settimo. È sorprendente come il tempo acceleri, man mano che si avvicina alla fine dell'anno. Einstein l'aveva capito. Io no, perché mi lascio sempre cogliere impreparato dall'evento: avevano cominciato a montare le solite luminarie e a stendere le passatoie rosse sui marciapiedi davanti alle botteghe. Il che segnava l'inizio del periodo pre-natalizio. Per questo il Pinguino era aperto, nonostante il lunedì fosse il suo giorno di chiusura. Mi venne voglia di una spremuta d'agrumi.

Trovai un posto per la macchina in via Cerda. Mentre risalivo controcorrente via Ruggiero Settimo meditavo sul come rintracciare la proprietaria della casa dal pelargonio bianco. Ma non mi veniva nessuna idea.

Al Pinguino c'era un unico avventore, appoggiato con un gomito al banco, davanti a un bicchiere semipieno e ad una Kronenbourg semivuota. O viceversa, a seconda se siete ottimisti o pessimisti. Ordinai una spremuta di arance, limoni e pompelmo.

Nel paese dove fioriscono i limoni, questo è uno dei rarissimi posti dove sanno ancora spremere gli agrumi come si deve, cioè a mano, in spremitoi di metallo sui quali graduare la pressione per evitare che si formi la schiuma e che vengano fuori gli olii essenziali della buccia. Non è cosa da poco.

Mentre aspettavo, il tizio della Kronenbourg mi guardava in tralice. Improvvisamente allungò il braccio e agguantò una delle arance dal cesto sopra il bancone:

– Offro io se mi sa dire il nome di questa arancia.

– Washington navel – risposi a tappo, dato che era esattamente una Washington navel. Ci restò secco. Poi protese la destra e, senza dire una parola, strinse solennemente la mano che automaticamente avevo mandato incontro alla sua. Quella che aveva davanti non doveva essere la sua prima birra del pomeriggio. Era sbronzo fatto.

È raro vedere ubriachi in giro per la metropoli. Gli ubriaconi locali formano un popolo segreto, spesso domestico, quasi sempre discreto, insospettato e inoffensivo, per lo più da aperitivo, nella classe medio-alta. I poveracci, invece, si accontentano di fare il pieno con il vino scadente. Le casalinghe si concentrano sui liquori dolci. La nostra non è una città a dimensione di ubriacone. Fa troppo caldo per troppa parte dell'anno. Ma soprattutto non abbiamo l'aplomb giusto, come popolo.

Quello che avevo di fronte era un gran bel pezzo di ubriacone sulla quarantina. Quando finì di stritolarmi la mano vuotò il bicchiere e lo riempì subito con la birra residua. Aveva una sorvegliatissima dignità di ubriaco stilè, attento a non sbracare, ben vestito, voce appena strascicata:

– Washington navel, bravo! Gli americani se le sognano arance così. Io li conosco bene, quelli là. Lo sa qual è la morte delle Washington navel? Lei prende una coppa di cristallo di quelle grandi e ci spreme dentro una di queste arance; poi aggiunge champagne bello freddo, dà un'agitatina e manda giù. Una cosa speciale. Se poi l'accompagna con una dozzina di ostriche freschissime, servite sopra un vassoio di ghiaccio tritato... – fece un gesto con entrambe le braccia, dall'alto verso il basso, a tracciare un sinuoso profilo tridimensionale – ... e con una colonna di due metri di femmina... Sa, persino per un sommelier, l'abbinamento migliore è quello tra un uomo e una donna. Era scritto sulla rivista della Camera di Commercio italoamericano.

171

Bevve ancora. Era un ubriacone di classe, gli piaceva ubriacarsi senza fretta, con attenzione, con tutti i sentimenti. Per questo aveva scelto la birra.

– Lo sa, io sono uno del ramo. Facevo il barman in America. Ho lavorato nei migliori alberghi della California, e una volta ho preparato un cocktail di mia invenzione per Dustin Hoffman. L'avevo battezzato Al Pacino cocktail. Quando gliel'ho detto, Hoffman si è offeso. Lui, di presenza, sembra ancora più corto. È alto un metro e niente.

– E ora?

– Gli americani sono dei veri bastardi.

– Perché?

– Mi boicottavano. Mi hanno fatto licenziare e poi hanno passato parola: guai a chi mi faceva lavorare.

– Dustin Hoffman?

– Ma quando mai! – Abbassò improvvisamente la voce fino a un sussurro:

– È perché sono comunista –. Alzò di nuovo la voce e sollevò orgogliosamente il mento: – Vuoi sapere una cosa? Sono l'unico barman che ha capito il materialismo dialettico. E sono pure l'unico fottutissimo comunista sopravvissuto tra piazza Indipendenza e Mezzomonreale!

– Ma se proprio in corso Calatafimi c'è la centrale regionale del pidiesse!

– E me li chiami comunisti quelli? Hanno fregato persino la destra. Sai qual è il vero dramma della destra italiana? È che gli sono rimaste solo le scartine, perché i fascisti più intelligenti sono finiti tutti dentro la sinistra!

Si fermò per qualche momento a riflettere in silenzio, un silenzio da immaterialismo dialettico o da materialismo adialettico, da cui emerse con la faccia incupita:

– Ci puoi scommettere che sono stati proprio quei bastardi del corso Calatafimi a farmi la spia con gli americani. A loro non gli sono mai calato. Ma si illudono se credono che il comunismo è morto.

– Hai ragione. Il comunismo prima o poi risorgerà. Ma sotto falso nome. Così, poi sei tornato subito a casa...

– Subito no. Ho cambiato un paio di lavori. Facevo lo spicciafaccende per una piccola casa editrice liberal. Lei ha lavorato mai nell'editoria? Se crede che Jack lo Squartatore fosse crudele, perché non prova a leggere la clausola numero nove di un contratto editoriale standard, quella che parla del macero? Mira dritto al cuore, Ramon! Non era cosa per me: troppe facce depresse. E io sono un manico depresso già per conto mio.

– Vuole dire un maniaco-depresso.

– Voglio dire quello che ho detto. Un amico allora mi ha trovato un lavoro più creativo. Dovevo scrivere i discorsi a un sindacalista siculo-americano del partito democratico, uno che voleva tentare il colpo grosso in politica. Ghost writers li chiamano, in America, quelli che fanno questo mestiere. Era un po' come continuare il lavoro di barman, come preparare un cocktail: uno spruzzo di questo, un poco di quello, una punta di colore, una di zucchero, e soprattutto ghiaccio, tanto ghiaccio. Sa, io ho studiato. Prima di diventare barman ho preso il diploma di geometra; facevo dei bei temini. E poi ho frequentato un anno all'università: filosofia, o agraria, chi ci pensa più?

– Come mai non è rimasto in America?

– A un certo punto ho avuto un esaurimento nervoso. Non ce la facevo più ad andare appresso a uno che sbandierava la stessa temibile mediocrità di certi sindacalisti e politici nostrani, con l'aggravante della parlata siculo-americana. Io ci sono rimasto cinque anni, in America, e se non te l'avessi detto io tu non l'avresti capito dal mio accento.

– E ora?

– Vivo sul capitale. Con il mestiere di barman ho chiuso –. Barcollò appena appena, mentre faceva segno al barista di stappare un'altra Kronenbourg. Bevve un sorso: – Forse scriverò a quel professore, quello famoso, quello che fa il rettore a San Marino...

– Eco.

– Lui. Ho sentito dire che cerca qualcuno che gli scriva le bustine. Io me la cavo pure con l'americano... Intanto ho fatto domanda al collocamento. Forse mi fanno entrare al catasto.

Lampo di luce, quasi una folgorazione:

– Ha detto il catasto?

– Sì, perché? Sono geometra, non ci crede?

Il catasto! Perché non ci avevo pensato prima? Lì sanno tutto sulle case e su chi le possiede. Persino a Palermo doveva essercene uno:

– Dov'è il catasto?

– E che ne so!

Finì di versare il contenuto della bottiglia con mano sorprendentemente ferma. Io ne approfittai per avvicinarmi alla cassa. Segnalai sobriamente col pollice che volevo pagare anche il conto del tizio, e il cassiere cominciò a battere una sfilza di numeri. Il tizio non si era accorto di niente: il linguaggio gestuale di noi meridionali è una vera benedizione esistenziale.

Invece aveva capito tutto, perché quando lo salutai aveva gli occhi velati:

– Buona fortuna, amico.

Se avessi avuto vent'anni di meno avrebbe potuto essere l'inizio di una grande amicizia.

Accesi una Camel e uscii con la bocca amara e con una esagerata percentuale di vitamina C in circolo. Il tempo era cambiato, trasformando una mattinata discreta in un pomeriggio opaco, del colore di uno stracchino ammuffito.

Dove diamine si trovava il catasto, e qual era la procedura? Mi sarebbe piaciuto risolvere tutto in giornata, ma avrei scommesso che c'era da seguire una trafila burocratica della madonna. Io sono negato, per questi imbrogli. Senza contare che a quell'ora gli uffici dovevano essere già chiusi. Ci voleva una bella pensata. Continuai a meditare quasi fino all'altezza di via Cerda. Tutte quelle vitamine e sali minerali che avevo appena finito di ingurgitare, alla fine, dovettero fare il miracolo, perché la soluzione, logica, univoca, immediata, si presentò da sola: Armando! Mio cognato sa tutto, nel settore burocrazia: come si pagano le tasse, dove si prenotano le casse da morto, dove si va per farsi togliere le multe, chi bisogna blandire per avere qualcosa, e chi bisogna minacciare per non averla.

Invece di infilare via Cerda e tornare alla macchina, tirai dritto fino ai telefoni pubblici della Telecom di piazzale Ungheria. Avevo una carta magnetica con ancora incorporato un residuo di scatti telecomici. Guardai l'orologio: a quell'ora Armando era sicuramente tornato tra le zolle. Lo chiamai sul telefonino:

– Conosci qualcuno al catasto?

– Che ti serve?

Gli spiegai brevemente qual era il problema, senza entrare nei dettagli.

– Richiamami tra dieci minuti – disse Armando.

Uscii dalla Telecom ed entrai da Mazzara, per una dose ristretta di caffeina. Accesi un'altra Camel, la spensi a metà strada, e richiamai Armando:

– Hai da scrivere? Segnati questo numero – mi dettò un numero di telefono e il nome di un tale: – Aspetta una tua telefonata; l'ufficio è chiuso al pubblico, ma lui ci sarà ancora per una mezz'ora.

– Sei impagabile, cognato. Come vanno le cose, al baglio?

– I tuoi nipoti hanno cercato di incendiare tutte le Madonie. Hanno conficcato i cerini nei mon chérie, con le capocchie verso l'esterno, e poi gli hanno dato fuoco per vedere se esplodevano.

– Grandioso.

– Già. Dicono che l'altra volta avevi spiegato ad Angelo che cos'è una Molotov e come si fabbrica. E loro hanno tentato di fabbricarne un bel po' con i mezzi che avevano a disposizione.

– E ha funzionato?

– Per tua fortuna, no.

Chiusi con Armando e telefonai al tizio. Si chiamava Romualdo Mangiaracina. Fino agli anni Sessanta, tutti i Romualdo panormiti facevano di mestiere il barista: un nome, un destino. Considerato come ero arrivato a quel tale, sembrava quasi una chiusura di cerchio. Me lo passarono subito. Mi presentai e aggiunsi il nome di mio cognato. In questi casi ho sempre il timore che mi sbattano il telefono in faccia, o che mi dicano qualcosa tipo Ecchissenefrega!, o che si proclamino buonisti veltroniani, con gran dispendio di virtù offesa. Per fortuna non ricorro quasi mai a questi mezzucci da Prima Repubblica.

Il tizio aveva una parlata lenta, da impiegato al catasto, in contraddizione col nome Romualdo. Dopo un brevissimo preambolo gli chiesi se poteva rintracciare i dati del proprietario di una certa casa. Il Romualdo-non-Romualdo disse che poteva, sempre che la casa fosse accatastata. Vocabolo minaccioso, qualunque cosa volesse dire. Gli dettai l'indirizzo della casa di via Riccardo il Nero. Mi aspettavo che mi chiedesse di ritelefonare dopo una settimana, per avere il tempo di srotolare vecchie pergamene impolverate. Invece sentii ticchettare i tasti di un computer. Incredibilmente evoluto, come catasto. La risposta arrivò in tempo reale, come usano dire i più fessi tra gli informatici:

– La casa risulta appartenere a Cataldo Nunzia in Cannonito, residente in corso Tuköry, numero 141 bis.

– Tutti e due gli appartamenti? Sono un piano terra e un primo piano.

– Qui mi risulta una sola unità abitativa, al nome e indirizzo che le ho detto.

Anche se il nome non ci azzeccava niente, il gergo di Romualdo corrispondeva all'idea che tutti dovremmo avere del burocratese da catasto. Pronunciato da lui, il numero 141 bis, più che un indirizzo sembrava richiamare un articolo del codice penale.

Lo ringraziai sentitamente, anche a nome di Armando.

Approfittai dell'elenco telefonico giudiziosamente messo a disposizione dalla Telecom, e cercai il numero della signora Cataldo Nunzia. Tra gli innumerevoli Cataldo della metropoli, non ce n'era nessuno che si chiamasse Nunzia. Passai allora in rassegna i Cannonito, finché non saltò fuori un Cannonito cav. Giovanni, residente al 141 bis di corso Tuköry. Annotai il numero su un biglietto usato dell'Amat e, dopo avere riflettuto un po' sul da farsi, decisi di provarci subito.

Una voce femminile, anziana e con una stanchezza di fondo che forse le imprestavo io, rispose solo al settimo squillo:

– La signora Nunzia Cataldo? Mi chiamo La Marca, Lorenzo La Marca. Scusi se la disturbo, ma ho saputo che lei ha una casa che forse si affitta, in via Riccardo il Nero...

– Il mio numero chi glielo ha dato? Io ancora non l'ho fatto mettere il siloca.

– L'ho avuto da un amico che conosceva l'ultimo inquilino.

– Ho capito. Però è meglio che parliamo di presenza. Lei quando può venire qui a casa mia?

– Anche subito, se le fa comodo.

– Allora guardi, lei deve venire al corso Tucher, al numero 141 bis. Io sto al secondo piano. Deve ammaccare da Cannonito Giovanni. Io le apro.

Parcheggiai vicino al San Saverio, alle spalle dell'Istituto di Fisiologia umana. Il 141 bis era poco oltre porta Sant'Agata: una palazzina di cinque piani, col prospetto color sabbia rovinato dall'umidità e dal tempo. Trovai subito la targhetta con la scritta Cav. Cannonito Giovanni stampata in un corsivo inglese ormai sbiadito. Leggero colpo sul pulsante. Ci mise tanto a rispondere che pensai che non l'avesse sentito. Invece mi aveva scrutato dall'alto di una persiana discretamente socchiusa: me ne accorsi per lo scatto, quando richiuse le scalette di legno.

Dovevo avere superato l'esame, perché aprì senza nemmeno chiedere chi fossi. C'era un ascensore antiquato, ingabbiato in una rete di ferro ridipinta da poco, ma preferii salire a piedi dato che erano solo due piani. Suonai pure alla porta, e mentre aspettavo mi sentii scrutato ancora attraverso lo spioncino. Ci fu un rumore di ferraglia, poi la porta si aprì su una sagoma che avrebbe anche potuto essere quella della nonna di Cappuccetto Rosso, l'edizione originale, non quella finto-nonnesca, da lupo mannaro travestito:

– Lei è il signor La Marca? Si accomodi.

Mi colpì che si fosse ricordata il mio nome, dopo averlo sentito una sola volta al telefono. Mia sorella sostiene che ho il vecchia-appeal, ma è una pura malignità. E in ogni caso lei ne ha più di me. La verità è che con le vecchie signore ho soprattutto un certo appeal telefonico, e quella ne era la conferma.

Mi ritrovai in una minuscola anticamera quadrata, con una porta che dava su un corridoio e un'altra che immetteva in un salottino in penombra, verso cui mi pilotò subito. Un vecchio salotto che sembrava uscito da una scatola di montaggio: un divano, una coppia di grandi poltrone, e due poltroncine, rivestiti con una pesante stoffa marrone a righe amaranto, disposti intorno a un tavolino basso col piano di marmo. Un paio di sparecchiatavola bassi, di noce scuro, con le ante scorrevoli di vetro, che si aprivano sul servizio buono di bicchieri e sulle bottiglie di liquore, completavano l'arredamento. Le bottiglie erano tutte rigorosamente sigillate, e sembravano risalire alla battaglia di Calatafimi. Stile locale, stile democristiano anni Cinquanta, completato dai quadri attaccati alle pareti – mazzi di fiori e uccelli esotici ricamati a piccolo punto e imbalsamati sottovetro, col contorno delle solite cornici di noce scuro – e da battaglioni di ninnoli nel classico stile soprannumerario. Un salotto già visto un milione di volte.

La vecchia dama mi fece accomodare sul divano e spalancò le persiane che presidiavano l'unica finestra. La luce aumentò di poco, filtrata da tende troppo spesse, di un tessuto ingiallito, che un tempo era stato bianco. Intanto, io studiavo la donna con molta discrezione, con i sensori attivati al massimo. Era avvolta in un vestito grigio-stoico, un colore semi-vedovile, di taglio rigido, lungo fino ai polpacci, un vestito da lutto appena dismesso, pensai. Sedette di fronte a me, su una delle poltroncine con lo schienale rigido. Anche lei mi studiava. Ci fu un silenzio di circostanza, un silenzio che non mi dispiacque: un silenzio da spie, l'avrebbe definito Le Carré.

– Come l'ha saputo che la casa è da affittare? – sparò alla fine, fingendo di dimenticare che me l'aveva già chiesto al telefono.

– Me l'ha detto un mio amico che conosceva l'ultimo inquilino.

– Come si chiama, questo amico suo?

– Ghini Cottone – buttai lì, deciso a prendere tre piccioni con una fava. Mi aspettavo una reazione, sia che la casa l'avesse affittata al defunto, sia alla vedovallegra. Se nessuno dei due c'entrava, la vecchia l'avrebbe scambiato per il nome del mio amico informatore.

– *Chini* Cottone – ripeté. – Non lo conosco. La signora non me ne ha parlato mai.

– La signora?

– Sì, l'inquilina, quella di laffuori.

Laffuori, è la traduzione in italiano del termine siciliano che indica il Nord in senso lato, anche se per qualcuno dei miei concittadini laffuori inizia in Calabria. La dama cominciava a smollarsi (beh, un po' è vero che ho il vecchia-appeal):

– Una signora tanto per bene e distinta, anche se ogni tanto lei parlava e lei si capiva: parla un poco tischi-toschi; lei la conosce?

– No, il mio amico non l'ha nominata mai. Com'è che si chiama?

– Elena. Il cognome chi se lo ricorda! È troppo difficile, un nome forestiero; è scritto sul contratto.

Elena Zebensky. Tutto filava alla perfezione; non avevo certo bisogno di leggere il contratto, anche se la dama non si era ancora smollata al punto da offrirsi di farmelo leggere.

– E ora questa signora è tornata al suo paese?

– No, non è che stava sempre qua. Lei andava e veniva. La casa le serviva per risparmiare le spese dell'albergo: stava quindici giorni qua, un mese là, al paese suo… Aveva un lavoro importante, con i mobili antichi e i quadri. Commerciava. Ormai erano cinque anni che le avevo affittato la casa, però faceva questa vita pure da prima.

– E com'è che ha lasciato la casa?

– Gli affari non andavano più tanto bene. Troppe spese, andare e venire in continuazione...

– Glielo ha detto lei?

– Mi ha telefonato quindici giorni fa. Il contratto scade fra sei mesi, però se la voglio affittare a qualcun altro ci possiamo mettere d'accordo. Lei non torna più. Dice che, appena l'affitto, se glielo faccio sapere, lei manda una persona di sua fiducia per levare i mobili e le cose sue, e poi mi lascia le chiavi.

– Quindi la casa si può visitare...

– Serve per lei? Non è per farmi i fatti suoi, ma ci serve per...? Lo sa, non è che deve pensare che solo perché io sono una vecchia... io certe cose le capisco... Lei forse sta in famiglia, si vede che non è sposato...

Potete scommettere che mi sentii arrossire. La vecchia se ne accorse e le brillarono gli occhi. Decise una pausa unilaterale:

– Ma cosa le offro, lo gradisce il caffè?

Accennai un gesto con le mani.

– No, no, nessun disturbo...

– Allora, volentieri, grazie.

Sparì da qualche parte, nella penombra. Tornò dopo dieci minuti, preceduta dall'aroma del caffè. Portava un piccolo vassoio con una tazza solitaria, la zuccheriera di ceramica, la caffettiera d'acciaio, e con un bicchiere alto, appannato, pieno d'acqua fredda con mezzo centimetro di zammù stratificato in superficie.

– L'acqua e zammù ci sta bene sopra al caffè. Mio marito, buonanima, quando si svegliava di pomeriggio, il caffè non lo voleva neanche assaggiare, se non vedeva pronto il bicchiere con l'acqua fresca e zammù. Estate e inverno.

Mi porse la tazza:

– Mi deve scusare se non le faccio compagnia, ma soffro di insonnia. Sa, è l'età... Da quando sono rimasta vedova, poi...

Voltò leggermente la testa verso la parete alla sua sinistra. Non avevo notato la fotografia incorniciata di un uomo massiccio, la faccia bonaria da bulldog addomesticato, lo sguardo umido e un fondo di ironia sottotraccia. Mancava la solita lampadina a forma di candela, sostituita da un paio di fiori freschi, difficilmente identificabili con quella luce.

Pausa di silenzio, mentre bevevo il caffè e poi l'acqua.

– Ma lei che mestiere fa?

Domanda inevitabile, per chi aspira a ottenere una casa in affitto. Le confessai cautamente che mestiere facevo, tenendo le dita incrociate.

– Ah! Mia figlia insegna pure lei nelle scuole, fa la professoressa di matematica. Sta qua sopra, al quarto piano, con suo marito e i due bambini. Mio genero invece lavora: è rappresentante di rubinetterie. Ho pure un'altra figlia più piccola, che ha una buticchi di moda. Guadagnano tutti bene. Ora non è come ai tempi nostri... All'epoca, certe volte... un pititto! Ma che ne può sapere, lei... Quando mi sono sposata io, Giannino buonanima era entrato come collaboratore di Cancelleria al Palazzo di Giustizia, e gli davano una miseria. Bastava appena appena per arrivare alla fine del mese, leccando la sarda. All'epoca abitavamo tra la Kalsa e la Magione, vicino alla Vetreria. Lei l'ha presente la zona? Ma non com'è ridotta ora, che fa spavento a passarci pure in macchina; io parlo di prima della guerra, quando ci stavano tante famiglie per bene, e persino i nobili.

Certo che avevo presente la zona. All'inizio degli anni Settanta era un inferno lastricato di pessime intenzioni, appena bilanciate da un interventismo privato, anonimo, semiclandestino ed eroico, che non avevano ancora battezzato Il Volontariato. Oggi è un purgatorio lastricato di intenzioni mediocri, uno dei luoghi in cui la metropoli tenta di esorcizzare colpe antiche, e forse future. Ma «famiglie per bene» ce ne vivono ancora molte. Anche se non sono ufficialmente nobili.

– Ma io sto parlando troppo. Che vuole, alla mia età non capita spesso di incontrare un giovane beneducato per fare due chiacchiere. Le mie figlie c'hanno la sua vita... E io oramai conosco solo catramole. Lei pure avrà le sue cose da fare. Forse vuole informazioni sulla casa, com'è, quant'è l'affitto... Sa, è un bell'appartamento...

– Non sarebbe possibile dargli un'occhiata? Vorrei farmi un'idea precisa. Visto da fuori, non è che...

– Giusto, giusto. C'è il fatto che in teoria è ancora affittato; le cose della signora sono ancora là. Però non è che uno può concludere così, senza vedere. Facciamo una cosa: io le do la chiave, lei lo va a visitare con calma, e poi me la riporta. Tanto la signora è al suo paese. Ci vuole andare subito?

Sicuro che ci volevo andare subito. Non aspettavo altro. La dama sospirò:

– Giannino, buonanima, mi avrebbe fatto l'opria. Era un tipo troppo preciso. Cancelliere Capo era diventato, prima della pensione. Lui la legge ce la poteva imparare, ai magistrati; e persino agli avvocati. Però si vede subito che lei è una persona per bene. Non la darei a tutti, la chiave. Li farei accompagnare da mio genero.

Sparì di nuovo verso le sue latebre domestiche, e ne riemerse stringendo in mano un anello con una chiave tipo Yale e una chiave più grossa, da porta corazzata:

– Ecco qua. Quella piccola è la chiave del portone esterno. Poi deve salire al primo piano. Al piano terra c'è solo un locale che uso come magazzino; mio genero ci tiene pure lui un poco di merce.

Fuori c'era una luce stanca. Mentre andavo a riesumare la macchina canticchiavo mentalmente un pezzo della colonna sonora di *Easy rider*, quello che fa: Va tutto bene, mamma, è solo sangue.

Nel frattempo il traffico si era incattivito e impiegai quasi mezz'ora a circumnavigare l'Albergheria, aggirare Palazzo dei Normanni, attraversare Porta Nuova, e infilare la prua in via Riccardo il Nero. In linea d'aria, ci sarà stato un chilometro scarso, tra le due case. Era buio pesto, quando arrivai.

Le officine erano tutte chiuse, il che era un bene. Avrei potuto cercare la serratura alla luce dei fari della Golf, invece preferii rischiare di essere preso per uno scassinatore, e mi portai dietro la torcia elettrica. Il portone si aprì con uno scatto volenteroso e si richiuse idraulicamente dopo che fui passato. Alla luce della torcia individuai subito un interruttore, al cui tocco si illuminarono un paio di rampe di scale non particolarmente ripide. Dentro, c'era un lieve sentore di muffa. La porta in cima alle scale era moderatamente blindata, e si aprì anch'essa con grande spirito collaborativo.

Un disimpegno non piccolissimo, lievemente asimmetrico, con una porta su ciascun lato. Dentro c'era un caldo quasi da serra, ma meno umido: il termostato dell'impianto di riscaldamento era ruotato al massimo, da chi sa quanto tempo. Mi sentivo come Marlowe (quello di Los Angeles, non quello di Canterbury), in visita al generale Sternwood, ne *Il grande sonno*: lo stesso caldo, senza Lauren Bacall. Optai subito per una breve perlustrazione di tutti gli ambienti: quattro stanze abbastanza spaziose, tre sul prospetto, l'ultima sul retro, insieme ai servizi: bagno, cucina, e ampio sgabuzzino «di sbarazzo», raccordati da un corridoio. Pavimento nudo, dappertutto. Un sottile, uniforme velo di polvere sui mobili e sugli oggetti tradiva la mancanza di collaboratori domestici in assenza degli inquilini. La stanza sul retro era la più grande: un soggiorno-studio, con salottino, scrivania finto antico e libreria. Mi parve subito la stanza più promettente, e la lasciai per ultima.

Mi piacerebbe poter dire che l'arredamento tradisse una personalità femminile, ma non c'era niente del genere, a parte i cuscini di raso, colore azzurro polvere, sistemati su ciascuna delle quattro sedie con le spalliere di noce scuro: era un arredamento quasi spartano, e i due vocaboli femminile e spartano sono l'equivalente di un ossimoro. Non c'era nemmeno alcuna traccia del tipico disordine che una donna, anche di passaggio, lascia come una scia, lungo la sua rotta attraverso un appartamento.

La stanza da letto non offriva niente di interessante: letto a due piazze, sobrio come il resto dell'arredamento, che sembrava essere stato scelto dopo attenta valutazione del rapporto qualità/prezzo, come insegnano i sacri fessi della TV. L'armadio a tre ante era vuoto, a parte un paio di cuscini senza federa e un buon numero di grucce di legno. Lo specchio sulla toletta rifletteva il marmo azzurrino del ripiano, nudo e desolato. Niente nemmeno nei cassetti.

Ispezionai anche la cucina: non c'erano provviste, a parte alcune confezioni di latte magro, di succhi di agrumi senza zucchero, una bottiglia di Martini dry, una di gin, e parecchie bottiglie di acqua minerale. Stesso deserto nella stanza da bagno, piastrellata di bianco a venature rosate. La sola traccia di passaggio umano era una bomboletta di spuma da barba al mentolo, quasi esaurita, e un rasoio usa-e-getta, abbandonato nel cestino dei rifiuti. Non si traduceva necessariamente nella presenza di un uomo, visto che parecchie femmine ricorrono a questa tattica depilatoria. Però, date le circostanze, davo per scontato che l'utilizzatore dei due oggetti fosse stato il defunto Ghini. Ciò che avevo visto fino a quel momento dava più l'idea di una casa vissuta come base logistica, che come sede di convegni peccaminosi, o anche solo extraconiugali.

Tornai nel soggiorno-studio. I libri sugli scaffali mi intrigavano, come sempre. C'erano moltissimi volumi del Club degli Editori, quasi tutti best-seller, antichi e più recenti, ma soprattutto assortiti: Judith Krantz, Wilbur Smith, Morris West, Puzo, King, Grisham, Crichton e affini; poi qualche libro di antiquariato che si teneva cautamente sulle generali, alcuni cataloghi di aste, parecchi gialli dozzinali, da edicola di aeroporto; e naturalmente, ben due copie della nota Opera maxima della notissima signora Tamaro, l'Opera che sta nel cuore di mezzo dei suoi editori, delle loro mamme, e soprattutto dei loro consulenti fiscali. Tirai giù dagli scaffali entrambe le copie: una era un po' vissuta, visibilmente letta; l'altra, quasi intonsa, aveva scritta a penna la data di quasi un anno prima, targata Palermo li..., e la dedica: A Elena, da Umberto. Scontatissima dedica. Da grandi saldi.

Per un pelo il dettaglio non mi sfuggì. Una minuzia che da sola valeva tutto il disturbo della visita. Fu mentre mi voltavo per andare a esplorare la scrivania, che mi accorsi della stonatura. Un lampo colto con la coda dell'occhio, una dissonanza verde giada: la copertina di un libro che non legava con gli altri volumi allineati sugli scaffali. Non appattava, diciamo noi indigeni. Come avvistare un Ufo posteggiato tra le macchine di piazzale Ungheria.

Conoscevo bene quel libro perché anch'io ne ho una copia: *Il caso Paradine*, nell'edizione di una elitaria casa editrice che pubblica esclusivamente opere di scrittori narcisisti.

Allungai il braccio, lo tirai fuori, e lo sfogliai con attenzione. Non c'era alcuna dedica, e aveva l'aria di essere stato letto solo fino al punto in cui l'avvocato Keane incontra per la prima volta la signora Paradine, in prigione. Lì, almeno, era piazzato il segnalibro.

Il segnalibro era una carta d'imbarco, il pezzo che rimane al passeggero. Il passeggero era tale Pedretti E., imbarcato all'aeroporto di Milano Malpensa, su un volo Meridiana diretto a Palermo Punta Raisi. La data stampata dal computer sulla carta era quella del giorno precedente l'ammazzatina del signor Ghini Umberto. Sfogliai ancora il volume. Verso la metà c'era un altro pezzo di carta che per poco non mi sfuggì, perché era solo uno scontrino fiscale: emesso dall'edicola dell'aeroporto, alla stessa data della carta d'imbarco, per l'importo di trentaduemila lire che – controllai – era l'esatto prezzo di copertina del libro.

Dunque, Mr o Mrs Pedretti E., stufo/a di giornali, prima di imbarcarsi sul volo per Palermo, si era provvisto di che ingannare al meglio l'attesa in aeroporto, e l'ora e mezza di volo. Non ero in grado di stabilire se si trattasse di un uomo o di una donna, visto che la Meridiana non usa specificarlo sulle proprie carte d'imbarco. Il nome però, non mi era nuovo. Mi risuonava. Cercai di concentrarmi, senza risultato. Allora tentai di non pensarci, memore di un vecchio consiglio della zia Carolina. Sistemai i due pezzi di carta esattamente dove li avevo trovati e misi a posto il libro.

Anche la scrivania, da lontano, appariva disabitata. Niente in superficie, a parte la lampada dal braccio curvo, ormeggiata di lato. I cassetti contenevano solo una mezza risma di carta formato A4, buste di varie dimensioni, graffette colorate, e una confezione vergine di post-it gialli.

Continuai il giro della stanza. Le persiane erano tutte accuratamente serrate, come nel resto della casa. Non c'erano tende alle finestre. Spalancai una delle imposte, per dare un'occhiata verso il retroprospetto. Una spianata di arenaria sbriciolata, con una specie di basso canyon al centro, delimitata da mura semidiroccate, unico residuo postbellico di palazzine minime, probabili sorelle di quella in cui mi trovavo. A un estremo della spianata, una elegantissima Washingtonia, alta, magra e solitaria, polverosa anche con quella poca luce, nonostante la pioggia dei giorni precedenti. Lontano, sullo sfondo, si intravedeva qualcosa della moschea di via Celso, un'impressione di bianco con qualche stucco ocra. Di lato, a destra, le guglie della Cattedrale, con la cupola che prima o poi bisognerà pure decidersi a far saltare. Ricordava, in piccolo, l'inizio del deserto della Giudea, appena sotto le mura di Gerusalemme, come l'avevo visto in una stampa antica, a casa della zia Carolina. Con qualche suggestione in meno, e parecchia rabbia in più.

Poteva sembrare il posto meno indicato per una donna sola, così appartato, buio, e così poco frequentato dopo una certa ora. In realtà questi luoghi sono meno rischiosi dei cosiddetti quartieri alti. Specialmente per una donna, per giunta forestiera. Scattano meccanismi di protezione basati sul passaparola. Talvolta, a cura delle stesse persone che non avrebbero alcuno scrupolo a piazzare una cinquantina di pallettoni calibro dodici nelle trippe dell'amico del cuore. Il rischio, semmai, veniva più dalla presenza di Ghini: le relazioni peccaminose rimettono tutto in discussione, se non sono più che discrete. La nostra è una metropoli ambigua, spesso schizoide, quasi sempre paranoica. Probabilmente era stato proprio Ghini a trovare la casa.

Il fresco relativo dell'aria aperta stava risucchiando all'esterno la cappa da effetto serra della casa. Mi fece bene. Richiusi le imposte, e per poco non mi sfuggì il secondo dettaglio critico della giornata. Ciascuna delle due ante della finestra aveva due vetri quadrati, di dimensioni uguali. Il vetro più in basso dell'anta di sinistra era diverso dagli altri. Appariva molto più nuovo. Come se fosse stato cambiato da poco.

Filai a recuperare la torcia che avevo lasciato sulla console dell'ingresso, spalancai di nuovo le imposte, e illuminai il terreno in basso, sulla perpendicolare. Frammenti di vetro. Un bel pezzo di finestra andato in frantumi per qualcosa che era accaduto dentro quella stanza. Un proiettile? Calibro ventidue? Poteva anche darsi che Ghini fosse stato davvero ucciso là dove era stato trovato il corpo, vittima di un agguato, o dentro a una macchina, come avevamo ipotizzato con Michelle, però, più contemplavo quel vetro, più mi convincevo che l'ammazzatina era avvenuta in quella stanza. E poi il cadavere era stato trasportato fuori per sviare l'attenzione dalla casa ed accreditare l'ipotesi di un assassino «esterno». La casa aveva muri all'antica, belli spessi; anche senza il frastuono del temporale, nessuno avrebbe potuto sentire lo sparo. Mi ci sarei giocato qualcosa di personale e irrinunciabile.

Di colpo, mi venne in mente dove avevo sentito il nome scritto sulla carta d'imbarco: a casa del padre di Michelle, quattro giorni prima. Era stato lui a pronunciarlo. Ora ricordavo persino le sue parole precise: Fui io a presentare ad Umberto Ghini la signora Elena Zebensky, vedova Pedretti, aveva detto. Dunque, il giorno in cui Ghini era stato assassinato, la donna si trovava a Palermo. Mi sentivo orgoglioso come Lucifero prima della caduta.

Avevo un'ultima cosa da fare, prima di andare via da quell'appartamento. Quasi un obbligo morale. Tornai nella stanza da letto, spalancai la persiana, e uscii sul balcone. Il pelargonio non era del tutto secco, aveva ancora qualche traccia di verde, nella parte più bassa del fusto: vizzo come la vecchia Virginia, ma come lei abbarbicato alla vita. E, come la decana, meritava una seconda occasione. Lo innaffiai per bene, utilizzando due delle bottiglie di minerale trovate in cucina.

Niente male, come giornata. Ma non era finita lì. Il meglio doveva ancora venire. Anzi, il peggio. Per la verità era già avvenuto. Ma io ancora non lo sapevo.

Tornai dalla signora Cataldo Nunzia, vedova Cannonito, per restituirle le chiavi. Ci fermammo a parlare un momento sulla soglia. Le dissi che l'appartamento non era male, ma che prima di decidere avevo qualche altra casa da visitare:

– La disturbo troppo se passo tra qualche giorno con la mia fidanzata per farla vedere pure a lei?

– Nessun disturbo, me la faccia conoscere, la sua fidanzata.

Volevo garantirmi la possibilità di tornare nell'appartamento, se necessario.

Dopo una giornata come quella era indispensabile uno scalo tecnico a casa, per i necessari restauri personali, ma pure per raccogliere le idee e telefonare a Michelle. L'incontro con la vedovallegra non era più così importante, ma mi era rimasta una certa curiosità da didascalia museale, un desiderio di piazzare le etichette giuste sui reperti corrispondenti.

Pregustavo una lunga seduta nella vasca da bagno, con una musica acconcia in sottofondo, qualcosa di classico, come *Dark side of the moon*, o di superclassico, come *Abbey road*. Non andò così.

Conoscete il famoso corollario al Principio di Archimede, secondo il quale, un corpo immerso in una vasca da bagno provoca l'immediato squillo del telefono? Io fui vittima del corollario al corollario: bastò il pensiero del bagno. Appena fuori dall'ascensore sentii il ronzare soffocato del telefono di casa mia. Non arrivai in tempo. Doveva essere Michelle. Avevo posato le mie cose sulla console dell'ingresso, deciso a chiamarla subito, ma i ronzii ricominciarono. Era lei:

– Dove accidenti sei stato? È tutto il pomeriggio che ti cerco, a casa, al dipartimento, persino da tua sorella e dal barbiere!

L'irritazione e l'esasperazione di Michelle non riuscivano a mascherare del tutto un'impressione di voce a mezz'asta.

– Che succede?

– Hanno arrestato mio padre.

VII

Le prigioni di M. Laurent

La parte migliore di me è la spalla. Lo sanno tutti. Amici e conoscenti. La mia spalla ne ha viste di lacrime. Vere e metaforiche. Un Niagara. Un Diluvio Universale. Una pioggia da torneo di Wimbledon. Una pista fluviale verso una futura palude reumatica.

Hanno arrestato mio padre, aveva detto Michelle.

Vengo subito, aveva risposto la mia spalla.

Fu un subito relativo. Avevo appena chiuso con Michelle, che il telefono riattaccò a suonare. Era Maruzza, piena di domande. Ci volle un bel po' a convincerla che lei ne sapeva più di me. Mi passò Armando, per un tocco di sobria e virile solidarietà tra cognati. Misi giù, ma il telefono sembrava animato da una vita propria. Una vita isterica. Stavolta era Francesca, dalla casa di Alessandra: una doppia sequela del loro repertorio sboccato, a carico degli sbirri, dei magistrati, e soprattutto delle loro consorti, amanti, madri, figlie, cani, con rispettivi antenati e successori:

– Capo, se lo incoccio a solo, a quello con gli occhi storti non gliela leva nessuno una pedata all'incrocio dei pali.

Loris De Vecchi. A quanto sembrava, ero io quello che ne sapeva meno di tutti.

Lo squillo successivo apparteneva al Peruzzi. Ancora solidarietà, ma del tipo cauto e circostanziale.

L'ultimo squillo, prima che decidessi di non rispondere più, fu quello della decana. La vecchia Virginia in persona. Un evento. Se non ricordavo male, era la prima volta che mi telefonava a casa. Frutto della Rivoluzione, o della serata al limoncello? E da dove lo tirava fuori, quell'inedito stacco di senso materno che non riuscivo a impedirmi di apprezzare?

Comunque, non c'era proprio che dire, come donna segreta Michelle si rivelava una vera frana.

Avevo un'ultima cosa da fare, prima di uscire. Afferrai il telefono, precedendo chi sa chi, e formai il numero di casa Spotorno. Mi avrebbe sentito, l'amico sbirro. Gli avrei scorticato l'anima del timpano. Gli avrei fuso in un monobloc-co l'orecchio esterno, medio e interno. Gli avrei fatto ustionare le dita con cui teneva il ricevitore. Rispose Amalia:

– Ma come, Lorenzo, non lo sai che Vittorio è a New York?

Certo che lo sapevo. Me l'aveva detto l'ultima volta che ci eravamo visti. Però chi ci pensava più? Era partito per un lungo stage, per non so quali pasticci di aggiornamento inter-sbirreschi. Lezioni di Teresina o qualcosa del genere.

– Vittorio non c'entra con questa storia, Lorenzo. Se lui fosse rimasto qua avrebbe fatto carte false per evitarlo.

Forse. Anzi, di sicuro.

Archiviai provvisoriamente in lista d'attesa tutte le schifezze che ero pronto a sputare contro Spotorno, sperando in un bersaglio appropriato. Amalia tentò pure lei una botta di istinto materno. Glielo lasciai fare. Con il suo, avevo messo insieme tre inviti a cena per me e per Michelle, nel giro di cinque minuti. Non ne accettai nessuno.

Fuori non era cambiato niente. Il tempo, il traffico, le luci, i rumori: tutto come mezz'ora prima, quando ero rientrato a casa. Nemmeno io sembravo cambiato molto, all'apparenza. Avevo risposto a tutte le telefonate con una cortesia esagerata. Se qualcuno mi avesse fermato fuori, per chiedermi informazioni, sarei stato di una disponibilità esagerata. Ostentavo una calma esagerata. La mia voce era esageratamente bassa. Ed ero esageratamente incavolato. Incavolato di brutto. Incavolato nero. Con una colata di lava fusa che mi scorreva dentro lo stomaco. L'Ingiustizia ha ancora un luminoso avvenire davanti a sé: chi diamine l'aveva detto?

Michelle venne ad aprirmi con un'aria apparentemente tranquilla. Troppo tranquilla, per chi la conosce. La mia spalla rimase in tensione, pronta a tutto.

– L'hanno portato all'Ucciardone? – chiesi. Come se la cosa potesse avere chi sa quale importanza.

– No, alle carceri nuove di Pagliarelli.

– Le carceri nuove sono quei blocchi grigi di cemento armato, senza finestre, lungo la via Ernesto Basile?

– No, quelli sono i nuovi dipartimenti universitari. Le carceri sono quelle bianche in stile mediterraneo, con le finestre blu e la recinzione gialla.

– Raccontami tutto.

C'era poco da raccontare. Suo padre l'aveva chiamata dalla casa di Mondello verso l'ora di pranzo, mentre era ancora in corso una meticolosissima perquisizione della guardia di finanza, che durava dal mattino. Gli avevano concesso due telefonate, una alla figlia e l'altra al suo avvocato. Poi, finita la perquisizione, l'avevano portato via.

– Perché la guardia di finanza? Era la polizia che seguiva il caso.

Sì, la polizia aveva seguito il caso dell'omicidio Ghini. E la finanza l'aveva inserito in un contesto molto più ampio, una storia di contrabbando di opere d'arte, di evasione fiscale, di usura. Monsieur Laurent non era l'unico arrestato. Avevano fatto una retata. Quasi tutti antiquari o persone del giro. Una dozzina di arresti. Era il pezzo forte dei notiziari su tutte le TV locali. Non parlavano d'altro. Da ore.

– Ma che c'entra tuo padre?

– Secondo la finanza, dietro il delitto c'è il prestito di una trentina di milioni che mio padre avrebbe fatto a Ghini. Un prestito a usura, dicono loro.

– Figurarsi! Tuo padre, alla sola idea di chiedere gli interessi su un prestito, preferirebbe arrotolare i soldi intorno ai suoi sigari e fumarseli una banconota dopo l'altra. E non conta che Ghini non fosse amico suo: se è arrivato a prestarglieli davvero, 'sti trenta milioni...

– Pare che glieli abbia dati. Ma non a lui direttamente.

– Ah, ho capito. Li ha dati alla moglie, la finta bionda. Che casino!

– Sì, me l'ha detto l'avvocato, al cellulare, da Roma. L'avevo pescato mentre sbarcava dall'autobus, sulla pista di Fiumicino. Era partito stamattina, prima che mio padre riuscisse a raccontargli quello che stava succedendo. Anche lui gli ha parlato al telefonino. Rientrerà tra due giorni. Ha un paio di udienze a Roma e un appuntamento con un alto coso di un ministero.

– Questa non ci voleva.

– Già. Però l'ordinanza di custodia cautelare dispone che mio padre sia tenuto in isolamento: in pratica non può vedere nessuno, nemmeno l'avvocato, prima dell'interrogatorio che dovrebbe avvenire entro cinque giorni.

Michelle snocciolava tutto con tono freddo e con una voce quasi meccanica, come se stesse parlando dei pasticci giudiziari di uno sconosciuto lappone di Capo Nord. Ma era tutto un inganno. Dentro ribolliva. Bastava un'occhiata alle sue pupille: avrebbero fuso le calotte polari. Però non sembrava troppo preoccupata della tenuta paterna.

– E ora che facciamo?

Già, che fare, con l'avvocato a Roma e Spotorno in America? Michelle accese la TV, a caccia dell'ennesimo notiziario. Masochismo puro. Continuò a torturare il telecomando finché trovò quello che cercava su una perfida rete cittadina.

Il tono dell'annunciatore oscillava tra lo scandalizzato e il virtuosamente soddisfatto, mentre enunciava le malefatte dei colletti bianchi arrestati, mimetizzando gli inesistenti dubbî della redazione, dietro l'uso virgolettato e forzoso del vocabolo *presunto*, che l'ipocrisia corrente impone, e che i cittadini onesti-e-tutti-di-un-pezzo rigettano con incorruttibile sdegno colpevolista. Nel frattempo, sullo schermo scorrevano le immagini registrate della conferenza stampa.

Primo piano sulla faccia del dottor Loris De Vecchi e sulla sua espressione fanaticamente strabica. Sedeva tutto impettito al centro del lungo tavolo, alle cui ali avevano preso posto i rappresentanti della polizia, della finanza, e altre persone non identificabili perché in borghese. Alle loro spalle, il cartellone con la solita ricostruzione a forma di albero genealogico, con le foto degli arrestati, sovrastate dalla scritta *Operazione Brocante*, tanto per farci capire che il signor sostituto procuratore aveva viaggiato all'estero, e una cultura emancipata, cosmopolita e polivalente era nelle sue disponibilità. Fu enunciata anche l'immancabile promessa standard di «possibili, clamorosi sviluppi». Che gli venissero in testa, gli sviluppi, gli augurai silenziosamente. In forma di un tumore maligno a decorso rapido ma doloroso.

Il servizio non aggiunse niente di nuovo, rispetto a quello che mi aveva già detto Michelle; era solo un pastone confuso e contraddittorio, quasi del tutto basato sulle veline passate dal signor sostituto procuratore. La foto di monsieur Laurent non era visibile sul cartellone, e il suo nome non venne mai pronunciato direttamente. L'annunciatore aveva solo fatto riferimento al misterioso assassinio di un antiquario, e ai gravi sospetti che si addensavano sulla persona di «un altro antiquario, molto conosciuto in città». Sospetti basati sulle ammissioni di uno o più informatori, sulla cui identità c'era «il più rigoroso riserbo». Non si capiva quale fosse il rapporto tra monsieur Laurent e gli altri arrestati, se non il vago accenno a un giro di usura che serviva a finanziare un traffico di opere d'arte provenienti dai paesi dell'ex blocco sovietico. Naturalmente, si ipotizzava un legame con la mafia russa.

Che diavolo! Ci mancava solo un pentito, per completare il quadro. Michelle spense la TV con un gesto di fastidio, e si voltò verso di me:

– Ci sei andato più in via Riccardo il Nero?

Le raccontai tutto, senza trascurare nessun dettaglio, compresa la visita a casa della vedova Cannonito. Quando arrivai al ritrovamento della carta d'imbarco in mezzo al libro drizzò le orecchie e strizzò le palpebre fino a ridurre gli occhi a una fessura.

– Quindi – conclusi – il legame tra il pelargonio di via Riccardo il Nero e quello del Kamulùt era davvero Ghini. Forse ne aveva comperato due esemplari, per le due case della sua vita.

Mi venne in mente il particolare del riscaldamento acceso al massimo. Nei procedural americani ha sempre un'importanza cruciale. Lo dissi a Michelle.

– Secondo te, può avere influito sul referto dell'anatomo-patologo? – le chiesi; – considera che quella sera, tra l'interno della casa e l'esterno, c'erano almeno dieci, dodici gradi di differenza. Se Ghini è morto davvero dentro la casa, e se c'è rimasto per un po' di tempo, prima di essere portato fuori, è possibile che questo abbia provocato un errore di calcolo sull'ora della morte?

– In linea teorica sì, ma di poco, se non c'è rimasto a lungo. Diciamo che renderebbe leggermente più ampio l'intervallo di valutazione sull'ora del decesso. Ovviamente sarebbe diverso se il corpo fosse rimasto per molte ore dentro la casa. E anche in condizioni di isotermia, l'intervallo, e quindi il margine d'errore, è tanto più ampio, quanto più tempo è passato tra il momento della morte e quello dell'esame del cadavere. Però, nel caso di Ghini, il momento in cui il carabiniere dice di avere sentito lo sparo è compreso dentro questo intervallo di valutazione dell'ora presuntiva della morte.

– Potrebbe essere una coincidenza. E ci sono troppe variabili. Per prima cosa, nemmeno il carabiniere è sicuro dell'ora precisa in cui ha sentito il botto: anche lui ha potuto indicare solo un intervallo di tempo. E resta sempre in piedi l'ipotesi che non fosse un colpo di pistola, ma solo un rumore di marmitta o addirittura un petardo lanciato da qualche ragazzino, dato che eravamo quasi alla vigilia dei Morti. E se era davvero un colpo di pistola, potrebbero averlo sparato in aria, quando hanno abbandonato Ghini sul marciapiede, per avallare l'ipotesi dell'agguato esterno. In questo caso il primo colpo, quello che l'ha fatto fuori, non è stato sentito da nessuno: ricordati che c'era un temporale dell'accidente, quella sera. E anche se l'ha sentito qualcuno, è un qualcuno che finora non ha fiatato. Almeno, per quanto ne sappiamo noi. Se potessimo spostare un po' più avanti, per esempio di una mezz'ora, il momento dello sparo, quello giusto, intendo, potrebbe tornare in ballo persino la vedovallegra. Bisogna vedere a che ora è andata via da casa di tuo padre, quella sera.

Guardai l'orologio:

– A proposito, ci siamo dimenticati che avremmo dovuto passare a prenderla per portarla a cena da tuo padre.

– Ora come ora, sarà l'ultima cosa che si aspetta da noi.

– E noi ci andiamo lo stesso.

– Sì. Così vediamo cos'ha da dire lei e che faccia fa. E date le circostanze, saremo giustificati se le faremo qualche domanda diretta. Almeno non stiamo a girarci i pollici fino a domani: chi ci riesce a dormire, stanotte?

Arrivammo con una mezz'ora di ritardo rispetto all'orario pattuito la sera prima con monsieur Laurent. Scendemmo dalla Golf, e io suonai il citofono. Rispose direttamente la vedovallegra. Avevamo convenuto che sarebbe stata Michelle a parlamentare:

– Signora Ghini? Sono Michelle Laurent.

Un momento di silenzio, un silenzio femminile. Se fossimo stati al telefono avrei pensato che era caduta la linea. Il citofono si risvegliò con un Sì? deciso e interrogativo, cui seguì un esitante: Vuole salire?

– Non sono sola – disse Michelle.

– Salite pure – replicò la voce. – Ultimo piano.

Si sentì lo scatto della serratura e il portone si dischiuse docilmente. Atrio ampio, col pavimento di marmo bianco, grande lampada di opalina, a forma di globo, appesa al soffitto, applique della stessa razza alle pareti, ascensore ligneo semimoderno: impressione generale di una palazzina moderatamente signorile, abitata da persone moderatamente signorili. Impressione confermata dal gemito signorilmente moderato con cui l'ascensore si fermò al quarto piano.

Sul pianerottolo si aprivano due porte, ciascuna con la sua brava targhetta di ottone, con sopra incisi, nel solito corsivo inglese, i due marchi di fabbrica di famiglia: Ghini a destra, Cottone a sinistra. Si fa per dire che si aprivano, perché entrambe le porte risultavano signorilmente chiuse. Esitammo per una frazione di secondo, incerti su quale campanello suonare, poi Michelle allungò il dito verso il pulsante con la targhetta intitolata al defunto. Lo squillo sembrò provenire da entrambi gli appartamenti, come se fossero unificati. Infatti, dopo pochi secondi si aprì la porta Cottone.

Probabilmente, quando eravamo arrivati avevamo beccato la vedovallegra in una fase di relax domestico. Non che fosse vestita in modo sciatto, ma portava una gonna di velluto grigioperla un po' informe, e una giacca di lana all'uncinetto che le arrivava poco sopra il ginocchio, con due tasconi laterali: roba comoda, da casa, molto usata, ma con i colori impastati bene insieme, a simulare un effetto Missoni da focolare. Doveva avere impiegato il poco tempo che le avevamo lasciato tra lo squillo del citofono e quello del campanello al piano, per dare una forma decente ai capelli, che apparivano appena spazzolati:

– Scusate, ma non immaginavo che...
– Ci scusi lei, invece, per l'intrusione.

Seguì una fase di lieve stallo. Quando mi aveva avvistato, c'era stato un lieve trasalimento, ma si era ripresa subito. Una buona incassatrice, valutai a occhio. Processi mentali rapidi e autoprotezione spinta ai limiti estremi. Nel giro di un paio di secondi passò da un'aria di lieve diffidenza a un atteggiamento di amichevole sollecitudine:

– Che notizie ha di suo padre? Come sta?

Michelle si strinse nelle spalle:

– Notizie non ne ho. Se lo conosco, sarà furibondo; spero che lo sia: è l'unica cosa che può tenerlo su.

Intanto la padrona di casa ci faceva strada verso un salotto ampio, con una portafinestra che dava sul terrazzo. Appartamento da media borghesia dalle alterne vicende: arredamento non maniacale, di tipo misto, curato, vissuto, e senza i famigerati stucchi in stile tra il coccodè e il tardo-socialista, che decorano molte case metropolitane dei nuovi ricchi. Il grigioperla la faceva talmente da padrone, da farmi chiedere se l'avesse scelto in funzione delle proprie iridi, o se invece le piaceva al punto da farsi dipingere pure le iridi con lenti a contatto di quel colore.

Guardai fuori, attraverso i vetri del balcone, e decisi di fare la parte dello scemo totale:

– Che bel terrazzo! È lei l'appassionata di giardinaggio? Quel pelargonio bianco si nota persino dalla strada: sono piante rare, a Palermo.

Mi valutò perplessa, come se stessi cercando di raccontare una barzelletta sporca alla vedova, al funerale della buonanima:

– No. Se ne occupava mio marito. Quel pelargonio era la sua passione. Ora del terrazzo me ne occupo io, la domenica, ma non so fino a quando potrò continuare.

Tacque, aspettando la mossa successiva di Michelle. La quale non perse tempo:

– Lei mi scuserà se le rivolgo qualche domanda che giudicherà, forse, inopportuna. Però, mi capisca: mi arriva questa tegola tra capo e collo, assolutamente inattesa, e per giunta l'avvocato di mio padre è fuori sede... Se non ci aiutiamo tra noi donne...

Accompagnò le parole con un sorriso. Certi sorrisi di Michelle sembrano sopravvivere a se stessi anche dopo che si sono estinti. Però non è scontato che funzionino allo stesso modo, sulle donne. Specie su certe donne che sembrano indossare un giubbotto antiproiettile permanente intorno alle frattaglie principali. Dubitavo che Michelle ci credesse sul serio, che quel richiamo alla solidarietà femminile potesse funzionare. Quanto meno, ne ricavò un gesto di incoraggiamento un po' inamidato e guardingo. Fluttuavamo nella terra di nessuno, nella fascia di rispetto in cui non si capisce se è il formalismo che sconfina nella buona educazione, o viceversa.

– Lei avrà saputo qual è l'imputazione principale: pensano che mio padre abbia avuto un ruolo non secondario nella morte, mi scusi se le ricordo qualcosa di doloroso, nella morte di suo marito.

– Sì, ho visto i notiziari.

– Allora saprà pure che, secondo il magistrato, ci sarebbe una storia di usura...

– Io non ne so niente di questa cosa.

Tono secco, duro, quasi ostile. Voce che sembrava provenire dall'interno di una ghiacciaia.

– Mi scusi se insisto, però risulta che mio padre un prestito a suo marito l'avesse fatto davvero. Sembra pure che...

– Senta, dottoressa, parliamoci fuori dai denti: lei vuole dire che suo padre i famosi trenta milioni li ha dati a me. Io, allora, le confermo che è vero. Quando ho detto che di questa cosa non ne so niente, mi riferivo al discorso dell'usura. Che a me non risulta. Io ho fatto solo da tramite. Lasciamo da parte l'ipocrisia: sa, nella mia famiglia, prima della morte di mio marito, c'erano certi equilibri che...

Si interruppe di colpo. Sul vano della porta di comunicazione con il corridoio si era materializzato un ragazzo sui diciassette, diciott'anni. Spostava nervosamente il peso del corpo, ora sul piede destro, ora sul sinistro. Beh, dire nervosamente è usare un eufemismo. In realtà era quasi frenetico, con i muscoli che si intuivano in fibrillazione, sotto il pullover.

Scambiò un lunghissimo sguardo con la madre, uno sguardo che esprimeva soprattutto urgenza. Era quasi una scena da belle statuine. La vedovallegra sembrava la signora Lot, dopo il fattaccio che l'aveva trasformata in una statua di sale. Dietro al ragazzo apparve un'altra sagoma convulsa, ma di una convulsione controllata, frutto di una gestualità raziocinante e comunicativa, sguardi che avevano anch'essi la madre come obbiettivo: una ragazza che sembrava più piccola di un anno, rispetto al giovane: fratello e sorella, con tutta evidenza. La vedovallegra si alzò di scatto:

– Scusate – disse. Uscì dalla stanza, trascinandosi dietro i figli. Quasi subito si sentì un alterco soffocato: voci giovani, quelle dei ragazzi, che la madre cercava in tutti i modi di dominare. Non si riusciva assolutamente a capire quale fosse il motivo del contendere.

Durò poco: dopo un paio di minuti si sentì un'imprecazione sorda, seguita dallo sbattere di una porta: la ragazza si chiudeva in camera. Quasi subito il fratello passò caracollando velocemente lungo il corridoio, verso la porta d'ingresso. Uscì. Ancora un minuto e riapparve la madre:

– I ragazzi – sospirò; – il grande quest'anno è di maturità.

Non aggiunse altro, lasciando che traessimo da soli le nostre conclusioni. Voleva dare ad intendere che eravamo stati testimoni solo di un inghippo generazionale come tanti, di un normalissimo siparietto domestico, di un episodio standard di dialettica famigliare. Le lasciammo credere che ci avevamo creduto. Per un lungo momento sembrò perdere il primo strato di blindatura. Recuperò presto: sollevò il mento, mentre le iridi grigioperla riprendevano il solito sfolgorio.

– Dicevamo? – sparò.

– Ci parlava degli equilibri nella sua famiglia.

Alzò le spalle e allargò le braccia, come se la cosa fosse evidente di per sé e non avesse bisogno di spiegazioni:

– César, suo padre, è sempre stato un buon amico. Lei sa bene a che cosa mi riferisco... – si voltò verso di me: – Non è stato un caso se il dottore, qui, è venuto in avanscoperta al Kamulùt, giovedì scorso. È piaciuta la spilla a *sua zia*?

Ignorai la battuta:

– Un buon amico di chi? – insinuai, invece: – Suo o del signor Ghini?

Non rispose e si voltò verso Michelle, con l'aria di chi vorrebbe dire: Ma da dove viene, questo qua? Michelle meditò per qualche istante e decise di passare ad altro:

– È vero che suo marito, ogni tanto, andava a esercitarsi con una pistola?

– Sì, ne aveva una, una calibro ventidue; ma non mi chieda particolari perché non me ne intendo, di armi. Una o due volte al mese andava a sparare in una campagna che abbiamo nel corleonese. C'era stato pure quel sabato, nell'intervallo del pranzo, sa, il giorno che... La pistola, comunque, è sparita. Secondo me l'hanno usata per... e poi se la sono portata via.

– Ma come mai aveva una pistola? Temeva per qualcosa, aveva ricevuto minacce?

– Che io sappia, no. Ma se ne avesse ricevute non è detto che ne avrebbe parlato in casa. Però ogni tanto capitava di ritrovarci con parecchio contante, al Kamulùt, e così si sentiva più sicuro. Mio marito era un insicuro per costituzione. Comunque, negli ultimi tempi, prima che lo ammazzassero, era tranquillissimo. Non arrivo a dire che fosse di buon umore, perché non era il tipo, però, dopo la crisi, gli affari cominciavano a girare di nuovo... Io non ne ho mai saputo molto. In pratica ho dovuto prendere in mano il Kamulùt il giorno dopo il funerale di Umberto. Prima mi occupavo solo delle vendite, senza interessarmi dei conti e di tutto il resto.

Michelle parve riflettere a lungo, prima di sparare la sua bomba:

– È vero che al momento del... sì, insomma, del fatto, lei si trovava con mio padre, nella casa di Mondello?

– Chi gliel'ha detto?

– Mio padre.

Sembrò ponderare la notizia con calma, prima di rispondere:

– Lei, giustamente, vuole sapere perché non lo vado a raccontare ai magistrati. Si è chiesta perché suo padre è rimasto anche lui zitto? No? Allora glielo dico io. Suo padre sa bene che, a parte me e lui, nessuno è al corrente del fatto che eravamo insieme. Non ha ricevuto telefonate che possano dimostrare che a quell'ora eravamo a Mondello. Non abbiamo visto anima viva. Solo lui ed io sappiamo che nessuno di noi due ha sparato ad Umberto. In parole povere, non possiamo dimostrare che non eravamo in via Riccardo il Nero, quando è successo il fatto. Secondo il suo collega che ha eseguito l'autopsia, mio marito è morto tra le nove e mezza e le dieci e mezza; questo è confermato da un carabiniere che ha sentito lo sparo verso le dieci, dieci e mezza. Alle dieci io ero già a Mondello, da suo padre: chieda a lui, quando lo vede. Anche se fosse vera l'ipotesi minima del medico legale, cioè, le nove e mezza, io non ce l'avrei fatta mai ad arrivare dal Papireto a Mondello in meno di mezz'ora, specialmente il sabato sera. Da suo padre sono rimasta fino a poco dopo la mezzanotte. La polizia mi ha trovato a casa mia verso l'una, quando è venuta a darmi la bella notizia. Sa che succede se io vado a raccontare al giudice che non posso avere ammazzato mio marito perché ero a casa di suo padre, e suo padre dice la stessa cosa? Succede che siamo fregati tutti e due. Così, invece, tempo qualche giorno, e César se ne esce pulito pulito.

Michelle decise di non insistere. Io pensavo che se il vecchio filibustiere aveva scelto di tacere da libero sulla presenza della vedovallegra a casa sua, mentre qualcuno sparava al defunto, non avrebbe cambiato versione solo perché l'avevano sbattuto in galera.

Ci fu un momento di stallo. La vedovallegra ne approfittò per chiudere la seduta:

– Ma io non vi ho offerto niente! Un aperitivo lo gradite? – Si voltò verso Michelle: – Magari non avete nemmeno preso un boccone, con tutto quello che è successo. Però non si preoccupi per suo padre; è solo questione di giorni.

Si alzò e sparì nel corridoio. Dopo avere scambiato uno sguardo inutilmente espressivo con Michelle, mi alzai a mia volta per la solita ispezione dei volumi negli scaffali della libreria. Cambiavano i titoli, ma non la sostanza: lo stesso genere di letture da non-ipocrita lettore, che avevo trovato nella casa di via Riccardo il Nero. Il che restringeva la responsabilità della scelta quasi esclusivamente al defunto. A meno che non fosse un concorso di colpa.

La vedovallegra rientrò reggendo un vassoio con gli analcolici e i salatini. La scena era quasi surreale: tre persone adulte, sedute in un salotto bene, intente a sorseggiare un bitter colorato con l'E122, a sgranocchiare salatini, e a scambiare qualche banale commento, facendo finta di ignorare una situazione quasi da morto in casa. Ci sarebbe voluto un fotografo, uno specialista del fish eye, per fissare l'evento.

Avevamo quasi finito con gli aperitivi, quando si sentì aprire e richiudere la porta esterna. Pochi secondi, e il ragazzo fece capolino. Stavolta sembrava calmo, ma con un fondo di euforia controllata. Entrò e si chinò a baciare la madre, la quale non riuscì a trattenere un lungo sguardo inquieto; poi si avvicinò a Michelle e a me, e ci porse la mano con una certa cordialità. Ci alzammo, pronti ad andarcene. Si alzò pure la vedovallegra, e il figlio le tenne il braccio intorno alla vita. Ci accompagnarono alla porta.

Restammo in silenzio per tutto il tempo del tragitto in ascensore, e poi fino alla Golf. Fuori piovigginava.

– Tiro di coca o buco? – chiesi a Michelle, mentre accendevo i motori.

– Buco – decretò, senza tentennamenti.

– Io la vedo in questo modo: il ragazzo sentiva avvicinare la crisi e si è presentato a mammà, per chiederle i soldi. Mammà è al corrente.

– Sì. E pure la sorella è al corrente. Ha tentato inutilmente di convincere la mamma a non scucire una lira.

– E forse, se non ci fossimo stati noi, non avrebbe scucito.

– Chi lo sa? Il ragazzo, quand'è tornato, era strafatto.

Ero grato a Michelle per avermi risparmiato l'espressione tunnel della droga, che usano i fessi catodici, quando si vogliono dare l'aria virtuosa. Mio cognato Armando, che conosce questa mia idiosincrasia, non manca mai di sottolineare le mie due forme di tossicodipendenza che gli sono note, quando mi accusa di entrare volontariamente nel tunnel dei pistacchi salati, e di non volere uscire da quello degli ossimori, che è il più tossico di tutti.

– Bella situazione. C'è un'altra cosa che non mi convince: tuo padre, l'altra sera, a casa sua, sosteneva che Ghini, negli ultimi tempi, era molto depresso. Quasi disperato, ha detto. La signora invece giura che era tranquillissimo e che gli affari andavano discretamente.

– Io credo a mio padre.

– Anch'io. Soprattutto dopo avere assistito a quella scenetta. Allora il punto diventa: perché? Perché questa specie di gioco ai quattro cantoni, da parte di madama Ghini? Cos'era, che preoccupava il defunto?

– Forse non lo sapremo mai. Quella donna è una roccia dura e diffidente. Che ci avrà visto, mio padre?

– Ha qualcosa di una madre badessa che ha abbandonato il velo dopo avere scoperto la vita terrena. Forse è questo che ha attirato tuo padre: il fascino della trasgressione.

– La parlata delle Ancelle ce l'ha. Avrà fatto il liceo da

loro. E secondo me, poi non ha studiato più. Hai notato con che tono mi chiamava dottoressa?

– E ora che si fa? Hai fame?

– No. Ho lo stomaco pieno di farfalle. Mi lasci a casa? Ho bisogno di stare da sola per un po'.

Ci rimasi male e lei se ne accorse. Mi accarezzò il ginocchio:

– Tu cosa fai? Vai a casa? Se vuoi prendere tu un boccone da qualche parte ti faccio compagnia.

– No, voglio andare a trovare un tizio che conosco.

Mi era venuto in mente in quel momento. Un mio ex compagno dello Scientifico, dopo l'università, aveva subito una mutazione che lo aveva gradualmente trasformato in un cronista di giudiziaria, e ora lavorava nella redazione del «Sicilia». Non ci eravamo completamente persi di vista, e un paio di volte l'anno ci vedevamo con altri ex, per un aperitivo o qualcosa del genere. È uno che sa sempre tutto quello che succede al Palazzo di Giustizia. Probabilmente, sulla storia di monsieur Laurent ne sapeva più dell'avvocato. Lo dissi a Michelle.

– Allora poi passi a raccontarmi tutto? A qualsiasi ora. Tanto, stanotte non si dorme.

Quando arrivai in via Lincoln aveva smesso di piovigginare. Parcheggiai vicino all'ingresso di Villa Giulia. Di solito, gli eventi drammatici e le situazioni di tensione mi sigillano il piloro a tempo indeterminato. Stavolta invece, nonostante tutto, mi si era risvegliato un languore non ancora famelico, che mi sondava con cautela, pronto alla riscossa o alla retromarcia. Lo lasciai in bilico, perché il bar Rosanero era chiuso, come sempre di lunedì. Deglutii a vuoto un paio di volte, mi infilai in una cabina, chiamai il numero del giornale e chiesi del mio amico. Me lo passarono dopo un bel pezzo.

– Sono qua sotto – gli dissi; – puoi scendere? Ti devo parlare.

– Dammi dieci minuti.

Non volevo salire in redazione. Le redazioni dei giornali sono porti di mare pieni di orecchie che sembrano antenne paraboliche: è praticamente impossibile mantenere riservata una conversazione.

Intanto era sorta una mezza luna che rinvigoriva i riflessi delle Washingtonie sulle vetrate del palazzo del giornale. Le palme universitarie dell'Orto Botanico avevano un'aria più remissiva rispetto a quelle comunali di Villa Giulia. Si trattava forse di una metafora? Attraversai di nuovo la strada e passeggiai per un po' lungo la cancellata. Com'è che diceva quella stupida filastrocca? Gobba a ponente luna crescente, gobba a levante luna calante. Dove diamine era il levante? Il mio amico giornalista arrivò prima che scadessero i dieci minuti, mentre dibattevo il grande quesito.

– Secondo te la luna è crescente o calante? – sparai, mentre attraversavo ancora una volta la strada verso di lui.

– Mi hai fatto scendere per questo?

– Ti pare poco? Comunque, no.

– Vieni, andiamo a prendere un caffè.

Svoltammo per porta Reale, dentro la Kalsa, fino a un bar aperto, poco oltre Santa Teresa. Nel frattempo gli raccontai la storia per sommi capi, omettendo i particolari, memore che, anche se amico tuo, un giornalista è sempre un giornalista.

– Quando hai telefonato stavo lavorando proprio su questo – mi disse; – gli dedichiamo una grande finestra in prima, e due pagine in cronaca siciliana, nell'edizione di domani. Dopodomani passeremo a una pagina, e giovedì non meriterà più di un articolo in cronaca cittadina. Poi sparirà per mesi o anni, in attesa di sviluppi o, più probabilmente, di un ridimensionamento.

Intanto erano arrivati i caffè. Adocchiai un cannolo solitario che cominciava appena ad avere l'aria un po' vissuta del residuato bellico, e lo addentai con cautela. Poi ci bevvi sopra un altro caffè.

– Tu ci sei stato alla conferenza stampa della Procura? – gli chiesi.

– Sì. Quel De Vecchi è un tipo ambizioso. Sarebbe capace di sbattere sua madre in galera, pur di comparire sui giornali. E la sera mangerebbe tranquillamente la trippa con le cipolle e i fagioli, preparata per lui dalla genitrice. Molti, comunque, lo sottovalutano; il tuo amico Spotorno, per esempio, dice che è stupido. Ma lo dice solo perché una volta hanno avuto uno skazzo, e lui ha dovuto calare le corna per ordini superiori. De Vecchi, in realtà, è intelligente e astuto. E un buon navigatore.

– Però è il gip, quello che ordina gli arresti.

Mi guardò con aria di compatimento:

– Conosci la variante giudiziaria del famoso Comma 22?

– No.

– Dice: Se un gip non è pazzo può opporsi alle richieste del pm; ma un gip che si oppone alle richieste del pm è pazzo. Ho reso l'idea?

– Sì, ma chi è questo gip? Che tipo è?

– Si chiama Cascio, soprannominato Deserto Rosso, con allusione al nulla che nasconde sotto i capelli colore ruggine. È completamente privo di senso dell'umorismo: gliel'hanno rimosso chirurgicamente quand'era ancora nella pancia di sua madre. La sua vera vocazione è fare il tappetino sotto i piedi dei pm. Ma guai a te se ti azzardi a dirlo a qualcuno. Averlo come gip è il sogno segreto di ogni pm in carriera.

– Allora siamo a posto.

Pagai il conto e ci avviammo verso il giornale. Gli accennai al fatto che l'avvocato del padre di Michelle era fuori sede, e quindi eravamo a corto di informazioni:

– A te cosa risulta di concreto? E che voci circolano, al Palazzo di Giustizia?

Rifletté, forse per mettere bene a fuoco la situazione. Intanto eravamo da capo arrivati sotto la sede del giornale. Più in là, sul marciapiede, a monte e a valle, c'era un traffico indiscreto di macchine e di giovani africane più scure di una mezzanotte. Da palazzo Jung, occupato da mesi da un collettivo di irriducibili squatters, arrivava una musica live che non mi sarebbe dispiaciuto raggiungere: un arrangiamento tecno-raggae di *Hey Joe*, come l'avrebbe eseguito Jimi Hendrix, oggi, se non fosse morto durante l'ultima glaciazione.

– Ti posso dire l'idea che me ne sono fatta io – rispose alla fine. – Ma siamo nel campo delle opinioni. Secondo me, hanno infilato Laurent nella faccenda solo per gonfiare l'inchiesta. Per carità, gli elementi per giustificare un'indagine a suo carico ci sono tutti: il delitto, il prestito, le corna, la litigata tra lui e il morto... Però non c'è niente di concreto; voglio dire: niente che giustifichi la custodia cautelare. Per alcuni degli altri arrestati, invece, c'è una caterva di indizi, uno più pesante dell'altro. Il traffico di opere d'arte è reale. Come pure il giro di usura. Però è difficile distinguere i ruoli: spesso si fa confusione tra vittime e carnefici. E non è detto che tutti gli arrestati vi siano davvero coinvolti. Anche se non sei del mestiere, lo sai pure tu come funzionano queste cose: certe volte partono da una situazione oggettiva, in cui sono coinvolti un paio di lestofanti di alto bordo, e per fare buon peso vi calano dentro un bel po' di personaggi di mezza tacca, calcando la mano con le accuse e facendoli salire di rango. Ogni tanto ci resta incagliato qualche pezzo davvero grosso. Talvolta, a pieno titolo. Ma spesso tutto si sgonfia clandestinamente, lontano dai clamori dei media. Nel caso di Laurent, non si capisce che cosa ci stia a fare, lui, con tutti gli altri. Il famoso prestito, se come sembra è realmente avvenuto, era un semplice rapporto tra lui e il morto. Dello stesso delitto, poi, non si capisce bene quali possano essere le motivazioni. Manca il movente. O almeno non si ricava, dall'ordinanza di custodia cautelare. Laurent è un corpo estraneo in una indagine che riguarda altre cose. Al limite, se fosse stato indispensabile arrestarlo, avrebbero potuto farlo con un procedimento autonomo. Ma di questi tempi sarebbe chiedere troppo. Non fraintendermi: gli errori giudiziari ci sono sempre stati; oggi però la Giustizia, quella con la G maiuscola, è diventata quasi un optional. Come la G di Gucci. Roba da Amnesy International. Amnesy, bada bene, non Amnesty, perché quasi tutti fanno finta di niente.

– Non sollevarmi troppo il morale, mi raccomando!

– Non è per essere cinico a tutti i costi, ma è una situazione che sta bene a molti: sta bene agli avvocati, che si limitano a qualche mugugno, tanto per affermare il principio dello jus murmurandi, sta bene ai concessionari di pubblicità, che sognano il giorno in cui riusciranno a farsi approvare un tariffario in funzione dei titoli sparati in prima pagina, sta bene agli editori, che vendono più giornali, sta bene alla ggente, che vede appagata la propria voglia di ghigliottina, e sta bene a noi giornalisti, che ci sguazziamo dentro, e che altrimenti dovremmo mollare il posto e metterci a lavorare, il che sarebbe una iattura. Ti sei mai chiesto perché noi giornalisti scriviamo sempre di assunzioni che *scattano*, come se fossero tagliole per volpi, mentre i licenziamenti *partono*, come navi da crociera?

– Ti ho pescato in un giorno no. Se 'ste cose le dicesse Bobbio, voi giornalisti parlereste di lucido pessimismo della ragione. Che ti è successo?

– Ricordi quello che diceva Cecè Lo Sicco, al Cannizzaro? – Cecè Lo Sicco era il nostro professore di filosofia. – Sosteneva che la vera differenza nella tipologia umana è tra chi dice che il nostro è il migliore dei mondi possibili perché è un ottimista, e chi lo dice perché è un pessimista. È un po' come la vecchia storia della Gioconda: sorride perché ha appena saputo di essere incinta, o perché ha appena saputo di non esserlo? Ci sono due universi in contrapposizione, dietro. È quello che gli intellettuali chiamano Weltanschauung, in tutti i paesi del mondo, meno che in Germania. Questo ci spalanca vasti orizzonti: nella fattispecie, ho visto il preventivo del dentista per sistemare i denti di mia figlia. Cavoli amarissimi. Roba da Amnesty International. Proprio Amnesty, stavolta.

– Uh, condoglianze! Ma dimmi un po', tutte le informazioni che hai sparato poco fa, non ve le avranno snocciolate alla conferenza stampa. Che fine ha fatto il segreto istruttorio?

Mi guardò per la seconda volta con aria di compatimento, lasciando sospesa nell'aria l'inespressa domanda: Ma dove vivi, amico?

– Aspetta qua – mi disse. Sparì oltre le porte a vetri del giornale.

Riapparve dopo cinque minuti:

– Tieni –. Mi porse un voluminoso fascicolo, tenuto insieme con una di quelle rilegature autarchiche, dal dorso rigido. Erano più di duecento pagine. La prima, che fungeva pure da copertina, portava stampigliata la scritta Operazione Brocante. Sembrava il titolo di un film anni Sessanta. La seconda pagina recava l'intestazione Tribunale di Palermo, Ufficio del Giudice per le Indagini Preliminari, preceduta da svariati numeri di protocollo e sigle complicate, una delle quali mi colpì perché era quasi la parola reggipetto, ma senza vocali, e mi aveva fatto ricordare gli sguardi tangenziali del dottor De Vecchi al torace di Michelle, la sera del morto ammazzato. Roba per addetti ai lavori. Subito dopo era scritto Ordinanza di custodia cautelare in carcere, e poi poche righe, con il nome del giudice, dottor Calogero Cascio, il quale – esaminata a pagina uno la richiesta del Pubblico Ministero di sbattere in galera il lungo elenco di persone i cui nomi seguivano in ordine alfabetico – ordinava, a pagina duecentododici, complice l'ulteriore, definitiva sigla P.Q.M. (Per Quanto Macchinato?), che si desse seguito alla richiesta del pm. Poteva dirlo subito. Tra pagina uno e pagina duecentododici, l'ultima del dossier, c'erano le motivazioni. Il primo stadio dell'inchiesta.

Il nome del giudice a pagina uno era l'unico che fosse scritto come si deve, mentre quelli degli indagati erano elencati tutti rigorosamente alla soldatesca, con il cognome a precedere il nome. Chi sa mai perché. Ogni pagina del fascicolo portava l'impronta di uno scarafaggino illeggibile, che fungeva da sigla, sostituito, nell'ultima pagina, da un grosso scarafaggione nero, una specie di blatta obesa e pettoruta, che con un po' di buona volontà si sarebbe anche potuto decifrare come Gregorio Samsa, se sotto non fosse stato stampigliato – a macchina e per esteso – il nome ufficiale del padrone, il dottor Calogero Cascio. Era una grafia fiacca e pelosa, come una carità troppo diligente.

Più sotto, con grafia chiara, puntuta e aggressiva, un altro scarafaggino, stavolta di pugno del dottor Loris De Vecchi. Il tutto, preceduto e seguito da svariati timbri circolari e da altri scarafaggini illeggibili.

Provai a scorrere qualche pagina. Arabo autentico. Giustizialese puro. E mi dava i brividi trovare, qua e là, il nome di monsieur Laurent associato a espressioni quali: ... in ordine ai seguenti fatti di reato..., oppure: ... del delitto di usura..., e: ... in concorso con..., seguite da riferimenti a intimidatori articoli di innumerevoli codici penali, tra i quali, presumo, anche quello di Hammurabi. Non era roba per me. Però avrei fatto bene a leggerlo con calma da cima a fondo.

– Per quello che sono in grado di dedurne seduta stante, potrebbero anche averlo incriminato per concorso esterno in scippo di lecca-lecca. Puoi lasciarmelo fino a domani?

– Neanche a parlarne. È l'unica copia che ho e mi servirà ancora, almeno per i prossimi tre giorni. L'avvocato di Laurent ha le sue copie. Vai tranquillo perché è un tipo tosto. E non lasciarti impressionare dal linguaggio dell'ordinanza. È una prassi internazionale. Tanto per usare il tuo esempio, se ti beccano con le mani nel sacco mentre togli il lecca-lecca a un piscialetto, non si sogneranno mai di scrivere semplicemente che hai scippato un lecca-lecca, bensì cose del tipo: Allo scopo di procurare illeciti vantaggi patrimoniali all'industria dolciaria e, nel contempo, danneggiare la lobby dei dentisti, sottraeva, in concorso con... Mi spiego? È così dappertutto. Hai visto pure tu i film giudiziari americani.

– Molto consolante. Pubblicherete foto? Se fosse possibile...

– Farò di tutto per evitarlo, ma non ti prometto niente.

Lo ringraziai sobriamente e ci salutammo. Mi fece gli auguri.

Michelle mi aspettava in piedi, ancora vestita da giorno. Le raccontai ogni cosa. E dato che non c'erano fatti oggettivi o notizie nuove da riferire, quello che mi sforzai di trasmetterle furono soprattutto sensazioni.

Il momento del distacco fu un momento ambiguo. Michelle sembrava avere cambiato idea sullo stare da sola. Però non voleva fare il primo passo, per non urtare la mia suscettibilità dandomi una falsa impressione di pietismo. E io non le facilitai le cose. I due soliti, orgogliosi bastardi, i peggiori che avessero mai calcato le balàte dei quattro mandamenti.

Il frigorifero di casa mia, nonostante il secondo avvento di Michelle, continuava a restare vuoto. L'avevo aperto più per abitudine che per convinzione. Lo richiusi e rovistai in giro negli armadietti. Trovai un mezzo pacchetto stagionato di cracker all'aglio (che ci facevano a casa mia?), e mi arrangiai con quelli e con un residuo dell'ultimo rifornimento del pecorino col pepe prodotto da mio cognato. I cracker sapevano di armadietto stantio. Mi versai un mezzo dito di Laphroaig e accesi la TV, alla caccia di qualche spezzone di film decente. Fiasco totale. Mi fermai, per una sorta di riflesso condizionato, sulla sequenza di una bionda sotto la doccia, perché non si può abbandonare una bionda sotto la doccia, specialmente al cinema, e speravo che si rivelasse per un De Palma. Invece era uno Z movie. Impiegai venti secondi, a capirlo. E nemmeno la bionda era gran che.

Secondo Truffaut, nei film non ci sono intasamenti, né vuoti, né tempi morti. I film avanzano come treni nella notte, diceva. Ma lui forse si riferiva ai proprî film. Quello che mi scorreva davanti, al massimo, dava l'impressione di un sacco di cemento a presa rapida che precipiti in un'impastatrice.

Spensi la TV e mi versai un altro mezzo dito di whisky. Durò poco: il tempo di svestirmi e mettermi a letto. Era tardi. Era l'ora in cui tutti gli ultimi whisky finiscono sistematicamente con il diventare i penultimi. L'ora, per me atipica, in cui i pensieri si autoconvocano a grumi, quando il sonno sembra lì, dietro l'angolo, e non lo vedi svoltare mai. Mi ritrovai a mormorare la filastrocca di poche ore prima. Gobba a ponente luna crescente, gobba a levante luna calante. Stupida filastrocca invadente.

Dovevo essere davvero fuso, perché non mi era scattato

l'automatismo della lettura pre-sonno. Per questo forse non facevo che girarmi e rigirarmi nel letto. Accesi la luce e allungai le dita verso il primo libro della pila sul comodino: *Il signor Mani*, di Yehoshua. Un vero peccato sprecare in quel modo un futuro premio Nobel. Il successivo era *White Jazz* di Ellroy. Un buon compromesso. Però dopo dieci minuti ero ancora alla stessa pagina. Spensi la luce e riecco la filastrocca: quanto tempo era passato, dall'ultima volta, cinque minuti o cinque ore? La luna però era sparita da un pezzo, sostituita da una debole luminescenza che si infiltrava tra le imposte che avevo lasciato semiaperte.

Ero davvero rimasto sveglio o avevo solo sognato di esserlo? Le parole dei soliloqui notturni sono fatte della stessa sostanza dei sogni. Perfida battuta. Shakespeare non si sarebbe mai azzardato a scrivere niente del genere. Meglio alzarsi. Piazzai la caffettiera sul fuoco e fu un miracolo se ricordai di metterci l'acqua e di riempire il filtro. Andai a consultarmi con la mia immagine, nello specchio del bagno. Aveva gli occhi gonfi per il sonno perduto. Ed era una bella fortuna che fosse nata uomo, perché poteva infischiarsene e non aveva alcun bisogno di perdere i due secoli donneschi per i restauri del caso, che non sempre riescono. Per un lungo momento pensai che stesse per scandire il motto ufficiale della Seconda Repubblica: Non ci sto! L'abbandonai al suo destino, prima che decidesse di provarci.

Tra caffè e doccia mi riuscì di recuperare una parvenza di autonomia intellettiva. Ma quello che più contribuì a gasarmi a sufficienza lo spirito fu Jerry Garcia e la sua banda, con *Almost Acoustic*, che avevo fatto ingoiare al lettore CD della cucina.

Intanto eravamo arrivati alle sette, ora indecente per telefonare al sottoscritto, ma decentissima per chiamare Michelle, che si deve sempre alzare presto:

– Hai dormito?

– Poco e male. Mi stavo preparando per uscire. Voglio vedere che aria tira al reparto.

Non le chiesi il motivo, non era necessario. Dopo gli sbirri e dopo i magistrati, i medici legali sono la categoria più addentro nei casi di omicidio. Formano quasi un ordine paragiudiziario, e dati i rapporti molto stretti con gli inquirenti, finiscono spesso col venire a conoscere particolari che non sempre arrivano fino alle conferenze stampa delle procure.

– Tu vai al dipartimento?

– Sì. Non mi pare che ci sia niente da fare, fino all'arrivo dell'avvocato. E bisogna pur sempre lavorare...

– Già. Se mi viene in mente qualcosa ti chiamo. E viceversa.

Non era di umore radioso, ma nemmeno abbattuta come le circostanze avrebbero giustificato. È una buona incassatrice.

Ero incerto se procurarmi o no i giornali. Il richiamo delle notizie era bilanciato dalla percezione del bruciore sordo che avvertivo alla bocca dello stomaco; bruciore che, alla lettura del misfatto, avrebbe potuto degenerare in una botta in grande stile di ulcera. Alla fine optai per il compromesso: comperai i giornali ma decisi di scorrere solo titoli e catenacci, riservandomi di leggere gli articoli dopo il proscioglimento di monsieur Laurent.

Il «Mediterraneo» e il «Sicilia» erano gli unici a sparare grossi titoli di prima pagina: Usura & Nobiltà, titolava misteriosamente il primo, Retata di antiquari, più prosaicamente, il secondo. Scorsi velocemente gli altri giornali, seduto dietro il volante della Golf. Nelle pagine interne, «Il manifesto» titolava scontatamente Usura da tarli, un articolo di due mezze colonne. «La Repubblica» puntava tutto sopra un Tarli Eccellenti, piuttosto risaputo; e identico al titolo del «Corriere». Solo i quotidiani locali pubblicavano fotografie: quelle di due mezze figure, due pregiudicati per «reati contro il patrimonio», oltre alle foto del pm, del gip, e ad una foto di gruppo della tavolata alla conferenza stampa al Palazzo di Giustizia.

Abbandonai i giornali sul sedile posteriore e puntai la prua su via Medina-Sidonia.

L'idea mi venne al dipartimento, verso la fine della mattinata. Chiamai Michelle al reparto:

– Ho pensato che faremmo bene a recuperare il pezzo di carta d'imbarco che avevo trovato dentro il libro. Data la situazione, ora è diventato importante; forse gli sbirri non hanno mai scoperto che la ugro-finna era a Palermo, quel giorno. Ce lo teniamo a futura memoria, finché non sarà tornato Spotorno. È l'unico al quale mi fiderei di consegnarlo.

– Caso mai lo diciamo all'avvocato.

– Caso mai. Prima vediamo che faccia ha. Intanto si pone il problema del recupero. Devo passare dalla vedova Cannonito per farmi ridare le chiavi. A questo punto è meglio se ci vieni pure tu. Le avevo detto che sarei tornato con la mia fidanzata, per farle visitare la casa. Non ti dispiace farti passare per la mia fidanzata, vero?

– Non ti allargare, amico, siamo solo amanti.

Lo disse con voce scherzosa, perché l'umore era un po' migliorato, e con un tono che, associato al vocabolo amanti, mi innescò il solito conflitto Ghiandole surrenali-Resto del mondo. Conflitto dall'esito scontato, visto che alcuni chilometri di fibre ottiche si frapponevano tra lei e me.

Passai a prenderla a casa sua, dopo il lavoro. C'era stato un tramonto viola insolitamente lungo, uno di quei tramonti cosmetici, eccessivi, e un po' pacchiani, che la Vecchia Palermo sa spremere al massimo, uno di quelli che il signor Michelin contrassegna con tre stelle, sulle sue famose guide per turisti dispeptici. Avevo già chiamato la vedova Cannonito, che si era mostrata ben lieta di ricevere la nostra visita, anche solo per consegnarci le chiavi. Fu giocoforza fare salire anche Michelle. La vegliarda le attaccò un bottone clamoroso; sembrava non volerci mollare più. Temevo che volesse addirittura invitarci a cena, finché non venne fuori che avrebbe cenato in trasferta, dalla figlia:

– Sta qua sopra, al quarto piano; quando avete finito di visitare l'appartamento dovete suonare da Buccheri. La chiave la mettete nell'ascensore. Anzi, facciamo così: non c'è bisogno che me la portate subito. Fate con comodo, potete tornare domani, pure di pomeriggio, se volete, così ci facciamo di nuovo quattro chiacchiere. Ma lo sa che la sua fidanzata è troppo simpatica?

L'illuminazione pubblica continuava a latitare, in via Riccardo il Nero. C'era il solito buio pesto, perché le officine avevano già chiuso bottega. Mentre ero ancora a metà della svolta nella stradina, un paio di fari abbaglianti ci aveva fatto una radiografia completa. Io avevo solo le luci di posizione accese, e badai appena alla macchina che ci incrociò nell'uscire dalla via.

Per la seconda volta in due giorni, armeggiai con le serrature della casa. Maneggiare le chiavi della vedova Cannonito mi fece tornare in mente una cosa che avevo dimenticato di chiedere a Michelle:

– Hanno trovato chiavi, addosso a Ghini?

– Sì. Le hanno identificate tutte una per una. Aveva quelle di casa sua, quelle del Kamulùt, quelle della casa in campagna, e quelle dei cassetti di un paio di scrivanie che hanno già esplorato, a caccia della pistola sparita. E basta. Niente chiavi di via Riccardo il Nero, quindi.

– Eppure sono sicuro che le aveva: era lui che innaffiava il pelargonio, in assenza della ugro-finna. Devono avergliele sfilate dal mazzo quando lo hanno abbandonato sulla strada. Il che ha una sua logica, se è vero che hanno fatto di tutto per impedire un collegamento tra lui e la casa.

Dentro, c'era lo stesso caldo della prima volta. Michelle si guardava intorno. Le feci fare il giro della casa, comportandomi come un vecchio habitué. Nel soggiorno-studio le mostrai la finestra con il vetro sostituito e i frammenti di quello rotto, per terra, sul retro. Il suo occhio di medico legale valutò professionalmente la situazione:

– Se gli hanno sparato qui, e se il vetro è stato frantumato dal proiettile, l'unica possibilità è che Ghini fosse in piedi, con le spalle alla finestra, e lo sparatore di fronte a lui, spostato sulla destra, ma vicino abbastanza da potergli appoggiare la canna al torace. La traiettoria era quasi orizzontale, e se gli avessero sparato mentre era seduto, il proiettile si sarebbe schiacciato contro il muro, parecchio sotto la finestra. Senza considerare lo schienale della sedia.

Mi venne un'idea improvvisa:

– Ghini aveva l'orologio al polso, quando lo hanno trovato?

– So dove vuoi arrivare. L'orologio lo aveva, e quando gliel'abbiamo tolto segnava l'ora giusta ed era perfettamente funzionante. Era un buon orologio al quarzo, uno di quelli sportivi, di acciaio antiurto. Probabilmente si sarebbe fermato lo stesso, se avesse preso un urto molto violento. Questo può voler dire che, quando gli hanno sparato, Ghini ha avuto il tempo di accasciarsi lentamente; oppure che si era tolto l'orologio e che gliel'hanno rimesso prima di portarlo fuori. Sempre che la tua ipotesi che gli abbiano sparato in casa sia quella giusta.

– Secondo te, non lo è?

– Parliamoci chiaro, Lorè: nella vita reale, tra una ipotesi tortuosa e una lineare, fino a prova contraria vince la seconda. La cosa più probabile, in fin dei conti, è che il colpo che ha sentito il carabiniere fosse quello giusto; a Ghini, gli hanno sparato in macchina, e poi l'hanno abbandonato fuori: chi l'ha ammazzato preferiva rischiare che la polizia trovasse un collegamento tra lui e questa casa, piuttosto che avventurarsi per la città, con un morto al seguito, per andarlo a depositare lontano da qui. E questo vetro si sarà rotto per motivi suoi.

– Hai saputo qualcosa di nuovo sull'autopsia? Sono riusciti a stabilire con più precisione a che ora gli hanno sparato?

– Il mio boss mi ha convocato nella sua stanza. È stato molto solidale, sinceramente solidale. Era pure imbarazzato perché in teoria non avrebbe dovuto dirmi niente, e ha il sospetto che anche noi siamo pieni di microspie. Poi però si è smollato e mi ha confidato che il perito di Catania ha preso tempo, e non ha voluto sbottonarsi nemmeno con lui. In compenso, pare che siano riusciti a restringere il campo con il carabiniere che ha sentito lo sparo: si è ricordato che pochi minuti prima di sentire il rumore, non più di cinque minuti prima, secondo lui, gli è passata sotto il naso una pattuglia di colleghi che rientrava in caserma: alle dieci precise, risulta dalle loro carte. Quindi, minuto più, minuto meno, il colpo sarebbe stato sparato alle dieci e cinque. La Ghini Cottone era già a casa di mio padre alle dieci; il che conferma che non può essere stata lei.

– D'accordo, non è stata lei a sparare quel colpo; ma se, nonostante i tuoi dubbî, Ghini è stato ucciso prima, lei torna ancora in ballo. Specialmente se il soggiorno del cadavere in questo ambiente surriscaldato ha avuto l'effetto di cambiare le carte in tavola nel calcolo dell'ora del decesso.

– Però, se il vetro era rotto, non è detto che la temperatura fosse così alta. Se le imposte fossero state chiuse, avremmo dovuto trovare il segno del proiettile sulla parte interna, oltre il vetro; o almeno, tracce di restauro. E invece non c'è niente del genere.

– Potrebbero avere accostato le imposte dopo lo sparo, per non essere visti da fuori. Io ho trovato tutto chiuso.

– Che casino!

– Già. Anche perché, se non si può escludere che la vedovallegra ha sparato l'ipotetico primo colpo, chi avrebbe sparato il secondo?

– E l'ungherese, allora? Anche lei era a Palermo, secondo la famosa carta d'imbarco. A proposito, non eravamo venuti per questo?

Giusto. La guidai verso la libreria. Tutto era esattamente come l'avevo lasciato il giorno prima. Allungai la mano verso *Il caso Paradine*. Feci scorrere rapidamente le pagine per cercare lo scontrino e la carta d'imbarco. Poi sfogliai il libro quasi pagina per pagina.

Niente. Sparito tutto.

Di nuovo in macchina, verso casa di Michelle. Avevamo deciso di accettare l'offerta della vedova Cannonito di tenerci le chiavi fino al giorno dopo. Non si poteva mai sapere.

Michelle rimase in silenzio per un paio di minuti.

– Sei sicuro di averla rimessa dentro lo stesso volume? – sparò alla fine.

Non le risposi perché era già la terza volta che ripeteva la stessa domanda. Una forma di senilità che sconfinava nell'infantilismo. E prima di scendere aveva insistito per sfogliare e scuotere buona parte dei libri che stavano a destra, a sinistra, sopra e sotto *Il caso Paradine*. Ne avevo scorsi un bel po' anch'io, tanto per accontentarla, anche se sapevo che non sarebbe servito a niente perché ero sicuro di avere rimesso tutto al posto giusto.

Fu lei, però, ad avere l'illuminazione:

– La macchina!

– Che macchina?

– Quella che ci ha abbagliato quando siamo entrati in via Riccardo il Nero. Era una Fiat Uno bianca. E aveva il segno di una strisciata scura su tutta la fiancata sinistra. L'ho potuto notare solo quando ci siamo incrociati, ma non sono riuscita a capire se al volante c'era un uomo o una donna. Per la verità, avrebbe anche potuto essere piena di cocomeri, perché non riuscivo a distinguere un accidente, dopo che ci aveva piantato in quel modo gli abbaglianti negli occhi.

– E figurati io! Non sono nemmeno riuscito a capire che macchina era.

– Chiunque fosse o fossero, la carta se la sono presa loro.

Forse. Certo era strana la presenza di una macchina a quell'ora, se non aveva niente a che fare con la casa. Comunque, ora non avevamo in mano niente. Salvo dire tutto a Spotorno, che non avrebbe avuto difficoltà a risalire alla lista dei passeggeri di quel volo. Ma quando?

Michelle stavolta mi chiese di restare con lei. Prima di uscire aveva tirato fuori dal freezer una razione quadrupla di tocchetti di manzo. Mi lanciai in una interpretazione mediterranea della variante austriaca del gulasch ungherese. Mi sembrava il minimo. Alla faccia della mucca pazza, che Michelle chiama vache folle, perché suona meno infettivo, ma soprattutto perché così la chiama suo padre. Nel frattempo, Ella, la stimatissima medichessa dei morti ammazzati, dava ulteriore dimostrazione del proprio potenziale gastronomico, elaborando un sofisticato piatto di insalata: una emancipata lattuga locale, spezzettata a regola d'arte, e condita con olio e limone. Bello sforzo.

Le andò meglio con la colonna sonora. Per accompagnare la cena scelse il CD *Paolo Conte Live,* suo vecchio pallino. Dopo, piazzai nell'hi-fi un nastro che avevo fornito alla casa, con una sequenza di blues selezionati da un mio tesista che me ne aveva fatto omaggio, debitamente avvolto nel tulle rosso, insieme ai confetti della laurea, in sostituzione della solita banale bomboniera. In realtà era un solo blues, *St James infirmary,* ripetuto in tutte le esecuzioni su cui era riuscito a mettere le mani:

I'll lay down to St James infirmary...

Se ascoltate il nastro tutto di seguito, dopo sessanta minuti vi sentite incorporati in una barella.

Nel frattempo davo una sistemata alla cucina. Se è vero, come aveva appena enunciato Paolo Conte, che la rumba è solo un'allegria del tango, se è fin troppo banale che il blues è una malinconia del jazz, è forse esagerato affermare che la lavata dei piatti è la scocciatura del dopocena?

VIII
La Uno bianca

Uscii presto da casa di Michelle perché mi ero ritrovato, nell'ordine cronologico, lavato, vestito, meditativo e sveglio, addirittura prima di lei. Eravamo scesi insieme e le avevo estorto la promessa di chiamarmi subito al dipartimento, in caso di novità. Lei mi chiese di accompagnarla dall'avvocato, che prevedeva di rientrare da Roma con il penultimo volo. Voleva dire notte fonda. Non che fosse un male. Le migliori linee difensive sono di elaborazione notturna. Come tutte le cose migliori. Ho sempre guardato con sospetto chi dice che il mattino ha l'oro in bocca. A me sembra che abbia soprattutto il piombo in testa.

Avevo pensato di passare da casa, prima di andare al dipartimento. Se fossi arrivato così presto in via Medina-Sidonia sarei stato responsabile come minimo di un paio di infarti. Il che avrebbe anche potuto essere un incentivo, se avessi avuto la certezza di colpire gli obbiettivi giusti. Invece il mio pilota automatico decise una rotta diversa, e mi ritrovai a ronzare ancora una volta intorno alla palazzina del Kamulùt e di casa Ghini Cottone. La bottega era ancora chiusa, come tutte le altre della zona, a parte i bar, perché era davvero presto.

Fu un colpo alla cieca, ma non troppo (alla miope, si potrebbe affermare, non senza giustificazioni). Individuai al primo giro quello che speravo di trovare. Era parcheggiata con le ruote sul marciapiede, vicino al portone della palazzina. Una Fiat Uno bianca, con una lunga stricciata scura su tutta la fiancata sinistra, come aveva detto Michelle.

Sarà stato a causa della scarica di adrenalina seguita alla scoperta o del carico di stupide vitamine della lattuga di Michelle, ma la testa mi frullava di idee che non vedevano l'ora di uscire all'aperto. La prima era scontatissima. Scesi dalla Golf e ispezionai l'interno della Uno. Niente tracce di sangue, niente buchi nello schienale dei sedili né segni di restauro, niente carte né oggetti. Niente di interessante, insomma. Lessi persino i contrassegni del bollo e dell'assicurazione, che era una di quelle importanti.

Risalii sulla Golf, ben deciso, stavolta, a non dare spago al pilota automatico, che avrebbe voluto continuare subito con l'idea numero due. Puntai la prua verso casa. L'ora di pranzo sarebbe stato il momento più favorevole per realizzare il resto del programma.

A casa preparai una seconda flebo di caffeina, perché nemmeno la notte precedente si era dormito gran che, anche se una parte di me, ai piani superiori, faceva finta di non accorgersene. Avevo bevuto subito una prima tazza quasi bollente, ascoltando in sottofondo *Coloriage*, uno dei miei CD più recenti: Richard Galliano all'accordeon, Gabriele Mirabassi al clarinette. Stavo assaporando con calma la seconda tazza, quando squillò il telefono. Erano le otto e mezza. L'orario preferito da mio cognato quando mi telefona per chiedermi un favore. I favori che tende a chiedermi Armando sono, per lo più, di natura silvo-pastorale: acquisto di sementi e affini al consorzio agrario di via Archirafi, dove perse le scarpe Gesù Cristo.

Risposi dal telefono del soggiorno, portandomi dietro la tazza e la caffettiera, consapevole che, dopo Armando, sarebbe stato il turno di Maruzza.

– Professore?

Non era Armando. A parte che lui avrebbe semplicemente detto Lorè!, la voce era femminile. E non era nemmeno Maruzza, perché aveva un accento lievemente straniero che mi era vagamente noto, e che infatti identificai all'istante:

– La signora ugro-finna! – rilanciai dentro il microfono.

– Professore, mi ha promesso un invito a pranzo e una visita notturna della città, ricorda?

– Come no! Da dove chiama?

– Da Vienna. Parto stasera, con l'ultimo volo, via Milano. Dovrei arrivare a Palermo poco prima di mezzanotte.

Si sentiva il rumore del traffico sulla Mariahilfer, o quel che era, e la cantilena di un ambulante che offriva le sue merci. Pesai bene le parole successive:

– In che albergo scende?

– Non lo so ancora. Devo persino prenotare il volo. Ma non credo che ci saranno problemi.

– Viene per fare la turista?

Rise a lungo:

– Magari! No, vengo per lavoro. Mi fermo solo per pochi giorni. Mi farebbe davvero piacere incontrarla. Facciamo così, domani mattina la chiamo dall'albergo e prendiamo accordi per la giornata. Le va?

Certo che mi andava. Rimasi a meditare a lungo, dopo avere messo giù. Cercavo di capire il vero significato di quella telefonata. Nonostante la ragionata e giustificatissima fiducia che nutro nel mio fascino latino, la ugro-finna non sembrava tipo da prima mossa, nelle strategie internazionali della seduzione. A occhio e croce, doveva entrarci il blitz della sera prima in via Riccardo il Nero. Il che voleva dire un collegamento tra le due vedove Ghini: quella locale e quella di Vienna. Su quali basi?

Sotto la punta emersa dell'iceberg si andava delineando

una massa dai contorni un po' troppo simmetrici, per essere veri. Un contesto che, nello stesso tempo, mi appariva troppo ovvio e troppo contraddittorio. Avrei dovuto prendere carta e penna, ed elencare i fatti, in modo che avessero un minimo di senso logico. Invece mi limitai ad alzarmi, afferrare le chiavi della Golf, e scendere. Guidare per un itinerario che conosco a memoria mi facilita la concentrazione, mi aiuta a disimballare i neuroni giusti, specie ai semafori rossi. Programmai ottimisticamente il pilota automatico per una velocità di crociera sui venti nodi, rotta su via Medina-Sidonia, e intanto che guidavo provai a elencare mentalmente i fatti.

Primo: la carta e lo scontrino spariti appartenevano alla ugro-finna. Secondo: la Fiat Uno apparteneva al giro Ghini-Cottone-Kamulùt. Terzo: il pilota della Uno aveva recuperato la carta e lo scontrino della ugro-finna. Quarto: il pilota della Uno aveva riconosciuto Michelle, o il sottoscritto, o entrambi. Quinto: il pilota della Uno non poteva essere sicuro che Michelle o io non lo avessimo riconosciuto a nostra volta. Sesto: la ugro-finna mi aveva telefonato perché il pilota della Uno le aveva detto di avermi visto in via Riccardo il Nero, e la richiesta di un incontro per il giorno dopo preludeva a un tentativo di sondaggio. Settimo: il pilota della Uno era la vedovallegra. Questo, per la verità, non era un fatto, ma un quasi-fatto. Ottavo: il legame tra la ugro-finna e il giro Ghini-Cottone-Kamulùt era basato sulla complicità, sul ricatto, o su entrambi? Neanche questo era un fatto ma un interrogativo.

Archiviai provvisoriamente ogni cosa perché intanto ero arrivato al dipartimento. Dopo un quarto d'ora spuntarono le due femmine:

– Ti hanno buttato giù dal letto stamattina, capo?

– Non è giornata, filate a lavorare.

– Indovina chi abbiamo conosciuto ieri.

– Non mi interessa.

– Sono arrivati di pomeriggio, dopo che te ne eri andato.

– Sì. Peppuccio con fidanzata russa. Il nipote della decana: ricordi?

– Tra poco fanno il fidanzamento ufficiale e siamo invitati pure noi.

Ci mancava solo questa.

– Erano venuti a trovare la vecchia Virginia, e lei ce li ha dirottati qua.

– La fidanzata ha una faccia da Olga, però si chiama Nataša.

– È una bionda con gli occhi blu Siberia e la carnagione come il latte. Tanto varrebbe farsela con un vasetto di yogurt magro. Però è simpatica.

– Sì, sta imparando a fare la spesa in siciliano. L'italiano già lo sa. E nemmeno Peppuccio è tanto male. Ci aspettavamo di peggio.

– Però è un tipo troppo remissivo. Questa Olga-Nataša, uno come lui se lo gira intorno a un dito quando vuole. Sembra l'anello più debole di una catena trofica.

– Se volete farmi credere che ricordate ancora qualcosa di ecologia, non attacca.

– E invece sì: è come se occupasse uno dei primi livelli nella catena alimentare di una palude. Capo, la verità è che non ci sono più maschi come si deve. Quelli buoni sono già tutti presi. E gli altri, o sono stronzi o sono finocchi o sono peppucci.

Per il bene collettivo mi astenni dal chiedere dove collocavano me.

Poco dopo mezzogiorno scesi di nuovo. Mi era venuta un'altra idea. Guidai verso il centro, con la speranza di tro-

230

vare un posto vicino al Kamulùt. L'unica possibilità era la doppia fila. Mi piazzai vicino all'imboccatura della strada, in modo da tenere d'occhio la Fiat Uno. Un altro colpo alla cieca. Prevedevo che il Kamulùt avrebbe chiuso all'una in punto. E così fu.

All'una e cinque, uno dei due elegantoni comparve all'angolo. Era Milazzo, quello che aveva tentato di rifilarmi il bocchino d'avorio. Quello del passaporto con i visti russi. Si avvicinò alla Uno, aprì lo sportello, salì, manovrò, e partì con una sgommata. Istintivamente misi in moto anch'io e cominciai a seguirlo. Svoltò in via Daita, poi in via Turati, e fu bloccato dalla coda al semaforo rosso, all'angolo di via Libertà. Aveva messo la freccia a destra. Ero incerto se tentare di seguirlo, col rischio di dovere rimandare al giorno dopo il mio programma del mattino. Alla fine optai per il no. Probabilmente Milazzo andava solo a mangiare da mammà. Ad ogni modo, quello che avevo appena visto era già sufficiente a rimescolare le carte, introducendo un altro elemento di complicazione. Svoltai a sinistra, per via Ruggiero Settimo, continuai per via Maqueda, tagliai per via Candelai, sbucando infine davanti al Papireto.

Tra una manovra e l'altra si era fatta l'una e mezza. L'ora giusta. Mi appostai come l'altra volta all'imboccatura di via Riccardo il Nero e aspettai. Tempo cinque minuti, e la solita scassatissima Fiat Fiorino con a bordo il solito padrone sovraombelicato mi passò davanti. Insinuai la prua nella stradina e mi fermai davanti all'insegna del solito elettrauto. Il solito garzone era intento a divorare la solita sbobba. Tutto troppo solito. Solo il tempo sembrava un po' diverso. Ma forse era una mia impressione.

Stavolta non scesi nemmeno dalla macchina: feci segno al ragazzo di avvicinarsi, lui mi riconobbe ed eseguì:

– Come ti chiami?

– Peppuccio.

E tre! Avrebbero potuto fare una bella vampa, per San Giuseppe.

– Senti, Peppuccio, sai se c'è un vetraio, qua vicino?

Mi squadrò perplesso.

– Te lo ricordi quello che è venuto a cambiare un vetro in quella casa, il mese scorso? – continuai, tanto per insistere con i colpi alla cieca.

Si grattò la zucca. Si era fatto fare un taglio elaborato, che era di moda alcuni anni prima: sfumatura altissima ai lati e chioma fluente al centro. Si comincia così, poi si perde il controllo e si finisce col lasciarsi crescere le basette. Una iattura.

– Dev'essere mastro Aspano – borbottò alla fine.

– Dove sta mastro Aspano?

Me lo spiegò con grande dovizia di svolte, controsvolte e punti di riferimento, il più importante dei quali era la bancarella di uno stigliolaro. Il posto non era lontano, ben addentro i vicoli del Capo, in direzione di Sant'Agata alla Guilla. Ringraziai il Peppuccio numero tre, e gli allungai un cinquemila che gli illuminò le pupille:

– Però è inutile che ci va subito. A quest'ora è andato a mangiare. Apre verso le due e mezza.

Approfittai della pausa per chiamare Michelle da un telefono pubblico. Era lievemente elettrizzata.

– Ci sono novità – mi disse; – ma ne parliamo di presenza.

Anche lei si faceva venire le paranoie da intercettazione.

Un profumo di frittura mi danzò provocante davanti alle narici, voluttuoso come un'odalisca, mi titillò delicatamente le terminazioni superficiali, e poi decise l'affondo, artigliandomi il nervo olfattivo in una morsa che mi rammentò le esigenze della carne. Risalii la scia a naso, controcorrente, come un salmone sulle tracce della salmonessa. Proveniva dalla padella di un panellaro, ad appena una svolta. Ma non erano panelle: gli fui davanti appena in tempo per vedergli scolare un paio di chili di cicirello croccante. Forse arrivai a sbavare. Se no, come interpretare il fatto che, senza chiedermi niente, me ne riempì un bel coppo nella carta oleata, e me lo piazzò sul banco, insieme a mezzo limone e al piattino col sale? Molto toccante, davvero. Credo che il mio fosse il primo caso di ghiandole salivari affette da esoftalmo. Non potevo fare a meno di pensare al padre di Michelle, mentre sgranocchiavo il cicirello, un coccio alla volta. E ai vassoi da catering che probabilmente erano il massimo della lussuria, lì al Pagliarelli. Il pensiero, nonostante tutto, riuscì a rovinarmi solo in parte il pasto. Rifiutai con un gesto la bottiglia di passito soda che il panellaro aveva brandito alla mia volta, e mi accontentai di un bicchiere di vino bianco ghiacciato, fornito dalla stessa ditta. Annata verosimilmente mista, niente etichetta, e bottiglione con tappo a vite: il massimo della lussuria. E dire che c'è chi si accontenta di una merendina cellofanata.

Per andare dal vetraio tornai in corso Vittorio, tagliai per piazza Sett'Angeli e infilai via Sant'Agata. Forse non era proprio l'itinerario migliore, ma di sicuro quello che mi andava di più. Speravo di poter lasciare la Golf ai margini del mercato e continuare a piedi. Data l'ora, mi riuscì facilmente di trovare un posto in piazza Sant'Isidoro.

Mastro Aspano era secco e lungo come una filastrocca, e la sua bottega si apriva su un piccolo piano con bellavista sul solito cassonetto. Più che una bottega era uno sgabuzzino pieno di vetri posati per terra, poggiati contro le pareti, e quasi completamente occupato da un vecchio tavolo da lavoro tutto scrostato. Il mastro vetraio era già all'opera, chino su una grande lastra che stava meticolosamente incidendo con la punta di diamante. Era piuttosto anziano e portava un paio di occhiali con le lenti spesse come vetri blindati. Non si voltò nemmeno a guardarmi, quando mi fermai appena oltre la soglia, e si limitò a mormorare uno stentato buonasera di risposta al mio saluto iniziale. Gli dissi che avevo bisogno di sostituire un vetro rotto a una finestra.

– Dove? – fu la risposta (anzi, la domanda) laconica.

Sparai l'indirizzo della casa di via Riccardo il Nero. Non alzò nemmeno gli occhi dal lavoro:

– Un altro? – replicò, secco. Forse gli facevano pagare le parole a cottimo.

– Perché un altro?

– Non è nemmeno un mese che gliene ho cambiato uno.

– Quand'è stato?

– Ce l'ho scritto sul pizzino, ecco qua... lo scrivo sempre perché con tutto il lavoro che ho...

Finalmente sollevò la testa e mi squadrò bene in faccia, strizzando le palpebre. Una delle sue lenti era opacizzata. Dietro l'altra lente, l'unico occhio visibile e ingrandito sembrava ammiccare come una stella doppia:

– Lei non è quello dell'altra volta.

– E chi era quello dell'altra volta?

Si richiuse a riccio e riprese a lavorare senza più degnarmi di uno sguardo, gelido come un filetto findus.

– Giovane? Vecchio?

Mi scoccò un monocolo sguardo di fuoco:

– Qui dobbiamo lavorare.

Me ne andai augurandogli gentilmente buon lavoro.

Non avevo scoperto chi avesse commissionato la sostituzione del vetro, ma almeno sapevo che era un uomo. Ed ero pure riuscito a dare un'occhiata al pizzino: la data era quella del lunedì successivo all'ammazzatina: il primo giorno lavorativo utile. E non credevo nelle coincidenze.

Tornai indietro verso la macchina, a velocità executive. Anch'io avevo qualcosa di nuovo da comunicare a Michelle.

La raggiunsi a casa, dopo il lavoro, verso sera. Le raccontai ogni cosa, cominciando dalla telefonata della ugro-finna, e lei sguainò uno dei suoi sorrisi calibro trentotto special corazzato per la caccia al bisonte. La gamma dei sorrisi di Michelle è pari solo alla gamma dei suoi silenzi. Quando terminai con la mia visita al vetraio annuì vigorosamente:

– Tutto quadra – disse.

– Con che cosa?

– Ricordi che ti ho anticipato che c'erano un paio di novità? Avevi ragione tu: a Ghini hanno sparato dentro quella casa. O meglio, è sicuro che non gli hanno sparato per la strada o in macchina.

– Da che cosa lo deduci?

– Il mio capo è riuscito a spremere qualcosa al perito catanese. Un particolare che è venuto a galla dalle analisi sugli indumenti di Ghini: sulla camicia hanno trovato un sacco di scorie, di prodotti residui tipici della combustione della polvere da sparo, com'è giusto che sia, visto che gli avevano sparato a bruciapelo; sulla cravatta invece ci sono pochissime tracce, e solo nella parte a contatto con il torace, raccolte passivamente per lo strofinio contro la camicia. Sai cosa significa?

– Che quando gli hanno sparato non indossava la cravatta, e che gliel'hanno messa dopo, prima di abbandonarlo sul marciapiede. Gliel'avevano persino fissata con il fermacravatte.

– Esattamente. Il quadro che se ne deduce è che Ghini stava in quella casa, con la giacca addosso, che effettivamente è bucata sulla schiena, ma rilassato e con il colletto della camicia sbottonato; probabilmente si era messo comodo, quando gli hanno sparato: si era allentata la cravatta e se l'era tolta. A questo punto sono curiosa di sapere cos'avrà da dirti l'ungherese...

– Questo lo sapremo domani. Ora il problema urgente è un altro: diciamo tutto o no, stasera, all'avvocato?

– Cos'è che ti lascia perplesso?

– Il punto è che l'avvocato decide sì la linea difensiva, ma è sempre il cliente che deve dare l'input giusto. Ora come ora non sappiamo se tuo padre, quando l'hanno arrestato, era o no al corrente di tutto quello che noi abbiamo scoperto solo ora. Se è al corrente, tocca a lui parlarne con l'avvocato; e se decide di non farlo avrà i suoi buoni motivi, che noi ignoriamo. Allora, secondo me, è meglio tacere su tutta la linea anche con l'avvocato, finché tu non sarai ammessa ad un colloquio con tuo padre, dopo l'interrogatorio. A quel punto gli racconti tutto e lasci che sia lui a decidere cosa vuole e cosa non vuole dire.

– Mi sembra un po' forzato, ma non irragionevole. C'è invece un'altra cosa che mi dà da pensare da quando è cominciata tutta questa storia: come mai, tra polizia, guardia di finanza, procura e chi sa che altro, nessuno sembra essersi accorto né di quella casa, né dell'ungherese, tanto più che era a Palermo il giorno della sparatina, né di tutto il resto che siamo andati scoprendo noi?

– Le ragioni possono essere molte. Però, conoscendo uomini e cose, la spiegazione più verosimile, o se credi, più disincantata, è che De Vecchi abbia approfittato dell'assenza di Spotorno per orientare le indagini verso le conclusioni più facili, e a lui più utili perché clamorose. Il fatto è che esiste una ruggine recente tra Spotorno e De Vecchi: me l'ha confidato il mio amico giornalista, ma non è un segreto; e al signor sostituto procuratore non deve essere sembrato vero di poter mettere le mani sopra una storia così succosa e tentare di cavalcarla per bene, salvo scendere in tempo, prima di farsi disarcionare. Vittorio, se non fosse partito, avrebbe condotto le cose a modo suo. E se De Vecchi avesse insistito avrebbe scatenato un canaio. E non è escluso che non lo faccia al ritorno, se nel frattempo la cosa non si sarà sgonfiata da sola. Ma tu avevi parlato di un paio di novità. Qual è l'altra?

Michelle sembrò riflettere per qualche istante:

– È un altro particolare emerso dall'autopsia; il perito l'ha detto senza problemi al mio boss, perché sembra una cosa senza importanza: Ghini aveva un aneurisma cerebrale.

Un aneurisma! Un piccolo palloncino pieno di sangue, annidato da qualche parte dentro il cervello. Una cosa senza importanza se è uno di cui non ve ne frega niente, ad averlo in testa. Le pareti di un'arteria cedono, si dilatano, il palloncino si gonfia. Basta poco per fare plof. Una corsetta dietro il 101. Quattro calci a un pallone. La pagella sadica del primogenito. La vittoria dei comunisti alle elezioni texane. Nei casi più fortunati, può bastare anche una cavalcata più movimentata del solito. E via con la reincarnazione, se vi va bene. O male, se siete per i colpi secchi, e una sola vita vi basta e avanza, e non vi sembra che valga la pena rischiare di trovarsi reincarnati in un riciclatore di memorie ram per computer.

– Era congenito?

– Se lo era, è un miracolo che Ghini sia arrivato a cinquant'anni. Secondo il perito poteva restarci da un momento all'altro.

– E lui lo sapeva?

– Come si fa a dirlo? Bisognerebbe chiedere alla vedova. O al suo medico.

– Tuo padre diceva che Ghini era tanto depresso da apparire disperato. Potrebbe essere questo il motivo...

– Potrebbe. E in questo caso la vedova non ne avrebbe

saputo niente, perché a noi ha detto che non era affatto depresso, anzi era addirittura tranquillo. Come se avesse avuto due comportamenti diversi: uno per la famiglia e un altro per gli estranei. D'altra parte, se la Ghini Cottone sapeva dell'aneurisma la possiamo cancellare dall'elenco dei sospetti: non avrebbe avuto alcun motivo per spargli, le sarebbe bastato aspettare. E neanche molto.

– Già. Con questa storia, ogni volta che ci sembra di avere fatto un gol, si scopre che il guardialinee aveva alzato la bandierina del fuorigioco.

L'avvocato aveva una faccia da bandolero stanco. Più giovane di quanto mi aspettassi, sotto i quarantacinque, smilzo, bruno, sgualcito, con occhiaie scure che sembravano allegorie di mondi giudiziari sull'orlo di una crisi di nervi. Sedeva dietro la scrivania, sfuggendo alla poca luce della lampada da tavolo, unica fonte luminosa dello studio, nemmeno fosse stato una pianta sciafila o un vampiro appena uscito dalla cassa da morto. Teneva casa e bottega al terzo piano di una palazzina anni Quaranta, dalle parti di via Dante, non lontano dall'appartamento di Michelle, però ci eravamo andati lo stesso in macchina. Aveva personalmente risposto al citofono ed era poi venuto ad aprirci la porta, perché il giovane di studio, la segretaria e lo spicciafaccende se ne erano andati da un pezzo, e ora probabilmente tentavano di annegare nell'alka-seltzer la vendetta fredda dei polipetti murati della cena. Michelle mi aveva già detto che viveva solo, barcamenandosi disequamente tra una scialba fiscalista castana e una fiorente ristoratrice dall'apparenza bionda. Il che presumibilmente gli consentiva di risparmiare sui pasti, dato che buona parte dei suoi proventi veniva intercettata da un esagerato assegno mensile, principale sottoprodotto di un divorzio feroce.

Non che Michelle lo conoscesse. Anzi era la prima volta che lo vedeva anche lei. Il punto è che Palermo è una tazza. Basta non allontanarsi quando qualcuno parla di qualcun altro, e prima o poi si finisce con l'apprendere la maggior parte delle cose false che valga la pena conoscere sui residenti. L'abilità consiste nello scremare. E nei controlli incrociati: se sentite due volte la stessa storia, nell'identico modo, da due fonti diverse, fatela vostra: è sicuramente inventata.

All'inizio mi tenni discretamente in disparte, limitandomi a mormorare il mio nome durante la regolamentare stritolata di mano da machos in crisi di astinenza. Michelle mi aveva presentato come «un amico». E mai l'espressione mi era parsa più inadeguata.

L'avvocato tenne subito a precisare che nonostante l'assenza da Palermo aveva ugualmente seguito il caso, essendo rimasto in continuo contatto telefonico con il suo principale collaboratore dello studio:

– Un ragazzo sveglio, preparato, e ciò che più vale in tempi come questi, è prontissimo a cogliere al volo gli umori degli uffici che contano: quello del gip e, soprattutto, la procura: i sussurri e le grida.

Non mi era ancora capitato un avvocato bergmaniaco citazionista.

E poi, anche prima del... – come dire? – beh, prima del precipitare drammatico degli eventi, aveva studiato per bene le poche informazioni disponibili. Ne aveva discusso a lungo con monsieur Laurent. Il colpo però era arrivato del tutto inatteso... Nessuno avrebbe pensato che...

Usava un linguaggio un po' arcaico, nel parlare del caso, e mostrava una strana ritrosia a chiamare le cose con nome e cognome: l'arresto di monsieur Laurent diventava un pudibondo: precipitare drammatico degli eventi, o più sinteticamente: l'evento; e rivolgendosi a Michelle usava l'espressione: papà suo, ogni volta che si riferiva al genitore sotto sequestro.

Michelle si adeguò alla linea di condotta che avevamo concordato, anche se dopo averlo studiato da vicino, l'avvocato sembrava davvero un brav'uomo di cui potersi fidare fino in fondo. Ma tutto sommato si trattava solo di aspettare ancora per un paio di giorni, prima dell'interrogatorio e, se andava bene, dell'ammissione al colloquio con i familiari. Con *la* familiare, nel caso specifico.

Quando eravamo arrivati nello studio Michelle sembrava essere caduta dentro un umore tipo la-famiglia-Schopenhauer-ritorna-dalle-ferie, e l'incontro con l'avvocato, tenuto dal brav'uomo su un profilo rassicurante, servì a tirarla di nuovo su.

Quando sembrava che tutto fosse stato detto e si stava passando ai saluti mi venne in mente che prima di partire Vittorio aveva accennato a un alibi della vedovallegra. Chiesi all'avvocato se lui ne sapeva niente.

– Ufficialmente no – rispose, sibillino. Poi impallidì di colpo e sembrò quasi avere un mancamento. Aprì un cassetto della scrivania e vi frugò inutilmente dentro; quindi cercò nelle tasche della giacca, trovò una caramella della varietà Alitalia, la scartò convulsamente e se la cacciò tra le fauci. Fui folgorato da un dubbio:

– Ma lei ha mangiato oggi?

– Cappuccino e cornetto stamattina alle dieci, sei ore di sonno in due giorni.

– Ah. Neanche noi abbiamo cenato.

Un triplice sguardo d'intesa fu sufficiente. Ci guidò lui a piedi giù per via Dante e oltre il Politeama, verso una trattoria semideserta. Era un locale senza pretese, al limite dello squallore, quasi a sottolineare che la cena era solo un'esigenza alimentare, e che le circostanze non lasciavano spazio alle divagazioni. Il classico posto da bistecca e insalata, conosciuto come Zi' Cocò. Tutti i tavoli erano liberi, tranne uno, occupato da un paio di silfidi policrome dall'aria depressa, intente a sezionare due trance di spada alla menta. In agguato accanto ai piatti, due telefonini gemelli, verso i quali lanciavano ogni tanto un'occhiata struggente, quasi un'invocazione a uno squillo che non si decideva ad arrivare.

Ai bei tempi il locale era bizzarramente frequentato sia dai neri che dai marxisti-leninisti, che allora si riempivano massivamente la bocca con l'espressione masse popolari, mentre le uniche masse che materialmente avevano qualche influenza su di loro erano le recidive polpette in umido di Zi' Cocò. È in locali come questo, disseminati per tutta la penisola, che è nata la gastronomia politicamente corretta. Era una specie di stato cuscinetto, di terra di nessuno, di Svizzera al passito soda. I neri ci venivano spesso a festeggiare qualche pestaggio felicemente riuscito. Chi sa se lo sapeva, l'avvocato. La facoltà di Legge, allora, era una roccaforte del fascio. Meglio non indagare. Anche perché era rimasta una domanda in sospeso.

Aspettai che uno Zi' Cocò pelato e invecchiato avesse finito di rifornirci di pane, vino e antipasti rustici, prima di riportare con discrezione il discorso sull'argomento. Chiesi all'avvocato cosa avesse voluto dire, poco prima, con il suo «ufficialmente no».

Tossicchiò, masticò accuratamente un pezzo di caciocavallo e lo mandò giù con un sorso di vino della casa, prima di rispondere:

– Ho parlato con Cascio, il gip, il dottor Calogero Cascio. L'ho chiamato da Roma e ci siamo fatti una bella chiacchierata. Secondo il medico legale a Ghini hanno sparato tra le nove e le undici di sera. La moglie del morto sostiene che il sabato pomeriggio aveva cominciato l'inventario al Kamulùt, ed era andata avanti anche dopo l'orario di chiusura, e i commessi erano rimasti a darle una mano, a paga raddoppiata. Poi è salita direttamente a casa, e lì ha saputo della disgrazia. Pare che fosse lei ogni volta a farsi carico dell'inventario: il marito si occupava in prevalenza della gestione finanziaria e della ricerca e acquisto dei pezzi. La polizia ha fatto i suoi controlli e i commessi hanno confermato ogni cosa. Io ufficialmente non dovrei saperlo, però con Cascio eravamo colleghi di corso, siamo amici da sempre. Non è un cattivo ragazzo, solo è un po' troppo debole, troppo accondiscendente.

Dovette sfuggirmi una smorfia involontaria, di cui equivocò il senso:

– Non si stupisca, professore: i rapporti tra accusa e difesa sono in crisi solo nelle aule giudiziarie e sui giornali. Fuori, capita di andare al ristorante insieme, di frequentarsi in casa, di condividere l'amante, vocabolo che ha il privilegio di andare ugualmente bene sia al maschile che al femminile. Forse a Palermo non capiterà così di frequente come in altre città, e non per gli avvocati e i magistrati specializzati in processi di mafia, ma le assicuro che succede anche qui, più spesso di quanto non si pensi.

– Non creda, avvocato, che solo perché provengo da un altro universo professionale... Vede, noi biologi metropolitani formiamo una setta scaramantica, di cui per ora sono l'unico membro: in ossequio allo statuto, io non mi stupisco mai di niente. Tanto meno di quello che lei ha appena detto. Ho un fegato stoico e occhi onnivori, anche se non sono così numerosi da poterli chiudere su tutto. La mia, è la generazione che ha partorito il Sessantotto, poi l'ha divorato, ed ora ne sta espellendo gli ultimi cataboliti, nella forma più asettica e inodore: il politically correct. Io invece voglio essere scorretto in tutto. A cominciare dalla politica, nella sua espressione attualmente più visibile: la giustizia. O viceversa, se crede. Se proprio lo vuole sapere, l'unica cosa che rischia di stupirmi, in questa storia, è che il gip non si chiami Peppuccio.

Batté il pugno sul tavolo e scoppiò a ridere. Reazione inattesa, da uno con il suo fisico: me la sarei piuttosto aspettata da un banchiere obeso. A Michelle estorsi uno dei suoi lenti sorrisi alla calce viva.

– Allora non la stupirà nemmeno una cosa che mi ha riferito il gip. In confidenza, mi ha detto che aveva tentato di trasformare in arresti domiciliari l'ordine di custodia cautelare in carcere per papà suo – disse, rivolto a Michelle, – perché secondo lui il movente era troppo vago e non c'erano prove né indizi gravi a suo carico. E allora il dottor De Vecchi, il pm, gli ha ribattuto che le prove non sono sempre indispensabili, e che le inchieste hanno una loro filosofia complessiva, una coerenza interna, di cui le richieste al gip sono solo la inevitabile conseguenza strumentale.

– E mio padre è nelle mani di questi due? – sibilò Michelle.

– Per ora sono loro che hanno il coltello dalla parte del manico. Io comunque l'ho strapazzato un bel po', ma era come sbattere contro un muro di gomma. Alla fine mi ha detto che era meglio lasciare sfogare il pm, e che dopo, compatibilmente con l'esito del primo interrogatorio, avrebbe avuto un maggiore potere contrattuale, e si sarebbe visto.

Nel frattempo era arrivata l'ovvia bistecca ai ferri per l'avvocato e il cacio all'argentiera per me e Michelle. Ci fu un silenzio prolungato, mentre si lavorava di ganasce. Al tavolo delle silfidi arrivò l'atteso squillo, ma non ebbe effetti visibili sulla loro depressione. Dopo la frutta l'avvocato chiese un Averna. Aveva recuperato in pieno e sembrava rilassato ma vigile. Pronto alle battaglie del giorno dopo.

– Se permette le racconto un episodio dei tempi dell'università – disse, rivolto verso di me. – Un episodio che definirei illuminante, in tutti i sensi. Ero al quarto anno, e preparavo l'esame di Procedura penale proprio con Calogero Cascio, a casa dei suoi. Abitavano, allora, sulla strada per Baida, sopra Boccadifalco. Sarà stata la fine di agosto, ed era scoppiato un temporale estivo, uno di quelli pirotecnici: tuoni, lampi, fulmini, saette, e certi rovesci d'acqua da rischiare l'annegamento. Era già buio, faceva caldo, ed eravamo usciti sulla veranda, a goderci lo spettacolo. Improvvisamente, tra un lampo e l'altro, si fa strada una luce bluastra, livida, una luce diffusa che si intensifica gradualmente, fino a illuminare tutto il vecchio campo di aviazione, sotto di noi: si potevano contare tutti i fili d'erba uno per uno. Dura almeno mezzo minuto, prima di spegnersi lentamente. Una cosa spettacolare. Da restare a bocca aperta. Cercavo inutilmente nel cielo, tentando di individuare la fonte della luce: una specie di bengala, pensavo, sparato per festeggiare qualche madonna locale. Le madonne di borgata sono vendicative: pioggia o non pioggia, non tollerano si venga meno alle date ufficiali dei loro onomastici. Poi mi volto a guardare Cascio e mi accorgo che ha le mani contratte sulla spalliera di una sedia, ed è impallidito fino all'osso. Il giorno dopo leggiamo sul «Sicilia» che quella luce sfolgorante era un fulmine globulare, uno di quei mostri meteorologici che capitano ad ogni morte di papa, tant'è che era finito sui giornali. Cascio allora mi confessa che la sera prima, al momento del fatto, gli era venuta una strizza dell'accidente perché l'aveva preso per il flash di una bomba termonucleare. Ecco, l'essenza della storia, o la morale, se vuole, è proprio questa: mentre io pensavo a una festa rionale, lui credeva che fosse scoppiata la guerra atomica. Ed è per questo che io sono finito a fare l'avvocato, e lui il gip.

Era scritto negli astri. O come direbbe lei, nei cromosomi. Mi sono spiegato?

– Perfettamente.

Nel frattempo, le due silfidi policrome avevano pagato il conto, si erano alzate, e si erano incamminate verso l'uscita, non senza averci soppesato tutti e tre con un lungo sguardo da consulenti finanziarie a corto di clienti.

Decidemmo anche noi di tagliare la corda. L'avvocato insistette per pagare il conto. Lo riaccompagnammo sotto casa, e ci promise che ci avrebbe informato subito, al minimo accenno di novità.

Michelle mi chiese di restare con lei. Per quanto fosse tardi continuò lo stesso a passare per un bel pezzo da una stanza all'altra, spostando oggetti, senza un obbiettivo apparente, se non quello di assecondare un blando nervosismo. Io nel frattempo cercavo qualcosa da leggere tra i suoi libri, approdando alla fine di malavoglia su un Lawrence Block multiplo, che avevo già letto in parte. Non che sia male, solo che non mi vanno giù tutte quelle sbrodolature sulla Lega degli Alcolisti Anonimi. Un mio amico andaluso dice sempre che è molto meglio un ubriacone ben conosciuto che un drappello di Alcolisti Anonimi. Ed è per questo che siamo amici. Senza contare che non mi fido del vocabolo Lega.

Michelle accese distrattamente la radio e pescò un'insolita edizione raggae di *It's all over now, baby blue*, eseguita da Mick Jagger. Mi lanciò uno sguardo rapido. Sapevo perché. Per lei aveva un significato speciale. Era stata lei a raccontarmi tutto, non molto tempo prima.

Uno di quegli episodi che sembrano dimostrare che il battito delle ali di una farfalla nel Canton Ticino può provocare un tifone a Canton di Cina: Michelle si era trovata a New York, per uno di quei periodici stage di aggiornamento che le concedono ogni tanto, e aveva deciso di non lasciarsi scappare un concerto di Bob Dylan al Central Park o a Washington square o quel che era. Lei e un milione di quarantenni dalla lacrima facile, orfani di Woodstock e in vena di revival. E Dylan, a un certo punto, licenziata la band e posata la chitarra, aveva attaccato a sussurrare *It's all over now, baby blue*, senza accompagnamento: lui, con le labbra attaccate al microfono, solo su quel palco, con la sua nuova voce da ebreo errante, che si sentiva appena. E Michelle e il milione di quarantenni erano ammutoliti di colpo, smettendo persino di respirare, e anche i grilli, le cicale, i passeri, i piccioni, o quel che erano, ci avevano dato un taglio. Ed era stato in quel momento, mentre un milione di brividi silenziosi fluiva in un unico gigantesco flusso, in un solo brivido grande come il Rio delle Amazzoni, in un possente e muto Mississippi emozionale, era stato allora che le era affiorato il dubbio primordiale, il dubbio che anche lei, forse, avrebbe dovuto dare un taglio a qualcosa di consistente, come per esempio gli ormeggi del pallone gonfiato. E alla fine quel dubbio non era stato più un dubbio, ma una ridondante certezza. E quello che era successo dopo, il mio secondo avvento, per così dire, e gli eventi di contorno, era stato solo la botta finale, il catalizzatore estremo, il bacino di carenaggio per le riparazioni del caso. L'essere le persone giuste, al posto giusto, nel tempo giusto.

Michelle spense la radio e passò alla TV. Scartò con un fremito *Kramer contro Kramer*, che lei considera una specie di precursore del tipico film pre-menopausico. Era tardi, ma sembrava una di quelle notti destinate a durare molto, ben oltre la durata cronologica ufficiale. Alla fine pescò il secondo tempo de *La calda notte dell'ispettore Tibbs*, che conosciamo tutti e due a memoria. Rimasi alzato con lei fino alla fine, nonostante crollassi dal sonno. Anche questa è solidarietà.

IX

Comprate il sale e conservatelo

Il cielo stava cambiando colore e io fischiettavo *Farewell Angelina*, mentre tornavo a casa. Attraverso i fumi del troppo sonno perduto si faceva strada faticosamente il ricordo della telefonata promessa dalla ugro-finna. Un'altra giornata programmaticamente critica. Il cielo alla fine si era stabilizzato su un colore neutro, un colore routinario, da giorno lavorativo.

A casa, piazzai subito la caffettiera sul fuoco e liberai *Libertango* sotto il pick-up. Il bandoneón del vecchio Astor distillava tutte le malinconie dell'universo, in un lungo struggimento vinilico che non riuscì a cambiarmi un umore lievemente sulfureo, anche se attendista. Avevo l'orecchio teso verso il telefono. Non squillò. Non riuscivo a ricordare se avessi lasciato anche il numero del dipartimento, alla ugrofinna, quando ci eravamo incontrati a Vienna. Alla fine optai per il sì. E in ogni caso ero sicuro che sarebbe riuscita lo stesso a rintracciarmi, dato che sembrava molto interessata a una chiacchierata con il sottoscritto.

Mi trovò al dipartimento a metà mattinata, mentre per tenermi su cercavo di attizzare un battibecco tra le due femmine:

– Professore? Eccomi qua, come promesso.

– Da dove chiama?

– Sono all'Hotel Politeama, come al solito, quando vengo a Palermo.

247

Come al solito un accidente, non dissi. Quella sola frase aveva già l'aria di un sondaggio, nemmeno tanto cauto.

– Ha impegni per il pranzo? – buttai lì, cercando di assumere un tono di educato entusiasmo.

– Sì. Come le ho detto ieri sono qui per lavoro. Però stasera sono libera.

Ci avrei scommesso. Le sere, con il loro languore locale, sono più indicate per i tentativi di spremitura. E lei lo sapeva bene. Concordammo che sarei passato a prenderla in albergo verso la fine del pomeriggio. Quando misi giù le due ragazze tentarono di passarmi l'anima ai raggi X:

– Chi era quella femmina, capo? Perché era una femmina, vero?

– Se ci racconti tutto ti promettiamo che non faremo la spia con quella tua donna segreta.

– Non sono affari vostri, chiudete il becco.

– Non è da te, capo. Sei scortese.

– Solo con voi.

Rimasi tutto il giorno al dipartimento, saltando il pranzo e abbrutendomi di caffeina. Quando cominciò a fare buio scesi per uno scalo tecnico a casa mia.

Dopo un primo giro di pista tra via Daita e la corsia laterale di via Libertà, rinunciai a cercare un posto per la macchina. Mi fermai in doppia fila davanti all'ingresso dell'albergo ed entrai. La ugro-finna arrivò con moderato ritardo, dopo la chiamata del portiere:

– Professore, che piacere! – (E che frase originale!).

Si era impupata un bel po', ma con quel tanto di classe da sembrare truccata quasi sobriamente. Tailleur grigioperla (che fosse il marchio di fabbrica delle vedove Ghini?), colonia griffata, probabilmente italica, e foulard targato Hermès, tutto tatuato di maschere azteca su fondo blu. Io mi ero camuffato da perfetto gentiluomo del sud, dalla punta delle scarpe al nodo della cravatta in tinta unita, di maglia di seta, fuori moda come una rivoluzione. Davo l'idea del consiglieri di classe di un boss di classe, come si materializza nell'immaginario collettivo delle psicanaliste di Voghera. Sempre che crediate nell'immaginario collettivo.

– Visto che lei mi ha offerto la colazione a Vienna, mi permetterà di offrirle almeno l'aperitivo a Palermo?

– Scherza? Mi guardi bene: vede come sono vestito? Si chiama sobria eleganza; non è il look adatto per farsi offrire da bere da una giovane signora. Avrei dovuto mettermi le scarpe a punta e un gilè a scacchettoni arancione: meglio la galera, ne converrà.

– Grazie per il giovane signora. L'aperitivo però lo prendiamo lo stesso?

– Ma non qui. Oltretutto ho la macchina in doppia fila.

La mia Golf, che con il tempo ha assunto un colore bianco strapazzato, era l'unico particolare che non fosse all'altezza del resto, insieme ai miei capelli, indipendentisti per tradizione personale. La cosa mi lasciava indifferente. La ugro-finna non fece una piega.

Infilai l'asse Ruggiero Settimo-Maqueda, intasato come al solito, e mantenni un minimo di conversazione, disimpegnata ma non demagogica: cose del tipo com'era il tempo a Vienna, se avesse fatto buon viaggio, come andavano gli affari, e amenità di contorno. Toccava a lei fare la prima mossa, se avevo interpretato tutto per bene. Lei rispondeva a tono, senza esagerare e senza fingere una cordialità eccessiva, aspettando che la conversazione evolvesse spontaneamente nella giusta direzione. Insomma, ci studiavamo.

Ai Quattro Canti svoltai su per il cassaro e parcheggiai in piazza Bologni. Il traffico si era un po' rarefatto, in attesa della fiumana della notte. Pilotai la ugro-finna giù per corso Vittorio, verso l'Hotel Centrale, un tempo meta dei rendez-vous clandestini della borghesia di mezza Sicilia, ed ora assurto a nuovi fasti. E non era una dichiarazione d'intenti da parte mia, l'averlo scelto: sui tetti c'è una terrazza-bar che è uno dei luoghi più suggestivi della metropoli, l'ideale per un aperitivo segreto, o quanto meno in incognito. L'avevo scoperto da poco, dopo che avevano finito i restauri del corpo principale. Si vede tutta Palermo, da lì. O almeno tutto quello che valga la pena vedere. E la temperatura era abbastanza mite da consentirci di stare all'aperto per una mezz'ora.

Andammo su con l'ascensore, percorremmo un paio di chilometri di corridoi tirati a lucido, attraversammo la sala del ristorante-bar, e sbucammo fuori, sul terrazzo.

Se fossi uno di quei cacciaballe da Baedeker potrei dire che la metropoli sfavillava di luci che si specchiavano nell'acquaccia torbida di Porta Carbone, incastonata-nella-sera-eccetera-eccetera. Ma era un po' più di questo. Il cielo sembrava la bandiera turca, con la falce di luna che tentava di infilzare la solita stella in equilibrio sul pizzo. Il panorama, tutto sommato, non era molto diverso da quello che si vede dal mio terrazzo. Ma lì dov'eravamo noi bastava sedersi su una poltroncina di vimini, a uno dei tavolini, e subito appariva qualcuno che in cambio di qualche banconota si occupava di tutto.

La ugro-finna ordinò un Campari soda, e io mi associai. Prese posto in modo da restare in contemplazione della grossa mole del Teatro Massimo, tutto intubato e con la cupola verde rame illuminata. A sinistra, quasi a portata di mano, l'Auditorium del SS. Salvatore; più lontano, le guglie della Cattedrale, Porta Nuova e la Torre di Santa Ninfa di Palazzo dei Normanni. E poi, via via, a giro, il solito valzer di campanili, cupole, cupolette, e tutto il resto.

Eravamo soli, sul terrazzo. L'albergo era pieno di turisti, quasi tutti giapponesi, che avevano preferito occupare la sala interna, dove probabilmente erano già intenti a raschiare gli ultimi residui di crème caramel dal fondo dei loro piattini da dessert. Non era ancora l'ora di cena per noi residenti. E nemmeno per la ugro-finna, valutai d'istinto. Rifiutò la Camel che le offrivo e lasciò che le accendessi una delle sue Muratti. Esalò la prima boccata e lasciò scorrere lo sguardo a trecentosessanta gradi.

– Magnifico – disse. Però mi ero accorto che aveva accuratamente evitato di guardare nella direzione di via Riccardo il Nero. Da lì la strada non era visibile, e nemmeno la casa, però la zona era facile da individuare.

Arrivarono gli aperitivi. Fece tintinnare il suo bicchiere contro il mio, costruì un sorriso diligente e bevve un sorso:

– Allora, professore, che cosa mi racconta di bello?

– Forse è lei che ha qualcosa da raccontare.

Destrutturò lentamente il sorriso e mi studiò pensosa. Le era tornata l'aria guardinga che le avevo diagnosticato a Vienna. Per la verità l'aveva già quando ero passato a prenderla in albergo, solo che ora le si era accentuata. Non sembrava avere le idee chiare sul come affrontare la situazione. Certo non poteva chiedermi brutalmente cosa diavolo sapessi dei fatti suoi. Io non le venivo incontro. Ed era questo, credo, che le aveva fatto scartare una strategia seduttiva. Cominciò un silenzio tattico che durò quanto gli aperitivi. Proposi di andare a cena. Accolse l'idea quasi con sollievo: aveva optato anche lei per una condotta temporeggiatrice. La serata non prometteva gran che.

Avevo prenotato un tavolo ai Grilli, nella nuova sede di palazzo Pantelleria. Per arrivarci, invece di scendere verso Porta Felice, come avrei dovuto, risalii ancora per corso Vittorio, verso la Cattedrale, scegliendo perfidamente una rotta tortuosa che ci portò a sfiorare l'inizio di via Riccardo il Nero. La ugro-finna giocava a fare la sfinge. Però potrei giurare di avere sentito un suo sospiro di sollievo – forse solo un sospiro dell'anima – quando, al punto critico, avevo tirato diritto invece di girare a destra.

Intorno al Palazzo di Giustizia si era formato il solito tappo serale.

– Mi pare che il traffico a Palermo vada sempre peggio – commentò.

– No, è così da quando ho provato il mio primo paio di lenti da miope: un istante prima era il deserto; poi, di colpo, macchine a milioni.

– Ah.

Obbiettivamente avrei meritato qualcosa di più. Parcheggiai in largo Cavalieri di Malta, più che mai popolato di gatti con la lisca tra i denti. Di sopra, nelle salette del locale, c'erano parecchi tavoli liberi perché non era ancora l'ora di punta. Un nastro mimetizzato da qualche parte diffondeva swing a basso volume: la Fitzgerald che cantava *Love for sale*. La ugro-finna si muoveva come se conoscesse già il posto.

Ordinammo gli antipasti, il primo, il secondo e il vino. Seguì un silenzio prolungato, come se le trattative sul menù avessero momentaneamente esaurito ogni argomento di conversazione. Aveva l'aria di uno stallo in grande stile. Arrivò il vino. Il primo sorso sembrò risvegliarle un lampo di ironia:

– È poi andato a trovare la dalmatica di Re Ruggero, a Vienna?

– Che cos'è la dalmatica?

L'aiuto insperato venne dalla musica. Il nastro della Fitzgerald era finito e l'avevano sostituito con un altro, cui non avevo badato finché non aveva cominciato a trasmettere *Sad walk*. Fu un'ispirazione. Non saprei come altrimenti definire l'impulso improvviso che mi spinse a formulare la domanda. Una domandina da manuale galante del conversatore imbranato:

– Le piace ancora Chet Baker?

Nemmeno la signora Sagan aveva saputo trovare di meglio, con il suo *Le piace Brahms?* B come Brahms, B come Baker. Se non altro ero riuscito a mantenere l'iniziale. Cercai di inalberare un'aria di finta innocenza, fissando negli occhi la ugro-finna, con la mia migliore faccia da schiaffi. Mi studiò a lungo, fissandomi a sua volta, mentre pescava a ritroso nella memoria, cercando di decodificare il significato giusto della domanda. Poi cominciò ad annuire piano, come se avesse trovato conferma a un lontano interrogativo interiore:

– Professore, che ne direbbe se la smettessimo di recitare come se ci fossimo incontrati per caso?

– Vuole dire che è venuta apposta da Vienna solo per incontrare il sottoscritto?

– E lei era venuto apposta a Vienna solo per incontrare la sottoscritta? Di sicuro no. Però è inutile nascondersi dietro un dito. Il signor Laurent è un mio vecchio amico: ma questo lei lo sa già.

– Perché non prova a dirmi qualcosa che non so? Per esempio: che idea si è fatta, dell'assassinio di Umberto Ghini? Però non mi prenda per uno di quei fessi allevati a telefilm americani: non mi aspetto che lei mi dica: Okey, sono stata io, o è stata la signora Ghini, o siamo state tutt'e due. Ma se lei non c'entra, e se accetta come me l'idea che nemmeno il suo vecchio amico César c'entri con il delitto, questo è il momento di tirare fuori tutto quello che può aiutarlo.

– Ma cosa vuole che sappia, io, a duemila chilometri di distanza? La situazione era quella che era: con Umberto... ma lei sa di che cosa parlo. Ormai non ci vedevamo più come un tempo. Ed erano più le volte che veniva lui a Vienna o a Milano, che le volte che scendevo io a Palermo: era più importante la sua presenza al nord che la mia al sud. Detto tra noi, non credo che César Laurent abbia qualcosa a che fare con la morte di Umberto. E nemmeno Eleonora. Se vuole sapere la mia opinione, bisogna cercare nell'ambiente degli antiquari, qui a Palermo. O in quello della malavita. Questa non è la città più tranquilla del mondo, ne converrà... Quanto a César, stia sicuro che ne uscirà presto. Eleonora mi ha detto che non hanno quasi niente in mano contro di lui. Se fossimo dalle mie parti vi inviterei ad avere fiducia nella giustizia, lei e la sua amica, la figlia di César: la conosce la battuta del mugnaio a Federigo il Grande? Ci sono giudici a Berlino...

– Se è per questo ce ne sono pure qui. Il problema è che alcuni dei nostri, ogni tanto, sembrano *di* Berlino.

Non avevo fatto una piega, quando aveva nominato la vedovallegra chiamandola familiarmente per nome, come se fossero vecchie amiche. Chi sa se la Ghini Cottone la chiamava a sua volta Elena. Comunque fosse, era evidente che proprio la vedovallegra era stata la fonte di tutte quelle informazioni sui rapporti tra me, Michelle e il padre di Michelle. Più per istinto che per prudenza, avevo scelto di comportarmi come se non sapessi niente né della casa di via Riccardo il Nero, né della presenza della ugro-finna a Palermo il giorno del delitto. Tutto sommato era quello il suo vero scopo, quando aveva deciso di incontrarmi: scoprire cosa sapevo su quei due fronti. E allora la riservatezza era l'unica scelta possibile. Le versai altro vino.

– Com'era, il signor Ghini, negli ultimi tempi? – Tentai dopo una pausa di finta riflessione: – Preoccupato, teso...

– No. Era normale, tranquillo. Almeno al telefono. Le cose ormai andavano abbastanza bene.

– Aveva problemi di salute?

Rifletté a sua volta prima di rispondere:

– Eleonora mi ha detto che durante l'autopsia gli hanno trovato nel cervello un aneurisma che prima o poi si sarebbe rotto. Ma nessuno lo sapeva, neanche lui, perché era un tipo ansioso, e invece negli ultimi tempi appariva rilassato.

– Posso chiederle come mai è calata a Palermo, dato che mi ha tolto subito l'illusione che fosse venuta apposta per me?

– Non si lasci smontare così facilmente, professore, c'è del buono in lei. Chi sa, magari la prossima volta... Comunque sono venuta per il Kamulùt. Ci sono tante cose da risolvere, decisioni da prendere. Eleonora non ha molta esperienza in questo campo. Io sì.

– Persone di mondo, lei e la signora Ghini Cottone: evolute, emancipate, senza pregiudizi...

– Solo realiste e razionali. C'è una situazione oggettiva di cui prendere atto. Noi lo facciamo. Siamo donne e abbiamo già troppa vita alle spalle, per poterci permettere una guerra di logoramento.

Preferii non infierire, più per diplomazia che per cavalleria. Il resto della serata fluì in modo apatico. Nemmeno l'Armagnac terminale, preceduto dalla bottiglia di Etna rosso con cui avevamo accompagnato il pasto, riuscì a farle abbandonare del tutto la sorvegliatissima patina di diffidenza che sembrava circondarla come un'aura.

In compenso, quando la riaccompagnai in albergo sembrava volere prolungare il momento del distacco. La scortai fino al banco della ricezione e le chiesi per quanto tempo prevedeva di fermarsi:

– Ancora per un paio di giorni, fino a sabato.

– Allora, magari ci rivediamo...

Era solo una formula di congedo, e così fu correttamente interpretata. Se ci avessi provato, con lei, forse mi avrebbe surgelato sul posto. Però secondo me ci rimase male che non ci avessi provato. Pensierino della notte da maschio sciovinista e meridionale?

Dalle poltrone dell'atrio, tre tipi dall'aria famelica sembravano solo aspettare il momento in cui mi sarei tolto dai piedi. Uscii senza augurare loro buona fortuna. Somigliavano a quei tre finocchioni che in uno spot TV recuperano dal mare una stupida campana arrugginita, che non si capisce come accidenti sia riuscita a fare naufragio. Forse avrei dovuto augurarla alla ugro-finna, la buona fortuna.

Michelle mi aspettava ancora alzata. Le avevo promesso che sarei passato per fare rapporto, dopo la serata con la Zebensky. Lei era troppo orgogliosa per chiedermelo spontaneamente. Mi aprì con una faccia scura, che virò sul cupo dopo il bacio sulla guancia:

– Prada – sentenziò misteriosamente.

– Prego?

– La colonia che hai addosso. Si chiama Prada. Come mai così tardi?

– Non è nemmeno mezzanotte. E non mi sono messo nessuna colonia.

– Appunto: è da donna.

– Ah. Sai, è come il fumo passivo. Ne avrà avuto un bel po' addosso. Avrà impregnato pure la macchina. Comunque non c'è stato bisogno che io mi sacrificassi per il bene comune. Non fino in fondo. Siamo stati solo a cena.

Non le parlai dell'aperitivo sulla terrazza dell'Hotel Centrale. Le sarebbe parso, quanto meno, sospetto. Se non altro nell'intenzione. Potevo io stesso escludere che non lo fosse? Cominciai a raccontarle tutto, parola per parola.

– È stato uno zero a zero – conclusi: – nessuno di noi due ha saputo qualcosa di interessante dall'altro. Lei però si dev'essere convinta che non sappiamo niente né della casa di via Riccardo il Nero, né del suo viaggio a Palermo nei giorni dell'ammazzatina. Il che è un vantaggio per noi, anche se non so a cosa ci potrà servire.

– Comunque c'è da registrare che pure lei, come la Cottone, sostiene che, nel periodo precedente il delitto, Umberto Ghini era tranquillissimo, mentre mio padre ci ha detto il contrario. Assunto istituzionalmente che mio padre non racconta balle, si ripresenta il nostro vecchio dilemma: o le due donne mentono per dimostrare che il defunto era tranquillo perché non aveva niente da temere sul fronte, diciamocosì, interno, oppure Ghini seguiva la politica del doppio binario: dissimulazione in famiglia, nell'accezione emancipata del vocabolo, e sbracamento all'esterno per eccesso di tensione. Tenderei a privilegiare la prima ipotesi perché è difficile pensare che uno che sa di avere un figlio tossico possa mantenersi imperturbabile a tempo indeterminato con i propri famigliari.

– Comunque sia, quelle due si tengono reciprocamente bordone. Almeno per ora.

Era molto tardi quando Michelle finì di spremermi sul mio incontro con la ugro-finna, così mi propose di restare da lei.

La mattina dopo, a un orario da stacanovisti della radiosveglia, era fissata una seduta del Consiglio di dipartimento. Un po' per il sonno perduto, un po' per colpa di un lungo pistolotto del Peruzzi, fu un miracolo se non mi addormentai durante la seduta. Per questo, in via eccezionale, decisi di tornare a casa, nell'intervallo del pranzo.

Mi preparai un piatto di spaghetti conditi con la salsa di pomodoro prodotta e imbottigliata da mia sorella, innaffiati con un paio di bicchieri di vino, e poi mi allungai sul sofà del soggiorno, con il giornale in mano.

257

Il mio amico cronista aveva avuto ragione: l'affaire era completamente sparito persino dalla cronaca cittadina; non gli dedicavano neanche un rigo. Meglio così. Mollai il giornale sul pavimento e chiusi gli occhi. Dentro uno dei miei marchingegni, girava un CD di Rabih Abou-Khalil, con il suo jazz magrebino che concilia il sonno – ma soprattutto i sogni – a condizione che si abbia voglia di dormire.

La voce si infiltrò dall'esterno, attraversò le imposte chiuse, e si fece strada in un lento crescendo, fino alla zona di confine tra veglia e sonno, che non avevo ancora completamente varcato. All'inizio non vi badai, perché sembrava il complemento naturale all'oud di Abou-Khalil, nell'ultimo brano del CD, *Dreams of a Dying City*, ma anche perché era una voce familiare a tutti gli abitanti della metropoli:

– Accattativ'u sali... Comprate il sale e conservatelo... Quando mi cercate non mi trovate... Accattativ'u sali... Quattro pacchi di sale duemila lire...

Azione e reazione: ammettere la voce di qua dalla soglia del sonno; costringere le rotelline mentali a girare nel senso giusto, alla velocità giusta, fino al clic giusto; alzarsi di scatto dal sofà, agguantare l'elenco telefonico, cercare il numero di un albergo del centro; guardare l'orologio: non erano ancora le quattro, il Kamulùt era chiuso, e non si poteva escludere che la signora fosse in camera.

Ero furioso. Non mi piace che si tenti di prendermi per i fondelli. E soprattutto che ci si riesca. Anche se per poco. Formai lentamente il numero e chiesi di parlare con lei. Me la passarono subito. Cercai di modulare un tono duro, secco, scostante:

– Ci sono venditori ambulanti, nella Mariahilfer?

– Come? Ah, professore, è lei. Cosa dice?

– Dico, ci sono venditori ambulanti a Vienna, sulla Mariahilfer?

– Sì che ce ne sono, perché?

– E vendono sale in siciliano?

– Non credo, anzi lo escludo. Ma perché mi fa queste domande?

– Ascolti.

Trascinai il telefono fino alla finestra più vicina, spalancai le ante, ed allungai verso l'esterno il braccio con il ricevitore. Intanto il venditore di sale si era avvicinato ancora di più e la sua voce, diffusa dall'altoparlante, riempiva l'aria sopra vicolo Valvidrera. Lasciai fuori il ricevitore per il tempo necessario a un intero ciclo di abbanniata, poi ritirai il braccio e richiusi la finestra.

– Ha sentito tutto per bene?

– Sì, ma non capisco cosa...

– Quello che ora ha sentito *lei* attraverso il *mio* telefono è esattamente quello che ho sentito *io* attraverso il *suo* telefono l'altro ieri, quando lei mi ha telefonato *da Vienna*. Solo che non ci avevo badato, fino a un minuto fa. E i rumori del traffico, che avevo automaticamente associati alla Mariahilfer, erano solo quelli di piazza Politeama. Dovevo essere fuso.

Ci fu un silenzio prolungato, all'altro capo del filo, un silenzio che sembrava quasi corporeo, ma con un'anima non più d'acciaio. Fui io ad interromperlo, per non darle il tempo di riorganizzare le idee e tentare una controffensiva:

– Così lei era già a Palermo, quando mi ha chiamato. E mi ha chiamato perché era lei a guidare la Fiat Uno, la sera che ci siamo incrociati in via Riccardo il Nero. Lei mi ha riconosciuto, ma non poteva sapere se io l'avessi riconosciuta a mia volta. Per questo ha voluto incontrarmi. Per tentare di scoprirlo. Se non altro, ora l'ha scoperto.

– Basta così, professore. Forse è meglio se ne parliamo di presenza. Però stavolta ne dobbiamo parlare fino in fondo.

– Vuole dire che è pronta per una confessione?

– Non per quello che si aspetta lei. Ma se vuole metterla così...

– A che ora passo dal suo albergo?

– Stavo per uscire. Stasera sarò impegnata almeno fino alle nove, nove e mezza. Facciamo così: l'aspetto dopo le dieci, però non in albergo. Data la situazione è meglio se ci vediamo direttamente nella casa. L'indirizzo lo conosce. Venga da solo.

Di tornare sul sofà neanche a parlarne, dopo quella telefonata. Prima di uscire provai a chiamare Michelle. Non era a casa, e nemmeno al suo posto di lavoro. Doveva trovarsi imbottigliata da qualche parte nel traffico della metropoli. Il suo telefonino sembrava morto, quindi non avevo modo di informarla delle novità.

Tornai al dipartimento e inflissi una bella strapazzata alle due femmine, che mostravano segni sempre più manifesti di lavativismo corporativo, e che per una volta si lasciarono strapazzare quasi senza reagire. O loro avevano il carbone particolarmente bagnato o io avevo una faccia particolarmente sinistra.

Dopo che se ne andarono riprovai inutilmente a cercare Michelle. Mi sentivo nervoso come un mamba in calore. E altrettanto velenoso.

Scesi, camminai verso il centro e mi infilai in un cinema. Erano anni che non andavo al cinema di pomeriggio. Pescai una storia improbabile, tanto da sembrare autobiografica: una scialba regista di mezza età prendeva una sbandata per un giovane tanghèro argentino. O giù di lì. Con l'aggravante che la tizia era britannica, e che il tutto era naturalmente ambientato a Parigi, patria ufficiosa del tango. Un tipico film premenopausico, l'avrebbe definito Michelle. Un contorcimento intellettuale che non riuscì nemmeno a deprimermi, forse per merito della colonna sonora. Roba da farti venire una nostalgia secca per quel primo e ultimo tango tra la Schneider e Brando. Il che, a volere essere pedanti, non è altro che l'ennesimo ossimoro sfuggito ai controllori di bordo, visto che la nostalgia è, per definizione, sinonimo di umidità.

Fuori, dimenticai di chiamare Michelle. O forse non la chiamai di proposito. Avrebbe preteso di venire con me, io mi sarei opposto, e avremmo litigato. Di questo si poteva fare a meno.

Che cosa mi avrebbe riservato, la serata? Una botta in testa seguita da lupara bianca, come nella migliore tradizione cittadina, oppure una semplice pallottola calibro ventidue in un ventricolo? Perché avevo accettato di incontrare la ugro-finna nel suo territorio? E se mi avesse chiesto di andare da solo perché era lei che contava di avere compagnia? Un maschio già navigato, anche se nel fiore degli anni, fatto fuori dalle due scaltre vedove di uno stesso morto. Troppo umiliante. Roba da noir tardo-femminista.

Pensandoci sopra però mi convinsi che non avevo niente da temere, almeno per l'occasione: per quello che ne sapeva lei, avrei anche potuto avere già raccontato a mezzo mondo dove andavo, da chi, e per quale motivo. E farmi fuori non sarebbe servito a niente. Mi soffermai solo per qualche istante sull'idea di mettere tutto per iscritto, a futura memoria altrui, e di spedirlo al mio indirizzo, al dipartimento. Poi mi sembrò troppo melodrammatico. Non eravamo i personaggi di uno stupido libro giallo. Mi sentivo più eccitato che preoccupato.

Tornai a piedi verso il dipartimento, per recuperare la macchina.

Ci era toccata un'altra serata limpida, da estate di San Martino fuori stagione. Quando spensi i fari della Golf, le stelle si accesero di colpo, per via della solita mancanza di illuminazione pubblica. Anche la casa sembrava al buio. Forse le luci non riuscivano a filtrare perché le finestre erano tutte serrate. La Uno bianca con lo sfregio sulla guancia sinistra era parcheggiata davanti al portone.

Affondai il pulsante con un lungo colpo deciso. Non si sentì alcun suono provenire dall'interno. Le mura erano spesse. Riprovai dopo una trentina di secondi. Poi tentai con il batacchio.

Solo dopo cinque minuti di sterili tentativi ricordai che non avevo più restituito le chiavi alla vedova Cannonito.

L'imbarazzo per la dimenticanza fu bilanciato dal sollievo di potere entrare lo stesso, e superato subito dopo dalla preoccupazione per quello che avrei potuto trovare. E se fosse stata una trappola?

Insinuai lentamente la chiave, spalancai il portone, accesi la luce e salii al piano superiore. Provai ancora a bussare alla porta con il palmo, facendo un baccano dell'accidente. Nessuna reazione. Elettroencefalogramma piatto. La casa sembrava in coma profondo.

Stavolta sì, mi sentivo dentro un romanzo giallo. Mi decisi a usare anche l'altra chiave. La porta era chiusa con tutti gli scatti della serratura. La spinsi con cautela verso l'interno, insinuai la mano a cercare l'interruttore e accesi la luce. Lasciai la porta completamente spalancata e mi inoltrai nella casa, azionando al passaggio tutti gli interruttori, tranne quello della lampada posata sul tavolo-scrivania, che era già accesa.

L'appartamento era in ordine, più o meno come l'ultima volta che l'avevo visto con Michelle, compresa la polvere sui mobili, e a parte una blanda sensazione di vuoto, come se mancasse qualcosa. Le sedie erano tutte allineate contro le pareti, come la prima volta, con i sedili di pelle rossiccia tirati a lucido. Sopra uno dei divani del soggiorno-studio, vicino alla libreria, era posata la borsa della ugro-finna, la stessa borsa della sera precedente. Dentro il portacenere, una sola cicca; i resti di una Muratti, verosimilmente.

Lei era seduta al tavolo. Beh, dire seduta è un'approssimazione: in realtà era semiriversa, con la schiena parzialmente appoggiata contro la spalliera della poltroncina, e il corpo inclinato un po' verso sinistra. Da quel lato, il bracciolo aveva impedito che continuasse ad inclinarsi fino a cadere. Dalla parte opposta pendeva il braccio destro, con la parte interna poggiata contro il bracciolo e con le dita semiaperte, puntate contro il pavimento, quasi a indicare la pistola caduta sotto, appena un po' più in là.

Era una pistola nera, dall'aspetto non particolarmente minaccioso, tanto che avrei potuto scambiarla per uno di quei giocattoli che ormai vendono persino nelle edicole. Ma non doveva essere un giocattolo, non a giudicare dal piccolo cratere fiorito sulla tempia destra della signora Zebensky, un piccolo fiore rosso, sufficiente a giustificare ciò che un diffuso stereotipo definisce come occhi vitrei.

Non sono belli da vedere, gli occhi vitrei. Soprattutto se, da vivi, avevano avuto il bel colore denso di un vero Einspänner viennese, quello della zona di separazione in cui il caffè comincia appena a cedere un po' del suo colore alla panna sovrastante.

Ci vogliono molte parole a raccontarlo, anche quando ciò che le parole esprimono è solo il risultato di un unico sguardo, breve come un sussulto, ma che ti incide la scena sulla retina per il resto dei tuoi giorni.

Non c'era molto sangue. Non moltissimo, almeno. Ma il mio non fu un controllo molto accurato. Anzi, non ci fu alcun controllo, se non quello essenziale: toccare il corpo e tastare il polso, alla ricerca di un battito ormai impossibile. Un'operazione condotta con gli occhi praticamente chiusi, a salvaguardia dei miei sogni a venire. Avrei dovuto ricordare che ciò che si può solo vedere è sempre meno inquietante di ciò che si può immaginare. Con buona pace di chi sostiene che la realtà supera sempre la fantasia. La fantasia di chi?, mi viene voglia di chiedere.

Non mi potevo ancora permettere i sensi di colpa. C'era tempo per quelli. Per il momento avevo altro a cui pensare. Ero in un bell'imbroglio. Avevo un sacco di cose da giustificare. A cominciare dalla mia presenza nella casa. E non c'era Vittorio sottomano. Nonostante il gap caratteriale, l'amico sbirro non si tira mai indietro nei momenti davvero critici.

Se dicessi che l'idea di squagliarmela non mi passò per la testa nemmeno per un momento, racconterei una balla grossa così. In realtà mi passò per ben più di un momento, anche se il mio senso del tempo era piuttosto relativo: avevo la sensazione che dall'istante in cui avevo visto il cadavere della Zebensky, a quello della mia telefonata al 113, fossero trascorse un paio d'ore, non i due minuti scarsi garantiti dal mio Seiko analogico. In quei due minuti avevo preso velocemente in considerazione, e velocemente scartato, parecchie soluzioni, compresi i carabinieri. Invocare la mia amicizia con il commissario Spotorno, con loro, sarebbe servito solo ad aggravare la situazione.

Non che la polizia mi desse chi sa quali garanzie. Però era il male minore. Avrebbero sempre potuto controllare con Amalia. E c'è poco da ridere: queste cose hanno ancora la loro importanza. Va bene il senso di responsabilità e l'autoconsapevolezza da gentiluomo del sud adulto e maturo, però, come disse una volta un certo salumiere che vive dentro un libro, Dio non ha mai detto a nessuno che bisogna essere fessi.

In casa c'erano due apparecchi telefonici; li avevo adocchiati nel corso delle mie visite precedenti. Erano due modelli uguali, grigi, a tastiera, di quelli un po' antiquati: mancava il tasto per la ripetizione dell'ultimo numero. Per questo non mi ero fatto nessuno scrupolo a usarlo, anche se non potevo escludere che fosse possibile rintracciare lo stesso l'ultima chiamata. L'alternativa era scendere e cercare un telefono pubblico. Avevo esitato solo per un momento.

Scartai quello del soggiorno: era posato sul tavolo, troppo vicino alla morta. Usai quello della stanza da letto, cercando di toccare il meno possibile il ricevitore, e agendo sui tasti con il retro di una biro che avevo trovato accanto al telefono.

L'agente che mi rispose non sembrò scaldarsi più di tanto, quando gli annunciai che avevo trovato un cadavere. Si limitò a farmi ripetere il mio nome, per essere sicuro di averlo scritto bene. Poi mi chiese l'indirizzo, col tono rassegnato di chi sa che deve provvedere personalmente persino a spedire la cassa da morto, e mi invitò ad aspettare l'arrivo della squadra, senza allontanarmi e senza toccare niente.

Chiusi la porta d'ingresso e tornai nel soggiorno, sforzandomi stavolta di vincere il senso di repulsione e di esaminare la scena con freddezza e razionalità. Dev'essere solo questione di abitudine e di autocontrollo, perché quasi ci riuscii.

Nel colore del sangue predominava ancora la componente rossa, un colore quasi da sangue vivo, non completamente coagulato, che assumeva sfumature tendenti al marrone-ruggine solo negli strati più sottili, quelli più lontani dalla ferita. Poco prima, quando avevo toccato il corpo, i tessuti erano ancora abbastanza elastici, e sembravano avere conservato parte del calore corporeo. Non doveva essere passato molto tempo dal momento della morte. Una mezz'ora, forse. Ma non ero un esperto. Tutto quello che avevo fatto fino a quel momento era solo una conseguenza quasi automatica delle mie letture del genere sbirresco.

Uno sguardo circolare per il soggiorno mi ripropose lo stesso senso di vuoto insondabile di quando ero arrivato, un senso di lieve vuoto fisico. Se fossi stato un regista, quello sarebbe stato il luogo ideale per mettere in scena l'inquietudine. Mancava qualcosa, nella stanza. Gli occhi mi caddero sulla borsa della defunta, posata sul divano. Era chiusa, ma non del tutto, perché la fibbia non era fissata al gancio. Prima che arrivassero gli sbirri, usando la biro, sollevai il bordo della parte superiore, la ribaltai, e guardai dentro. La solita paccottiglia femminile, un pacchetto di Muratti, un accendino, un telefono cellulare, le chiavi della Uno, un secondo mazzo di chiavi che, senza tirarle fuori, confrontai con quelle della vedova Cannonito, provvisoriamente in mio possesso. La chiave della porta d'ingresso era con tutta evidenza uguale a una delle chiavi del mazzo nella borsa.

Dunque, se qualcun altro era stato in quella casa, oltre me e la defunta, doveva esserci un terzo paio di chiavi in circolazione, visto che avevo trovato la porta chiusa a mandate multiple. Sempre che non fosse andato tutto come sembrava, e che la Zebensky non avesse meccanicamente rimesso le chiavi nella borsa, dopo essersi chiusa dentro, prima di cacciarsi una pallottola nel cervello.

Finalmente spuntarono gli sbirri. All'inizio arrivò una sola volante, con la tradizionale formazione composta da un pivello sui venti e da uno sbirro con l'aria più esperta, benché fosse anche lui sotto la trentina. Avevano suonato il campanello sulla strada, io avevo aperto, e loro si erano presentati cautelativamente con le Beretta alla mano, coprendosi l'un l'altro, come avevano loro insegnato ai corsi. Non si poteva mai sapere. Avrei anche potuto essere uno di quei mitomani tragediatori e psicopatici che infestano certi film.

Constatato che sembravo un tipo innocuo, anche se non

necessariamente normale, abbassarono le pistole e ispezionarono i luoghi.

Il resto della squadra arrivò nel giro di un paio di minuti. Riconobbi alcune facce borghesi, perché le avevo già viste volteggiare attorno al cadavere di Umberto Ghini, un paio di secoli prima. Dopo un po' diventò molto complicato muoversi all'interno della casa. La scientifica attaccò con le solite procedure, senza toccare il cadavere, in attesa del medico legale. Scattarono foto a raffica. Cosparsero tutto di polverine, come nei romanzi della Cornwell.

Soprattutto, se la presero con me. Chi ero. Che ci facevo lì. Come ero entrato. Che rapporti c'erano tra me e la defunta, prima che defungesse. E amenità di contorno. Il tutto ripetuto un certo numero di volte, a un certo numero di esemplari del prototipo sbirresco. Ma quello fu solo l'inizio. La prima mezz'ora. Il resto venne dopo, quando mi portarono via in questura.

Nel frattempo era arrivato il medico legale, un tipo che avevo già visto in un'altra occasione, e che riconobbi soprattutto per la voce da organo di chiesa, che sembrava impossibile potesse uscire dalle cavità interne di un bassotto così striminzito, e per un'aria di suprema strafottenza verso tutto ciò che lo circondava.

Per ultimo spuntò il pm, con la scorta e con un inutile dispendio di sirene e di stridore di copertoni. Il dottor Loris De Vecchi dagli occhi storti. Quando arrivò si guardò intorno, e appena ebbe avvistato Voce d'organo fece la faccia delusa. Forse si aspettava di trovare Michelle.

Non mi passò minimamente per la testa di invocare la presenza di un avvocato, e non mi appellai alla versione nazionale del Quinto Emendamento, quale che fosse. Per tutto il tempo che rimasi a disposizione degli sbirri cercai di proiettare un'impressione di calma, di superiorità, di consapevolezza, di Innocenza. A un certo punto mi chiesero di sottopormi alla prova del tampon-kit. Rifiutai. Non sapevo se avrebbero potuto obbligarmi. Rifiutai per principio. Pensavo che dovesse bastare la mia parola. Forse avrebbero anche potuto obbligarmi, ma non lo fecero. Per loro il caso era lampante. Il caso è chiuso, aveva osato affermare De Vecchi, ad alta voce. Caso chiuso: lo stereotipo impronunciabile, che evoca ben altre chiusure, ancora oggi rimpiante dai nostri padri.

X

Ah, Michaíl Ilariònovič

Dunque, il caso era risolto. Ufficiosamente chiuso. Il sottoscritto era stato debitamente rilasciato all'alba, senza tante scuse, dopo una lunga, estenuante nottata di interrogatori alla Mobile, e il padre di Michelle era stato provvisoriamente posto agli arresti domiciliari nella sua comoda casa di Mondello. Ufficialmente monsieur Laurent era ancora indiziato dei reati che l'avevano condotto nelle patrie galere, il più grave dei quali era il concorso nell'omicidio di Umberto Ghini. Dopo i clamori dell'arresto occorreva un passaggio intermedio, una camera di compensazione, prima della sua definitiva uscita dal caso per la porta principale. Bisognava pure che il dottor De Vecchi dagli occhi storti salvasse la faccia.

Erano passati alcuni giorni dalla morte della Zebensky e tutto sembrava chiarito. La pistola era effettivamente una ventidue, ed era stata identificata quale arma appartenuta a Umberto Ghini: la pistola sparita dopo la sua morte, presumibilmente la stessa arma che l'aveva ucciso a suo tempo. A parziale conferma di questo, un semplice controllo subito effettuato dalla scientifica aveva mostrato che dal caricatore mancavano due colpi, il secondo dei quali, salvo improbabili smentite da parte dei periti, era responsabile del piccolo fiore rosso sulla tempia di Elena Zebensky.

Elena Zebensky. Da quella sera mi ero sorpreso a non pensare più a lei come alla ugro-finna, ma con il suo vero nome. Un segno automatico di rispetto per una morta, immagino.

La cronologia dei fatti era stata ricostruita con precisione assoluta, salvo alcuni trascurabili dettagli, tra i quali il movente che l'aveva portata a far fuori Umberto Ghini, prima di uccidersi a sua volta per il timore di essere smascherata senza remissione.

Il mio interrogatorio alla Mobile ebbe una parte non trascurabile, nella ricostruzione degli eventi. E la prova del tampon-kit, eseguita a tamburo battente, dimostrò che la Zebensky aveva effettivamente sparato almeno un colpo. Sull'indice della mano destra avevano persino trovato il segno lasciato dal grilletto per il contraccolpo della percussione, come in un romanzo della Cornwell. Il medico legale si era sbilanciato al punto da collocare il momento della morte nell'ora precedente la prima ricognizione sul cadavere. Cioè, entro un massimo di quaranta minuti prima che io trovassi il corpo. Le indagini tossicologiche di routine erano in corso, ma le risposte non si sarebbero avute prima di molti giorni, o addirittura di settimane. Ma nessuno si aspettava niente di più. C'era poco spazio per le complicazioni. Tutto era univoco e coerente, come un film proiettato sullo schermo di una sala parrocchiale. Sarebbe stata una mancanza di buon gusto rovinare la digestione agli addetti ai lavori seminando dubbî. Una grave trasgressione.

Insomma, l'universo aveva riacquistato la sua armonia, tutte le cose del mondo erano tornate a girare nel verso giusto, la Giustizia aveva trionfato, i cattivi – *la* cattiva, nella fattispecie – avevano avuto il buon senso di togliersi di mezzo da soli, facendo risparmiare un sacco di soldi ai contribuenti, e tutti eravamo felici. *Quasi* tutti.

Non riuscivo a scuotermi dall'anima una malinconia sorda, da fine millennio, che non si decideva né a precipitare nella depressione, né a fare un passo indietro verso l'obso-lescenza programmata. Ed erano giorni che non ascoltavo altro che blues, alla ricerca inconsapevole di una soluzione omeopatica che tardava ad arrivare.

Non potevo fare a meno di chiedermi se non fossi stato il catalizzatore involontario della complessa reazione or-monale che aveva gradualmente condotto la Zebensky a pre-mere per la seconda volta il grilletto di quella pistola. Gli sbirri non ne dubitavano.

Non era stato facile, scrollarmeli di dosso. Avevo invocato la mia amicizia con il commissario Spotorno, e loro avevano avu-to la buona creanza di controllare. Non con Amalia, ma diret-tamente con Vittorio. Ma per via della differenza di fuso ora-rio, c'era voluto un bel pezzo prima che riuscissero a beccarlo al telefono. A New York cominciava appena a fare notte, e pro-babilmente l'amico sbirro se l'era battuta per una camminata sulle avenue o per una bisboccia come si deve a Little Italy.

Vittorio mi aveva fornito una doverosa copertura. Ma ciò che fece accorciare sensibilmente i tempi – credo – fu so-prattutto il fatto che il dottor De Vecchi dagli occhi storti stava sulle scatole agli sbirri ancora più che a me. Perché loro lo conoscevano da più tempo, presumo. Avevo impie-gato un po' ad accorgermene, ma poi ne avevo subdolamente approfittato. Mi ero insinuato nella breccia come una cola-ta di melassa che si era gradualmente trasformata in una spe-cie di blob al vetriolo.

Ciò nonostante era stata davvero dura. Soprattutto riu-scire a non farmi estorcere quello che non volevo spiffera-re. Cioè tutte le parti che pensavo potessero nuocere a monsieur Laurent dalla doppia vita.

Per prima cosa mi avevano chiesto come mai avessi le chia-vi di via Riccardo il Nero. Visti i rapporti tra il signor Lau-rent e la defunta, e quelli tra me e la figlia del signor Laurent, non era una coincidenza un po' sospetta, che io fossi inciampato proprio su quella casa?, aveva insinuato un commissario che sembrava una fotocopia obesa di Volonté nell'*Indagine* di Petri.

Spiegai che non era una coincidenza. Che a Vienna ero entrato al Ghini's, spinto dalla curiosità per quello che era accaduto poco prima a Palermo: il delitto Ghini, in cui mi ero marginalmente imbattuto perché mi era capitato di accompagnare il commissario Spotorno sul luogo del delitto. E che dell'esistenza del Ghini's di Vienna avevo saputo nel modo più casuale. Poi raccontai la storia del pelargonio bianco, e di come alla fine fossi arrivato alla vedova Cannonito. Omisi tutta la parte più recente, cioè la scoperta della carta d'imbarco e la falsa telefonata da Vienna della Zebensky. Aggiunsi che la defunta mi aveva dato un appuntamento, e che avevo deciso di entrare, preoccupato per la mancata risposta alle mie scampanellate.

Anche perché, confessai alla fine, avevo un certo interesse – ed ero sicuro che il commissario capiva – avevo un certo interesse per la signora, che da viva era stata una bella donna...

Lo dissi facendomi quasi schifo, perché non sopporto gli ammiccamenti e gli ammiccatori.

Nessuno sembrò badare alle incongruenze, alle contraddizioni, alle reticenze, ai tanti punti oscuri della mia versione dei fatti. In definitiva, mi credettero perché volevano credermi. Faceva comodo a tutti. Tranne forse al dottor De Vecchi dagli occhi storti.

Ovviamente si guardarono bene dal farmi capire cosa sapessero loro – e da quando – su tutta la vicenda, a partire dai prodromi del delitto Ghini.

Intanto c'era stato il funerale. Non so se fosse tecnicamente corretto chiamarlo funerale, perché fu solo una specie di breve cerimoniale inumatorio.

Nessuno era ancora riuscito a trovare traccia di eventuali parenti della Zebensky, e il corpo era rimasto fino a quel momento alla morgue. Poi il padre di Michelle ebbe un lungo, delicato tête-à-tête con la figlia, al termine del quale Michelle accettò di ospitare provvisoriamente la salma nella tomba di famiglia, nel cimitero di Santa Maria di Gesù, in attesa di una sistemazione definitiva nel luogo che più le competeva, quale che fosse.

Il corteo funebre, costituito solo dal furgone mortuario e dalla Golf con me e Michelle a bordo, partì dalla morgue in una mattina livida come un'ordinazione del dio dei funerali. Non ci furono nastri viola né corone funebri, ma solo un piccolo mazzo di fiori azzurri, iris selvatici, che Michelle aveva scelto personalmente in una delle bancarelle della spianata ai piedi del cimitero.

Appena arrivammo cominciò a piovigginare. Un chierico in clergyman, ma con la stola viola, impartì una sobria benedizione alla salma, ancora dentro il furgone, davanti ai cancelli che immettevano sulla scalinata della parte monumentale, la parte antica del cimitero. Che altro pretendere per una suicida, per giunta assassina? Lì, a Santa Maria di Gesù, sarebbe stata in buona compagnia.

La presenza del prete, per quanto fuggevole, dovette essere l'effetto più visibile di un intervento di monsieur Laurent, che grazie alla sua permanenza nell'ex capitale del crimine ha sviluppato lunghi tentacoli. Elena Zebensky era cattolica, anche se non praticante.

Quando tutto fu compiuto, non rinunciammo a una breve escursione meditativa, su per i vialetti del cimitero, alle falde di monte Grifone, fino al belvedere. Da lì si prende d'infilata l'ex Conca d'Oro e il golfo, e più a ovest, oltre

273

capo Gallo, la piccola sezione di mare di fronte a Sferraca-vallo, inopinatamente blu, nonostante il cielo opaco. Da quel-la prospettiva monte Pellegrino assumeva un aspetto in-consueto, come se l'avessero compresso nel senso della lunghezza. È uno dei punti di vista più struggenti che sia possibile avere sulla metropoli, e uno dei più cosmetici, per-ché da lì l'ex Conca d'Oro sembra un po' meno ex, nono-stante l'assedio dei palazzoni.

Dovevamo apparire quasi patetici, Michelle ed io, fermi sotto uno striminzito ombrello da donna, con i nostri im-permeabili beige, involontariamente gemelli, e con l'e-spressione post-funeraria, nonostante fossimo reduci da un non-funerale.

Mentre scendevamo verso l'uscita, da una delle finestre dell'abbazia un frate ci scrutò con sospetto. Ci seguì con gli occhi finché poté. Forse temeva che fossimo killer mafiosi, come quelli che, anni prima, nello stesso posto, avevano as-sassinato un suo confratello.

Nel frattempo le feste di Natale si erano avvicinate pe-ricolosamente. Me ne ero accorto solo perché in via Pilo ave-vo avvistato due centenari che attaccavano manifestini tri-colori con la scritta La Gioventù Monarchica Augura Buo-ne Feste, che faceva tanto new age. Gente dura. Da inco-raggiare. E da segnalare all'amico sbirro, che ha avuto tra-scorsi giovanili filo-savoiardi, ormai stemperati in una blan-da fede juventina. Vittorio non lo ammetterebbe mai, ma in realtà lui è un sentimentale allo stato brado.

Avevo ripreso a lavorare in modo convulso, a testa bas-sa, per recuperare il tempo perduto, e soprattutto per te-nere a bada le festività. Ma lavoravo solo con mezzo cer-vello. Il resto continuava a girare a vuoto intorno agli eventi degli ultimi giorni, attratto dai segnali che alcuni di essi ancora mi inviavano, come uno squalo intorno alla zattera dei naufraghi. E girare è proprio il verbo che ci vuole, perché non riuscivo a cancellare una sensazione di cerchio non perfettamente chiuso, di spirale, di vite senza fine. Una sensazione estetica, più che etica. Sempre che ci sia differenza.

Fu verso la fine di un pomeriggio, a metà della settimana, che mi venne in mente che c'era una persona che, pure se coinvolta solo marginalmente nella storia, non avevo mai incontrato. Un quasi esterno. Un punto di vista neutrale. Almeno per quanto ne sapevo.

Salii all'ultimo piano, verso la stanza della decana, mi accertai che fosse sola ed entrai. Mi guardò un po' stralunata, come se non mi avesse riconosciuto:

– Voglio incontrare Peppuccio – dissi.

– Chi, quello del pane con la mèusa?

– No, suo nipote.

– Ma non ti hanno detto niente quelle due? Lo vedrai domani sera a casa mia, per la festa di fidanzamento. Te l'avrei detto di persona, ma chi ti ha più visto, ultimamente. Avevo chiesto a quelle due di invitarti da parte mia. Ci sarà un mare di gente.

Normalmente avrei fatto carte false per cercare di scansare la cosa. Stavolta invece, date le circostanze, mi andava bene. Era molto meglio di un incontro formale sollecitato da me. Così il mio tentativo di spremitura sarebbe sembrato casuale, meno impegnativo, più innocuo.

Ringraziai la nuova versione della vecchia Virginia, la salutai, e mi voltai per uscire.

– Lorenzo.

Mi voltai di nuovo verso di lei. Si era stampato in faccia un mezzo ghigno tra l'impertinente e il virtuoso:

– Puoi venire con chi vuoi.

Voleva dire con Michelle. Anche questo mi andava bene. La ringraziai di nuovo e uscii.

Fummo tra gli ultimi ad arrivare a casa della decana. Francesca e Alessandra erano già lì. Ed anche il Peruzzi. Avevo adocchiato la Uno bianca con lo sfregio sulla guancia, parcheggiata nella zona, quindi non mi stupii di trovare di sopra lo Stato Maggiore del Kamulùt: la vedovallegra, scortata dai due elegantoni. E un sacco di altre persone che non conoscevo. Capii subito perché avessero invitato tutta quella gente: per bilanciare i russi.

Molti erano componenti della famiglia di Olga-Nataša, venuti apposta da tutte le Russie. Ma non solo. Avevano radunato buona parte della comunità russa di Palermo, e probabilmente pure qualche turista occasionalmente pescato in giro per la metropoli. Quella, almeno, fu l'atmosfera che emerse quando la serata cominciò a scaldarsi.

Fisicamente, Olga somigliava un po' alla protagonista del film *Piccola Vera*, ma più emancipata e meno problematica. Della razza Arbat, probabilmente, la nuova razza di giovani moscoviti in marcia verso la conquista del mondo. Le mie due non-educande avevano azzeccato il giudizio. Fu lei a gestire buona parte della serata, almeno per quanto riguardava i contatti tra le due diverse tribù: traduceva istantaneamente dal russo all'italiano e viceversa, spostandosi da un gruppo all'altro, e passando ogni tanto la mano a un paio di altri giovani, un ragazzo e una ragazza, anch'essi russi, che mostravano una discreta padronanza dell'italiano. Anche loro lavoravano nel settore turistico-alberghiero.

Appena arrivammo la decana fece subito le presentazioni, cominciando con i festeggiati. Quando strinsi la mano di Olga cercai di chiamare a raccolta i fantasmi di remote lezioni di russo. Non era solo mia sorella che l'aveva studiato, come avevo detto a Vienna alla Zebensky. Dopo la maturità, con un gruppo di reduci della mia classe avevo deciso di seguire il corso tenuto a Fisica da un anziano principe di San Pietroburgo. Più che altro era un pretesto per mantenere i contatti. Era durata solo qualche settimana. Giusto il tempo di farci mettere i telefoni sotto controllo dalla squadra politica. Era troppo sovversivo, per l'epoca, un corso di russo. Soprattutto se era un aristocratico a tenerlo.

Prolungai la stretta di mano oltre il dovuto.

– Ptizui paijùt, Lorenzo La Marca – esalai alla fine.

Olga mi guardò in faccia e scoppiò a ridere:

– Che ho detto? – replicai.

– Ha detto: Gli uccelli cantano, Lorenzo La Marca. La pronuncia era quasi perfetta, però se voleva dire Molto piacere, l'espressione giusta era: Ócin' prijátna, Lorenzo La Marca.

– Uh, già.

Aveva pronunciato la prima o di Lorenzo come se fosse stata una a e la e come una ie. Non le proposi di darmi lezioni di russo perché Michelle l'avrebbe presa molto male. Era un vortice di vento della steppa, quella figliola, ma un vento caldo come uno scirocco nostrano.

Peppuccio invece era il classico bravo ragazzo dalla faccia pulita, una faccia da enuresi notturna; un tipo dall'aria mite, da bonaccione, da sniffatore di collamidina. Il modello che le mamme – e soprattutto i padri – vorrebbero come fidanzato per la propria figlia dalla preterintenzionale virtù. Un po' fessacchiotto, l'avevano descritto le ragazze. Avevano occhio, quelle due. Peppuccio era la puntuale antitesi di Olga-Nataša. Più volte, nel corso della serata, mi sorpresi a fissargli pensierosamente la fronte. E non doveva essere proprio del tutto fesso, perché a un certo punto se ne accorse e dovette leggermi nel pensiero, poiché arrossì, e poi cominciò a fare il galante con Michelle, ma all'uso opus-deico, cioè come se portasse uno scudo invisibile a protezione delle frattaglie dell'anima.

Mi riproposi di non provare a sondarlo su quello che mi interessava prima della fine della serata, quando le difese sono tradizionalmente più fiacche, si è meno guardinghi, e c'è una migliore disposizione d'animo per via del cibo e del vino.

La serata prevedeva un menù misto, siculo-russo. Un lungo tavolo era coperto da una tovaglia di lino bianco, con sforacchiature e ricami tono su tono, che riproducevano pere, grappoli d'uva e melograni. Un lavoro da mentecatti. Mia sorella ne ha cassetti pieni, di stracci del genere. Ogni tanto cerca di appiopparmene qualcuno sotto forma di asciugamani o di federe. Secondo lei si tratta di sfilato siciliano. La decana invece lo chiamava cinquecento. Non che glielo avessi chiesto io: era stata Michelle, a sottoporla a stringente interrogatorio. Lei, come la maggior parte delle femmine, va pazza per questo genere di cose.

Sopra la tovaglia stazionavano i classici antipasti russi, dai cetrioli in salamoia, al salame all'aglio, ai blinis, alle aringhe, caviale rosso, caviale nero; e poi, ciotole di smetàna, zuppiere con il borsc tenuto in caldo, e svariati altri piatti non meglio identificabili. Il tutto innaffiato con l'immancabile vodka a temperatura ambiente, all'uso russo, e con il brandy georgiano. Il contributo gastronomico locale, a parte il vino, era il solito armamentario di piatti siciliani, dalla caponata, alle sarde a beccafico, alla zucca rossa in agrodolce, e in seguito sarebbero arrivate panelle e crocchè calde, i cardi, i carciofini e i broccoletti in pastella, le arancine e le focacce mignon con la mèusa, gli spitini, la cassata e i cannoli. Insomma, un'orgia in grande stile, e in questo non pareva che ci fosse molta differenza tra i rispettivi paesi.

La decana si era organizzata bene, assumendo per l'occasione un paio di camerieri in giacca bianca e tenendo di riserva il

Peppuccio numero due per le eventuali emergenze e per i collegamenti con l'esterno. Per quanto fosse più giovane dell'altro, il numero due sembrava un Peppuccio molto più sveglio del numero uno. Questione di cromosomi, ma pure di precoce adattamento alla dura legge dei marciapiedi metropolitani.

I maschi russi piantarono subito gli occhi addosso a Michelle, che nell'occasione era particolarmente turbativa, e li lasciarono lì per buona parte della serata. I più anziani, all'inizio, stavano seduti in fila, con gli schienali delle sedie allineati contro una parete del salone, e il cipiglio immobile su facce da ex komsomol precocemente invecchiate e imbalsamate nella formalina.

Francesca e Alessandra, con perfetta manovra di aggiramento a tenaglia, sequestrarono subito Michelle e cominciarono il terzo grado. Erano in piena fase rivendicativa nei miei confronti, ed era un pezzo che aspettavano l'occasione di spargere benevolmente il loro veleno dentro le orecchie giuste, facendo fischiare le mie.

Stavolta la vedovallegra aveva avuto la mano leggera, con il grigioperla, confinato sobriamente nelle sue iridi, nell'ombretto, e nei calzoni dei due elegantoni, che non si staccavano dal suo fianco. Con loro scambiai solo qualche frase di circostanza, all'arrivo e alla fine della serata. Non sembravano sorpresi di trovarmi a casa della decana.

Olga mi piazzò in mano un calice di prosecco e mi guidò verso i russi allineati contro il muro. Doveva avere rassicurato la decana, circa le abitudini dei cosacchi con le cristallerie altrui, perché i bicchieri in circolazione erano quelli del servizio buono. Come evocata dal mio pensiero, la decana ci raggiunse e si sforzò di fare la parte della padrona di casa diligente. Chiese ai russi le loro impressioni su Palermo. Un tocco di originalità sconvolgente. Olga tradusse le parole della decana, e poi le risposte dei russi:

– Una bella città, ma è troppo sporca: sembra Tblisi, la capitale della Georgia – sentenziò il primo. E fu allora che intuii fulmineamente su quali basi poggiasse il gemellaggio Palermo-Tblisi, a suo tempo siglato dai sindaci delle due città.

– E le strade sono troppo strette – aggiunse il secondo; – tutti quei palazzi vecchi, così vicini, così opprimenti, sembra che ti vogliano schiacciare. Ci mancano le nostre grandi pianure.

– E la carne non è un gran che – rifinì diplomaticamente il terzo, facendomi venire voglia di rinfacciargli certe inespugnabili bistecche moscovite, che per quello che ne sapevo io avrebbero anche potuto essere le suole delle scarpe di Vladimir Il'ič Ul'janov.

La vecchia Virginia si ritenne soddisfatta e cambiò gruppo. Secondo me non aveva sentito una parola. Anche Olga si allontanò, seguita da uno dei russi, che lasciò libera una sedia. Ne approfittai e rimasi anch'io fermo per un po' con le spalle contro il muro, a contemplare gli eventi.

Un tale che si sentiva il migliore del mazzo, un tipo dall'aspetto georgiano, tentò un approccio in stile Comecon con tutte le femmine presenti. Quando fu il suo turno, Michelle scolpì sorrisi di circostanza, con qualche balenio metallico, di sicuro non attribuibile alle sue otturazioni invisibili.

Nella mia zona c'era un'aria di sovrabbondante mortorio. Rimpiansi tutto il tempo perso a non studiare il russo, quando ancora avrei potuto farlo. Mi sarebbe piaciuto attaccare discorso con qualcuna di quelle cariatidi, parlare del Prima e del Dopo: della caduta dell'Impero, of course. La cariatide alla mia destra, un cosacco con la faccia di pietra, a un certo punto si alzò, sparì nella stanza accanto e tornò dopo pochi minuti con parecchi bicchierini tra le dita. Ne dette uno a me, uno lo tenne per sé, e distribuì gli altri un po' in giro. Tutti levarono i bicchieri, mormorarono: sdarovie, e mandarono tutto giù in un colpo solo. Anch'io dissi sdarovie, fino lì ci arrivavo, ma assaggiai appena la vodka. Non potevo seguirli, su quella strada, non a digiuno.

Faccia-di-pietra sbirciò il mio bicchiere, scosse la testa e pronunciò magnificamente una incomprensibile frase in russo stretto. Proprio in quel momento passava uno dei ragazzi amici di Olga, lo afferrai per un braccio e gli chiesi di tradurre:

– Dice che bisogna sempre vuotare il bicchiere, perché quello che rimane sono tutte lacrime. È un detto russo.

Dopo un po' fu il turno di un altro cosacco alzarsi e tornare con la seconda dose. Io avevo ancora il mio bicchiere pieno a metà.

Alla fine del terzo giro cominciarono i sospiri. Il segnale di avvio lo dette il cosacco alla mia sinistra:

– Ah, Michaíl Ilariònovič... – sospirò. E mandò giù un sorso.

– Da, Vasilij Serghjéjevič... – rispose Faccia-di-pietra, sempre di sospiro. E tutti e due attaccarono un diligente su e giù con la testa, e sembravano meditare sulle vastità di tutta quella steppa alle loro spalle, a qualche migliaio di verste di lontananza, a nord-est; e al tempo passato, alla giovinezza perduta (e Ah, Marja Fiòdorovna, oppure Marja Dmítrievna, oppure Anna Michàjlovna, o chi per loro!).

Questo, almeno, mi piacque immaginare che pensassero, anche se magari ciò che gli passava per il cervello in quel momento era solo il calcolo del tempo che ci separava dal colpo di pistola che avrebbe autorizzato l'assalto alle vettovaglie.

Poi toccò a Michaíl Ilariònovič sospirare alla volta di Vasilij Serghjéjevič. E giù un altro sorso di vodka. La sequenza si ripeté con altri cosacchi, senza grandi variazioni: nome, patronimico, sospiro, tiro di vodka, su e giù con la testa. Al mio posto ci sarebbe voluto il Peruzzi, che è uno specialista del settore andirivieni di crani & affini. Ma il Peruzzi era all'altro capo del salone, imbarcato in un tentativo di conversazione brillante con la vedovallegra, marcato stretto dai due elegantoni.

Ci fu un altro silenzio prolungato, un silenzio compatto ma fragile. Sentivo che avrei dovuto dire qualcosa, qualsiasi cosa, e cercai di concentrarmi, di pescare nella memoria, a caccia del miracolo mnemonico, finché non captai un clic inatteso:

– Niè-ssliscnujì-fssadù-dájie-shórahi – esalai di colpo. Uscì bene, fluido, con la pronuncia giusta. Cadde a puntino, dentro quell'aria di mortorio.

Per alcuni secondi il silenzio sembrò persino aumentare. Faccia-di-pietra si voltò a squadrarmi senza cambiare espressione, come se non ne avesse mai avute altre a disposizione, poi batté con forza la mano sul ginocchio e liberò una risata cosacca capace di farsi sentire da una sponda all'altra del placido Don, nel punto in cui il Don è più largo. La sua faccia di pietra interpretò in rapida successione un discreto numero di espressioni, come se dietro la prima maschera ne avesse avute tante altre in lista d'attesa, che non vedevano l'ora di uscire allo scoperto. Tutti poi lo seguirono a ruota, a sganasciarsi.

Io avevo solo recitato il primo verso della canzone *Serate a Mosca*, che conosco a pappagallo da sempre, ma la cui traduzione avevo scoperto solo da poco. Le parole dicevano: Nel giardino non si sente nemmeno un fruscio…

Quando finì di ridere, l'ex Faccia-di-pietra si alzò, mi porse la mano e si presentò solennemente con il solo cognome: Kutúzov. Sapevo che si chiamava pure Michaíl Ilariònovič, perché così aveva rispettosamente sospirato il mio vicino di sinistra, qualche minuto prima.

Mi alzai anch'io, e scandii il mio nome con uguale solennità. Lui mi guidò lungo la fila dei cosacchi, presentandomi ciascuno di loro solo per nome e patronimico: Kiríll Vladímirovič, Dmitrij Vasíljevič, Pjotr Nikolàič, Prochor Ignàtjič, Iljà Andréjevič, Pjotr Kiríllovič, e il già citato Vasilij Serghjéjevič.

Era la prima volta che sentivo quei nomi, ma era come se li conoscessi da una vita, e non avrei saputo dire perché.

Tutti si alzarono, uno alla volta, e fecero a gara a stritolarmi la mano, come se dovesse essere l'ultima azione della loro vita. Io mi produssi in una serie di inchini appena accennati, con moderato accostamento di tacchi, nemmeno mi stessero presentando alla corte di Caterina la Grande.

Date le circostanze mi toccò brindare di nuovo con tutto il gruppo e mandare giù quello che restava nel mio bicchiere.

Chi sa se qualcuno di loro era collegato con la faccenda del contrabbando di icone, pensai improvvisamente. Magari era il punto di riferimento moscovita della Zebensky, o di Ghini, o – perché no? – della vedovallegra, tramite l'elegantone Milazzo, quello con i visti russi sul passaporto. Comunque fosse, avevo poche probabilità di scoprirlo.

Finalmente, da certi segnali impercettibili che furono subito percepiti da tutti, fu chiaro che si poteva cominciare con la parte seria dei bagordi. I miei succhi gastrici erano sul piede di guerra, anche perché avevo perso di vista da troppo tempo Michelle, e c'era in circolazione un numero esagerato di maschi libidinosi, per i miei gusti di meridionale politicamente scorretto.

Provai giudiziosamente di tutto, a piccole dosi, per conservare un minimo di lucidità per il momento della stretta finale con il Peppuccio numero uno.

Al dessert i russi tirarono fuori un paio di bottiglie di sherry moldavo, che proposero in alternativa al brut siciliano offerto dalla decana.

Faccia-di-pietra batté leggermente con un coltello sul bicchiere, facendolo tintinnare con insistenza, e subito tutti i russi cominciarono a gridare: tost, tost!

Si fece un silenzio precario. Olga si accostò, e Kutúzov-Faccia-di-pietra cominciò un lungo pistolotto che la ragazza andava mano mano traducendo. La decana divenne di colpo tesissima, forse di nuovo in apprensione per il destino delle cristallerie di casa. Nel frattempo qualcuno mi aveva detto che Kutúzov, oltre a essere una specie di capo carismatico del gruppo, era anche lo zio di Olga. Aveva il portamento di uno che sia abituato a trascinare quattro o cinque file di pesantissime medaglie attaccate al bavero della giacca, all'uso pre-perestròjko.

Mentre distillava il suo discorsetto di accompagnamento al brindisi mi ricordava Sergej Bondarčuk nel film *Era notte a Roma*, quando – nascosto in una soffitta, insieme a un inglese e a un americano, nella città rastrellata dai crucchi – sparava un lungo monologo in russo, senza sottotitoli, che non servivano perché pure i sordi avrebbero capito ciò che stava dicendo.

Più che un brindisi, quello di Kutúzov fu un intervento in puro stile Komintern, il cui succo era l'auspicio che le imminenti nozze tra Olga e Peppuccio potessero rinsaldare i vincoli di amicizia tra il popolo siciliano e il popolo russo, e che a questo avrebbe fornito un contributo determinante la numerosa e robusta discendenza che senza dubbio sarebbe scaturita dalla futura unione.

Quando finì tra gli applausi, mi aspettavo quasi che tutti scattassero sull'attenti, con il solito seguito di inni nazionali, saluto alla bandiera e consigli per gli acquisti.

Olga comunque peccò per eccesso di discrezione o di diplomazia: Kutúzov aveva sistematicamente fatto precedere i nomi dei due festeggiati dal vocabolo tovarisch, compagno, che la fanciulla si guardò bene dal tradurre.

Mi scaldò il cuore, sentirgli usare quel vocabolo. E il curioso è che se fossimo stati ancora ai tempi dell'Impero, ai tempi della tròika, non della perestròjka, la cosa avrebbe avuto su di me un effetto esattamente opposto, perché sono un fottutissimo sofista e un bastian contrario dagli umori tardivi.

Al primo brindisi ne seguirono altri, sempre della stessa solfa, tutti recitati dai maschi della specie cosacca, la cui indulgenza verso l'ideologia femminista non è priva di lacune.

Poi toccò al festeggiato Peppuccio, invocato a gran voce al centro del ring, bilanciare gli equilibri internazionali. Se la cavò con dignità, usando una tecnica manifestamente opusdeica, e riuscendo pure a dire un paio di cose intelligenti che mi sorpresero non poco e mi ricordarono che anche dentro l'Opus Dei è difficile che ammettano dei fessi totali. Ne avrei dovuto tenere conto, per gli sviluppi della serata.

I brindisi non furono seguiti dalla temuta distruzione delle cristallerie, e l'unica a spaccare un bicchiere fu la vecchia Virginia, che se ne fece sfuggire uno di mano, e rimase paralizzata per alcuni secondi, per il terrore di avere inavvertitamente innescato una reazione a catena incontrollabile, e si rilassò solo quando vide che un paio di cosacchi si precipitavano a raccattare i cocci.

I gruppi iniziali si sfaldarono, ed altri se ne formarono per effetto di flussi migratori incrociati. Attaccai discorso in anglo-siculo con una fisiologa del Kazakhstan che normalmente lavorava a San Pietroburgo, e che da qualche mese faceva uno stage in un importante centro di ricerca sulle montagne dell'entroterra siciliano. Era un tipo estroverso, di una qualsiasi età compresa tra i venticinque e i cinquant'anni. Apparteneva a una etnia mongola, i buriati, formata – così mi raccontò – solo da trecentomila individui. Meditava di iscriversi al vuvvueffe, mi confidò, in un guizzo di autoironia. Con lei, passai nella stanza accanto, dove si era formato un gruppo numeroso, di etnia mista. La più mista era – naturalmente – quella siciliana, che comprendeva Michelle, Francesca, Alessandra, Peppuccio, la decana, la vedovallegra con i suoi due cavalier serventi, e parecchi altri più o meno sconosciuti.

Era in corso uno di quegli stupidi giochini di società un po' macabri, che finiscono spesso col degenerare nell'attacco di paranoia, o peggio, nel sonno: il gioco della musica finale, lo chiamavano. Ciascun partecipante doveva dichiarare quale pezzo di musica avrebbe scelto come colonna sonora per il momento in cui avrebbe tirato gli ultimi, il momento estremo, il momento dello strippaggio; e poi tutti avremmo dovuto fare l'analisi logica per cercare di capire che razza di persona avevamo davanti.

Era stata la decana a dare inavvertitamente la stura a tutto quanto, dichiarando, in non so quale contesto, ma di sicuro a difesa del proprio stato di (involontario) pulzellaggio, che prima o poi siamo tutti destinati a finire in un letto singolo. Che non è male, come battuta prefuneraria.

Era un giochino talmente stupido che non potei fare a meno di pensare a quello che avrei scelto io se, nella fattispecie, fossi stato tanto scemo da perdere minuti preziosi su un pensiero così idiota. E – stretto all'angolo – credo che opterei per una musica capace di tirarmi su il morale e tutto il resto, come per esempio una danza del ventre, una di quelle toste, che funzionano meglio dell'acqua di Lourdes.

Invece, quando fu il mio turno rivelai la mia preferenza per qualcosa tipo *Knockin' at the heaven's door*. Un bluff: quel brano rischierebbe solo di accelerare le cose, e data la congiuntura, lo troverei quantomeno autolesionista, però avevo deciso di imbrogliare le carte, perché non avevo nessuna intenzione di farmi psicanalizzare dal primo fesso di passaggio.

Il Peruzzi optò banalmente per l'adagietto dalla quinta sinfonia di Malher. Ma, quanto a banalità, fu strabattuto dai due elegantoni Milazzo e Pandolfo, che scelsero rispettivamente il *Bolero* di Ravel e *Così parlò Zarathustra*, di Strauss. La tipica enunciazione pubblica di chi vuole mimetizzare una privata, inconfessabile passione per Toto Cutugno.

Michelle era incerta tra *Forever young*, che pone qualche problema di tenuta, e *The famous blue raincoat*, cantata da Leonard Cohen, che è la canzone più lacrimogena della storia, e la più patetica storia di corna mai finita in musica. Se ascoltassi qualcosa del genere sul letto di morte potrei anche decidere di suicidarmi a colpi di cacciavite. Il che non farebbe che aggravare lo statu quo.

Mi stupì la scelta di Michelle, tanto che mi chiesi se non avesse bluffato anche lei. Poi la guardai e mi feci qualche domanda. Come avrei reagito io, se... Bah, non ero certo un cantautore masochista, con gli ormoni in corto circuito.

Quando toccò alla decana mi aspettavo che lei puntasse tutte le sue carte su qualcosa tipo l'Ave Maria di Schubert, o l'inno del Papa, o al limite, data la presenza di Olga e dei russi, il Pontificale di rito ortodosso per la festa d'Ognissanti. Invece mi lasciò secco dichiarando che lei avrebbe votato per *Il cielo in una stanza*. Chi sa se lo sapeva, che Paoli l'aveva scritta per un'etèra (esisterà ancora, il vocabolo?), in territorio saccense.

Ma chi mi stupì davvero fu il Peppuccio numero uno, il quale scelse *Foxy lady*, eseguita da Jimi Hendrix. Niente di meno opus-deico. Mi toccò guardarlo con nuovo rispetto. Per la verità, era un processo già in corso dal momento dei brindisi. Non si era tirato indietro con i beveraggi, però reggeva bene la botta; anzi appariva sempre più sicuro di sé, tirato a lucido e padrone della situazione. Se qualcuno gli chiedeva qualcosa di personale, rifletteva un po' prima di rispondere, e dava l'impressione di ponderare tutto per bene. Forse applicava un metodo opus-deico segreto. O magari era solo un tipo a metabolismo notturno, come il sottoscritto. Forse non avevo scelto il cavallo giusto, quando avevo pensato di potere ottenere facilmente informazioni da lui. Eravamo tutti e due siciliani, cioè – per definizione – usi a diffidare delle domande dirette. E soprattutto di quelle indirette.

Distolsi lo sguardo da Peppuccio, cercando di localizzare Olga-Nataša. Era alla mia destra, a qualche metro di distanza, e mi stava fissando, forse chiedendosi perché diamine stessi a contemplare così intensamente il suo fidanzato. Incrociammo gli sguardi per qualche secondo, poi le sorrisi e mi avvicinai, cercando di non posare troppo all'uomo di mondo. Lei aveva scelto *Natural woman*, nel giochino della musica terminale. Una bella scelta.

Quanti anni avrà avuto Olga, ventitré, ventiquattro? Aveva pure un che di ingenuo che non era troppo in contrasto con la sua aria emancipata, ma con la mia prima impressione, sì. Era come se tra l'inizio e la fine della serata ci fosse stato un doppio scambio tra Olga e Peppuccio. Come se l'una avesse ceduto carattere all'altro, ricevendone in cambio Innocenza. La verità è che avevo sballato di brutto il mio giudizio iniziale su quei due.

Presi affabilmente Olga a braccetto e la pilotai verso un divano a due posti. Cominciammo una conversazione blando-amichevole che si trasformò gradualmente in una vera conversazione amichevole. Non mi stupii di trovarmi davvero interessato a quello che diceva, ai suoi problemi, alle sue aspirazioni, ai progetti di vita comune con il caro Peppuccio. Potrei giurare che il nome Ghini fosse venuto fuori spontaneamente, senza forzature da parte mia, e forse non fui nemmeno io a pronunciarlo per primo.

Peppuccio era rimasto sconvolto dalla morte di Umberto. Il defunto lo considerava quasi come un figlio, aveva dei progetti su di lui. Non che fosse sfornito di figli ufficiali, anzi ne aveva due, una femmina e un maschio. Quest'ultimo era il grosso problema di Ghini. Il suo grande cruccio. Il ragazzo era tossicodipendente. Ghini aveva persino chiesto a Peppuccio di parlargli. Lui aveva – ha tuttora, si era corretta – un certo ascendente sul ragazzo. Però non c'era stato verso. Non era cambiato niente. Anche il giorno dell'agguato, il giorno in cui quella donna gli aveva cacciato una pallottola nel cuore, Ghini si era fatto un bello sfogo con Peppuccio. L'aveva invitato a pranzo in un ristorante, a Mondello. Peppuccio poi le aveva detto che appariva quasi disperato. Chi l'avrebbe pensato che proprio quella sera...

Quasi disperato. Le stesse parole del padre di Michelle, nemmeno si fossero messi d'accordo prima.

Quella conversazione mi lasciò pensoso. C'era una dissonanza tra le informazioni immagazzinate da qualche parte, nel mio cervello, e qualcosa che aveva detto la ragazza. Ma non riuscivo a capire cosa. Decisi di seguire ancora una volta il consiglio della zia Carolina, e mi sforzai di non pensarci, sperando che la soluzione affiorasse da sé.

Continuai a parlare con Olga quasi fino alla conclusione della serata. La sua presenza come traduttrice non era stata più richiesta. Non erano rimaste molte energie disponibili per le relazioni interetniche. La decana era disfatta, e sembrava il trailer di un film della serie Zombie. Cominciammo tutti a tagliare la corda alla spicciolata. Kutúzov guidò verso l'uscita le proprie truppe dall'aspetto inopinatamente sobrio. Ci eravamo salutati scambiandoci poderose strette di mano.

Sopra una piccola ottomana dell'anticamera, uno dei pochi pezzi sopravvissuti dell'antico arredamento della casa, fu rinvenuto il corpo russante e sussultante di uno dei russi, rannicchiato in posizione fetale. Somigliava a uno dei cosacchi dipinti da Ilya Repin. Nel suo russare mi parve di riconoscere la melodia de *I battellieri del Volga*, che possiedo nell'esecuzione del coro dell'Armata Rossa. Ma fu un caso di autosuggestione, credo.

Michelle ed io ci ritrovammo a scendere con Francesca e Alessandra. Le due sciagurate ridacchiavano per qualche malo pensiero inespresso, ma tra loro condiviso. Appena fuori, Francesca mi porse un pacchettino avvolto in carta da regali, con un fiocco dorato, che le si era materializzato in mano:

– Abbiamo portato un pensierino anche a te, capo.

I ridacchiamenti aumentarono. Svolsi velocemente la carta. Dentro, c'era una piccola scatola con un sacchetto di fiori di lavanda secchi, quelli che si mettono nei cassetti, per profumare la biancheria.

– Uh, grazie, come siete state carine.

Francesca fissò sgomenta Alessandra. Poi entrambe si misero le mani ai capelli.

– Che succede?

– Capo, ti abbiamo dato il pacchetto della decana.

– Poco male, lo reincartate e glielo consegnate come nuovo.

– Non hai capito: a lei abbiamo dato il tuo...

– Un dopobarba?

– Magari!

Guardavano Michelle, ed emergeva anche un pizzico di delusione da quello sguardo. Mi venne un selvaggio sospetto:

– Cosa c'era nella mia scatola?

– Una confezione di preservativi aromatizzati al gusto di lampone.

– Ben vi sta.

– Dici che sopravvive la decana, capo?

– È alle fragole che lei è allergica, non ai lamponi.

Michelle la prese bene.

In macchina le riferii quello che avevo saputo, quasi involontariamente, da Olga-Nataša. Le raccontai perché avessi deciso di non parlare più con Peppuccio, e mi rammaricai di non averci provato lo stesso.

– Gli ho parlato io – disse Michelle. – Gli ho parlato mentre tu facevi spudoratamente il filo alla sua fidanzata, davanti a tutti.

Così si fa la storia! Avrei dovuto chiederle se era l'evento in sé, a indignarla, oppure il fatto che l'avessi fatto davanti a tutti. Invece mi limitai a un silenzio di protesta. Aspettai, senza sollecitarla, che si decidesse a fare rapporto sulla sua conversazione con Peppuccio. Per la verità era stato quasi esclusivamente il ragazzo a parlare. Non gli era parso vero trovare le affascinanti orecchie di Michelle disponibili all'ascolto. E doveva essere qualcosa di importante, perché Michelle non andò subito al punto, e la prese un po' alla lontana, con disincantata euforia. Lei è un po' tragediatrice, come la totalità dei siciliani, secondo le guide indigene, e non le dispiacciono i colpi di teatro.

Intanto eravamo arrivati a piazza Rivoluzione. L'aria era frizzante ma secca, e avevo quasi completamente abbassato il finestrino lato guida, imbarcando la nuvola aromatica emessa da un caldarrostaio nottambulo, che riforniva un nugolo di africani neri come un'eclissi di luna.

Michelle cominciò dalla Uno bianca. Peppuccio le aveva detto che apparteneva al Kamulùt, e che la usavano come macchina-jolly: era a disposizione del personale della bottega, e spesso l'adoperava pure la vedovallegra, e anche Ghini, prima del fattaccio.

– La mettevano pure a disposizione della Zebensky, quando veniva a Palermo – considerai.

– Precisamente. Infatti, il giorno che si è ammazzata l'aveva usata per andare fino in via Riccardo il Nero; e pure quando ci eravamo incrociati all'imbocco della strada, la sera della nostra fallita spedizione per recuperare la carta d'imbarco.

Michelle si dilungò sull'umore di Peppuccio, su come fosse ancora abbattuto per la morte di Ghini, confermando quello che aveva detto Olga. Ci mise tutto il tempo che mi occorse per andare dalla fine di via Paternostro all'inizio di via Bonello. Doveva esserci stata una seduta straordinaria, all'Assemblea Regionale, perché da Villa Bonanno scendevano auto blu piene di facce doppiopattiste.

Michelle aveva tentato pure di sondare Peppuccio sul conto dei due elegantoni, Milazzo e Pandolfo, che non avevano mai mollato la vedovallegra per tutta la sera. Ma il ragazzo era gradualmente scivolato nell'imbarazzo, fino alla reticenza. Al punto da fare intuire a Michelle che ci doveva essere del torbido fra quei due e la Ghini Cottone. Un rapporto un po' ambiguo, anche se non necessariamente triangolare. A parte la conversazione con Peppuccio, le sue antenne femminili le avevano lasciato la sensazione che i due elegantoni si marcassero a vicenda, e che la vedovallegra li tenesse saldamente al guinzaglio.

Michelle fece una lunga sosta e prese fiato, prima di sparare la vera bomba della serata, l'informazione più preziosa che Peppuccio aveva lasciato cadere quasi con noncuranza, come se fosse stata di pubblico dominio, la più ovvia, quella che tipi più smaliziati di noi avrebbero messo nel conto fin dall'inizio:

– C'è di mezzo un'assicurazione...

XI

Buon Natale e Achtung

Un'assicurazione sulla vita. Una di quelle sostanziose, pesanti, lussuriose. Ghini l'aveva stipulata molti anni prima, in tempi di vacche grasse. Ora andava tutto alla vedova e, a tempo debito, ai figli, che non erano ancora maggiorenni. Era solo questione di tempo, aveva detto Peppuccio. Perché, prima di pagare, la società assicuratrice voleva vederci chiaro, come prescritto dal manuale del piccolo assicuratore.

Possibile che si riducesse tutto a una storia così mediocre? Michelle non ne sembrava convinta. E al suo mancato convincimento non doveva essere estranea la considerazione sul possibile ruolo paterno per qualche aspetto della vicenda. Tuttavia, non potevamo ignorare quella polizza. Entrava in tutti gli scenari possibili. E gli sbirri, allora? E la procura? Loro avevano mezzi ben più sofisticati dei nostri. Eppure…

Esprimevo ad alta voce le mie riserve, perché volevo fare la parte dell'avvocato del diavolo.

– Gli sbirri non sono stupidi, d'accordo – replicò Michelle; – e il pm, sarà pure ambizioso, ma non è stupido nemmeno lui. Però…

Però la Zebensky, uscendo di scena, aveva fornito una soluzione che faceva tutti contenti. Certo, lei non avrebbe ricavato alcun vantaggio dalla morte di Ghini… Però, mettendosi nei panni degli sbirri, perché complicarsi l'esistenza, in una città come la nostra, dove non mancano i problemi seri, quelli con la M maiuscola, che hanno pure sbocchi più gratificanti per chi se ne occupa? D'accordo, aggiunse Michelle, c'erano le eccezioni, come il mio amico Spotorno. Lui però era ancora in America...

Michelle non faceva che dare corpo a quelli che erano anche i miei dubbî. Che ormai ruotavano come sputnik intorno a madama Ghini Cottone.

Quella notte sognai la vedova Cannonito. Eravamo insieme, nella casa di via Riccardo il Nero, seduti al tavolo del soggiorno-studio, l'uno di fronte all'altra, con il cadavere della Zebensky alla mia sinistra, nella stessa posizione in cui l'avevo trovata. Ma ci comportavamo come se niente fosse: la Cannonito mi offriva il caffè con il solito accompagnamento di un bicchiere d'acqua ghiacciata, ma senza zammù, per punizione, perché avevo scatenato tutto quel vivamaria.

Fu un sogno intenso, altrimenti non l'avrei ricordato. E come sempre mi capita, quando sogno intensamente, me ne rimase una traccia, una sorta di eco onirica, per tutta la mattinata.

Fu solo poco prima dell'ora di pranzo che misi a fuoco l'idea. O meglio, l'impulso. Ero attratto da quella casa. Tutto era cominciato là, e tutto sembrava esservi finito. Mi era ritornato lo stesso stato d'animo dell'ultima volta, la sera della Zebensky. Le sensazioni irrisolte. Il cerchio imperfetto.

Ma come fare a tornarci? Gli sbirri mi avevano sequestrato le chiavi, e a quel punto dovevano già averle restituite alla vedova Cannonito. E non potevo presentarmi a lei, come se niente fosse, e chiederle di prestarmele di nuovo. Mi avrebbe cacciato via. E lo stesso valeva per Michelle.

La soluzione si presentò da sola, quando Francesca e Alessandra fecero irruzione nella mia stanza, chiedendomi a gran voce se avessi avuto sentore delle reazioni della decana, dopo l'inversione di doni. Reazioni non ce ne erano state, però le tenni sulle spine, mentre la soluzione si consolidava.

– Sentite un po', voi due: occorre che mi facciate un favore. E poi vedrò io cosa posso fare con la decana. Magari intercederò per voi, se riuscite a concludere qualcosa.

– È un ricatto, capo?

– Bada che anche noi ne avremmo tante da riferire sul tuo conto.

– Eccome! Se raccontassimo alla decana di quella volta che tu, all'Embo-workshop, avevi...

– Basta così! Non c'è nessun ricatto. Vi ho solo chiesto un favore. Dite solo sì o no. Però pensateci bene, prima di rifiutare.

Spiegai cosa volevo da loro.

– Però, mi raccomando: non facciamole venire un infarto. Datevi una ripulita: via gli strass dal naso, e niente chiodo; mettetevi qualcosa di normale. Avrete pure una gonna e una camicetta, da qualche parte... E un paio di scarpe da femmina e un cappottino beige. Dovete trasformarvi da bachi post-punk in leggiadre farfalle liberty. Sarà dura...

Recitarono la parte della dignità offesa, ma con moderazione, e abbozzarono subito, con foga frettolosa: ormai non avrebbero rinunciato nemmeno se avessi chiesto loro di travestirsi da presidentesse del Soroptimist.

Fornii tutti i dettagli logistici. Fu Alessandra a telefonare e a prendere gli accordi. Ci sarebbero andate alla fine del pomeriggio, dopo essere passate da casa per la metamorfosi. Dissi loro che le avrei aspettate al dipartimento.

– Non se ne parla nemmeno, capo.

– Veniamo con te o non se ne fa niente.

Non ci furono santi. Stavolta toccò a me abbozzare. E non fu una cattiva idea.

L'appuntamento con la Cannonito era per le sei, ed eravamo d'accordo che mi sarei fatto trovare davanti all'ingresso della casa di via Riccardo il Nero, a partire dalle sei e mezza, sperando che tutto filasse per il verso giusto. Avevo detto loro di non pronunciare la parola università a nessun costo, altrimenti la signora avrebbe chiamato gli sbirri, o peggio.

Le officine avevano già chiuso, e non c'era traccia né del Peppuccio numero tre, né del suo boss. Il solito deserto serale. Pensavo che la mezz'ora di vantaggio dovesse bastare, invece mi toccò aspettare ancora per un bel pezzo, prima di avvistare la prua della Twingo gialla con loro due a bordo. Erano riuscite a mettere insieme un look quasi normale, ma nessuno le avrebbe scambiate per un paio di novizie in ritiro spirituale. Scesero agitando le chiavi con aria di trionfo:

– È stato facile, capo.

– Sì, prima credeva che volessimo aprire un bordello. Poi le abbiamo spiegato che avevamo vinto il concorso per vigilatrici d'infanzia, alla Regione, e che essendo fuorisede eravamo in cerca di casa...

– ... e che avevamo saputo che c'era la sua, libera e ammobiliata. Dovevi sentire l'accento di Francesca, capo: pareva sputata da qualche cantoniera della Sicilia babba, da posti tipo Scoglitti o Gualtieri Sicaminò.

– Allora si è sciolta e ci ha offerto il caffè e l'acqua ghiacciata con l'anice. Ce la siamo bevuta solo per diplomazia, perché c'era un freddo becco, lì da lei.

– Comunque le dobbiamo riportare le chiavi entro un'ora.

Nel frattempo eravamo saliti ed entrati in casa. Qualcuno aveva dato una ripulita e rimesso tutto in ordine, perché non c'era traccia degli ultimi eventi, né del passaggio degli sbirri. I mobili erano sempre al loro posto e non sembrava mancare niente, compreso il lieve senso di vuoto che avevo percepito allora, e la stessa inquietudine.

Mi aggirai a caso da una stanza all'altra. A parte l'impulso irrazionalmente seguito, non sapevo perché ero lì. Le ragazze ispezionavano i luoghi con metodo, come se stessero davvero prendendo in considerazione l'ipotesi di trasferirsi nell'appartamento. Non sembravano affatto turbate dalla consapevolezza di ciò che era accaduto in quelle stanze. Forse ne erano addirittura eccitate, tanto più che non conoscevano nessuno dei protagonisti principali di quella tragedia multipla. O si trattava ancora dell'ennesima commedia, nonostante i morti?

Mi ritrovai davanti agli scaffali del soggiorno, a studiare i libri. Nessuno sembrava averli toccati, ed erano ancora allineati nella stessa sequenza della prima volta, con la solita dissonanza verde giada de *Il caso Paradine*, che attirava l'occhio.

Era per quello che ero tornato nella casa? Come spiegare, altrimenti, l'ennesimo impulso che mi fece distendere il braccio, fino a prendere per la terza volta in mano quel volume? Era come se quel libro fosse un polo magnetico, e la mia mano un pezzo di metallo ipersensibile, e di opposta polarità.

Lo soppesai, prima di aprirlo. Sarei quasi pronto a giurare che mi aspettassi di trovarci dentro quello che vi trovai. Forse perché sapevo che talvolta i suicidi lasciano messaggi per i superstiti. E la Zebensky aveva già usato quel libro come casella postale, anche se non di proposito, quando ci aveva lasciato dentro la carta d'imbarco e lo scontrino.

Le ragazze erano fuori vista. Dispiegai il foglio piegato in quattro, lo decifrai rapidamente, lo ripiegai, e lo infilai nella tasca della giacca.

Chiamai a raccolta le ragazze e scendemmo. Per le scale tentarono un accenno di terzo grado:

– A che ti è servito venire qua, capo?

– Già. Non hai fatto altro che vagare per tutta la casa come un'anima in pena, ad annusare chi sa che.

– Non era male, però, come casa.

– E nemmeno l'arredamento. A parte le sedie del soggiorno: i sedili erano di un rosso troppo sanguinoso, come se avessero sostituito da poco la pelle, senza nemmeno spolverare le spalliere di legno.

Mi bloccai con un piede su un gradino e l'altro sospeso in aria, in attesa dell'appoggio:

– Cos'hai detto?

Mi guardarono entrambe, perplesse:

– Ho detto che l'arredamento non era male, a parte le sedie, che…

Ma già non l'ascoltavo più. Un altro tassello era andato a posto. Il penultimo. E subito dopo, anche se non c'era un legame diretto, se non una certa lubrificazione delle rotelline dei piani superiori, si trascinò dietro anche l'ultimo. Era come se dopo una lunga glaciazione, qualcuno avesse dato una botta alla manopola dello sbrinamento.

Ora sì, il caso era davvero chiuso.

Avevo dormito poco, quella notte, nel tentativo di mettere bene a fuoco ciò che era meglio fare. Era un conflitto dall'esito scontato tra la ragionevolezza, la prudenza, il giudizio, da una parte, e l'orgoglio, l'autocompiacimento, il narcisismo, dall'altra.

Vittorio sarebbe tornato solo la settimana seguente. Di

rivolgermi agli sbirri, nemmeno a parlarne, in sua assenza. Mi avrebbero tenuto per un paio di secoli a farsi spiegare tutti i percome e i perquando. Avrei rischiato di trovarmici invischiato per giorni. Magari mi avrebbero sbattuto nel fondo di una galera umida. Fu questo a convincermi, una volta per tutte, quando era già l'alba, madre di tutti gli incubi e dei tradimenti. E non toccava forse al detective, soprattutto se dilettante, la resa dei conti con l'assassino?, pensai alla fine, con una punta di sarcasmo masochista. D'accordo, questa era la vita reale: non eravamo in un film. E nemmeno in un libro. In teoria non c'era più spazio per gli imprevisti, non c'era alcuna fretta.

In teoria.

Non dissi niente a Michelle. Mi avrebbe fatto l'inferno, se avesse anche solo intuito le mie intenzioni.

Parcheggiai la Golf in divieto di sosta, in un posto truffaldinamente riservato alle auto blu di un ufficio pubblico. Il tempo aveva trasformato una mattinata scialba e volubile, in un pomeriggio teatrale, con certi nuvoloni multicolori che si accalcavano come nobili decaduti a una svendita di surgelati, liberando raggi di luce violetta sulle cime dei platani, delle Washingtonie, e sui tetti della metropoli. Ti saresti aspettato di vedere Mosè in persona calare da quelle nuvole, attaccato per i capelli a un paio di quei raggi iconografici. Era un cielo da inaugurazione dell'anno giudiziario, nell'anno del Giudizio Universale.

Al Politeama, gli addetti del comune avevano cominciato a montare l'albero di Natale, un gigantesco abete finto, formato da centinaia di piante di poinsettia. Chi sa come avrebbero fatto a innaffiare quelle in cima, mi chiesi oziosamente, invece di pensare pensieri profondi, adeguati al futuro prossimo, molto prossimo, quasi contiguo.

Avrei anche dovuto sentire una musica appropriata, che so, uno strazio di ciaramelle, o qualcosa del genere. Invece, due sax, uno dei quali apparteneva a Lee Konitz, mi ricamavano *Weaver of dreams* dentro la testa.

Puntai la prua su via del Droghiere. Ero calmo. Quasi fino all'incoscienza. Al mattino avevo meccanicamente agganciato al polso il mio Lorenz della prima comunione, invece del solito Seiko analogico. È un gesto che mi sorprendo spesso a compiere, quando so che mi aspettano situazioni critiche. Mi faceva sballare un po' con gli orari, ma pazienza. Anche la coperta di Linus puzza, a lungo andare.

Al Kamulùt erano accese tutte le luci. Sulle vetrine avevano tracciato le scritte Buon Natale e Auguri, usando i soliti millepiedi argentei. Avrebbero dovuto scriverci qualcosa tipo Achtung, Attenti a voi, Tenetevi alla larga, o giù di lì. Come gli avvisi di Paperone alla banda Bassotti.

Entrai.

Tanto per cambiare, non c'erano clienti. I due elegantoni battevano la fiacca, passeggiando tra la paccottiglia con aria di importanza, con le solite facce da ex bambini mangiacomunisti. Appena mi riconobbero non riuscirono a dissolvere con sufficiente prontezza una spessa patina di ostilità anticommerciale.

– C'è la signora? – chiesi dopo avere accennato un saluto politicamente corretto. – Vorrei parlarle.

Non risposero subito, e si scambiarono un'occhiata.

– È di sopra – disse Pandolfo. – Aspetti qua.

Salì velocemente le scale e tornò dopo almeno cinque minuti:

– La signora l'aspetta.

Nel frattempo, con Milazzo, ci eravamo bellamente ignorati. Lui fingeva di esaminare certe invisibili macchioline sulle sue unghie. Io guardavo fuori, attraverso le vetrine, con l'intensità di uno che si aspetti l'apparizione della signora Ferilli in sottoveste di seta. Fosse dipeso da loro, quei due mi avrebbero sbattuto fuori senza remissione.

Mi avviai su per le scale, fino allo studio nel quale avevo curiosato di nascosto durante il mio primo blitz. Quante ere geologiche fa?

La vedovallegra era seduta dietro lo stesso tavolo che allora avevo sommariamente ispezionato. Fu in quell'istante che mi ricordai della pistola, la sette e sessantacinque in agguato nel cassetto. Avrei dato una mezza diottria, pur di sapere se quella pistola era ancora là. Ma ormai non potevo tornare indietro, se non a prezzo di un'irreparabile caduta di immagine. Entrai e chiusi la porta dietro di me.

La signora era preparata a ricevermi, grazie al servilismo peloso di Pandolfo. Avrebbe avuto il tempo di darsi una passata di ducotone sino al fondo dell'anima, e cancellare ciò che i dintorni coriacei della sua bocca, e soprattutto gli occhi grigioperla, esprimevano. Ma non ci riuscì. O meglio, non ci volle nemmeno provare. Non le erano sfuggiti gli a solo tra me e Olga e tra Michelle e Peppuccio, a casa della decana, e ora doveva chiedersi che cosa avessimo saputo. Era un cocktail di tensione, animosità, avversione, insofferenza. Un cocktail inospitale, servito ben ghiacciato.

Mi fece segno di sedere di fronte a lei, sopra una delle sedie col fondo in paglia di Vienna. Ma non per questo divenne più affettuosa. Ricambiai lo sguardo degli occhi grigioperla. Ma non fu uno scambio alla pari. Le sue, erano iridi fredde, e attraverso il buco nero delle pupille si lasciavano intuire orsi bianchi, igloo, e tutta una banchisa polare retrostante. Erano iridi che avevano il senso del ghiaccio. Un ghiaccio opaco. Iridi anticlimax.

Neanche la voce fu da meno. Nel contenuto e nel tono:

– *Ma tu che vuoi da me, La Marca?* – sibilò, abdicando a qualunque forma di ipocrisia.

Non risposi subito. Sarà dura da credere, ma il primo pensiero che mi attraversò la testa fu se fosse lecito passare di colpo al tu con qualcuno che stavi per smascherare come assassino, se non eri uno sbirro. È un grado di confidenza che presuppone un certo allenamento, anche quando è la controparte a fare la prima mossa. Io, con lei, sarei rimasto abbarbicato alla terza persona singolare, decisi. E per quanto mi riguardava, scegliesse pure il pronome che voleva. Mi era del tutto indifferente; non le avrei chiesto di darmi del lei. Sarebbe bastato il tono della mia voce.

Per questo cercai anch'io di risultare gelido, scostante, sferzante, accusatorio. E non mi richiese un grande sforzo.

All'inizio avevo meditato di sbatterle sotto il naso senza complimenti il foglio trovato dentro *Il caso Paradine*, e non pensarci più. Però, una volta lì, davanti a lei, avevo cambiato idea, pensando che quel foglio, tutto sommato, non era risolutivo, almeno per quanto la riguardava direttamente. Meglio prenderla alla lontana, e lasciarle un po' di corda lunga, con la speranza che se l'avvolgesse da sola intorno al collo.

Le parlai delle mie scorribande nella casa di via Riccardo il Nero, dell'impressione di vuoto e del senso di inquietudine che mi aveva lasciato la penultima visita, la sera in cui era morta la Zebensky. Poi le dissi che c'ero tornato anche il giorno prima, e che grazie alla banale osservazione di una delle ragazze, mi ero reso conto di ciò che mancava. La mia era solo una piccola trappola psicologica, un subdolo tranello degno di un barone universitario della vecchia guardia, ma lei ci cadde dentro tutta lunga com'era.

– Semplice – replicò: – Elena aveva intenzione di smontare la casa. Ormai non aveva nessun motivo per tornare a

Palermo. Si vede che aveva deciso di cominciare il trasloco, e li ha fatti portare via.

Le feci osservare che le cose sarebbero anche potute andare così. Però, il fatto che si fosse affannata subito a trovare una spiegazione plausibile, voleva dire che pure lei si rendeva conto delle potenziali implicazioni di quella sparizione. Come mai?

– Perché non sono cretina – disse – e so dove vuole arrivare.

Però impallidì fino alle iridi. Un punto per il sottoscritto.

– Per ora sorvoliamo – replicai. Passai a raccontarle la parte più interessante della mia conversazione con Olga, fino alla stoccata conclusiva:

– Peppuccio, il giorno della morte di suo marito, è stato a pranzo con lui.

Seconda botta di pallore, un pallore cianotico che virò gradualmente verso il grigioperla, man mano che la signora faceva mente locale: un colore optional, che legava bene con quello di serie.

Stava per replicare qualcosa, ma la anticipai: era il tempo di assestare la botta finale. Da quando mi ero seduto di fronte a lei avevo tenuto la mano nella tasca della giacca, tormentando tra pollice e indice il foglio piegato in quattro. Era una fotocopia. L'originale l'avevo messo al sicuro insieme ad un paio di altre copie. Quel tocco però aveva lo stesso un effetto tranquillizzante. Dava sicurezza. E il lieve fruscio che anche lei era in grado di sentire, doveva innervosirla. Sembrava chiedersi che sorta di arma segreta tenessi in quella tasca. Tirai fuori il foglio e lo posai così com'era sul tavolo davanti a lei.

Mi squadrò per bene, prima di decidersi ad allungare la mano verso quel foglio. Poi lo dispiegò, gli dette un'occhiata, e aprì subito il cassetto, tuffandovi l'altra mano. Tutto il mio sangue defluì, a partire dai capelli, fino alle suole delle scarpe. Immagino che stavolta fosse toccato a me, impallidire con tutti i sentimenti. Però, quando riemerse, la mano non stringeva una sette e sessantacinque dalla bocca ostile, ma un semplice paio di lenti da presbite. Il vecchio sistema atrio-ventricolare riprese a pompare, come da contratto, e ai piani superiori la situazione si alleggerì parecchio.

La dama lesse il contenuto del foglio. Terza botta di pallore. Quella definitiva. Le pieghe agli angoli della bocca diventarono due parentesi tonde che sembravano racchiudere tutto un universo malevolo, inflessibile, rabbioso.

– Quella puttana! – sibilò, alla fine.

Mi lasciò interdetto, perché nelle situazioni di crisi mi passano per la testa le cose più inverosimili, e ciò che mi passava per la testa in quel momento era una sensazione di blando stupore per l'uso del vocabolo italiano, al posto del siculo buttana, che sarebbe stato adeguato sia al suo tono di voce, che – soprattutto – alla nuova faccia che l'accompagnava. Aveva esaurito la scorta personale di maschere da signora bene, allevata alle Ancelle. Era una faccia da b iniziale, quella che le si era stratificata, non certo da p.

– Quella puttana ne aveva una anche lei – ribadì a se stessa. Non mi aveva più guardato, da quando aveva preso in mano il foglio.

Ciò che disse subito dopo era l'ultima cosa che mi aspettavo di sentire. Per dirlo, addolcì la voce e spianò le pieghe del viso:

– Ci possiamo mettere d'accordo, La Marca.

I suoi occhi mutarono ancora una volta. Il ghiaccio retropupillare diventò meno opaco, il grigioperla riacquistò il vecchio scintillio. Erano occhi che promettevano contemporaneamente l'inferno e il paradiso. Occhi da dark lady di un film anni Quaranta. Vi rimasi agganciato fino alle parole successive:

– Non è stata colpa mia – soffiò in un sussurro – è stato Milazzo.

Fu intenso, come sussurro. Un grido sussurrato. Un vero ossimoro. Sufficiente a coprire quasi fino in fondo il fruscio della porta che si apriva, come spinta da una lieve brezza. Si può morire, per colpa di un ossimoro.

Non so da quanto tempo l'elegantone Milazzo fosse appostato fuori, con l'orecchio attaccato alla porta. Non so nemmeno se fosse riuscito a sentire qualcos'altro, a parte le ultime parole della Ghini Cottone. E, per la verità, in quell'istante non ero affatto sicuro che fosse riuscito a sentire persino quelle.

Ciò di cui sono certo è che a Milazzo occorsero esattamente cinque passi per portarsi dalla soglia fino al lato giusto del tavolo, e un paio di secondi per aprire il cassetto con una mano e impugnare la pistola con l'altra.

Era livido. Non guardava né la sua padrona né il sottoscritto. E aveva l'aria di non sapere bene cosa fare, con la pistola stretta in pugno, provvisoriamente puntata contro il pavimento.

– Milazzo – lo chiamò piano la dama, fissandolo negli occhi – sparagli, Milazzo.

Milazzo sollevò la mano con la pistola, senza puntarla ancora contro qualcuno in particolare.

– Sparagli, Milazzo – ripeté piano la vedovallegra. Gelida come il retrobottega di una zitella triste, solitaria e alla fine.

Non aspettai che Milazzo si decidesse. Forse avrei dovuto temporeggiare. Ma c'era troppa tensione in quella stanza. Mi alzai lentamente, in apnea, fissando la donna e ignorando il pistolero. Poi voltai loro le spalle e avanzai verso la porta, cercando di mantenere uno standard accettabile di dignità. Cioè, senza correre e con la schiena diritta.

– Sparagli, Milazzo – sentii ripetere dietro di me, ma stavolta con una voce più acuta, che cominciava appena a incrinarsi.

Ho un ricordo abbastanza nitido del tempo che intercorse tra quelle parole e gli eventi successivi. Ma è un tempo dilatato, e dentro quel tempo i movimenti acquistano lentezza, una lentezza vischiosa, da mobilità ingessata. Se ci fosse stata una musica di sottofondo – vera o mentale – sarebbe stata la musica di un vecchio settantotto giri suonato a trentatré, una musica da film come *Rebecca*, *Laura*, *Marnie*, o come *Viale del tramonto*. Ma non ci fu nessuna musica. Solo una frase assurda, mentre mi allontanavo da quella voce, più che dalla pistola: La morte è un processo rettilineo. Una frase che mi attraversò il cervello come un lampo, un lampo lento, ma più sfolgorante di un ossimoro. Mi suonò come una frase che sembrava fatta apposta per essere scritta in francese, in un romanzo parigino destinato al successo, qualcosa da ambientare a Belleville, per esempio. Ecco ciò che ero stato capace di pensare, mentre mi avvicinavo alla soglia-salvezza di quella stanza, e rischiavo la più stupida e la più gratuita delle fucilazioni alla schiena.

– Sparagli, Milazzo – si decise infine a urlare la voce rauca di madama Ghini Cottone, proprio nel momento in cui stavo per varcare la soglia.

Milazzo sparò.

XII

Più tardi, domani, forse mai

Fumo azzurrino, a volute dense, fumo a cirri, a strati, a cumuli, a nembi, fumo da incendio azzurro. Fumo freddo, che filtra la luce. Luce tiepida, luce fatta apposta per occhi bisognosi di luce calma. Un collirio fotonico, di fotoni affettuosi.

Fumo viola, fumo caldo, luce bicolore. La voce della Freni attraversa il fumo come una sciabola sottile e affilata. La voce della Berganza lo aggira, risale in cima alla nuvola azzurrina e rotola in basso, lungo la superficie curva.

Altro fumo viola, dritto, orizzontale, fumo fresco. I due getti viola si scontrano in volo, si mischiano, si fondono in un'entità effimera ed intima, una fusione molecolare che ha la forma di un cobra sinuoso e pacifista; il cobra viola aggira la massa azzurrina, che sembra aprirsi al suo passaggio, e pare voglia inglobarlo, come un'ameba fumosa; ma poi ci ripensa.

Sono alla terza Camel della serata, e Michelle ha appena acceso la sua prima. Sono nostri i fumi viola che si fondono. La metafora mi piace assai. Mi piace rigirarla a lungo nella mente, in una zona periferica, quasi ai confini della coscienza. E al diavolo la psicanalisi.

Monsieur Laurent erutta un altro ettaro cubico di fumo azzurrino, il fumo freddo che scalda la luce che l'attraversa. È una serata speciale, perché m'siè César ha cancellato la solita alternativa tra il Montecristo e il Romeo y Julieta, a favore di un proletario toscano da mezzo quintale. Qualcosa dovrà pur significare, ma non gli chiederò cosa.

Sul tavolino basso, alla sua destra, la bottiglia di Armagnac, stappata per l'occasione. È un Armagnac di quarant'anni, maturo, scuro come l'inferno, quasi nero, tirato fuori dalla pancia lignea e pregiata di un Luigi qualcosa. Lo beviamo in bicchieracci qualunque, bassi, tozzi, da acqua. Anche questo avrà un significato che ignoro, ma sono sicuro che mi piacerebbe, se lo conoscessi.

Dal giradischi nell'angolo, Mirella Freni e Teresa Berganza ci trapassano il cuore e altre frattaglie sensibili, dai microsolchi dello *Stabat Mater* di Pergolesi. La casa è immersa fino al collo nel solito effetto-Nutella. Ci sono ancora molte cose da dire, in questo dopocena mondelliano.

Tra due giorni è Natale. Ma non ci penso molto. Forse stanotte nevicherà. Ma anche questo mi lascia freddo. Preferirei che cadesse sabbia del Sahara.

Dai miei ingranaggi, invece, la sabbia è quasi sparita del tutto, sostituita da una matrice plastica, che non intralcia più il movimento delle rotelline. Peccato che non sia successo prima. Peccato, ma non solo per me.

L'amico sbirro mi ha tolto per la seconda volta dai guai. Guai grossi. Molto più grossi della volta precedente, la sera della Zebensky. Vittorio ha anticipato apposta il rientro dagli States. Una cosa alla arrivano i nostri. Il Settimo Cavalleggeri aviotrasportato. Molto toccante, sul serio. Non lo dimenticherò tanto facilmente. Anche se forse si era già rotto per bene le scatole, di tutta quell'America. Senza contare che sono pur sempre il suo compare d'anello. Non so davvero come lui sia riuscito a farmi scrollare di dosso il dottor De Vecchi dagli occhi storti e un bel po' di sbirri di tutte le armi, compresa la Guardia Svizzera Pontificia. Pareva l'avessero con il sottoscritto. Sottrazione di prove, tanto per cominciare. E tutto il resto. Ho il sospetto che Vittorio abbia fatto ascoltare una colonna sonora a base di tintinnio d'ossa a un po' di persone fornite di armadio con annesso scheletro regolamentare. Gente abituata a tintinnii d'altro genere.

Anche l'avvocato di monsieur Laurent ha fatto la sua parte. L'aveva chiamato Michelle, dopo che mi avevano portato via, in una condizione – credo – di fermo tecnico, come se fossi stato un lurido impianto petrolchimico in manutenzione straordinaria. Devo ammettere che tra lui e Vittorio hanno montato un bel casino.

Non era stato facile far capire agli sbirri come si erano svolte le cose. La prima volta, la sera della Zebensky, mi ero limitato a trovare il corpo. Stavolta invece avevo assistito al fatto. Beh, diciamo pure che l'avevo provocato. Se nel caso della Zebensky avevo funzionato da catalizzatore, stavolta il mio ruolo era stato né più né meno quello del detonatore che fa esplodere la bomba. E per complicarmi ancora di più la vita, Milazzo se l'era battuta, dopo avere trapassato il cuore della Ghini Cottone con una di quelle pallottole calibro sette e sessantacinque che la signora avrebbe preferito destinare al sottoscritto. E si era consegnato agli sbirri solo dopo giorni, passati a vagare chi sa dove.

Ho raccontato tutto al padre di Michelle durante la cena. E ora tocca a lui riempire i vuoti. Ma ho la sensazione che certi nostri vuoti diventeranno voragini, alla fine della serata.

Monsieur Laurent non è più agli arresti domiciliari. Può andare dove vuole. Ma non sembra abbia voglia di andare in alcun posto. Ufficiosamente è fuori da tutto, completamente scagionato. Bisogna solo aspettare i timbri giusti sulle carte giuste. Ci vorrà un paio d'anni. O forse un paio di giorni.

– Allora, m'siè…

Non è che io lo voglia pungolare, solo che sembra perduto nella contemplazione di spazi siderali interiori, in silenzio, immerso nel fumo autoprodotto. Potrebbe restare così fino al mattino. Soffia un anello che si sposta lento verso l'alto, e per un momento pare cingergli il capo come un'aureola indesiderata. Se riuscisse a farne condensare qualcuno intorno alla pancia – alla sua doppia vita – sarebbe una perfetta allegoria del pianeta Saturno, di cui per ora ammette di subire gli influssi.

Michelle spegne il mozzicone e blocca a mezz'aria il gesto della mano, automaticamente partita verso il mio pacchetto, per una seconda dose. Deve essersi ricordata che vuole smettere. Suo padre si scuote, parla dall'interno della sua nuvola privata, la nuvola azzurrina che rallenta le parole.

Comincia dalla visita della Ghini Cottone, la sera in cui diventa una vedova.

Una visita inattesa. La signora arriva tardi, nella casa di Mondello. Monsieur César è solo ed ha appena finito di cenare.

– Eleonora appariva sconvolta. Mi devi aiutare, è stata la prima cosa che ha sussurrato, come sapeva fare lei, appena l'ho fatta entrare.

Lei racconta quello che ha da dire, ed è un resoconto convulso, ma lucido, come si addice al suo temperamento di donna dura, vissuta. A copertura della storia, tira fuori un foglio di carta piegato in quattro, simile a quello che io ho trovato dentro il libro. Ne ho portato con me una copia, che ora è posata sul tavolino, accanto alla bottiglia di Armagnac. È l'esame del mio foglio che permette a monsieur Laurent di notare la somiglianza con l'altro che, ovviamente, non è in nostro possesso. Riprende il foglio in mano, lo studia ancora una volta:

– Per quanto sono in grado di ricordare, è simile a quell'altro, a parte il «Cara Eleonora», che qui è un «Elena Carissima». Contenuto analogo e stessa grafia.

Una grafia distorta da una grande agitazione interiore, caratteri irregolari, righe tremolanti, e la sigla in fondo: una U. maiuscola e puntata, tracciata con mano ferma, il modo che Umberto Ghini usava per firmare i proprî messaggi informali.

Ma sono tutt'altro che informali i due messaggi che l'uomo lascia alle ultime due donne della sua vita. Messaggi in bottiglia. Messaggi da naufrago. Messaggi con istruzioni. Quello che la Ghini Cottone mostra al padre di Michelle conferma il racconto della donna.

Lei si trovava al Kamulùt, quella sera, occupata con l'inventario, insieme ai due commessi. A un certo punto era squillato il telefono. Dall'altro capo del filo la Zebensky le chiede di accorrere in via Riccardo il Nero: è successa una disgrazia. Ma venga sola, le raccomanda. E non dica niente a nessuno.

La ormai vedova immagina uno scenario imbarazzante, spinoso, forse boccaccesco, mentre guida in mezzo alla tempesta, cercando di non finire nelle voragini piene d'acqua che la metropoli riserva ai proprî figli, in circostanze analoghe. Si raffigura il corpo nudo del marito, disteso su un letto non ufficiale, tra lenzuola in disordine, con il cervello annegato nel proprio sangue, ucciso da un ultimo amplesso. E la Zebensky, scarmigliata, sullo sfondo.

Quando la Ghini Cottone arriva nella casa di via Riccardo il Nero, scopre che l'aneurisma ha solo un ruolo indiretto, nella morte del marito.

– Ghini sapeva di averlo, in forma grave, inoperabile. L'aveva scoperto da poco. Anche Eleonora sapeva. A me l'ha detto lei, proprio quella sera.

– A me, invece, Elena Zebensky aveva detto che solo grazie all'autopsia ne avevano scoperto l'esistenza.

– Era il gioco delle parti. Bisognava inventare un contesto rassicurante intorno ad Umberto, dopo che si era sparato.

– Per via dell'assicurazione.

– Precisamente. Le assicurazioni non pagano, in caso di suicidio. Occorreva che tutti parlassero in termini idilliaci degli stati d'animo di Umberto, almeno negli ultimi tempi, prima della morte.

– Ed ecco il Ghini postumo, dipinto dalle due donne: tranquillo, in buona salute, con una situazione economica in via di assestamento, e sotto la copertura di un accordo tra gentildonne che smorza i contrasti.

– Ma che in realtà è anch'esso postumo. La verità è che Eleonora non voleva nemmeno sentire parlare di divorzio. E quanto alla situazione finanziaria, è vero che dentro il Kamulùt c'è un patrimonio che vale un capitale, però è un capitale immobilizzato, con un turn over lento, perché c'è crisi nera, e in questo mestiere bisogna saper volare alto. E qualunque volo è impossibile, se non hai liquido in cassa. Lo stesso vale per le altre due sedi, quelle di Milano e di Vienna. Lui parlava addirittura di cederle.

– Avevate litigato, quel pomeriggio…

– Umberto aveva perso completamente la testa. Ha avuto un crollo emotivo perché per l'ennesima volta mi ero rifiutato di finanziare il suo giro di importazioni di icone. In realtà sperava che io entrassi in società con lui, immettendo capitali freschi nel Kamulùt. Una proposta senza né capo né coda. Non credo che questo abbia avuto una grande influenza, nella sua decisione di farla finita. Non mi sento in colpa. Non per questo. E non sapremo mai come sono andate realmente le cose, quale meccanismo è scattato dentro la sua testa.

– Aveva pure un figlio tossico...

– Questo completa il quadro. Sono problemi che un uomo dotato di un normale equilibrio è in grado di fronteggiare. Però, concentrati tutti insieme sulle spalle di una sola persona, per giunta tendenzialmente depressa, rischiano di fargli fare il botto. Quello che ha assestato il colpo decisivo a Umberto, è stata la diagnosi dell'aneurisma. Non ha retto la tensione.

Monsieur Laurent fa una pausa, tira un paio di boccate e manda giù un bel po' di quell'Armagnac che ci scalda le viscere e ci assassina il fegato. Beve anche Michelle, dal mio bicchiere. Suo padre poi riprende il racconto.

È una cronaca di terza mano, perché lui racconta a noi ciò che la Zebensky ha detto alla vedova e che la vedova ha rivelato a lui.

Due donne sole, con un morto in braccio, in una casa isolata, sotto un temporale mai visto. Il breve tragitto tra la macchina e il portone è bastato a inzuppare la vedova fino all'ombelico.

Pure la Zebensky ha i capelli e i vestiti fradici d'acqua. È arrivata anche lei a casa nel pieno della tempesta, racconta alla vedova. Ed è appena entrata nell'anticamera, quando sente lo sparo, che proviene dalla stanza in fondo. Pochi passi convulsi, ed è tragedia. Ghini morto – o, più probabilmente, agonizzante – disteso sul pavimento, vicino alla finestra.

Solo quando capisce che non c'è più niente da fare, la donna si accorge dei due fogli posati sul tavolo. Li legge. Forma il numero del Kamulùt. Convoca la vedova e, mentre aspetta che arrivi, azzarda una ricostruzione dei fatti, dei moventi, degli stati d'animo di Ghini, fino al momento in cui lui si spara una pallottola calibro ventidue attraverso il cuore. È importante che lo faccia. Anche la vedova dovrà farlo.

Ci proviamo anche noi, in condizioni migliori, nel salotto confortevole e rassicurante di Mondello, con l'Armagnac sotto mano, la musica, e tutto il resto. Una ricostruzione tardiva, come tutte le ricostruzioni, ma questa più di altre, perché i personaggi principali sono tutti morti. Tre morti, tre pallottole. Anzi, cinque.

Abbiamo la lettera di Ghini, da cui partire; abbiamo pure il racconto della vedova a monsieur Laurent, e le ammissioni dell'elegantone Milazzo; e il resoconto di Peppuccio, con le sue sensazioni opus-deiche, forse soprannaturali. Abbiamo soprattutto i nostri pregiudizi. Certe cose, certi particolari, possiamo solo intuirli. O peggio, immaginarli. Ma il quadro non cambia di molto.

Hanno passato la mattinata insieme, Elena e Umberto. L'ultima, per Umberto Ghini. Lui è abbattuto, depresso, disperato. Tutto gli crolla addosso, dice. Elena non l'ha mai visto in quello stato. Lui le parla del figlio. Eleonora gli ha annunciato che si buca da mesi, e gliene attribuisce la colpa. Lo accusa di non essere stato all'altezza, come padre. La Zebensky tenta di farlo reagire, lo lusinga, fa appello al suo orgoglio. Lui continua a commiserarsi, si piange addosso. C'è l'incubo dell'aneurisma… La sua, è una vita sospesa, dice.

All'ora di pranzo i due si separano. Lei ha qualcosa da sbrigare in giro per la città, va via in taxi. Umberto ha un appuntamento con il Peppuccio della decana. Gli piace, quel ragazzo. Tranquillo, solido, posato: una sicurezza. Ghini ha fiducia in lui. Vuole chiedergli di parlare ancora una volta col figlio, consigliarlo.

Si incontrano a Mondello, in una trattoria di fronte al mare. Ma lui non tocca cibo. Persino il cielo lo inquieta. La buriana serale è ancora lontana, ma i colori sono già intensi, scuri, lividi. Gli ricorda il giorno della mareggiata del settantatré – dice a Peppuccio, – l'uragano che distrusse il porto di Palermo, il venticinque ottobre. È quasi lo stesso giorno, riflette. Forse lo giudica un presagio infausto. E, come se non gli bastassero le risapute afflizioni, anche lui è troppo sensibile alle svolte improvvise del tempo.

Per una volta, il ragazzo non ha il solito effetto su di lui. Peppuccio è tutto preso dalla novità: c'è una che gli piace, una russa. Stanno per fidanzarsi, e lui è come assorbito in se stesso, assorto nella contemplazione di un futuro troppo radioso perché Umberto possa ammetterlo di qua dalla frontiera del dolore. Quello del ragazzo non è l'umore giusto per un Ghini al meglio della propria condizione di depresso cronico.

Peppuccio accetta comunque di parlare con il giovane Ghini. Ma non è ottimista sul risultato, ammette. Sa che ci vuole ben altro che semplici parole.

I due si salutano. Umberto va al Kamulùt, dove ha un appuntamento con il padre di Michelle. Frustrante incontro, per lui. Chiusura su tutta la linea.

Va via verso sera, va nella casa di via Riccardo il Nero, dove Elena non è ancora tornata. Il suo umore probabilmente peggiora. È un umore letale. Non sapremo mai se maturi la decisione in quei momenti, o se invece ci pensi da più tempo. C'è caldo, nella stanza. Ghini allenta il nodo della cravatta, la sfila via dal collo. Siede al tavolo. Prende carta e penna e scrive le sue lettere.

Elena carissima – scrive all'inizio di una delle due, – spero di avere la forza di andare fino in fondo. Poi spiega alle donne cosa vuole che facciano. Occorre che il suicidio passi per un delitto. Ed è sorprendente come il contenuto delle due lettere appaia in contrasto con la grafia di Ghini, perché in quelle poche righe riesce a concentrare tutta la razionalità, l'efficienza, la freddezza, la lucidità che nessuno gli aveva mai riconosciuto prima.

Sigla infine le due lettere e le posa in evidenza sul piano del tavolo, forse accanto alla pistola.

Si alza. Passeggia per la stanza, si avvicina alla finestra, guarda fuori. La bufera si è avviata in grande stile, e sembra ispirata da una volontà distruttiva e coreografica, con i lampi che illuminano a tratti la fanghiglia, sul retro, di là dai vetri del soggiorno, e le guglie della Cattedrale, a destra, sullo sfondo.

Improvvisamente, lo scatto della serratura, all'ingresso. Umberto Ghini ha il riflesso più rapido della sua vita. E il più difficile. Pochi passi, ed è vicino al tavolo. Impugna la pistola. Si spara un colpo dritto nel cuore.

Elena Zebensky non ha avuto nemmeno il tempo di posare le sue cose.

Quando la vedova arriva nella casa di via Riccardo il Nero, una delle due lettere è sparita. Ma lei non lo sa. Crede che ce ne sia sempre stata una sola. E la lusinga scoprire che il marito, alla fin fine, indirizzi proprio a lei l'ultimo messaggio. Tornano sempre, deve aver pensato.

Le due donne si consultano freneticamente. Non c'è tempo per i formalismi. Né per il dolore, vero o presunto. Bisogna agire subito. Non è forse, quella, anche la volontà del morto?

Sistemano la cravatta intorno al collo di Umberto Ghini, la fissano bene con la spilla, portano fuori il cadavere, sotto il diluvio. All'inizio pensano di caricare il corpo in macchina e abbandonarlo lontano da quella casa, ché a nessuno venga in mente di fare collegamenti indebiti. Ma è troppo rischioso, decidono, una volta fuori. La strategia cambia fulmineamente. Lasceranno il corpo sul marciapiede. Prima, però, tolgono le chiavi della casa di via Riccardo il Nero dal mazzo del morto. Eleonora se ne impossessa. È lei che, ormai, dirige il gioco.

Ora è necessario fabbricare un alibi per la vedova: sarà lei a correre il rischio più grande, quando salterà fuori la polizza. E il destino dell'una è incatenato a quello dell'altra. È un patto di ferro. Che non prevede carte scritte. Basta il sangue del morto. Eleonora Ghini si impegna a liquidare a Elena Zebensky i capitali che la donna ha investito nelle attività del defunto. Non pretende altro l'ungherese, che non vuole speculare sulla morte di Ghini, né affamare la sua famiglia. Troveranno in seguito un accordo sui tempi e sui modi. Nell'interesse reciproco. Anche questo ha lasciato scritto, Ghini, prima di spararsi.

Elena risale in casa. Per ora non c'è pericolo che qualcuno scopra il corpo, nascosto alla visuale dalla Uno bianca usata da Umberto per arrivare in via Riccardo il Nero, e ora parcheggiata lungo il marciapiede. La vedova si allontana in macchina, diretta verso la casa di monsieur Laurent, a Mondello. L'altra le dà una mezz'ora di margine. Poi scende, spara un colpo in aria con la ventidue di Umberto, recupera il bossolo, e parte a razzo sulla Uno. Eleonora la chiamerà più tardi al cellulare, per concordare i dettagli per il resto della notte.

Non corre grandi rischi, Elena. Nessun altro sa che è a Palermo. È arrivata il giorno prima da Milano, con un biglietto a nome Pedretti, il suo nome da sposata. Passa di frequente da Milano per lavoro. E le capita spesso di prenotare due voli diversi, per lo stesso giorno, usando i due nomi, per garantirsi una maggiore libertà di movimento. L'ha fatto anche quel venerdì: la prenotazione registrata come Zebensky è stata annullata. Elena Zebensky non è mai partita da Milano. Sarà ancora la signora Pedretti E., a ripartire, il giorno dopo.

– Il colpo sparato in aria serve per fissare l'ora della morte di Umberto – dice il padre di Michelle. – Sapete meglio di me che la medicina legale, non è sempre una scienza esatta. Lì vicino c'è una caserma dei carabinieri; le due donne contavano sull'udito e sulla memoria del piantone di guardia. Un bel rischio.

Però non avevano torto, conferma Michelle. È la ricostruzione del momento in cui si sente lo sparo, che assegna un alibi a Eleonora. Perché lei, in quel momento, sarà a casa di monsieur Laurent.

Non si illude di potere arrivare tranquillamente da lui, a quell'ora, fradicia d'acqua e stravolta, senza fornire una solida spiegazione. Tanto più che, il giorno dopo, la notizia dell'uccisione di Umberto sarà su tutti i giornali. E César non potrà fare a meno di porsi domande insidiose.

La soluzione è un miscuglio di audacia e di avventatezza. E c'è un pizzico di presunzione di troppo, che le fa sopravvalutare le capacità fascinatorie delle famose iridi grigioperla: Eleonora decide semplicemente di dirgli la verità. Tutta. Ha pure la lettera, che monsieur Laurent riconosce come autografa di Umberto Ghini.

Ma è proprio con il suo amico César che madama Ghini non ha fato i conti. Lui non ci sta a farsi complice di un imbroglio di quella portata. Non è disposto a fornirle alibi di sorta. Le intima di non provare a metterlo in mezzo.

Però accetta di non denunciarla. In nome dei vecchi trascorsi. Ma soprattutto – penso io – perché sarebbe in contrasto con i suoi codici privati.

Ancora una volta Eleonora è costretta a decisioni rapide. Rimpiange di non avere tolto il portafogli con i documenti dalla giacca di Umberto. La ritardata identificazione del morto le avrebbe offerto un po' di respiro. Senza contare che gli inquirenti avrebbero anche potuto pensare a una rapina. Ma non riesce subito a valutare se questo sarebbe stato un bene o no.

È una meditazione breve, la sua. La soluzione le appare univoca. E inevitabile: Milazzo e Pandolfo, i due elegantoni, commessi del Kamulùt.

I due sono rimasti in via del Droghiere, a continuare l'inventario. Sono stati testimoni dell'uscita precipitosa della signora, dopo la misteriosa telefonata della Zebensky. Qualcosa avrebbe dovuto escogitare in ogni caso, anche se l'ex amico César le avesse offerto una copertura su tutta la linea. E poi sono fidati, quei due. E spregiudicati quanto basta. Il che non è un male, dal suo punto di vista. Milazzo ha persino un ruolo critico, nell'organizzazione del commercio di icone. E lei sa bene come gestire certi rapporti, certe situazioni... ha già colto certi sguardi, non proprio inespressivi, a lei diretti. Lo smacco con il padre di Michelle non intacca minimamente la sua fiducia nelle proprie capacità di tenere al guinzaglio un paio di maschi con le ghiandole in fibrillazione. Ha ben altra caratura, César Laurent, rispetto ai due commessi. Con loro avrà vita facile, si convince.

Non le resta che tornare di corsa al Kamulùt. Le rimangono margini strettissimi.

Spiega tutto per bene, ai due elegantoni. Mostra loro l'ultima lettera di Ghini. Poi passa alle richieste: se interrogati dagli inquirenti, non dovranno fare cenno della telefonata della Zebensky. E lei, Eleonora Ghini Cottone, non si sarà mai mossa dal Kamulùt – e loro non l'avranno mai persa di vista – fino alla sospensione dell'inventario.

Inoltre occorrerà dare ospitalità alla Zebensky, per la notte. La donna non può rimanere nella casa di via Riccardo il Nero, dopo quello che è accaduto. Né farsi registrare in un albergo. Anche lei è nella barca comune.

Dormirà a casa di Pandolfo, che vive solo. E a lui affiderà la ventidue, prima di partire. Ci penserà lei, Eleonora, a farla sparire.

Poi è il momento delle promesse. Che non sono esplicite. E per questo, ammalianti come un canto di sirene. Eleonora fa intravedere di tutto; lei è una vera professionista, nell'arte di creare scenari abbaglianti e suscitare attese. Capisce l'importanza di quel primo aggancio. Dopo, per quei due, sarà difficile disimpegnarsi. Rischierebbero troppo. Per tenerli a bada le basterà lanciare loro qualche osso di tanto in tanto. Le proprie ossa, magari, con tutto il resto intorno, se sarà indispensabile. Continuerà a lavorarseli per giorni, a rendere più solido il patto. Anzi, più vischioso. Non le dispiace notare che tra i due si stabilisce una sorta di antagonismo sotterraneo che ha lei come bersaglio.

Lei si insinua per tempo nella crepa, agisce perché non si allarghi troppo, o peggio, non si richiuda a suo danno. Ora, la cosa mi appare evidente, se ripenso all'atmosfera della mia prima visita al Kamulùt, e poi alla festa in casa della decana.

E di questa strategia fa parte l'affidare a Milazzo la ventidue che Elena Zebensky ha consegnato nelle mani di Pandolfo, e che costui ha restituito a Eleonora. La donna fa capire a Milazzo che è meglio non far sapere al collega che la pistola è nelle sue mani. Milazzo le sembra il più debole dei due, il più plasmabile. Per Pandolfo c'è un'altra piccola missione: organizzare la sostituzione del vetro della finestra, frantumato dal proiettile uscito dalla schiena di Umberto Ghini. Un lavoretto su misura per mastro Aspano. E un altro pezzo di rete a maglie fitte che avviluppa il futuro di Pandolfo.

– Rimaneva un ultimo dettaglio da sistemare – dice Michelle – un dettaglio importante.

C'era il rischio che sottoponessero il cadavere di Ghini alla prova del guanto di paraffina, il cui esito sarebbe stato sicuramente positivo. Come giustificarlo, agli occhi degli inquirenti?

320

La Ghini Cottone riesuma una vecchia verità e l'adatta alla circostanza: il marito possiede una pistola, una ventidue regolarmente denunciata, e per non perderci la mano, ha l'abitudine di andare a sparare qualche colpo in campagna, di tanto in tanto. L'ha fatto pure quel giorno, mente agli sbirri.

Pandolfo e Milazzo, a tempo debito, confermano tutto. Ghini, quel sabato, si è allontanato dal Kamulùt prima della chiusura pomeridiana, dichiarando che andava a tirare qualche colpo. I tre sanno che, in realtà, Ghini aveva un appuntamento a pranzo con Peppuccio. Ma è improbabile che a qualcuno venga in mente di interrogare il ragazzo. Non è un frequentatore abituale del Kamulùt, e a parte loro, nessuno è al corrente dei buoni rapporti tra lui e il defunto. Ed è ugualmente improbabile che i dettagli sull'esito del guanto di paraffina possano arrivare sui giornali, e da lì, a Peppuccio.

Tutto fila liscio. Fino al mio colloquio con Olga.

Elena Zebensky, intanto, segue alla lettera ciò che ha concordato con l'altra. Non si fida, però, di quella donna; non del tutto, almeno. Per questo le ha nascosto l'esistenza del secondo messaggio, quello che Umberto ha dedicato a lei. È una carta di riserva. Una buona carta, se le cose si metteranno male.

Commette solo una lieve distrazione, la Zebensky. Lieve ma fatale. Dentro la copia del libro che ha comperato in aeroporto, dimentica la carta d'imbarco e lo scontrino di acquisto del libro stesso: *Il caso Paradine*.

Forse non le viene in mente subito. Forse ci pensa dopo alcuni giorni, mentre risale la Mariahilfer. Forse è la mia visita al Ghini's di Vienna che le sollecita il ricordo. Un palermitano nella sua bottega. Sarà solo una coincidenza?

Dev'essere un tarlo che la rode a lungo. Ma non tanto da indurla a imbarcarsi sul primo aereo, solo per venire a recuperare quei due pezzi di carta. E nemmeno a chiedere a Eleonora di andare a riprenderli. Sa che dovrà tornare a Palermo entro poche settimane. Ci sono tante cose di cui discutere con l'altra, dopo che la situazione sarà un po' decantata. Allora ci sarà tempo per il recupero.

Infatti ritorna un mese dopo la morte di Ghini. Per prudenza, scende in un albergo del centro. Preferisce stare alla larga dalla casa di via Riccardo il Nero.

– Ad eccezione del blitz per andare a recuperare le carte – dice Michelle.

– Ed è proprio la sera in cui noi abbiamo la stessa idea. Lei mi ha riconosciuto, quando ci ha preso d'infilata con gli abbaglianti, mentre usciva da via Riccardo il Nero. E la cosa deve averla preoccupata. Che ci facevo, lì? Cosa sapevo, di quella storia? Difficile che fosse un'altra coincidenza.

– Di sicuro si è consultata con la Ghini Cottone – dice Michelle. – Altrimenti come avrebbe potuto conoscere tutti i particolari di cui avete parlato la sera dopo, a cena? E la Ghini sapeva che, dopo l'arresto di mio padre, noi due non avevamo nessuna intenzione di limitarci ad aspettare gli eventi. Tu eri stato al Kamulùt, prima che l'arrestassero. E poi, la sera dell'arresto, eravamo passati insieme a trovarla...

Comunque fossero andate le cose, quello che è certo è che la Zebensky non era affatto tranquilla, su quel fronte.

– Così, decide di chiamarti a casa, fingendo di essere ancora a Vienna.

– Voleva verificare le mie reazioni. Il fatto che io non fossi stupito di sentirle dire che sarebbe arrivata a Palermo solo il giorno dopo, l'aveva convinta che non ci eravamo accorti di lei, la sera prima.

Però, ci tiene lo stesso a incontrarmi. Non vuole correre rischi. Deve scoprire cosa sappiamo.

Il colloquio con me la rassicura. Si convince che non abbiamo alcun sospetto sulle vere cause della morte di Ghini.

Poi c'è l'episodio dell'ambulante.

Non è difficile immaginare lo stato d'animo di Elena Zebensky, quando, attraverso il mio telefono, ascolta la voce del venditore di sale e le mie parole successive. Capisce che l'inghippo messo in piedi con la Ghini Cottone avrà pure un'architettura ardita, ma nient'affatto solida. Che ora, semmai, c'è un rischio ben più grande per lei: non più la complicità nel tentativo di truffa all'assicurazione, ma l'accusa dell'omicidio di Umberto Ghini. Ora, l'esistenza di un collegamento tra lei e la casa di via Riccardo il Nero, non è più un segreto. Forse non lo è più nemmeno la sua presenza a Palermo, il giorno della morte di Ghini.

È la vedova, però, che la preoccupa. Come reagirà Eleonora, davanti a una crisi che sembra rimettere tutto in discussione? Accetterà di condividere la responsabilità, o cercherà di scaricarle un omicidio sulle spalle, e incassare la polizza, a tempo debito? Tutto sommato, riflette, la Ghini è nel suo territorio. E la situazione si è invertita. I rischi inizialmente a carico della vedova, vengono ora deviati su di lei, perché Eleonora, nel frattempo, si è costruita un alibi difficile da smontare. Lei però ha la lettera che le ha scritto Umberto. L'ha portata con sé. Se necessario, saprà giocarla bene, con la vedova.

– C'era anche un'altra cosa che le faceva sperare che forse sarebbe riuscita a limitare i danni – dice Michelle.

– Sì, il fatto che io avessi accettato di incontrarla, invece di filare subito a spifferare tutto agli sbirri.

Deve aver pensato che mi aspettavo qualcosa da lei.

Qualcosa che scagionasse il padre di Michelle, per esempio. O una compartecipazione agli utili. O magari qualcosa di più terra-terra. Lei conosce gli uomini…

Quello che è certo è che la Zebensky, dopo la mia telefonata, parte sparata per il Kamulùt. E si chiude anche lei nell'ex studio di Ghini, con la legittima vedova del defunto. Abbiamo informazioni di prima mano, su questo. Non solo l'ha riferito Milazzo a Spotorno, dopo essersi costituito, ma l'ha confermato anche Pandolfo, che, dopo il fattaccio della Ghini Cottone, ha scelto la linea della collaborazione più totale con gli sbirri.

Quello che non si sa, è che cosa si siano detto le due donne. Qualcosa, però, possiamo dedurre, vista la sequenza degli eventi. Soprattutto, che cosa *non* si sono detto.

La Zebensky decide che non è ancora venuto il momento di pubblicizzare la seconda lettera di Ghini, quella che l'uomo ha lasciato a lei. Deve considerarla una specie di carta della disperazione. Da non bruciare, a meno che non sia davvero inevitabile.

La Ghini Cottone, da parte sua, non è molto tranquilla all'idea dell'incontro tra me e la Zebensky. Ha la sensazione che la donna – stretta all'angolo – potrebbe anche cedere alla tensione. Coinvolgendo tutti nella catastrofe. È alla fine del colloquio con l'altra che, forse, decide il grande salto. La quadratura del cerchio.

Ha aumentato la pressione su Milazzo, nei giorni precedenti. Sente di averlo in mano. Gli parla a lungo, dopo che la Zebensky è uscita. Gli prospetta il rischio che la donna li tradisca. Lunghi anni di galera; e una volta fuori, nessuna prospettiva di tornare alla bella vita. Milazzo tentenna. Non è un salto da poco, quello che gli si chiede. Ma lo sfolgorio grigioperla risulta davvero convincente. La donna gli consegna la copia delle chiavi della casa di via Riccardo il Nero che lei e la Zebensky hanno sfilato dal portachiavi del morto, prima di abbandonarlo sul marciapiede, sotto la bufera. La pistola, la ventidue, è già nelle mani del commesso.

Lasciano un po' di margine alla Zebensky, giusto il tempo di arrivare. Poi Eleonora la chiama in via Riccardo il Nero. La prega di volere ricevere Milazzo. Ci sono delle novità. Qualcosa di cui è meglio non parlare al telefono. L'altra acconsente a malincuore.

Milazzo ha già sostituito i due proiettili che mancano dalla ventidue. Il caricatore, ora, è al completo.

Elena non è tranquilla. Forse si è già pentita di avere accettato la visita dell'elegantone. Si chiede quali novità possano essere maturate, nel breve intervallo dopo la sua partenza dal Kamulùt. L'inquietudine aumenta quando sente lo squillo del campanello che annuncia l'arrivo dell'uomo.

Forse è in quel momento che decide di nascondere la lettera. Una decisione istintiva, non calcolata. Per lei è un gesto quasi naturale allungare la mano verso il libro dalla copertina verde giada. Dev'essere uno dei pochi libri che lei abbia scelto di persona, tra tutti quelli allineati sugli scaffali del soggiorno. E lo ha già usato una volta, come involontario nascondiglio.

La donna fa entrare Milazzo, lo guida verso il soggiornostudio, lo invita a sedere al tavolo. Prende posto anche lei sopra una delle poltroncine con i braccioli. Guarda l'uomo con impazienza, aspetta che si spieghi. Non ha voglia di convenevoli.

Milazzo attacca una storia frettolosamente concordata con la Ghini Cottone. È solo una rimasticatura di qualcosa che le due donne hanno discusso poco prima, al Kamulùt. Vuole solo prendere tempo, tranquillizzare Elena, aspettare il momento giusto. Lei è perplessa, ma non allarmata.

Bastano pochi minuti. Milazzo si alza con una scusa, forse per recuperare le sigarette lasciate sulla console dell'ingresso. Gira intorno alla donna. La ventidue si materializza improvvisamente nella sua mano.

Elena Zebensky non ha nemmeno il tempo di capire cosa le stia accadendo, quando il colpo sparato a bruciapelo le trapassa la tempia.

Milazzo non ha finito. C'è da inscenare il suicidio perfetto.

I cuscini di raso sembrano messi lì apposta, sulle sedie allineate contro la parete. Gli servono per soffocare il secondo colpo, per evitare che qualcuno, in seguito, si ricordi di avere sentito due spari. Ma anche per recuperare il proiettile. Sono cuscini spessi, l'imbottitura offre una buona resistenza.

Ripulisce la pistola col fazzoletto. Non ce ne sarebbe bisogno, perché il calcio è zigrinato, ma non si sa mai; anche lui ha visto qualche film, ha letto qualche giallo. Poi, tenendo la pistola per la canna, attraverso il fazzoletto, la sistema nella mano della Zebensky. Non è difficile. I tessuti sono ancora elastici, docili, caldi. Forse la morte biologica non è ancora sopraggiunta.

Guida l'indice di Elena fin sopra il grilletto. Fa partire il colpo. Poi abbandona l'arma a terra, nel punto in cui sarebbe caduta se la Zebensky si fosse sparata da sé. Infine porta via i cuscini, e per far credere che Elena si sia chiusa in casa prima del fattaccio, fa scattare la serratura fino all'ultimo giro, con la chiave che Eleonora gli ha consegnato.

– Non mi ero reso conto subito della sparizione dei cuscini. Avvertivo che c'era qualcosa di diverso, ma non riuscivo a capire cosa. Finché una delle ragazze non ha nominato la tappezzeria delle sedie, che appariva lucida, a differenza del bordo delle spalliere.

L'occhio aveva registrato l'anomalia, ma il cervello non l'aveva ancora convertita in una informazione in chiaro.

Quando ero entrato nella casa, la sera della Zebensky, c'era un filo di polvere uniformemente distribuito su tutte le superfici. Meno che sul fondo delle sedie, che fino a poco prima era rimasto protetto dai cuscini.

Lo sparo garantisce che il test del tampon-kit sulla mano della Zebensky dia un risultato positivo. Inoltre gli sbirri penseranno che il secondo proiettile che manca dal caricatore sia quello che a suo tempo ha ucciso Umberto Ghini. Milazzo abbandona un solo bossolo, sul pavimento della casa. Il secondo lo porta via con sé. Per gli inquirenti sarà stata la Zebensky a sparare anche l'altro colpo, un mese prima.

Tutto sembra filare liscio, per la combriccola del Kamulùt. Ufficialmente, Elena Zebensky, spezzata dai rimorsi per l'uccisione dell'ex amato bene, o – più verosimilmente – credendosi perduta dopo la mia telefonata accusatoria, decide di togliere il disturbo.

Poi trovo la seconda lettera di Ghini.

– La sua ex amica Eleonora è rimasta coerente fino in fondo, m'siè. Quando si è vista scoperta, prima ha tentato di vendersi Milazzo, scaricandogli tutto sulle spalle. Poi ha cercato di convincere lui a piantarmi un po' di confetti nella carcassa. Milazzo però aveva sentito ogni cosa. Prenderà le attenuanti, per l'uccisione della Ghini. Forse gli daranno una medaglia.

Nel frattempo il primo lato del disco finisce con una specie di singulto meccanico, che mi appare come un suggello inopportuno e di cattivo gusto. Michelle si alza, lo toglie, e piazza i *Carmina Burana* sotto il pick-up.

Mi concedo ancora un lungo sorso di Armagnac. Sento di meritarlo. Ma non su tutta la linea. Non riesco a disfarmi di una sorta di senso di sospensione, di discorso non finito. E c'è pure questo fatto nuovo, questo peso nel mezzo del diaframma, che mi inchioda i polmoni a una respirazione cauta, a lunghe pause di apnea.

È dall'inizio della serata, da quando è cominciata questa specie di seduta di autocoscienza, che tento di mettere bene a fuoco qualcosa che sa di aspro, di bocca amara, un retrogusto da caffè bruciato, che non ha niente a che vedere con la spigola alle erbe della cena, e con la bottiglia di Chiarandà che ci siamo scolati a tavola. Aspetto che sia affiorato bene, prima di decidermi a pronunciarlo, con circospezione.

– C'è una cosa che non mi quadra, m'siè. La sera che Michelle ed io siamo venuti qui a cena per la prima volta, dopo la morte di Ghini, lei ci ha raccontato che, al momento dello sparo, Eleonora era qui da lei. E ci ha raccomandato di tenere la bocca chiusa, perché altrimenti gli sbirri avrebbero pensato a un accordo tra voi due. E raccomanda anche alla Ghini di confermare con noi la sua versione, nel caso l'avessimo consultata. Vado bene finora?

Annuisce sobriamente, con un solo cenno della testa.

– Quello che non capisco, allora, è perché, dopo averci ammannito un sacco di balle per convincerci che Ghini era stato ammazzato da qualcuno, poi ci ha raccontato la verità sul suo umore terminale, e cioè che era nero, depresso, disperato, eccetera eccetera.

Stavolta non muove un muscolo, monsieur Laurent, ha un volto immobile, inespressivo, con i lineamenti pietrificati, ed io sento che la mia voce si va abbassando tra l'inizio e la fine della frase, tanto che le ultime parole si perdono in un mormorio indistinto, mentre qualcosa di molto meno indistinto si fa strada con fatica nella coscienza, fino all'intuizione improvvisa.

Sposto gli occhi su Michelle. I suoi sono piantati sulla faccia del genitore. Mi ha anticipato. Ha capito tutto prima di me. Antenne femminili. O la voce del sangue. Monsieur Laurent aspetta.

– L'hai fatto per coprire noi – dice Michelle. – Se ci avessi raccontato come si erano davvero svolti i fatti, ci avresti esposto all'accusa di complicità. Senza contare che così ci avevi bloccato. Se avessimo continuato a smuovere le acque avremmo rischiato di mettere *te* nei guai. Non potevi, *non volevi*, essere più esplicito.

Fa di più, monsieur Laurent. Qualche giorno dopo la morte di Ghini, certi piccoli indizi gli fanno intuire che potrebbe restare invischiato nel caso, come puntualmente accade. Però è troppo tardi, per tornare indietro. A parte la promessa estortagli dalla vedova, se rivelasse ora agli inquirenti che Ghini si è ucciso, ci andrebbe di mezzo anche lui. È più che mai importante che Michelle ed io non interferiamo. È combattuto tra l'esigenza di riservatezza per non coinvolgere anche noi, e la necessità che, in qualche modo, anche nebuloso, Michelle ed io comprendiamo che è meglio non darsi troppo d'attorno.

– Così, ci rifili la cronaca sugli autentici umori di Ghini, immaginando che arriveremo da soli a capire che è stato lui a spararsi, quando le donne del morto ci dipingeranno un quadro di segno opposto, come tu sapevi che sarebbe accaduto.

Ma non ci arriviamo proprio, da soli. Con quel che segue.

Monsieur Laurent continua a tacere, con la faccia ancora immobile, ma di una immobilità diversa, meno barricata in se stessa.

Ci penso su un bel po', prima di decidermi a parlare, e quando parlo lo faccio con cautela, soffiando via le parole come se fossi riluttante a liberarmene:

– Riassumendo, m'siè, se lei ci avesse detto subito, esplicitamente, come stavano le cose, tutt'e due le femmine sarebbero ancora vive, l'assicurazione avrebbe preso una bella stangata, il che ci avrebbe reso tutti felici, e ora noi non saremmo qui a fare la veglia al morto...

– O se avessimo capito... – aggiunge misericordiosamente Michelle.

Ha ragione lei. È un concorso di colpa. Il suo vecchio ci aveva imbandito un indizio grande quanto uno dei suoi sigari pestilenziali. Un bel colpo per l'orgoglio della stimatissima e del sottoscritto. Ci vorrà un bel pezzo, per rimettere insieme i cocci.

Incendio la mia quarta Camel. Monsieur Laurent distribuisce altre dosi di Armagnac, dosi per adulti vaccinati, ma non necessariamente sobri. È quello che ci vuole. Già avverto un certo cambiamento. Mi inietto un lungo sorso.

– Abbiamo incasinato tutto, m'siè... – esalo, proprio mentre gli altoparlanti scaricano un fortissimo che copre le mie parole, tanto che neanch'io sono sicuro di averle pronunciate. Sto per ripetere, ma Michelle e suo padre hanno preso a guardare qualcosa alle mie spalle, fuori, di là dai vetri della portafinestra.

Fuori cominciano a venire giù certi fiocchi leggeri, che mi ricordano le sfogline di gamberi del ristorante Shang Hong, tenui, croccanti, *bianchi*, e non riesco a capire come sia possibile, con tutta quella luce gialla che piove dal fanale alogeno, sul marciapiede opposto.

Mi dico che dovrei ripetere l'ultima frase, ma non riesco a ricordarla. E per ora siamo troppo intenti a guardare quei maledetti fiocchi che vengono giù quasi a piombo, perché non c'è nemmeno uno spiffero di vento, e penso ai gelsomini sul mio terrazzo, che fino a stamattina continuavano a sganciare certi fiorellini striminziti, ormai senza profumo, che fanno concorrenza ai fiocchi di neve, e mi chiedo se ora si decideranno a darci un taglio.

Ci penserò dopo, a quella frase fastidiosa. Ci penserò più tardi, ci penserò domani. O forse mai.

Indice

La doppia vita di M. Laurent

Questo volume è stato stampato
su carta Palatina
delle Cartiere Miliani di Fabriano
nel mese di marzo 2001.

Stampa: Officine Grafiche Riunite, Palermo

Legatura: LE.I.MA. s.r.l., Palermo

La memoria